中华
智慧
经典

智 品

【明】樊玉冲◎编著

张磊◎译注

中华书局

图书在版编目(CIP)数据

智品/(明)樊玉冲编著;张磊译注. - 北京:中华书局,2010.9(2011.2 重印)
(中华智慧经典)
ISBN 978 - 7 - 101 - 07430 - 7

Ⅰ.智…　Ⅱ.①樊…②张…　Ⅲ.笔记小说 - 作品集 - 中国 - 明代　Ⅳ.I242.1

中国版本图书馆 CIP 数据核字(2010)第 098891 号

书　　名　智　品
编 著 者　〔明〕樊玉冲
译 注 者　张　磊
丛 书 名　中华智慧经典
责任编辑　宋凤娣
出版发行　中华书局
　　　　　(北京市丰台区太平桥西里38号　100073)
　　　　　http://www.zhbc.com.cn
　　　　　E - mail:zhbc@ zhbc.com.cn
印　　刷　北京瑞古冠中印刷厂
版　　次　2010 年 9 月北京第 1 版
　　　　　2011 年 2 月北京第 2 次印刷
规　　格　开本/880×1230 毫米　1/32
　　　　　印张12⅜　插页2　字数230千字
印　　数　8001 - 12000 册
国际书号　ISBN 978 - 7 - 101 - 07430 - 7
定　　价　22.00 元

《智品》一书为明朝人樊玉冲撰写,於伦增补。樊玉冲,黄冈(今湖北黄冈)人,明朝万历年间进士。樊玉冲为官清正廉明。根据《湖广通志》的记载,樊玉冲担任商城令期间,严肃法纪,"按诛大豪,余蠹不敢犯"。当宦官到商城借采矿之事搜取民间财富时,樊玉冲答曰"无矿",并且严词抗争,致使宦官怏怏而去,保护了当地的老百姓。樊玉冲后调昆山,为官依旧如此。当他去世后,深受商城、昆山百姓的怀念,岁时祭之。

樊玉冲亦以孝出名。《湖广通志》记樊玉冲的父亲生病后,樊玉冲"侍父,衣不解带者数月。劳苦成疾,卒",此事令人感动不已。后来他的友人於伦作《智品·序》,对他的一生评价甚高,充满敬意:"樊公何如人?予曰:然。樊公予之畏友也。性刚毅,能自立,处穷愁抑郁中不折其志,处富贵纷华中不荡其神。恂无文,呐呐若不出诸口,而忠实诚心信于士大夫;死之日,知与不知,无不尽哀。孔子曰:'刚毅木讷近仁。'公甚似之。历官十载,不滓一尘,辞荣归,侍亲疾,此天下所共知也,是以谥曰'孝介先生'。"总之,樊玉冲宦海沉浮多年,却淡泊名利,是晚明一位有作为的士大夫。

　　明代后期,明王朝面临内外交困的局面,封建统治岌岌可危。虽经张居正改革,一度衰微的明王朝出现了繁荣的迹象,但并未维持多长时间。随着张居正改革的失败,明王朝很快又重新陷入政治、经济和社会危机之中。此时,一些有远见的士大夫发现,仅仅依靠士大夫阶层忠孝节义的信仰,已无法挽救大厦将倾的明王朝统治。在强烈的社会忧患意识的刺激下,他们将目光转向经世致用之学,开始寻找化解这场社会危机的办法。通过不断地反省和思考,他们清楚地认识到,重新塑造士大夫的道德人格、着重培养士大夫治国为政智慧,才是挽救明朝于水火的灵丹妙药。这既是晚明王朝面临内外交困的形势使然,也是对有明一代文化反思和矫正的结果。在士大夫的积极推动下,崇尚谋略智慧,尤其是崇尚治国、为人处世的智慧成为了一种社会思潮,逐渐演变为晚明文化发展的一个方向。樊玉冲作为晚明有远见的士大夫的一员,自然也置身于这股潮流当中。

　　樊玉冲酷嗜读书,视书如命。《智品·序》记樊玉冲:"署中、舆中、马上、舟中,旅次无聊之际,风雨孤灯之夜,无不寄之于书,盖倦以当枕,而饥以当饴矣。"渊博的知识和多年宦海浮沉的人生经历,使他对人生、社会和历史皆有深刻的洞察,也使他比一般士大夫对晚明王朝所面临的严峻的形势和棘手的问题有更深入的思考和认识。

　　樊玉冲将目光转向历史,希望从历史的长河中寻找智慧,以历史人物和故事为素材,撰写出《智品》一书。《智品·序》指出樊玉冲作此书的目的:"以为天下事无不济于智者。智之用,在天如日,在人如目,无学无术,而以人之国伐幸,何异瞽者终夜有求于幽室之中乎? 故即古今人用事之智,一一评之,集为一书,名曰《智品》。"樊玉冲遍寻经史子集,以阐扬智慧为宗旨,选择素材加以整理、改编、归类，撰书命名曰《智品》。"品"有"品次"或者"品评"之意。对他来讲，《智品》可以为读书人提供一个可供参阅借鉴的材料，更重要的是，本书寄予了他的政治、社会和人生理想，最终的目的是用来启迪和激励世人。

遗憾的是，《智品》一书并未完成，樊玉冲便已离世。他的好友於伦为《智品》最后定稿和印行做出了重大贡献。

於伦，字惇之，黄冈（今湖北黄冈）人，亦是进士出身，官至右通政。於伦云："予与公居同里，自为诸生时即游处，闻其议论最谂。"於伦与樊玉冲既为同乡，又爱好相同，兴趣相投，为至交好友。於伦在《智品·序》中说他视樊玉冲为"畏友"。於伦与樊玉冲交往甚多，这使他能比较全面和深刻地理解樊玉冲撰写《智品》的想法和思路。

根据《智品·序》的记载，樊玉冲去世七年后，於伦"从其弟升之辈索此书读之，反复不能去手。因携之南中，不揣固陋，而妄欲成之，为综其世次，删其重复，而增补其未备。其弟升之别有《智门集》，深识远想，多发人所未发。予采其与此书相发明者并入之，视原稿约益有十之四，犹不敢遂以为成书也"。於伦从樊玉冲的弟弟樊升之手中得到《智品》的初稿和相关《智门集》资料，经过认真的加工、增补和整理，呕心沥血，终成当今所见《智品》一书。而据於伦为《智品》一书所作序言可知，此书定稿成书于"甲寅孟夏"，也就是万历四十二年（1614）左右。此外，该书最后的印行也得到了同僚好友的支持。《智品·序》云："僚友陈公等见而悦之，急欲刻之署中，以公同好。"可以说，樊玉冲《智品》一书能够面世，於伦功不可没。

《智品》一书内容宏富，纵贯千年，记载了从商周之际到唐宋、再到明朝历代事迹。卷一《神品·商容》篇记商容与殷地民众一

起观看周朝部队入城的场景。卷二《妙品·文王》篇记文王请纣王废除炮烙之刑。这些都是商周之际的事情。卷六《能品·郭子仪》篇中,郭子仪遇事坚持从大局考虑。李国贞因治军严厉而遭王元振等人谋害,郭子仪前去处理,并不袒护旧部王元振等人,坚决进行处决,为河东诸军起了榜样。此为唐代之事。卷九《雅品·张居正》篇表现了张居正处事甚当。张居正为翰林学士时,奉差前往某处,寄宿在某驿馆。次日起程,离开驿站已二十多里,而驿官策马追索驿站丢失的铺盖。此事本与张居正没有关系,但是一时难以解释清楚,张居正付给那人纹银二两以结束这件事。等驿官回到驿馆,见铺盖还在,便又追还了银子。张居正对此事很是开心,说自己处理得很恰当,显示了他遇事处理问题时的豁达胸襟。张居正已经比较接近樊玉冲生活的年代。

《智品》借助历史抒发自己对智慧的认识和看法。全书共分《神品》、《妙品》、《能品》、《雅品》、《具品》、《谲品》和《盗品》七个部分,以智慧为衡量的标尺,通过对智慧的细致划分,赋予了历史事件更多的道德评判意义。《智品》中的故事虽皆为先秦至明朝各个历史时期的故事,但通过樊玉冲的改编和分类,以这些故事遗说对世人起到良好的激励和警示作用。卷二《妙品·秦穆公》篇记载,秦穆公的一匹骏马被别人宰杀。秦穆公得知后,非但没有怪罪杀马之人,反倒以酒相赠。杀马的人无地自容,感觉很惭愧。后来,当秦穆公被晋国军队包围之时,吃过马肉的士兵舍命相救,秦穆公才得以冲出重围。秦穆公正是因为有了如此豁达的胸襟和高明的认识,才成为了一代有为君主。卷六《能品·韩琦》篇记载,韩琦遇事冷静,对突发事件考虑周全,总能应付自如。皇帝大丧之日,幼主突然疾病大作不省人事,现场顿时乱作一团。韩琦当时镇定自如,迅速将幼主抱入帘内交下人照看,告诫现场目击者严守秘密，即回到自己的位置继续号哭尽哀。卷五《能品·赵云》篇中，蜀国大将赵云率领数十名骑兵与曹操的军队相遇，两军展开厮杀，赵云率部且战且退，撤入蜀军大营。面对曹军的进逼，赵云反命官兵打开营门，偃旗息鼓。曹操怀疑赵云营内埋有伏兵，所以不敢贸然入营，旋即撤兵。见曹军要撤退，赵云急率一队兵卒突袭曹军，致其大败。当然，《智品》中除了表达对智慧的崇尚之外，还有对人品高低的褒贬。卷十三《盗品·犀首》篇中记载，史举诽谤犀首在先，犀首后又设计报仇，最终史举因诽谤他人而自尝苦果。《犀首》将褒贬之意寓于记述当中。

　　《智品》中的文章大多内容精炼，文采飞扬，读起来让人回味无穷，乐不释卷。《智品》一书是我国古代文化宝库中一颗璀璨的明珠，在中国古代文学史和思想史上具有重要的价值。此书对于我们了解晚明的文体变化和社会思潮，皆有所帮助。

　　本书以中国科学院图书馆藏明万历四十二年於斯行刻本为底本，参校他本而成。《智品》篇幅甚大，本书为节选本，所选部分多为原书精彩篇章，各篇内容完整。本节选本，每"品"之下编者撰以题解，阐发文意，以使读者更好地了解各"品"之内容。原书每篇未有题目，此次节选，编者根据每篇的中心人物冠以题目。原文大多数篇目精炼短小，基本为每篇一段，个别比较长的篇目根据文意划分若干段落。注释包括注音和释词两大部分。语言力求简洁，通俗易懂。不足之处，敬请读者批评指正。

张　磊

2010 年 4 月

目 录

神品　　　　　　　　　　1

商容　　　　　　1

姜太公　　　　　3

卫姬　　　　　　4

赵孟　　　　　　5

孔子　　　　　　6

延陵季子　　　　8

子路　　　　　　9

列子　　　　　　10

缔疵　　　　　　12

张辟疆　　　　　13

申屠蟠　　　　　14

李密　　　　　　16

王令言　　　　　17

韩宗师　　　　　19

刘基　　　　　　20

妙品　　　　　　　　　　22

文王　　　　　　22

周公　　　　　　23

管仲	24
秦穆公	26
优孟	27
晏子	29
孔子	30
蘧伯玉	31
晏子	33
叔向（一）	34
叔向（二）	35
齐威王	36
王蠋	37
舍人儿	38
鲍生	39
陈平	40
留侯张良	41
萧何	42
蒯通	44
田叔	46
东方朔	47
翟方进	47
高凤	48
满宠	49
管宁	50
张飞	52
简雍	54
诸葛亮	55

沈约　　　　56

唐太宗　　　57

魏徵　　　　58

来公敏　　　59

狄仁杰　　　61

颜真卿　　　61

郭子仪　　　62

裴度　　　　63

杨行密　　　64

李氏　　　　65

宋太祖　　　66

吕端　　　　70

王旦　　　　72

唐肃　　　　73

张咏　　　　74

吕夷简　　　74

宋仁宗　　　75

范仲淹　　　76

程颢　　　　77

吕公著　　　78

张浚　　　　79

种世衡　　　80

朱熹　　　　81

邵灵甫　　　83

廉希宪　　　84

明太祖　　　85

明成祖　　　86

罗公　　　　87

能品　　　　89

姜太公　　　90

鲍叔牙　　　92

舅犯　　　　93

程婴与公孙杵臼　95

弦高　　　　100

孙膑（一）　102

孙膑（二）　103

蔺相如　　　107

春申君　　　112

昭盖　　　　115

韩信　　　　116

蒯通　　　　119

李广　　　　122

丙吉　　　　123

李若谷　　　124

鲍信　　　　125

张既　　　　128

蒯良与蒯越　129

刘备　　　　131

郑度　　　　138

周瑜　　　　141

董昭　　　　142

鲁肃与吕蒙　　　144

郑泉　　　146

赵云　　　154

姜维　　　155

顾徽　　　156

田豫　　　159

傅嘏　　　160

檀祗　　　162

王导　　　162

庾冰　　　163

徐道覆　　　165

傅永　　　166

高洋　　　167

宇文泰　　　168

范邵　　　169

贺弼　　　170

李世民　　　171

魏元忠　　　173

狄仁杰　　　174

郭子仪　　　176

刘晏　　　177

韩愈　　　179

柳庆　　　182

张易　　　183

宋太祖　　　184

曹彬　　　186

张齐贤　　188

薛长孺　　190

狄青　　191

文彦博　　192

韩琦　　193

苏颂　　194

陈亮　　195

真定僧　　197

明太祖　　198

赵靖　　199

王璋　　200

郑牢　　202

杨埙　　203

余子俊　　204

雅品　　207

管仲　　208

晋文侯与随会　　210

子产　　211

晏子　　212

颜烛趋　　213

孔子与鲁哀公　　214

漆雕马人　　216

孔子　　217

子贡　　218

郈成子　　219

声子　　　　　　220

少孺子　　　　　227

烛之武　　　　　228

张安世　　　　　231

韦玄成　　　　　232

寇恂　　　　　　233

陆逊　　　　　　235

华子鱼　　　　　236

贾逵　　　　　　237

羊祜　　　　　　239

嵇绍　　　　　　240

郗超　　　　　　241

徐晦　　　　　　242

王慧龙　　　　　243

辛公义　　　　　244

陆贽　　　　　　245

李绛　　　　　　246

王宗播　　　　　250

王彦超　　　　　251

李沆　　　　　　252

富弼　　　　　　254

王曾　　　　　　262

吕夷简　　　　　263

范仲淹　　　　　264

欧阳修　　　　　265

狄青　　　　　　266

范纯仁　　　　267

翁蒙之　　　　268

王子野　　　　269

徐达　　　　　270

宋濂　　　　　273

夏元吉　　　　274

胡俨　　　　　275

刘大夏　　　　275

杨承芳　　　　277

王守仁　　　　278

席书　　　　　281

张居正　　　　282

具品　　　　　284

范蠡　　　　　285

毅谅　　　　　286

龚遂　　　　　287

张华　　　　　289

桓道恭　　　　290

范云　　　　　291

徐陵　　　　　293

樊若水　　　　294

李存进　　　　295

赵普　　　　　296

程颢　　　　　297

包公　　　　　298

沈括　　　　　299

沈介庵　　　　301

谲品　　　　　304

伊尹　　　　　305

荀息　　　　　306

子贡　　　　　308

苏秦　　　　　311

张仪　　　　　312

陈轸　　　　　314

司马喜　　　　317

苏代　　　　　318

张良　　　　　320

东郭先生　　　321

曹操　　　　　323

吕布　　　　　324

陈琳　　　　　324

曹冲　　　　　327

刘备　　　　　328

顾雍　　　　　330

黄盖　　　　　334

司马懿　　　　336

温峤　　　　　338

孝文帝　　　　340

姚崇　　　　　342

元稹　　　　　343

宋太祖	345
狄青	346
丁谓	348
秦桧	349
岳飞	350
朱元璋	351
周忱	354
康海	355
王阳明	358
沈希仪	359
张居正	367
盗品	369
犀首	370
卫鞅	371
袁盎	372
黄允	375
刘晔	376
谢超宗	377
卢杞	378

神品

　　《智品》的作者把智慧分为七个种类，即神品、妙品、能品、雅品、具品、谲品、盗品。其中神品位列第一，是智慧的最高境界。《智品》原序曰："神品以知来。"也就是说，能预知未来的智慧才能被称为神品。人们常说鉴往以知来，鉴往是对过去经验教训的总结，知来则是对发展趋势的预测。归根到底，鉴往是为了知来。从这个意义上讲，展望未来比审视过去更为重要。"神品"中的历史片段，都是先贤们预知未来的实例，读之会多有启迪之处。

商容①

　　商容与殷民观周师之入。见毕公至②，殷民曰："是吾新君也。"容曰："非也。视其人，严乎将有急色。故君子临事而惧。"见太公至③，民曰："是吾新君也。"容曰："非也。视其为人，虎踞而鹰趾，当敌将众，威怒自倍；见利即前，不顾其后。故君子临众，果于进退。"见周公至④，民曰："是吾新君也。"容曰："非也。视其人，忻忻休休⑤，志在除贼，是非天子，则周之相国也。故圣人临众，不恶而

严,是以知之。"见武王至⑥,民曰:"是吾新君也。"容曰:"然。圣人为海内讨恶,见恶不怒,见善不喜,颜色相副,是以知之。"

【注释】

①商容:殷商之臣。

②毕公:周文王庶子,名高,封于毕(今陕西咸阳北毕原一带),故称毕公。

③太公:即姜太公,姜姓,吕氏,名望。辅佐周武王灭商有功,封于齐。因是齐国第一代国君,故有太公之称,俗称姜太公。

④周公:周武王弟,名旦。因采邑在周(今陕西岐山东北),故称周公。曾助武王灭商。武王死后,成王年幼,由他摄政。

⑤忻忻(xīn)休休:欣然喜悦、悠然自得的样子。

⑥武王:周武王,姓姬名发,周文王次子。周武王在周公、姜太公等大臣的辅佐下灭商建周,成为周朝的开国之君。

【译文】

商容与殷地民众一起观看周朝的部队入城。看见毕公来到,殷民说:"这是我们的新国君。"商容说:"不是的。看那人,严肃又有些急切紧张的样子。这样的人物处理事情时会让人产生敬畏之心。"看见姜太公来到,殷民说:"这是我们的新国君。"商容说:"不是的。看他为人,像猛虎一样蹲踞,像雄鹰一般欲飞,率众面对强敌,威风自会倍增;看到利益就奋力向前,而不顾后果。所以君子统治民众时应当机立断,能进则进,能退则退。"看见周公来到,殷民说:"这是我们的新国君。"商容说:"不是的。看那人,欣然喜悦,悠然自得。其志向在于消灭作乱的人以维护社会稳定,这不是天子,是周朝的相国。这样的人领导民众,能够做到不憎恶而自然威严,我由此知道。"看见武王来到,殷民说:"这是我们的新国君。"商容说:"是的。圣人替天下民众征讨暴虐,看到恶行不表现出发怒,看到善行不表现出欢喜,他的面容颜色正好与之相符合,我由此知道。"

姜太公

鲁公伯禽之初受封①,之鲁,三年而后报政周公。周公曰:"何迟也?"伯禽曰:"变其俗,革其礼②,丧三年然后除之,故迟。"太公亦封于齐,五月而报政周公。周公曰:"何疾也?"曰:"吾简其君臣礼,从其俗为也。"及闻伯禽报政迟,乃叹曰:"呜呼,鲁后世其北面事齐矣!夫政不简不易,民不有近;平易近民,民必归之。"

【注释】

①伯禽:周代鲁国的始祖。周公旦长子。周公东征胜利后,武王把殷民六族和旧奄国之地封给周公,国号鲁。武王死后,成王年幼,周公摄政,使子伯禽代其就封于鲁。

②变其俗,革其礼:改变他们的风俗,变革他们的礼制。革,改变、变革。

【译文】

鲁国国君伯禽刚受封时,到鲁(今山东曲阜)地就国,三年后才向周公报告政绩。周公问:"为什么这么晚呀?"伯禽说:"改变当地的风俗,革除他们的礼制,守丧三年然后才除去丧礼,所以晚

了。"姜太公同时也封在齐(今山东临淄)地,五个月就向周公报告政绩。周公问:"为什么这么快呀?"姜太公回答说:"我简化他们的君臣礼节,遵从他们的生活习俗,是这样做的呀。"等到姜太公知道伯禽报告政绩晚时,叹息说:"哎呀,鲁国的后代大概要成为齐国的附庸了!政治制度不简易,民众就不会去接近;平易近人,老百姓就必定会去归顺它。"

卫姬①

4

齐桓公合诸侯②,卫人后至,公朝而与管仲谋伐卫③。退朝而入,卫姬望见君,下堂再拜,请卫君之罪。公曰:"吾于卫无故,子盍为请?"对曰:"妾望君入也,足高气疆,有伐国之志也。见妾而有动色,伐卫也。"

明日君朝,揖管仲而进之。管仲曰:"君舍卫乎?"公曰:"仲父安识之?"管仲曰:"君之揖朝也恭,而言也徐,见臣而有惭色,臣是以知之。"君曰:"善,仲父治外,夫人治内,寡人知终不为诸侯笑矣④。"

【注释】

①卫姬:春秋时齐桓公夫人,卫君之女。后人称其信而有行。

②齐桓公:即公子小白。齐襄公时,公子小白携鲍叔牙逃奔莒国。在其兄齐襄公被杀后,公子小白由莒回国成为国君,是为齐桓公。他任用管仲实行改革,齐国由此强盛,成为春秋五霸之首。

③管仲:名夷吾。春秋时著名的政治家。

④寡人:古代君主自称。

齐桓公会集诸侯，卫国人最后来到，桓公上朝时就与管仲谋划攻打卫国。桓公退朝后进入内室，卫姬望见国君，急忙下堂一拜再拜，替卫侯请罪。桓公说："我对卫国没有什么怨恨嫌隙，你为什么要请罪？"卫姬回答说："贱妾望见您走进来，趾高气扬，有攻打别国的意思。您看到贱妾后又改变了面部表情，这就是要攻打卫国啊。"

第二天，桓公上朝，向管仲行礼而后让他走上前来。管仲说："您决定放弃攻打卫国的计划吗？"桓公说："您怎么知道？"管仲说："您行礼恭谨，言语缓慢，看到微臣面有惭愧的表情，我因此知道。"齐侯说："好，有您管理国家大事，有夫人管理宫内之事，我知道自己就不会被诸侯耻笑了。"

赵孟

晋侯有疾，求医于秦。秦伯使医和视之，曰："疾不可为也，是谓近女室，疾如蛊，良臣将死，天命不佑①。"出告赵孟。赵孟曰："谁当良臣？"对曰："主是谓矣！主相晋国，于今八年，晋国无乱，诸侯无阙，可谓良矣。和闻之，国之大臣，荣其宠禄，任其大节，有灾祸兴而无改焉，必受其咎。今君至于淫以生疾，将不能图恤社稷②，祸孰大焉？主不能御，吾是以云也。"

【注释】

①佑：保护，辅助。

②社稷(jì)：古代帝王、诸侯所祭的土神和谷神。用作国家的

【译文】

晋侯患病，向秦国求医。秦伯派了一位名字叫和的医师前去诊治，说："病不能治了，这叫做接近女色，病如蛊毒，良臣将要死去，上天也不会保佑。"医师出来告诉赵孟。赵孟说："谁可称得上良臣？"医师回答说："你就是良臣了！你辅佐晋国，至今八年，晋国没有发生祸乱，诸侯也没有不满意的地方，可以说是'良'了。我听说，国家的大臣，以他所受的恩宠厚禄为荣光，以他具有的高尚品行为凭借，如果有灾祸发生还不知悔改，必定会受到惩罚。如今国君到了女色过度而生大病，将不能图谋安抚国家的程度，还有什么灾祸比它更大呢？你躲避不了灾祸，我所以这样说啊。"

孔子

赵简子欲专天下①，谓其相曰："赵有犊犨②，晋有铎鸣，鲁有孔丘，吾杀三人者，天下可王也。"于是乃召犊犨、铎鸣而问政焉，已，即杀之。使使者聘孔子于鲁，以胖牛肉迎于河上。使者语船人曰："孔子即上船，中河必流而杀之。"

孔子至，使者致命，进胖牛之肉。孔子仰天而叹曰："美哉水乎，洋洋乎，使丘不济此水者命也夫。"子路趋而进曰③："何谓也？"孔子曰："夫犨犊、铎鸣，晋国之贤大夫也，赵简子未得意之时，须而后从政，及其得意杀之。黄龙不及于涸泽,凤凰不离其罻罗④。故刳胎焚林⑤,则麒麟不臻⑥;覆巢破卵,则凤凰不翔;竭泽而渔,则龟龙不见。鸟兽之于不仁犹知避之,况丘乎?故虎啸而谷风起,龙兴而景云见,击庭钟于外,而黄钟应于内。夫物类之相感,精神之相应,若响之应声,影之象形,故君子违伤其类者。今彼已杀吾类矣,何为之此乎?"于是遂回车,不渡而还。

【注释】

　　①赵简子:即赵鞅。春秋末年晋国的卿,又名志父,亦称赵孟。在晋卿内讧中打败范氏、中行氏,扩大了封地,为后来赵国的建立奠定了基础。

　　②犊犨(dú chōu):人名,事迹不详。

　　③子路:鲁国卞(今山东泗水)人,仲氏,名由。孔子的学生,性格直爽勇敢。

　　④罻(wèi)罗:捕鸟的网。

　　⑤刳(kū)胎:剖挖孕妇胎心。

　　⑥麒麟:古代传说中的一种动物。其状如鹿,独角,全身生鳞甲,尾像牛。多作为吉祥的象征。

【译文】

　　赵简子想要专制天下,对他身边的人说:"赵国有犊犨,晋国有铎鸣,鲁国有孔丘,我杀了这三个人,就可以称王天下了。"于是就召来犊犨、铎鸣向他们请教政事,请教完之后就杀死了他们。又派使者到鲁国聘请孔子,并把肥牛的肉做为礼物放在黄河边上,用来迎接孔子。使者对船夫说:"孔子如果上船,到黄河中间一定要让船翻而杀死他。"

孔子来到黄河边,使者传达了赵简子的命令,并献上肥牛的肉作为礼物。孔子仰天叹息说:"多么美的黄河水啊,水波浩渺,不让我孔丘渡过这河水恐怕是天意吧!"子路急忙小步跑向前说:"这话是什么意思?"孔子说:"犊犨和铎鸣是晋国的贤大夫,赵简子未执政时,需要向他俩请教后才从政,赵氏得到政权后就杀死了他们。黄龙不去干枯的水泽,凤凰不接近捕鸟的丝网。所以,有剖腹取胎、焚烧林木的行径,麒麟就不至;有颠覆鸟巢、打破鸟卵的行为,凤凰就不来;有竭泽而渔的现象,龟龙就不出现。鸟兽对于不仁的人还知道躲避,何况我呢? 所以,老虎发啸而谷风生起,黄龙腾飞而景云出现,在外面敲打庭钟,黄钟就会在里面感应。同类的事物相感,同样的精神相应,就像响之应声,影之象形,所以君子要回避伤害他同类的人。现在他已杀死我的同类,我为什么要到这里来呢?"于是就掉转车头,不渡河而返回。

延陵季子①

延陵季子游于晋。入其境,曰:"嘻,暴哉国乎!"入其都,曰:"力屈哉国乎!"立其朝,曰:"嘻,乱哉国乎!"从者曰:"夫子之入晋境未久也,何其名之不疑也?"延陵季子曰:"然。吾入其境,田亩荒秽而不休,杂境崇高,吾是以知其国之暴也。吾入其都,新室恶而故室美,新墙卑而故墙高,吾是以知其民力之屈也。吾立其朝,君能视而不下问,其臣善伐而不上谏,吾是以知其国之乱也。"

【注释】

①延陵季子:即季札,又称公子札,春秋时期吴国贵族。吴王

诸樊之弟,多次推让君位,封于延陵(今江苏常州),故称延陵季子。

【译文】

延陵季子游历到晋国。进入它的境内,说:"咦,这个国家很残暴啊!"进入它的国都,说:"咦,这个国家民力已经用尽了啊!"站在它的朝廷上,说:"咦,这个国家政治纷乱啊!"他的随从说:"先生进入晋国境内不久,为什么这么肯定地说呢?"延陵季子说:"是啊。我进入它境内,只见田亩荒芜而百姓得不到休息,普通民居中有高墙大院,我因此知道这个国家残暴。我进入它的都城,只见新盖的房屋简陋而原有的旧房屋奢华,新围墙低矮而旧围墙高大,我因此知道它的民力已经用尽。我站在它的朝廷之中,看到它的国君虽能视朝理事却不能礼贤下士,它的大臣善于自夸却不能向国君进谏,我因此知道它的政治纷乱。"

子路

子路为蒲令①,备水灾,与民春修沟渎;为人烦苦故,予人一箪食②,一壶浆。孔子闻之,使子贡复之③。子路忿然不悦,往见夫子,曰:"由也以暴雨将至,恐有水灾,故与人修沟渎以备之,而民多匮于食,故与人一箪食,一壶浆,而夫子使赐止之,何也? 夫子止由之行仁也,夫子以仁教而禁其行仁也,由也不受。"子曰:"尔以民为饿,何不告于君,发仓廪以给食之? 而以汝私馈之,是汝不明君之惠、见汝之德义也。速已则可,否则尔之受罪不久矣!"语未毕,季氏让子路者果至。

神品

9

【注释】

①蒲：古邑名，春秋时期属卫地，在今鲁西豫东一带。

②箪（dān）：古代用来盛饭的器具，以竹或苇编成，圆形，有盖。

③子贡：春秋时卫国人，端木氏，名赐，孔子的学生。善于辞令，曾游说齐、吴，促使吴伐齐救鲁。

【译文】

子路做了蒲地长官，为预防水灾，在春季里征发百姓治理沟渠水道；因为百姓辛劳，所以就给每人发了一盒饭、一壶酒。孔子听说后，便派子贡去制止。子路很不高兴，去见他的老师孔子，说："我预见暴雨将要来临，担心有水灾，所以让民众修治沟渠以防万一，由于百姓大多缺乏食物，所以给每人一盒饭、一壶酒，而先生却让子贡制止这事，这是为什么啊？先生是在阻止我实行仁道啊，先生教导人们仁道，却禁止人们实行仁道，我不能接受。"孔子说："你认为百姓处于饥饿之中，为什么不向国君报告，打开仓库而救济百姓呢？而你却以个人名义私自赠送他们，这是掩盖国君对百姓的恩惠，而显示你的德义啊。赶快住手还可以挽回，否则离你承受罪名的日子不远了！"话还没说完，执政季氏责备子路的使者果然来到。

列子①

子列子穷，容貌有饥色。客有言于郑子阳者②，曰："子列子御寇，盖有道之士也。居君之国而穷，君无乃为不好士乎？"阳令官遗之粟数十乘③。子列子出见使者，再拜而辞。使者去，子列子入，其妻望而拊心曰："闻为有道者妻子皆得佚乐，今妻子皆有饥色矣，君过而遗先生，先生又辞，岂非命也哉？"子列子笑而谓之曰："君非自知我者也，以人之言而知我，以人之言而遗我粟也；其责我也，又将以人之言，此吾所以不受也。且受人之养，不死其难，不义也。死其难，是死无道之人，岂义哉？"其后民果作难，杀子阳。子列子之见微，除不义，远矣！

【注释】

①列子：即列御寇，郑国人，相传是战国时期道家代表人物之一。

②郑子阳：即郑国大夫子阳。

③乘（shèng）：四。古时物数以四计称为乘。

【译文】

列子处在穷困之中，面带菜色。宾客中有人向郑国子阳进言说："列御寇是位有道之士。他居住在您的国家却处在穷困潦倒之中，难道是您不好贤吗？"子阳就命令官吏送给列子许多粟米。列子出来会见使者，拜了两拜并谢绝了子阳赠送的粟米。使者离开后，列子进入内室，他的妻子望着列子捶胸埋怨说："听说做有道之士的妻儿都能得到安逸快乐，现如今你的妻儿却面带饥色，国君赠送粮食给先生，先生又推辞掉，这难道是命中注定的吗？"列子笑着对妻子："国君并不了解我，是根据他人的话才认为我是有道之人，是听了别人的话才送我粮食的；他将来也会凭借着别人的话来责备我，这就是我所以不接受的原因。再说，接受他人的供养，不为他人殉难，这是不义。替他效命，等于是替无道之

人牺牲，这哪里是义啊？"后来老百姓果然发难，杀死子阳。列子有先见之明，不做不义之事，实在是站得高看得远啊。

絺疵①

智伯行水②，魏桓子、韩康子骖乘③。智伯曰："吾乃今知水可以亡人国也。"桓子肘康子，康子履桓子之跗④，以汾水可以灌安邑，绛水可以灌平阳也。絺疵谓智伯曰："韩、魏必反矣。"智伯曰："子何以知之？"对曰："以人事知之。夫从韩魏而攻赵，赵亡，难必及韩魏矣。今约胜赵而三分其地，城降有日，而二子无喜志，有忧色，是非反而何！"

明日，智伯以其言告二子。二子曰："此谗臣，欲为赵氏游说，使疑二家，而懈于攻赵也。不然，二家岂不利朝夕分赵氏之田，而欲为此危难不可成之事乎？"二子出，絺疵入曰："主何以臣之言告二子也？"智伯曰："子何以知之？"对曰："臣见其视臣端而趋疾，知臣得其情故也。"

【注释】

①絺疵(chī cī)：晋智伯之臣，生平不详。

②智伯：即荀瑶，后世多称智伯，春秋时期晋国卿大夫。后被同为晋卿的魏、韩、赵三家联合攻灭。

③骖(cān)乘：同"参乘"。在车右边陪乘。

④履桓子之跗(fū)：用脚踩桓子的脚背。履，踩。跗，脚背。

　　智伯巡视观察水势,魏桓子、韩康子在车右边陪乘。智伯说:"我如今才知道水可以使人亡国。"桓子用胳膊肘碰碰康子,康子用脚踩了踩桓子的脚背,因为汾水可以淹没魏的安邑,绛水可以淹没韩的平阳。絺疵对智伯说:"韩、魏必定会背叛。"智伯说:"您凭什么知道呢?"絺疵回答说:"根据人之常情和一般事理可以知道。你让韩、魏跟随你攻打赵国,赵国灭亡,灾难必然随之要波及韩、魏。如今虽然约定战胜赵国后把它的土地分为三份,各得其一。晋阳城就要投降了,他俩并没有欣悦之色,却是满脸忧愁,这不是要反叛又是什么!"

　　第二天,智伯把絺疵的话告诉了魏桓子、韩康子。他俩说:"这絺疵是奸臣啊,想替赵氏游说,使您怀疑我们两家,达到放松攻打赵国的目的。不是这样的话,难道我们两家不想享受马上就可以瓜分赵国的利益,反而去做这危险而且不可能成功的事情吗?"韩、魏二人出去,絺疵进去说:"主人为什么把臣下的话告诉他俩呢?"智伯说:"您是怎么知道的?"絺疵回答道:"我见他们看我的时候十分严肃,而且很快跑去,这是因为知道我发现了他们的隐情啊。"

张辟疆

　　汉惠帝崩①,吕太后发丧,哭而泣不下。留侯子张辟疆为侍中②,年十五,谓丞相陈平曰:"太后独有帝,而哭不悲,君知其解未?"陈平曰:"何解?"辟疆曰:"帝无壮子,太后畏君等。今请拜吕台、吕产为将,将兵居南北军③,及诸吕皆官,居中用事。如此,则太后心安,君等幸脱祸矣。"

神品

13

丞相如辟疆计请之,太后悦,其哭乃哀。

【注释】

①崩:古代称皇帝死为崩。

②留侯:即张良。字子房,刘邦的重要谋士。汉朝建立后,封留侯。侍中:正规官职外的加官之一,为少府属下宫官群中直接供皇帝指派的散职。

③南北军:西汉在京师设有南北军,北军驻长安城北部,由中尉统帅,掌管京师地区的守卫。南军驻长安城南部的未央宫,负责守卫皇宫。这两支部队互不隶属,但执行任务时彼此协同。

【译文】

汉惠帝刘盈死后,吕太后发丧,干哭而不落眼泪。留侯的儿子张辟疆做侍中,年龄才十五岁,对丞相陈平说:"太后只生了皇帝这一个儿子,却哭得不伤心,您晓得其中的缘故吗?"陈平说:"什么缘故啊?"辟疆说:"皇帝没有年富力强的儿子可以继位,太后对你们存有戒心。现在应提出封吕台、吕产为将军,领兵坐镇南北二军,其余吕姓外戚也都任以官职,安置在朝廷的各个部门。这样,太后就会心神安定,你们也就可以侥幸免祸了。"丞相按照辟疆的计策提出请求,太后对陈平的建议感到宽慰和高兴,哭皇帝才伤心起来。

申屠蟠

申屠蟠生于汉末。时游士汝南范滂等非讦朝政①,自公卿以下皆折节下之。太学生争慕其风,以为文学将兴,处士复用。蟠独叹曰："昔战国之世处士横议，列国之王至为拥彗先驱②，卒有坑儒烧书之祸③，今之谓矣。"乃绝迹于梁砀之间④，因树为屋，自同佣人。居三年，滂等果罹党锢⑤，或死或刑。唯蟠确然，免于疑论。

【注释】

①非讦(jié)：非议，指斥。

②拥彗：古时迎候尊贵，常拥彗以示敬意。彗，扫帚。

③坑儒烧书：即焚书坑儒，秦始皇为加强思想统治采取的焚烧书籍、坑杀儒生的措施，给文化造成了重大损失。

④梁砀(dàng)：郡名，治今河南商丘南。

⑤罹(lí)：遭受。党锢(gù)：东汉后期宦官迫害世族官僚和儒生的事件。桓灵时期，以李膺、陈蕃为首的官僚集团，与以郭泰为首的太学生联合起来，猛烈抨击宦官专权，被宦官诬陷为"党人"。宦官依靠皇权，禁锢"党人"，最后发展到凡是"党人"的门生、故吏、父子兄弟以及五服以内的亲属，一律免官禁锢。前后持续了十几年，直到黄巾起义爆发后，东汉政府才宣布赦免"党人"。

【译文】

申屠蟠生活在东汉末年。当时，游学的士人汝南籍范滂等，敢于批评揭露朝廷政治，自公卿以下都推崇他们。太学生们也争着以他们的风范为榜样，认为文章学术将受推崇，读书人将会有机会做官。只有申屠蟠独自叹息说："从前的战国时候，士人随意议论政治，各诸侯国君对他们拥彗以待，甚至为他们牵马开道，最终导致了焚书坑儒的大祸。今天和当时是一种情况啊。"于是隐居于梁砀地区，依树结屋居住，把自己等同于佣人。三年以后，范

滂等人果然遭受党锢之祸，有的被杀死，有的被判刑。只有申屠蟠安然无事，免受嫌疑论处。

李密^①

隋末兵兴，魏先生隐梁宋间。杨玄感战败^②，谋主李密亡命雁门^③，变姓名教授，与先生往来。先生因戏之曰："观吾子气沮而目乱，心摇而语偷。气沮者新破败，目乱者无所主，心摇者神未定，语偷者思有谋。今方捕蒲山党^④，得非长者乎^⑤？"李公惊起，提先生手曰："既能知我，岂不能救我与？"先生曰："吾子无帝王规模，非将帅才略，乃乱世之雄杰耳！"因极陈帝王将帅与乱世雄杰所以兴废成败，曰："吾尝望气汾晋^⑥，有圣人生，能往事之，富贵可取。"李公拂衣而言曰："竖儒不足与计事。"后脱身西走，所在收兵，终见败覆。降唐复叛，竟以诛夷。

【注释】

①李密：隋末瓦岗军首领，京兆长安（今属陕西）人。大业九年（613），参与杨玄感起兵反隋，失败后被捕。途中逃脱，投奔瓦岗起义军，并逐步取得了瓦岗军的领导权。

②杨玄感：隋朝贵族杨素之子，袭封楚国公，官至礼部尚书。隋末，农民起义纷纷爆发，他乘机起兵反隋，被隋军击败。

③雁门：即雁门关，位于山西北部。依山傍险，每年大雁飞过，故称雁门，为古代兵家征战之地，非常著名。

④蒲山党：李密的死党。因李密是隋上柱国、蒲山公的儿子，

李密上瓦岗寨取得翟让的信任后，自统一军，号蒲山公营。故李密的死党被称为蒲山党。

⑤长（zhǎng）者：指年高、位高或辈分高的人。泛指对他人的尊称。

⑥汾晋：汾水、晋城。指李渊起兵的太原地区。

【译文】

隋朝末年各地义兵兴起，魏先生在梁宋一带隐居。杨玄感打了败仗，帮他策划的李密逃亡到雁门，隐姓埋名，以教书为业，与先生有所结交往来。先生跟他开玩笑地说："看您神色沮丧而目光散乱，心气浮动而言语吞吐。神色沮丧是因为刚刚打了败仗，目光散乱是尚未打定主意，心气浮动是心有余悸，言语吞吐是因为另有图谋。现在正搜捕蒲山公的余党，难道就是您吗？"李密大惊，站起身来，拉住先生的手说："既然知道我了，难道不能营救我吗？"先生说："您没有帝王具备的气质，也不具备将帅的才略，只是乱世中的英雄豪杰罢了！"因而详尽地论述帝王将帅与乱世英豪之所以兴衰成败的道理。然后说道："我看过汾水、晋城一带的风水，那里有圣人出现，若能前去投靠，可以取得荣华富贵。"李密把衣服一摔说道："书呆子不配跟我谋划大事。"后来，他脱身西去，一路收集兵马，最终还是遭到失败。投降唐高祖后又反叛，结果被杀死。

王令言

乐人王令言，妙解音律。大业末①，炀帝将幸江都②，令言子当从，忽于户外弹胡琵琶，作翻调《安公子曲》。令

神品

言时卧室中,闻之大惊,蹶然而起曰:"变! 变!"急呼其子问曰:"此曲兴自早晚?"其子言顷来有之。令言欷歔流涕谓其子曰③:"汝慎无从行,帝必不返。"子问其故,令言曰:"此曲宫声④,往而不返。宫者君也,吾是以知之。"帝果于江都遇害。

【注释】

①大业:隋炀帝的年号,公元605—618年。

②江都:郡名。隋大业初改扬州置江都郡,治所在江阳(今江苏扬州)。隋炀帝大筑宫苑,定为行都。此后在此被宇文化及所杀。

③欷歔(xī xū):哭泣时抽噎、哽咽。

④宫:五音之一。五音即五个音级,指宫、商、角、徵(zhǐ)、羽。相当于现代简谱中的1、2、3、5、6。

【译文】

乐人王令言,精通音乐原理。大业末年,隋炀帝将要到江都去,令言的儿子应当随从,他突然在房子外面弹胡人乐器琵琶,弹出反调的《安公子曲》。令言当时正在屋里躺卧休息,听后大惊失色,一下子从床上跳起来,说:"要出事了! 要出事了!"急忙把儿子叫来问道:"这支曲子是从什么时候开始练的?"他儿子说刚刚开始练。令言哭泣着对他儿子说:"你千万不要随行,皇帝这次一定有去无回。"儿子问其中缘故,令言说:"这曲子属于宫声调,乐声发出之后回不来。宫声代表国君,我由此知道。"皇帝后来果然在江都被杀死。

韩宗师

元丰八年①，神宗升遐②。兵部韩宗师问宗丞程伯淳曰③："今日之事何如？"宗丞曰："司马君实、吕晦叔作相矣④。"兵部曰："二公果作相，当何如？"宗丞曰："当与元丰大臣同，若先分党与，他日可忧。"兵部曰："何忧？"宗丞曰："元丰大臣皆嗜利者，若使自变其已甚害民之法，则善矣；不然，衣冠之祸未艾也。君实忠直，难与议。晦叔解事，恐力不足耳。"既而皆验。

【注释】

①元丰八年：即公元 1085 年，元丰是宋神宗赵顼的一个年号，1078—1085 年。

②升遐：古代帝王死去称升遐。亦称登遐。

③程伯淳：即程颢（1032—1085），字伯淳，当时人尊称其为"明道先生"，原籍河南府（今河南洛阳），宋代理学家。

④司马君实：即司马光，北宋大臣，字君实。宋哲宗初即位，高太后听政，召司马光入京主持国政，次年，下令废除王安石的新法。主编有《资治通鉴》。吕晦叔：即吕公著，北宋大臣，字晦叔。宋神宗时反对王安石变法，哲宗即位后，高太后临朝，他和司马光同被召用，不久废除新法。

【译文】

北宋元丰八年，神宗逝世。兵部韩宗师问宗丞程伯淳说："现在的事情怎么样啊？"宗丞回答说："司马光、吕公著要做宰相了。"

韩宗师说:"二位果真做了宰相,会怎么办呢?"宗丞说:"应当与元丰年间的大臣认同,如果把党派利益放在首位,将来就很令人担忧了。"韩宗师问:"担忧什么?"宗丞说:"元丰年间的大臣都喜欢讲财利,如果让他们自己去改变那些害民已深的政令,就很好了;如果不是这样,同僚之间的争斗就会没完没了。司马光为人忠直,很难与他商量让他改变主意,吕公著虽然明解事理,只怕能力达不到啊。"这些话事后都得到了验证。

刘基①

初,刘诚意隐居力学,尝游武林西湖。有异云起西北,鲁道源、宇文公谅皆谓此庆云。公独纵饮不顾,曰:"此天子气,应在金陵。十年后,有王者起其下,我当辅之。"后谒贾镒,见有洁癖而去。又谒王冕,见其胆不足而去。又谒方国珍,处两月,偶情洽,方移坐门槛,亦去。乃谒我太祖②,入其境,便倾心。以"天道后举者胜"一语契之,遂置幄中③。多所咨受,以成大功。

【注释】

①刘基:字伯温,明初大臣,精通天文兵法,是朱元璋的重要谋士。明初任御史中丞兼太史令,封诚意伯。

②太祖:指明太祖朱元璋。

③幄:帐幕。

　　起初,刘基隐居不仕,致力于学术,曾经游历到杭州西湖。有奇异云气从西北方升起,鲁道源、宇文公谅都认为是祥瑞之气。刘伯温却只顾开怀畅饮,看也不看一眼,说:"这是天子气,应验它的地方是在金陵(南京)。十年以后,有真命天子从这里兴起,我应当去辅佐他。"后来去拜谒贾镒,见他过于洁身自好而离开。又去拜见王冕,见他胆略不足而离开。又拜见方国珍,相处了两个月,两情投合,谈话间看到方的屁股移坐到门槛,也离他而去。于是去拜见我朝太祖(朱元璋),一进入他的控制地域,就两心相倾。凭着"谁最后举起替天行道的旗帜谁就是最后的胜利者"这句话,合了太祖的心意,于是被安排在身边。后来多次接受咨询,所献计策也多被采纳,最终成就了大功业。

妙品

【题解】

《智品》原序在叙述妙品时说："妙品以应圆。"也就是说无论处在什么样的情况之下，都能应对自如，圆满解决问题。人生在世，会遇到形形色色的问题，如何应对问题，如何解决问题，是一门学问。"妙品"给我们提供了一幅幅历史的画卷，叙述了先贤们是如何化坎坷为坦途、解悬壶于倒急的真实事例。他们凭借自己的智慧，使一个个复杂的问题，最终都得到了圆满解决，这也正是"妙品"的美妙所在。

文王①

昔者文王侵孟、克莒、举酆②，三举事而纣恶之③。文王惧，请入洛西之地，赤壤之国方千里，请以解炮烙之刑④。天下皆悦。仲尼闻之曰："仁哉，文王！轻千里之国，而请解炮烙之刑。智哉，文王！出千里之地，而得天下之心。"

【注释】

①文王：商末周族领袖，姬姓，名昌，商纣时为西伯。曾被纣囚禁于羑里，统治期间国势强盛，为武王灭商奠定了基础。

②酆(fēng)：古地名，在今陕西户县北。

③纣：商朝末代君主，帝辛。历史上有名的暴君，发明各种刑罚，统治残暴，牧野之战后，兵败自焚。

④炮烙之刑：商代所用的一种酷刑，用铜柱加炭使热，令有罪者行其上。

【译文】

从前周文王率兵攻入孟地、攻克莒地、攻取酆地，三次军事行动胜利后引起了商纣王的嫉恨。文王有些担心害怕，请求把洛西之地献给商朝，用方圆千里的土地，请求纣王废除炮烙之刑。天下的人都为之高兴。孔子听说后感叹说："仁义啊，周文王！看轻方圆千里的土地，而请求废止炮烙之刑。智慧啊，周文王！献出方圆千里的土地，而赢得天下民心。"

周公

武王克殷，召太公而问曰："将奈其士众何？"对曰："臣闻爱其人者，兼屋上之乌；憎其人者，恶其余胥①，咸刘厥敌，使靡有余②，何如？"王曰："不可。"太公出，召公入③，王曰："为之奈何？"对曰："有罪者杀之，无罪者活之，何如？"王曰："不可。"召公出，周公入，王曰："为之奈何？"周公曰："使各居其宅，田其田，无变旧新，唯仁是亲。百姓有过，在予一人。"武王曰："广大乎，平天下矣。"

妙
品

【注释】

①余胥：墙壁，藩篱。此处可理解为同党。

②靡：无，没有，鲜，少。

③召公：周文王庶子，名奭，食邑于召（今陕西凤翔），故称。

【译文】

　　周武王攻克殷都，召见姜太公而问道："将如何对待殷朝的民众啊？"姜太公回答说："臣听说爱一个人，连同他屋上的乌鸦也要爱；憎恶一个人，连同他的同党一起憎恶，赶尽杀绝，不留后患，怎么样啊？"周武王说："不可。"太公出去后，召公进来，武王又说："怎么办啊？"召公说："有罪的杀掉，无罪的活下来，怎么样啊？"武王说："不可。"召公出去后，周公进来，武王又说："怎么办？"周公回答说："让他们各自住在各自的家中，各自耕种各自的土地，不改变他们的生活习惯，用仁爱之心对待他们。百姓有过错，责任在我一人。"武王说："胸怀真宽广啊！天下可以安定了！"

管仲①

　　管子得于鲁，束缚而槛之，使役人载而送之齐。皆讴歌而引。管子恐鲁止而杀己也，欲速至齐，因谓役人曰："我为汝讴，汝为我和。"其和适宜，役人不倦而取道甚远。管子可谓能因事役人。人得其所欲，己亦得其所欲。以此术也而用万乘之国②，其霸犹少乎？

【注释】

　　①管仲：名夷吾。春秋时著名的政治家。齐桓公任命管仲为相，实行改革，使齐国成为春秋五霸之首。

　　②万乘之国：指大国。乘，四匹马拉的车。

　　管仲在鲁国被捕,被捆绑着投入囚车,由差役们推车送往齐国。差役们唱着歌、拉着车向齐国走去。管仲担心鲁国醒悟后阻止囚车而杀了他,想快一点到达齐国,就对拉车的差役们说:"我唱歌,你们对歌。"管仲和差役们一唱一和,不觉疲倦就走了很远的路。管子可以称为善于因事差使别人。别人实现了要求,自己也达到了目的。用这种方法来治理一个大国,称霸天下还没有可能吗?

　　桓公曰:"五衢之民^①,哀然多衣弊而屦穿^②,寡人欲使帛布丝纩之贾贱,为之有道乎?"管子曰:"请以令:沐途旁之树枝,使无尺寸之阴。"桓公曰:"诺。"行令未能一岁,五衢之民皆多衣帛完屦。桓公召管子而问曰:"此其何故也?"管子对曰:"途旁之树未沐之时,五衢之民男女相好往来之市者,罢市相赌树下,谈语终日不归;男女当壮,扶辇推舆相赌树下^③,戏笑超距,终日不归;父兄相赌树下,论议玄语,终日不归。是以田不发,五谷不播,麻桑不种,蚕缕不治,内严一家而三不归,则帛布丝纩之贾安得不贵^④?"桓公曰:"善。"

　　①衢(qú):四通八达的道路。

　　②哀(póu)然:聚集在一起的样子。哀,聚集。

　　③扶辇推舆:辇,用人挽拉的车子。舆,原指车厢,后泛指车子,也指轿子。

　　④丝纩(kuàng):丝和丝绵。纩,古时指新丝棉絮,后泛指

妙
品

25

绵絮。

【译文】

齐桓公说:"街道上的民众,聚集在一起就会发现大多衣裳破旧而鞋子磨破,寡人想让布帛丝缕的价格低下来,有什么好的办法吗?"管仲说:"请下令砍去路旁大树的树枝,让它没有一点阴凉的地方。"桓公说:"好的。"这个命令执行了不到一年,百姓大多穿上了丝织的衣服和完好的鞋子。桓公召见管仲问道:"这是什么原因啊?"管仲回答道:"道旁的树未砍去枝叶时,五衢之民男女往来于集市,罢市后相聚于树阴下,胡扯闲聊,终日不归;成年男女,推扶着车辇,相聚于树阴之下,过分嬉闹,终日不归;父子兄弟相聚于树阴之下,说些奇谈怪论,终日不归。所以农田得不到整治,五谷麻桑得不到播种,蚕缕得不到护理,一个家庭而有三种不归家的情况,布帛丝缕怎么能不昂贵呢?"桓公说:"说得好啊。"

秦穆公①

秦缪公尝出而亡其骏马,自往求之,见人已杀其马,方共食其肉。缪公问曰:"是吾骏马也?"诸人皆惧而起。缪公曰:"吾闻食骏马肉不饮酒者杀。"人即以次饮之酒。杀马者皆惭而去。居三年,晋攻秦缪公,围之。往时食马肉者相谓曰:"可以出死,报食马得酒之恩矣!"遂溃围,缪公卒得以解难胜晋,获惠公以归②。此德出而福反也。

【注释】

①秦穆公:一作秦缪公,春秋时秦国君主。公元前659—前

621年在位。曾任用百里奚,蹇叔、由余等人,称霸西戎,是有名的政治家。

②惠公:春秋时晋国君主。姓姬,名夷吾,在位期间在大国争霸中无所作为。

【译文】

秦穆公曾经在外出时走失了骏马,他亲自去寻找,看到有人已把他的骏马杀了,并正在一起吃马肉。穆公就问他们说:"这是我的骏马吗?"众人都吓得站了起来。穆公说:"我听说吃骏马肉而不饮酒会死人的。"于是吃马肉的人依次饮了秦穆公给他们的酒。然后,都惭愧离去。三年后,晋国的军队包围了秦穆公。过去吃过穆公马肉的士兵相互说:"我们应当以死来报答食马得酒的恩情啊!"于是帮助秦穆公冲出众围,战胜晋军,并俘虏了晋惠公。这是因为惠施德行而获得福份啊。

优孟①

楚庄王之时,有所爱马,衣以文绣,置之华屋之下,席以露床,啖以枣脯。马病肥死,使群臣丧之,欲以棺椁大夫礼葬之②。左右争之,王曰:"有敢以马谏者死。"优孟闻之,入殿门仰天大哭,王惊怪而问故,优孟对曰:"马者,王之所爱也。以楚国堂堂之大,何求不得? 而以大夫礼葬之薄。"王曰:"何如?"对曰:"臣请以雕玉为棺,文梓为椁,梗楠豫章为题凑③,发甲卒,为穿圹④,老弱负土,齐赵陪位于前,韩魏翼卫其后,庙食太牢⑤,奉以万户之邑。诸侯闻之,皆知大王贱人而贵马也!"王曰:"寡人之过,一至是

乎!"优孟曰:"请为大王六畜葬之,以垅灶为椁,铜历为棺,赍以姜枣,荐以木兰,祭以粳稻,衣以火光,葬之于人腹肠。"于是王乃使以马属太官,曰:"无令天下久闻也。"

【注释】

①优孟:姓孟的演艺人员。优,演杂戏的人。

②棺椁(guǒ):棺材和套棺,泛指棺材。

③题凑:古代天子的椁制,亦赐用于大臣。椁室用厚木累积而成,至上为题凑。

④穿圹(kuàng):挖掘墓地。圹,墓穴。

⑤太牢:古代帝王、诸侯祭祀社稷时,牛、羊、猪三牲全备为太牢,是最隆重的祭祀之礼。

【译文】

楚庄王嗜好马,让马披绣花的披风,住华丽的房子,卧睡珍贵的席子,食用昂贵的枣脯。结果马因肥胖而死,又让群臣为马发丧,要用棺木装尸,以大夫之礼安葬。左右大臣们劝谏,庄王说:"有敢因为葬马而进谏的人,处死!"优孟听说后,进入庄王的大殿仰天大哭,庄王惊怪而问孟优大哭的原因,优孟回答说:"马是大王的珍爱之物,楚国是堂堂大国,想要什么没有办不到的?却用大夫之礼安葬马,这太寒酸了。"庄王说:"怎么安葬才好啊?"优孟说:"臣请用精雕细刻的玉石作为棺,用雕花的梓木作为椁,梗楠豫章作为题凑,调集士兵挖掘墓地,役使老弱百姓背土起坟,让齐国、赵国在前陪位,韩国、魏国在后保卫,用太牢来祭祀,并给万户的采邑。诸侯们听说后,都知道大王轻人而贵马啊!"庄王说:"寡人的过错,到了如此地步啊!"优孟说:"请大王把马当作六畜一样安葬,用锅灶为椁,铜锅为棺,加上姜、枣等辅料,再添加诸如木兰之类的香料,然后和粳稻一起,用火煮熟,把它安葬到人的腹肠之中。"于是庄王把马交给太官,说:"不要让天下都知道这件事。"

晏子①

景公有马②,其圉人杀之③。公怒,拔戈将自击之。晏子曰:"此不知其罪而死,臣请为君数之。"公曰:"诺。"晏子举戈临之曰:"汝为吾君养马而杀之,而罪当死;汝使吾君以马之故杀圉人,而罪又当死;汝使吾君以马故杀人闻于四邻诸侯,而罪又当死。"公曰:"夫子释之④,勿伤吾仁也。"

【注释】

①晏子:一作晏婴,春秋时齐国大夫。著名的政治家、思想家、外交家,以生活节俭、谦恭下士著称。

②景公:春秋时齐国君主。名杵臼,公元前547—前490年在位,政治家。

③圉(yǔ)人:古代官名,掌管养马放牧之事。

④夫子:古代对男子的尊称。此处是对晏子的尊称。

【译文】

齐景公有马,被他的马夫杀掉了。景公大怒,操戈要亲自击杀马夫。晏子说:"这样杀死他,他还不知道自己犯了什么罪而死,臣请求为大王数落一下他的罪行。"景公说:"好的。"于是晏子拿着戈走到马夫面前说:"你为我君养马却杀了马,你的罪当死;

你使我君因为一匹马而杀死他的马夫,你的罪又当死;你使我君因为一匹马而杀人的消息传到四周诸侯国去,你的罪又当死。"齐景公忙说:"夫子放了他吧,不要因此而伤害我的仁爱之心啊。"

孔子

孔子行游,马失,食农夫之稼,野人怒①,取马而系之。子贡往说之②,卑辞而不能得也。孔子曰:"夫以人之所不能听说人,譬以太牢享野兽,以九韶乐飞鸟也③。予之罪也,非彼人之过也。"乃使马圉往说之。至见野人曰:"子耕于东海,至于西海,吾马之失,安得不食子之苗?"野人大喜,解马而与之。

【注释】

①野人:一作鄙人。古时称四郊之外地区为"野"或"鄙"。此处指在"野"的农业生产者。

②子贡:春秋时卫国人。端木氏,名赐。孔子学生,善于辞令。

③九韶:传说中的虞舜乐名。韶乐九章,故名。

【译文】

孔子出外,马走失了,走失的马吃了农夫的庄稼,农夫大怒,把马捉住系了起来。子贡前去要马,说了许多好话农夫也不交还。孔子说:"子贡用别人听不懂的话说服别人,好比用太牢去祭祀野兽,把韶乐演奏给飞鸟。这是我的过错啊,不是那农夫的错。"就叫马夫去要马。马夫到了农夫跟前说:"你在东海耕田,来到西海。我的马走失了，怎么能不吃你的庄稼呢?"农人听了大喜,解下马交给了马夫。

蘧伯玉^①

蘧伯玉使至楚,逢公子皙濮水之上^②。子皙接草而待曰^③:"敢问上客将何之?"蘧伯玉为之轼车^④。公子皙曰:"吾闻上士可以托色,中士可以托辞,下士可以托财。三者固可得而托也。"蘧伯玉曰:"谨受命。"蘧伯玉见楚王,使事毕,坐谈语从容,言至于士,楚王曰:"何国最多士?"曰:"楚最多士。"楚王大悦。蘧伯玉曰:"楚最多士,而楚不能用。"王造然曰^⑤:"是何言也?"蘧伯玉曰:"伍子胥生于楚^⑥,逃之吴,吴受而相之,发兵攻楚,堕平王之墓。伍子胥生于楚,吴善用之。蚠蚡黄生于楚,走之晋,治七十二县,道不拾遗,民不妄得,城郭不闭,国无盗贼。蚡黄生于楚,而晋用之。今者臣之来,逢公子皙濮水之上,辞言上士可以托色,中士可以用托辞,下士可以托财,三言者固可得而托身耶。又不知公子皙将何治也。"于是楚王发使一驷、副使二乘^⑦,追公子皙濮水之上。子皙还重于楚,蘧伯玉之力也。故诗曰:"谁能烹鱼,溉之釜鬵^⑧。孰将西归,怀之好音"此之谓也。物之相得,固微甚矣。

【注释】

①蘧(qú)伯玉:春秋末卫国大夫,名瑗,事卫三公(献公、襄公、灵公),因贤德闻名诸侯。

②濮水：古水名，流经春秋卫地，一称濮渠水。

③接草：古代一种行礼仪式。接，迎接，接待。

④轼车：把手放在车前横木上，凭轼致敬，表示行礼。

⑤造然：仓猝，突然。造，通"猝"。

⑥伍子胥：春秋时吴国大夫，名员，字子胥，著名军事家，谋略家。帮助吴王阖闾夺取王位，整军经武，国势日盛；后因劝谏夫差渐被疏远，最终被赐死。

⑦驷：古代一车套四马，因以称一车所驾之四马或驾四马之车为驷。

⑧釜鬶（guī）：古代炊器。釜，古代敛口、圆底有两耳的锅。鬶，古代口若鸟嘴、有把柄、有三空心足的锅。

【译文】

蘧伯玉出使楚国，在濮水边遇见楚国的公子皙。公子皙以接草礼向他致意，说："请问尊贵的客人将去往何处啊？"蘧伯玉也把手放在车前横木上还礼。公子皙说："我听说上士可以用表情拜托他，中士可以用言辞拜托他，下士可以用钱财拜托他。这三方面本来都可以用来拜托你的。"蘧伯玉说："恭敬地接受您的委托。"蘧伯玉拜谒楚王，完成出使的任务后，就坐下来从容地和楚王闲谈，当说到士的时候，楚王说："哪个国家士最多？"蘧伯玉说："楚国最多。"楚王听后很高兴。蘧伯玉又说："楚国士虽多，却不能用士。"楚王不解地问："为什么这样说呢？"蘧伯玉说："伍子胥生在楚国，逃到吴国，吴国任用为相，发兵攻楚，毁了平王之墓。伍子胥生在楚国，在吴国却得到了重用。衅蚡黄生在楚国，逃亡到晋国，治理了七十县，道不拾遗，民风简朴，城门不闭，国无盗贼。蚡黄生在楚国，在晋国却得到了重用。臣来楚国时，在濮水上遇到公子皙,他说上士可以用表情拜托他,中士可以用言辞拜托他,下士可以用钱财拜托他,本来可以用这三方面来拜托你的。又不知那位公子皙要到什么地方去治理啊!"于是楚王派出一辆四马拉的车子和两位副使,到濮水边追赶公子皙。公子皙回到楚国得到重用,这都是蘧伯玉的作用啊。所以《诗经·匪风》写道:"哪个人能够煮鱼啊?我愿替他洗净铁锅和那三只脚的锅。哪个人能够携带百姓到西方安居啊,我愿说好话安慰他。"就是说这类事啊。事情取得极好的结果,有时是从很小的方面开始的。

晏子

　　齐人甚好毂击相犯以为乐①,禁之不止,晏子患之。乃为新车良马,出与人相犯也,曰:"毂击者不祥,臣其祭祀不顺,居处不敬乎?"下车弃而去之。然后国人乃不为。故曰:"禁之以制,而身不先行也,民不肯止。"故化其心,莫若教也。

【注释】

　　①毂(gǔ)击:战国齐人令车交驰,以毂相击为乐的一种活动。毂,车轮中心的圆木,用以插轴。

【译文】

　　齐国人很喜爱用长车轴相互碰撞取乐,禁而不止,晏子为此感到忧虑。于是他用良马驾着新车,外出与人相撞,说:"用车轴相互撞击的人不吉祥,我祭祀不顺,难道是用车轴相互撞击的原因吗?"于是弃车而去。此后齐国人不再玩毂击游戏了。所以

说:"用法规制度制止,而不以身作则,百姓是不会停止的。"所以要改变风俗,没有比教化更好的。

叔向^①(一)

晋平公问叔向曰:"昔齐桓公九合诸侯,一匡天下,不识其君之力乎? 其臣之力乎?"叔向对曰:"管仲善制割,隰朋善削缝^②,宾须无善纯缘^③,桓公知衣而已,亦其臣之力也。"师旷侍曰^④:"臣请璧之以五味^⑤:管仲断割之,隰朋煎熬之,宾须无齐和之,羹以熟矣,奉而进之,而君不食,谁能强之? 亦君之力也。"

【注释】

①叔向:春秋时晋国大夫,羊舌氏,名肸,历事晋悼公、平公和昭公。在晋国没有执掌国政,但以正直和才识见称于时。

②隰(xí)朋:春秋齐国著名大夫。

③宾须无:春秋时齐国大夫。他与隰朋、管仲、鲍叔牙等辅助齐桓公称霸。

④师旷:晋平公身边的乐师。

⑤五味:泛指各种味道或调和众味而成的美味佳肴。

【译文】

晋平公问叔向说:"当初齐桓公九次会合诸侯,一统天下,不知道这是国君的力量? 还是臣下的力量?"叔向回答说:"管仲善于剪裁,隰朋善于缝纫,宾须无善于修饰,而桓公只知穿衣罢了,由此可知是臣下的力量啊。"师旷侍立在旁边,说:"臣请用烧制菜肴作比喻：管仲是切肉的，隰朋是煎熬的，宾须无是调味的，肉烧制熟了，奉献给国君，如果国君不吃，谁能强迫他啊？所以也是国君的力量啊！"

叔向（二）

平公射鹌不死，使竖襄搏之①，失，公怒，拘将杀之。叔向闻之。夕，君告之。叔向曰："君必杀之。昔吾先君唐叔②，射兕于徒林③，殪④，以为大甲，以封于晋。今君嗣吾先君唐叔，射鹌不死，搏之不得，是扬吾君之耻者也。君其必速杀之，勿令远闻。"君忸怩颜，乃趣救之⑤。

【注释】

①竖襄：侍者，仆人。竖，旧称童仆。

②唐叔：周代晋国的始祖，姬姓，名虞，字子于，周成王之弟。

③兕(sì)：古代犀牛一类的兽名。

④殪(yì)：死亡。

⑤趣(cù)：通"促"。催促。

【译文】

晋平公射鹌鹑未能射死，让侍者去捉，没有捉到。平公大怒，把侍者拘禁起来准备把他杀掉。叔向听说了这件事。晚上，平公把这件事告诉叔向。叔向说："大王务必要杀掉这位侍者。过去我先君唐叔在徒林射杀犀牛，将犀牛皮制成铠甲，被封在晋。现在君主继承我先君唐叔的君位，射鹌鹑而不死，捉又未捉住，这是宣扬我君的耻辱啊。务必赶快杀掉侍者，不要让这件事传出去。"

平公有些羞惭，就催促放了侍者。

齐威王①

　　齐威王初即位不治，委政卿大夫，九年之间，诸侯并伐。于是威王召即墨大夫②，语之曰："自子之居即墨也，毁言日至，然吾使人视即墨，田野辟，人民给，官无留事，东方以宁。是子不事吾左右以求誉也。"封之万家。召阿大夫语曰："自子之守阿也，誉言日闻，然吾使人视阿，田野不辟，人民贫苦。昔日赵攻甄，子弗救；卫取薛陵，子弗知。是子以弊厚吾左右以求誉也。"即日烹阿大夫及左右尝誉者③。遂起兵西击赵、卫；败魏于浊津而围惠王。惠王请献观以和，赵人归我长城。于是齐国震惧，人人不敢饰非，务尽其情，齐国大治。诸侯闻之，莫敢致兵于齐。

【注释】

　　①齐威王：战国时齐国君主。公元前356—前320年在位，在位期间改革政治，国力渐强。

　　②即墨：古地名，战国时为齐邑。在今山东。

　　③烹：古代一种酷刑，用鼎来煮杀人。

【译文】

　　齐威王刚即位时，并不励精图治，而是把政事托给卿大夫，以至九年之间，遭到各诸侯国的联合攻伐。于是齐威王召见即墨大夫，对他说："自从你去管理即墨，攻击毁谤你的话每天都能听到，然而我派人去即墨考察，发现田野开垦，人民富足，官府没有积压待办的事情，东方因而安宁。这是你不愿结交我身边的人而求赞誉啊。"于是，封万户采邑给即墨大夫。又召见阿城大夫，对他说："自从你去守阿城，赞美表扬你的话每天都能听到，然而我派人去阿城考察，发现田野未开垦，人民贫困。从前赵国攻打甄地，你不救援；卫国攻取薛陵，你不知消息。这是你用重金收买我身边的人而求赞誉啊！"当天就下令烹杀了阿大夫以及齐王身边曾赞誉阿大夫的人。于是率兵攻击赵、卫；在浊津打败魏兵并包围了魏惠王。魏惠王献地求和，赵国归还我长城。于是齐国上下震动，人人都不敢文过饰非，务必尽最大努力做好本职工作，齐国大治。各诸侯国听说后，没有谁再敢对齐用兵。

王翦①

秦伐楚，使王翦将兵六十万人，始皇自送至灞上②。王翦行，请美田宅园地甚众。始皇曰："将军行矣，何忧贫乎？"王翦曰："为大王将，有功终不得封侯，故及大王之向臣，臣亦及时以请园地，为子孙业耳。"始皇大笑。王翦既至关，使使还请善田者五辈。或曰："将军之乞贷，亦已甚矣。"王翦曰："不然。夫秦王怛中③，粗而不信人，今空秦国甲士而专委于我，我不多请田宅，为子孙业以自坚，顾令秦王坐而疑我耶？"

【注释】

①王翦：战国末年秦将，先后率军攻破赵、燕、楚，后被封为武城侯。

②瀍上：一作霸上，古地区名，在今陕西西安东南。

③怛（dá）：惊恐不安。

【译文】

秦国讨伐楚国，命王翦率兵六十万前往，始皇亲自送行到瀍上。临行时，王翦向秦始皇请求封赏许多的美田宅园。秦始皇说："将军放心去吧，何必担心贫困呢？"王翦说："做大王的将军，有功最终也不得封侯，所以趁大王还需要臣，臣及时请求封赏园地，作为留给子孙的产业。"秦始皇听后大笑。王翦率军到达边境，又连续不断的派了五批使者回京向秦始皇落实封赏的事。有人说："将军请求封赏，也太过分了。"王翦说："不是这样的。秦王内心多疑而不安心，粗疏待人而不信任，如今他把全国的军队都交给我，我如果不向他多要田宅作为子孙的产业当做带兵打仗的条件，难道等着让秦王对我产生猜疑吗？"

舍人儿

项王击陈留、外黄①，外黄不下，数日降。项王悉令男子十五以上诣城东，欲坑之。外黄令舍人儿②，年十三，往说项王曰："彭越强劫外黄③，外黄恐，故且降以待大王。大王至，又皆坑之，百姓岂有归心哉？从此以东，梁地十余城皆恐，莫肯下矣。"项王然其言，乃赦外黄当坑者。

【注释】

①项王：即项羽，楚国贵族出身，秦亡后自立为西楚霸王。

②舍人：是亲近左右的通称。作为官名始见《周礼》，战国及

汉初王公贵族都有舍人。

　　③彭越:汉初诸侯王,字仲,昌邑人,秦末曾聚众起兵。

【译文】

　　项羽攻打陈留、外黄,外黄久攻不下,数日后才投降。项羽把全城十五岁以上的男子全部集中到城东,要坑杀他们。这时,外黄县令舍人的儿子,只有十三岁,前往劝说项羽说:"彭越用武力洗劫外黄,外黄百姓恐惧,所以才投降等待大王的到来。大王来后又要坑杀百姓,百姓怎么会从内心里归顺大王呢?从外黄向东,梁地的十多个城都会因此恐惧而不投降了。"项羽认为这孩子说得有道理,就赦免了那些要坑杀的外黄男子。

鲍生

　　汉高专任萧何关中事①。汉三年,与项羽相距京索间②,上数使使劳苦丞相。鲍生谓何曰:"今王暴衣露盖,数劳苦君者,有疑君心也。为君计,莫若遣君子孙昆弟能胜兵者③,悉诣军所。"于是何从其计,汉王大说。

【注释】

　　①萧何:汉初大臣,秦末佐刘邦起义,对刘邦战胜项羽,建立汉朝起了重要作用,后被封为酂侯。关中:古地区名。秦都咸阳,汉都长安,称函谷关以西为关中。在今陕西渭南潼关以西到宝鸡市宝鸡峡以东的地区。

　　②京索:地名,即京邑与索亭。二地今皆属荥阳。

　　③昆弟:即兄和弟,也包括近房和远房的弟兄。

妙品

　　汉高祖刘邦委托丞相萧何全权处理关中事务。汉三年,汉高祖与项羽在京索之间对峙相持,多次委派使者慰劳萧何。鲍生对萧何说:"如今汉王在外作战,缺衣少食,露宿野外,却多次慰劳您,是对您有疑心啊。替您着想,不如把您能当兵的子孙兄弟,全都送到汉王军中。"萧何听从了鲍生的建议,汉王果然大悦。

陈平①

　　陈平间行②,仗剑亡渡河。船人见其美丈夫独行,疑其亡将,腰中当有金玉宝器,目之欲杀平。平恐,乃解衣,裸而佐刺船,船人知其无有,乃止。

【注释】

　　①陈平:西汉开国功臣,阳武(今河南原阳东南)人,著名谋略家,封曲逆侯。

　　②间:秘密地,悄悄地。

【译文】

　　陈平秘密赶路,带剑逃亡,将要渡过黄河。船夫看他是个美男子,又独自行路,怀疑他是逃亡的将领,身上肯定带有金银财宝,就相互使眼色想杀死陈平。陈平十分担心,就解下衣衫,裸露着身体帮船夫划船,船夫看到他身上没有钱财,才终止杀他的念头。

留侯张良

　　汉高帝已封大功臣二十余人，其余日夜争功不决，未得行封。上在洛阳南宫，从复道望见诸将①，往往相与坐沙中语，上曰："此何语？"留侯曰："陛下不知乎？此谋反耳。"上曰："天下属安定，何故反乎？"留侯曰："陛下起布衣②，以此属取天下，今陛下为天子，而所封皆萧曹故人所亲爱；而所诛者，皆生平所仇怨。今军吏计功，以天下不足遍封。此属畏陛下不能尽封，恐又见疑平生过失及诛，故即相聚谋反耳。"上乃忧曰："为之奈何？"留侯曰："上平生所憎，群臣所共知，谁最甚者？"上曰："雍齿与我故③，数尝窘辱我，我欲杀之，为其功多，故不忍。"留侯曰："今急先封雍齿，以示群臣。群臣见雍齿封，则人人自坚矣。"于是上乃置酒，封雍齿为什方侯。而急趣丞相、御史定功行封④。群臣罢酒皆喜，曰："雍齿尚为侯，我属无患矣！"

【注释】

　　①复道：宫殿之间往来回复的空中走廊。

　　②布衣：平民。

　　③雍齿：沛（今江苏沛县东）人，西汉初武将。曾随刘邦起兵反秦，后又叛走；最后又归向刘邦。刘邦以其立有战功，没有杀他。

　　④趣（cù）：通"促"，催促。

　　汉高帝已封功劳高的大臣二十多人，其余的人日夜争功，以至不能决定谁受封。高帝在洛阳（汉为东都）南宫，从宫殿之间的空中走廊上望见诸将相互坐在沙地上谈论，高帝说："他们在说什么啊？"留侯张良说："陛下不知道吗？这是在谋反啊。"高帝说："天下刚刚安定，为什么要谋反啊？"张良说："陛下是从布衣起家，靠着这些人夺取了天下，如今陛下做了天子，所封的都是萧何、曹参这些亲信和您故旧之人，所杀的都是您平时所怨恨的人。现在军吏在统计每人的功劳，认为天下的土地不够用来封赏功臣的。他们担心陛下不能封每一位有功的人，又担心从前有过失而被诛杀，所以聚在一起想谋反。"高帝忧虑说："这怎么办才好呢？"张良说："陛下一向憎恶而群臣又都知道的人，是谁啊？"高帝说："雍齿与我是同乡，曾多次羞辱我，我很想杀他，因为他功多，所以不忍心。"张良说："现在先封雍齿，并让群臣都知道。大家见雍齿尚能够受封，就都安心了。"于是高帝设置酒宴，封雍齿为什方侯。又催促丞相、御史大夫赶快对大家论功行赏。群臣酒宴后都很高兴，说："雍齿尚且封侯，我们还担心什么！"

萧何

　　吕后用萧何计诛韩信①。上已闻诛信，使使拜萧何为相国，益封五千户，令卒五百人、一都尉为相国卫②。诸君皆贺，召平独吊。召平者，故秦东陵侯，秦破为布衣，贫，种瓜长安城东，瓜美，故世谓东陵瓜，从召平始也。平谓何曰："祸自此始矣。上暴露于外，而君守于内，非被矢石之难，而益封君置卫者，以今者淮阴新反，于中有疑君心。

夫置卫卫君,非以宠君也。愿君让封勿受,悉以家私财佐军。"何从其计,上说。其秋黥布反^③,上自将击之。数使使问相国何为? 曰:"为上在军,拊循勉百姓,悉所有佐军,如陈豨时^④。"客又说何曰:"君灭族不久矣。夫君位为相国,功第一,不可复加。然君初入关中,得百姓心十余年矣,皆附君,尚复孳孳得民和? 上所为数问君,畏君倾动关中。今君胡不多买田地,贱贳贷以自污,上心必安。"于是何从其计,上乃大说。

【注释】

①吕后:汉高祖皇后,名雉,曾助汉高祖杀害韩信、彭越等异姓诸侯王。其子惠帝死后临朝听政,掌握实权。

②都尉:官名,战国时始置,比将军略低的武官。

③黥布:即英布,秦末汉初名将,初属项羽,为霸王帐下五大将之一,被封为九江王,后叛楚归汉,被封为淮南王。

④陈豨(xī):宛朐人,汉初封为列侯,以赵国相国的身份统率赵国、代国的军队,后与王黄等人一同反叛,自立为代王。

【译文】

吕后采用萧何的计谋诛杀韩信。汉高祖刘邦听到韩信已诛的消息,派使者拜萧何为相国,并增加封赏五千户,派五百名士兵和一个都尉护卫相国。众人都来道贺,唯独召平表示忧虑。召平原是秦国的东陵侯,秦灭亡后成为普通百姓,生活贫困,在长安城东以种瓜为业,瓜长得又甜又美,现在所谓的东陵瓜,就是从召平开始的。召平对萧何说:"您的灾祸从此开始了。皇上终年在外征战,而您却安守于后方,您没有经过战场上矢石之难,却获得增

封并设置卫队，是因为最近淮阴侯韩信刚刚谋反，皇上内心怀疑您。设置卫队护卫您，不是因为宠信您啊！希望您辞去封赏，并献出全部家产用来资助军队。"萧何听从了召平的建议，汉高祖刘邦十分高兴。这年秋天，黥布造反，高祖亲自率军征讨。多次派使者询问相国在做什么？萧何禀奏："皇上在军中，我在抚慰勉励百姓，尽全力来支援前线，就和平定陈豨时一样。"门客又劝说萧何道："您离灭族不远了。您是相国，功劳第一，不能再加封赏了。然而您入关至今，十多年来得到百姓的欢心，民众都归附您，还有什么必要再努力去得民心呢？皇上多次问您在做什么，就是担心您动摇关中。现在您何不多买良田，低价放贷，以损害自己的形象，这样皇上就放心了。"萧何听从了门客的计策，高祖果然大喜。

蒯通①

蒯通之客谓通曰："先生之于曹相国②，拾遗举过，显贤进能，齐国莫若先生者。先生知梁石君、东郭先生，何不进之于相国？"通曰："诺。臣之里妇，与里之诸母相善也。里妇夜亡肉，姑以为盗，怒而逐之。妇晨去，过所善诸母，语以事而谢之。里母曰：'汝定行，我今令而家追汝矣。'即束缊请火于亡肉家③，曰：'昨暮夜，犬得肉，争斗相杀，请火治之。'亡肉家遽追呼其妇④。故里母非谈说之士也，束缊乞火，非还妇之道也，然物有相感，事有适可。臣请乞火于曹相国。"乃见相国，曰："妇人有夫死三日而嫁者，有幽居守寡不出门者，足下即欲求妇，何取？"曰："取不嫁者。"通曰："然则求臣亦犹是也。彼东郭先生、梁石君,齐之俊士也。隐居不嫁,未尝卑节下意以求仕也。"曹相国曰:"敬受命。"皆以为上宾。

【注释】

①蒯(kuǎi)通:即蒯彻,汉初范阳人。汉惠帝时丞相曹参的宾客。

②曹相国:即曹参,汉初大臣,沛县人。汉初封平阳侯,后继萧何为汉惠帝丞相。

③缊(yùn):碎麻或破棉絮。

④遽:急,仓猝。

【译文】

蒯通的门客对他说:"先生对于曹相国,拾遗补过,显贤进能,全国无人能与先生相比。先生知道梁石君、东郭先生,为什么不推荐给曹相国呢?"蒯通说:"好的。我所居住的胡同里有一位妇女,与胡同内的妇女们相好。这个妇女家夜间丢了一块肉,婆婆怀疑是她偷的,大怒并把她赶走。早晨,这个妇女离家而去,与和她交好的妇女们相遇,把这件事告诉她们。她们中有人说:'你安心去吧,我马上让你的家人追你回来。'这个妇女就拿了一捆碎麻到丢肉的那家去求火种,说:"昨天晚上,狗得到一块肉,狗和狗争肉相互厮杀而死,请借火煮狗肉。"丢肉之家听说后赶忙去追呼她家的媳妇。这个借火妇女并不是辩说之士,拿碎麻借火也不是使媳妇归来的办法,但事物间可相互启发,事情也有暗合之处。我这就到曹相国那里去借火。"于是蒯通拜谒相国,说:"有个妇女,丈夫死了三天她就改嫁了,还有一个妇女深居守寡从不出门,如果足下要娶妇,娶哪一位呢?"曹相国说:"娶那位不嫁的。"蒯通

妙
品

说:"寻求贤臣也是这个道理啊。那东郭先生、梁石君,是齐国杰出的人才。隐居民间,未曾放弃气节而求官。"曹相国说:"我明白了。"于是把东郭先生、梁石君聘为上宾。

田叔

梁孝王使人杀故吴相袁盎①,景帝召田叔案梁,具得其事,还报。上曰:"梁有之乎?"对曰:"有之。""事安在?"叔曰:"上无以梁事为也。"上曰:"何也?"曰:"今梁王不伏诛,是汉法不行也;如其伏法,而太后食不甘味,卧不安席,此忧在陛下也。"于是上大贤之,以为鲁相。

【注释】

①梁孝王:汉景帝同母弟,刘武。七国之乱期间,曾率兵抵御吴王刘濞,保卫了国都长安,功劳极大,后仗窦太后疼宠和梁国地大兵强欲继景帝之帝位,未果。袁盎:字丝,汉朝楚人,个性刚直,有才干,文帝时因数次直谏迁徙做吴相;景帝"七国之乱"时,曾奏请斩晁错以平众怒,内乱平定后被封为太常。

【译文】

梁孝王派人刺杀了原吴国相袁盎,汉景帝让田叔审查梁王,田叔掌握了全部的情况,向景帝禀报。景帝说:"梁王有这件事吗?"田叔说:"有的。"景帝问:"事情究竟如何?"田叔道:"陛下不要管这件事吧。"景帝道:"为什么?"田叔道:"如今梁王如果不伏法,这就是汉法不得实行;如果梁王伏法,那么窦太后就食不甘味、卧不安席了,这会使陛下忧虑啊。"景帝听了很赏识田叔,就让他担任鲁国的相。

东方朔

武帝时,有杀上林鹿者①,下有司收杀之。朔时在旁曰②:"是固当死者三:使陛下以鹿杀人,一当死;天下闻陛下重鹿贱人,二当死;匈奴有急,以鹿触之,三当死。"帝默然赦之。

【注释】

①上林:即上林苑,汉朝皇家林园。

②朔:即东方朔,西汉文学家,辞赋家。性格诙谐,言词敏捷,滑稽多智,武帝时为太中大夫。

【译文】

汉武帝时,有人捕杀上林苑的鹿,被交给有关衙门收监准备处死。当时东方朔在武帝旁边说:"这人该死有三个原因:使陛下因为鹿而杀人,一该死;天下得知陛下重鹿轻人,二该死;如匈奴来犯,可用鹿角抵触敌人,三该死。"汉武帝默然良久,赦免了那个杀鹿人。

翟方进①

清河胡常与翟方进同经②。常为先进,名誉出方进下,心害其能,议论不右方进③。方进知之,候伺常大都授

时，遣门下诸生至常所问大义疑难，因记其说，如此者久之。常知方进之尊让己，其后居士大夫之间，未尝不称述方进，遂相亲友。

中华
智慧
经典

智品

48

【注释】

①翟方进：字子威，因对经学很有研究而被称赞。

②清河：古时郡名。汉元帝以后辖境相当今河北清河及枣强、南宫各一部分，山东临清、夏津、武城及高唐、平原各一部分地。

③右：古代尊崇右，以右为较为尊贵的地位。

【译文】

　　清河胡常与翟方进研究同一经书。胡常先入道，但声望在翟方进之下，因而心中嫉妒翟方进的才能，议论时胡常并不尊重翟方进。翟方进知道了，等胡常讲学时，就派弟子到胡常那里请教经书大义和疑难问题，记下胡常所说，这样保持了很久。后来胡常意识到翟方进尊让自己，从此在士大夫之间，未尝不称赞翟方进，于是二人建立了亲近友善的关系。

高凤①

　　高凤年老，执志不倦，名声著闻。太守连召请②。恐不得免，自言本巫家③，不应为吏。又诈与寡嫂讼田，遂得不仕。乡里有争财持兵而斗，凤往解之，不已。乃脱巾叩头请曰："仁义逊让，奈何弃之？"争者投兵谢罪。

【注释】

①高凤：字文通，南阳人。以专心读书出名。

②太守：官名，战国时郡守的尊称，汉景帝时改郡守为太守，为一郡行政的最高长官。

③巫家：装神弄鬼替人祈祷为职业的人。

【译文】

高凤虽然年老，自己的追求却没有懈怠，名气和声望很大。太守多次召请他出来做官。高凤恐怕难免，就自称自己是巫家出身，不能做官。又诈称与寡嫂有田产诉讼，才没有去做官。乡里有人争夺财产，导致手持兵器争斗，高凤前往解劝，也未能制止。高凤就脱下头巾，叩头劝说："仁义逊让，怎么可以抛弃呢？"争者见状，放下兵器，向他谢罪。

满宠

太尉杨彪与袁术婚①，曹操恶之②，欲诬以图废立。收彪下狱，使许令满宠按之。将作大匠孔融与荀彧嘱宠曰③："但当受辞，勿加考掠。"宠不报，考讯如法。数日见操言曰："杨彪考讯无他词语。此人有名海内，若罪不明白必大失民望。窃为明公惜之。"操于是即日赦出彪。初彧与融闻宠考掠彪，皆大怒，及因是得出，乃友善宠。

【注释】

①太尉：官名，秦至西汉设置，为全国军政首脑，与丞相、御史大夫并称三公；东汉时与司徒、司空并称三公。袁术：袁绍的族

弟,汉末群雄之一。

②曹操:三国政治家、军事家。字孟德,沛国谯(今安徽亳州)人,消灭了众多割据势力,统一了中国北方大部分区域,奠定了曹魏立国的基础。

③将作大匠:官名,掌管宫室修建之官。孔融:汉末文学家,字文举,鲁国人。为人恃才负气,后因触怒曹操被杀。荀彧(yù):字文若,颍川颍阴(今河南许昌)人。曹操重要的谋士之一。

【译文】

　　太尉杨彪与袁术是儿女亲家,曹操十分憎恶,企图诬陷杨彪图谋废立皇帝。于是把杨彪投入牢狱,让许昌令满宠审讯。将作大匠孔融与荀彧叮嘱满宠说:"只记录口供,不要严刑拷打。"满宠不听,却按法律程序严加拷问。几天后对曹操说:"杨彪被拷打讯问,没有说什么。此人是海内名士,如果没有证据就给他定罪一定会大失民心。私下替明公惋惜啊。"曹操于是当天就释放了杨彪。当初,荀彧与孔融听说满宠拷问杨彪,大怒,等到杨彪释免,才对满宠十分友善。

管宁①

　　管宁与邴原、华歆为友②,时天下大乱,宁闻公孙度令行海内外③,遂与原及太原王烈等俱至辽东。度虚馆以待宁等,宁乃庐于山谷之间。时避难者多居郡南,宁独居北,示无还意也。邻人有牛暴宁田,宁为牵牛著凉处,自与饮食,过于牛主。牛主得牛大惭。宁所居屯落,皆会井而汲,男女混杂,每至争汲斗阋。宁多买汲器,分置井傍,而先汲水以待来者。来者得而怪之，问知是宁，乃各相悔责，不复斗讼矣。黄初四年④，诏公卿举独行君子，司徒华歆荐宁⑤。曹丕篡位⑥，征宁，遂将家属浮海还郡。公孙恭送至南郊，加赠服物。自宁之东也，度子康及孙恭，前后资遗皆受不让，至是日，宁尽封还之。

【注释】

①管宁：三国魏高士，管仲之后，字幼安，北海朱虚（今山东安丘官庄镇管公村）人。自幼好学，饱读经书，一生不慕名利。

②邴原：字根矩，北海朱虚（今山东安丘）人。以节操高尚著称。

③公孙度：字升济，辽东襄平（辽阳）人。初为辽东太守，后趁董卓作乱自立为辽东侯、平州牧。

④黄初：三国时期魏文帝曹丕的年号，公元220—226年。

⑤司徒：官名，掌管国家的土地和人民。

⑥曹丕：魏文帝，三国时期魏国建立者，文学家。字子桓，曹操次子。

【译文】

管宁与邴原、华歆是朋友，当时天下大乱，管宁听说公孙度在海内外有很大的号召力，就同邴原和太原王烈等人来到辽东。公孙度专门建造了华丽的公馆等待管宁等人，管宁却在山谷之间建造茅庐居住。当时避中原战乱的人都住在郡南，只有管宁住在郡北，表示没有归还的意愿。邻居有头牛践踏了管宁在田里种植的作物，管宁把牛牵到阴凉处，饲养这头牛，然后再送还给牛的主人。牛主人得牛后大为惭愧。管宁所住的屯落，都到井里汲水，

男女混杂，每到汲水时常常发生争斗。管宁就买了很多汲水用器，分别放在井旁，事先汲好水而等待他人来取。来取水的人都感到很奇怪，一问方知是管宁做的，于是相互后悔自责，不再为汲水而争吵殴斗了。黄初四年，下诏公卿举荐贤士，司徒华歆举荐管宁。曹丕篡位后，征召管宁，于是管宁带着家属渡海返回家乡。公孙恭送到南郊，又赠送一些服饰礼物。自从管宁来辽东，公孙度的儿子公孙康和孙子公孙恭，前后赠给他财物，他并不辞让，全部接受，到临别这一天，管宁把以前接受的礼物全都封还给公孙恭。

张飞①

先主入益州②，张飞随诸葛亮沂流而上③，至巴都。巴都太守严颜，初闻迎先主，拊心叹曰："此所谓独坐穷山，放虎自卫者也。"及飞至，严兵阻守。亮谓飞曰："严颜义不屈，卿何以处之？"飞曰："颜身为亡虏，不降则死耳！"亮曰："卿等方与刘豫州共定天下，借资于蜀，今初入人国，如何杀义士？"飞曰："已谕。"乃下令曰："军中敢有害颜者，诛无赦！"卒生获颜。左右将至帐下引见，飞呵曰："大军至，何以不降，而敢拒战？"颜曰："卿等无状，侵夺我州，但有断头将军，无降将军也！"飞怒，令左右牵去斫头，颜色不变，曰："斫便斫耳，何为怒邪？"飞壮其言，亲为解缚，延入上座，谢曰："卿岂不闻商亡而微子归周乎？刘豫州与振威④，俱托宗室，一姓相承，何用为嫌？"厚加礼意，引为宾客。亮谓先主曰："飞，武人也，而义释严颜，有国士之风。"先主悦，赐飞金五百斤、银千金、锦十匹⑤，以飞领巴西太守，封新亭侯。

【注释】

①张飞：三国时蜀汉大将，字益德，涿郡人，东汉末随刘备起兵。

②先主：即刘备，三国时蜀汉的建立者，字玄德，涿郡涿县(今河北涿州)人，汉中山靖王刘胜的后代。曾为豫州牧，故又称刘豫州。

③诸葛亮：三国时蜀汉丞相，政治家、外交家、军事家。字孔明，号卧龙，琅琊阳都(今山东临沂沂南)人，东汉末辅佐刘备。

④振威：即刘璋，三国江夏竟陵人。继其父为益州牧，据有四川。

⑤银千金：银千金即银二万两。金，古时计算货币的单位，一金二十两。

【译文】

先主刘备进入益州，张飞跟随诸葛亮溯流而上，到达巴都。巴都太守严颜，最初听说刘璋要迎接刘备，拊胸感叹道："这就叫独坐穷山，放虎自卫啊！"等到张飞到来，便派兵阻守。诸葛亮对张飞说："严颜守义不屈，你将如何处理啊？"张飞说："严颜身为亡国之人，不投降就把他处死！"诸葛亮说："你们正要与刘备共定天下，需借助于蜀地，现在刚进入他人之国，怎么能诛杀义士呢？"张飞道："已经明白了。"于是下令道："军中有敢杀严颜的，斩不赦！"终于活捉了严颜。左右押解严颜入帐中见张飞，张飞大声说："大军到来，为何不降，还竟敢抗拒？"严颜说："你们不讲法理，侵犯我

守卫的州县,只有断头将军,没有投降将军!"张飞大怒,令左右推出斩首,严颜却脸不变色,说:"砍头就砍头,何必发怒啊?"张飞为严颜的豪迈所感染,亲自为他解去绳缚,请入上座,谢罪说:"您难道没听说商朝灭亡而商朝贵族微子归服周的事吗?刘豫州与振威(刘璋)都是刘姓宗室,一姓相承,何必要生怨嫌呢?"于是厚礼相加,引为宾客。诸葛亮对刘备说:"张飞是武人,却能义释严颜,真有国士风度啊。"刘备很高兴,赐给张飞金五百斤、银二万两、锦缎十匹,并让张飞做巴西郡太守,封新亭侯。

简雍①

先主时天旱,禁私酿。吏于人家索得酿具,欲论罚。简雍与先主游,见男女行道,谓先主曰:"彼欲行淫,何以不缚。"先主曰:"何以知之?"对曰:"彼有其具。"先主于是大笑而止。

【注释】

①简雍:三国时期蜀汉昭德将军。字宪和,涿郡人,与刘备少即相识,擅于辩论、议事。

【译文】

刘备在四川时天旱,禁止私人酿酒以节约粮食。只要官府的人在百姓家找到酿具,就要进行处罚。简雍与刘备一同出游,看到男女在路上行走,简雍就对刘备说:"他们要奸淫,为什么不把他们捆绑起来治罪啊?"刘备说:"你怎么知道他们要做奸淫之事啊?"简雍回答说:"他们有用来奸淫的器具。"刘备听罢大笑,随下令制止官府惩罚有酿具的人。

诸葛亮

诸葛亮屯阳平，遣魏延诸人并兵东下[①]，亮惟留万人守城。司马懿率二十万众拒亮[②]，而与延军错道，径前当亮六十里。亮闻懿垂至，欲前赴延军，相去又远。亮意气自若，令军中仆旗息鼓，不得妄出庵幔，大开四城门，扫地却洒。懿尝谓亮持重，而猥见势弱，疑其有伏，引军趋北山。亮拊手大笑曰："懿必谓吾怯，将有强伏，循山走矣。"候还白，如亮言。懿后知，深以为恨。

【注释】

①魏延：三国时期蜀汉名将，字文长，义阳（今河南信阳三里店）人，智勇双全，勇冠三军。

②司马懿：三国时期魏国政治家、军事家，字仲达，河内温（今河南温县）人，多谋略，擅权变。

【译文】

诸葛亮屯兵阳平，派魏延等诸将合兵东下，诸葛亮只留下一万士兵守城。司马懿率二十万大军抗拒诸葛亮，与魏延的军队走的不是一条路没有发生遭遇，以至司马懿的大军没有受到阻挡一直来到离诸葛亮仅六十里的地方。诸葛亮得知司马懿的大军将要到来，本想前去和魏延军会合，可又相距太远。于是诸葛亮意气自如，下令军中偃旗息鼓，士兵不得随意出入营帐，并大开四城门，洒扫道路。司马懿认为诸葛亮一向谨慎，而又未察到蜀兵势弱，怀疑有伏兵，于

是帅军开往北边的山地。诸葛亮拍手大笑说:"司马懿一定认为我惧怕他,将预先设有伏兵,因此走向山地。"哨兵回来报告,果然如诸葛亮所言。司马懿后来得知这一情况,深感遗憾。

沈约

宋以蔡廓为吏部尚书①,廓谓尚书令傅亮曰②:"选事若悉以见付不论,不然,不能拜也。"亮以语司空徐羡之③,羡之曰:"黄散以下④,悉以委蔡;以上故宜共参同异。"羡之起布衣,无学术,直以志力局度,朝野推服,咸谓有宰臣之望。廓曰:"我不能为徐干木署纸尾⑤。"遂不拜。沈约曰:"廓固辞铨衡⑥,耻为志屈,岂不知选录同体,义无偏断乎? 良以主暗时艰,不欲居通塞之任,远矣哉!"

【注释】

①吏部尚书:官名,掌管全国官吏的任免、考课、升降、调动、封勋等事务,是吏部的最高长官,为中央六部尚书之首。

②尚书令:官名,秦、汉为少府属官,隋、唐尚书令与中书令、侍中并为宰相,宋尚书令班次在太师之上,为亲王、使相兼官,无实职。

③司空:官名,西周始置,春秋战国时各国亦多置之,用以掌管工程。后演变为主管礼仪、德化、祭祀等。

④黄散:黄门侍郎与散骑常侍的合称。魏、晋时,散骑常侍、散骑侍郎与侍中、黄门侍郎共平尚书奏事,黄散之称由此而来。

⑤徐干木:即徐羡之。徐羡之,字干木,东海郯人。

⑥铨衡:衡量轻重的器具。也指评量人才即执掌铨选的职位。

南朝刘宋时任命蔡廓为吏部尚书,蔡廓对尚书令傅亮说:"选官这件事如果全部交给我办理就罢了,否则,我不能接受这个职位。"傅亮把蔡廓的话告诉司空徐羡之,徐羡之说:"黄散以下,都交给蔡廓办理;以上应该共同参加讨论。"徐羡之是从布衣起家,没有什么学问,却志向高远、办事尽职尽力,朝野上下都推崇佩服,都说他有宰相之望。蔡廓听到徐羡之的意见后说:"我不能在徐羡之署名的纸尾签字。"竟不接受吏部尚书一职。沈约说:"蔡廓坚辞任命,以不能全权负责选官之事为羞耻,难道不知道共同决定选录官员是为了避免偏面独断这一道理吗? 当时主上昏暗,时事艰难,而蔡廓却不愿接受共同负责的职位,太不应该了!"

唐太宗

唐太宗幸庆善宫,大宴会,尉迟敬德与坐者争长[①],任城王道宗谕之[②],敬德拳欧道宗目几眇[③],帝不怿而罢,谓敬德曰:"乃今知韩彭菹醢[④],非高祖之罪也!"敬德由是惧而自戢[⑤]。

【注释】

①尉迟敬德:即尉迟恭,敬德是尉迟恭的字。唐初大将。武德九年,玄武门之变,助李世民夺取帝位。晚年,笃信方术,杜门不出。

②任城王道宗:李道宗为唐太宗之堂弟,封任城王。

③眇(miǎo):瞎了一只眼。

④韩彭菹醢(zū hǎi):指韩信、彭越被杀。韩信,汉初诸侯王,

被告谋反，为吕后所杀。彭越，汉初诸侯王，因被告发谋反，为刘邦所杀。菹醢，指把人剁成肉酱。菹，肉酱。醢，肉酱。

⑤戢(jí)：收敛，约束。

【译文】

唐太宗亲临庆善宫，举行盛大宴会，尉迟敬德与其他人争座位的尊卑高下。任城王李道宗去劝他，尉迟敬德不但不听劝解，反而挥拳殴打李道宗，差一点打瞎他的一只眼。唐太宗很不高兴，为此取消了宴会。太宗对尉迟敬德说："我现在才知道韩信和彭越的被杀，并不是汉高祖的错啊！"尉迟敬德由此感到恐惧，便开始注意约束自己的行为。

魏徵①

帝以卢祖尚才兼文武，命镇交趾②。拜谢而去，既而悔之，辞以疾，帝怒斩之。他日与侍臣论齐文宣帝何如人，魏徵曰："文宣狂暴，然魏恺除光州长史，不肯行，文宣赦之，此其所长也。"帝曰："然。向者卢祖尚虽失人臣之义，朕杀之亦为太暴。由此言之，不如文宣矣。"徵善回人主意，或逢帝怒甚，徵神色不变，帝亦为之霁威③。帝尝得佳鹞④，自臂之，望见徵来，匿怀中。徵奏事故久，鹞竟死怀中。

【注释】

①魏徵：唐初政治家。初参加隋末农民起义，入唐后为太子洗马。唐太宗即位，为谏议大夫，前后谏二百余事。

②交趾：古县名，隋开皇十年(590)置，治所在今越南河内西

北。西汉时交趾郡曾治于此,因以得名。

③霁(jì)威:指怒气消除,气色转好。霁,雨雪停止,云雾散,天放晴。

④鹞(yào):一种凶猛的鸟,状如鹰而稍小,又称"鹞鹰"。

【译文】

唐太宗认为卢祖尚文武兼备,命他镇守交趾。卢祖尚拜谢后离开,不久又反悔,以身体患病为由请辞交趾的职务,唐太宗十分生气,就把他杀了。后来太宗和侍臣们评价齐文宣帝的为人,魏徵说:"文宣帝性格暴躁,魏恺不肯就任光州长史,文宣帝却允许了他,这也是文宣帝的一个长处啊。"太宗说:"是啊。从前卢祖尚虽然有失为臣之礼,但我杀了他也可以说是有些粗暴。由此说我还不如文宣帝啊"魏徵就是这样善于使皇帝回心转意。有时遇到太宗发怒,魏徵总是神色不变,太宗也因此渐渐平息了自己的威怒。太宗曾经得了一只好鹞(似鹰而较小),常把它停放在自己的手臂上赏玩。一次,他看见魏徵走了过来,就连忙把鹞藏在自己的怀里。魏徵故意把奏事的时间拖得很长,那只鹞竟被闷死在太宗的怀里了。

来公敏

总章中,高宗将幸凉州。时陇右虚耗①,议者以为非便。高宗闻之,召五品以上谓曰:"帝王五载一巡狩②,群后四年一朝,此盖常礼。朕欲暂幸凉州,乃闻中外咸谓非宜!"宰臣以下,莫有对者。祥刑大夫来公敏进曰:"陛下巡幸凉州,布宣王略,求之故实,未虚令典。但随时度事,

臣下窃有所疑。高丽虽平③，余寇尚梗；西道经略，兵犹未停；且陇右诸川，人户少寡，供侍车驾，备拟稍阙。臣闻中外实有窃议。"高宗曰："既有此言，我止度陇存问故老，蒐狩即还。"遂下诏停西幸，擢公敏为黄门侍郎。

【注释】

①陇右：泛指陇山以西地区。唐开元年间设置陇右道，辖今甘肃六盘山以西，青海湖以东及新疆东部地区。

②巡狩：又称巡守。古时皇帝五年一巡守，视察地方诸侯所守的地方。巡，往来视察。狩，冬季打猎。

③高丽：高句丽的另一种称呼，始见于北魏正始年间，此后我国史书多用这一称呼表示今朝鲜及附近地区。

【译文】

总章年间（668—670），唐高宗要临幸凉州。当时陇右空虚，局势不稳，朝臣都认为不很适宜。高宗知道大臣不同意之后，召集五品以上的官员，对他们说："帝王五年外出一巡视，诸侯四年进京一朝觐，这是通常的礼制。我想暂时去一下凉州，却听说朝廷内外都认为不合适。"自宰相以下，没有人敢回答。只有祥刑大夫来公敏说："陛下要巡幸凉州，宣扬朝廷的治国方略，从历史上考察，并不是没有这样的制度。但是根据目前的情况来看这件事，臣下认为还有可以商讨的地方。高丽虽然平定，余寇还经常出没；西部地区，至今尚有战事；而且陇右地区，人烟稀少，物资匮乏，招待供应皇帝的车驾都有困难。臣听说朝廷内外，确实在私下议论这件事。"高宗说："既然如此，我就只到陇州慰问一下父老乡亲，狩猎完毕就回来。"于是下诏取消巡幸凉州，并提升来公敏为黄门侍郎。

狄仁杰①

天后既立②，国号周，又欲立武三思为后③，狄仁杰切谏。后曰："奈何有'武氏临朝万万'之谣？"对曰："陛下改'万岁登封'，又改'万岁通天'，又改'大足'元年，则万万之数足矣！"后大悟，即有归中宗之意。

【注释】

①狄仁杰：唐大臣，武则天当政时，以不畏权势著称。

②天后：唐武则天做皇后时的称号。

③武三思：唐并州文水人，武则天侄。则天临朝后，封梁王，参与军国政事。

【译文】

武则天称帝，国号"周"，又想立侄子武三思为太子，狄仁杰极力劝谏。武则天说："那为什么民间有'武氏临朝万万'的谣言呢？"狄仁杰回答说："陛下改年号为'万岁登封'，又改为'万岁通天'，又改为'大足'元年，这就是'万万之数'已经足够了。"武后醒悟过来，才有了把皇位归还给唐中宗的意思。

颜真卿

安禄山反①，破东都②，遣段子光传李憕、卢奕、蒋清

首,以徇河北。真卿绐诸将曰③:"吾素识憕等,其首皆非是。"乃斩子光,藏三首。

【注释】

①安禄山:唐平卢、范阳、河东三节度使。天宝十四年(755)在范阳起兵叛唐,叛军所至残暴,人民纷纷反抗。后失败。

②东都:唐显庆二年(657)以洛阳为东都,武后光宅元年(684)改称神都,神龙元年(705)复称东都。天宝元年(742)改称东京,上元二年(761)停京号,次年复称东都。

③绐(dài):哄骗,欺骗。

【译文】

安禄山反叛,攻下了东都洛阳,让段子光带着唐将李憕、卢奕、蒋清三个人的头颅到河北各地让唐朝守将传看,威逼他们投降。颜真卿哄骗诸将说:"我从前就认识李憕等人,这些头颅都是假的。"于是斩杀了安禄山的使者段子光,并埋藏了李憕等三个人的头颅。

郭子仪

郭子仪入朝①,鱼朝恩邀之游章敬寺②。元载恐其相结③,密使告子仪曰:"朝恩谋不利于公。"子仪不听,将士请衷甲以从,子仪曰:"我国之大臣,彼无天子之命,安敢害我?若受命而来,汝曹欲何为?"乃随家僮数人而往,朝恩惊问其故,子仪以所闻告。朝恩流涕曰:"非公长者,能无疑乎!"

【注释】

①郭子仪：唐大将。华州郑县(今陕西华县)人。安史之乱时任朔方节度使，在河北打败史思明。后晋为中书令，封汾阳郡王。

②鱼朝恩：唐代宦官，泸州泸川(今四川泸县)人。安史之乱发生后，随玄宗出逃，颇得信用，后掌握朝廷大权，干预政事，慢服百官。

③元载：唐朝中期政治人物，凤翔岐山(今陕西凤翔)人，初与宦官李辅国等相勾结，后助代宗杀了李辅国以及鱼朝恩，为政贪横，贿赂公行。

【译文】

郭子仪回到朝廷，宦官鱼朝恩邀请他观游章敬寺。元载担心他们两人结成联盟，就暗中派人对郭子仪说："鱼朝恩的密谋对您不利。"郭子仪置之不理，手下将士请求穿着盔甲随从保卫，郭子仪说："我是国家大臣，他没有皇上的命令，怎么敢加害于我？如果他是奉命而来，你们跟着又能怎么样呢？"于是只带了数名家僮去见鱼朝恩，鱼朝恩十分吃惊，问他为什么不带卫士，郭子仪把自己听说的话告诉了他。鱼朝恩流着泪说："如果不是您这样的仁厚长者，不可能对我不怀疑。"

裴度①

裴度为相，时敬宗将幸东都，大臣切谏不纳。度从容奏言："国家建别都，本备巡幸。但自艰难以来，宫阙署屯，百司之区，荒圮弗治②，必假岁月完新，然后可行。"帝悦，曰："君臣谏朕不及此，如卿言，诚有未便。"因止不行。

63

【注释】

①裴度：唐宪宗时宰相，字中立，河东闻喜（今山西闻喜）人，曾率兵讨平淮西割据者吴元济，封晋国公。

②荒圮（pǐ）：荒弃，废置。

【译文】

裴度为宰相，唐敬宗要巡幸东都洛阳，大臣们极力劝谏都不被采纳。裴度从容地对敬宗说："国家在都城外再建立一个别都，本来就是为巡幸准备的。但自从遭受战乱以来，东都的宫室、官署以及店铺民居都已荒废而未得到修治，如果要等一段时间，修葺完毕后就可以去东都巡幸了。"敬宗高兴地说："群臣劝谏我时未提到这些，如像你所说的那样，确实有些不便。"因此取消了巡幸东都的念头。

杨行密①

杨行密谓诸将曰："孙儒之众，十倍于我，吾战数不利，欲退保铜官何如？"刘威、李神福曰："儒扫地远来，利在速战，宜屯据险要，坚壁清野以老其师，时出轻骑抄其馈饷，夺其俘掠，彼前不得战，退无资粮，可坐擒也。"戴友规曰②："儒与我相持数年，胜负略相当，今悉众致死于我，我若望风弃城，正堕其计。淮南士民从公渡江及自儒军来降者甚众，公宜遣将先护送归淮南，使复生业，儒军闻淮南安堵③，皆有思归之心。人心既摇，安得不败？"行密悦，从之。

①杨行密:五代时吴国的建立者。字化源,庐州合肥(今属安徽)人,唐末起兵据庐州,后受封吴王,902—905年在吴王位。

②戴友规:唐末庐州(治今安徽合肥)人,是杨行密的幕僚。

③安堵:方言,即安定,安业。

【译文】

杨行密对他的部将们说:"孙儒的兵力是我们的十倍,我们多次交战都失利了,我准备退兵到铜官怎样啊?"部将刘威、李神福说:"孙儒率领他的全部兵马远道而来,速战比较有利,所以我们应当屯据险要,坚壁清野,使他们疲惫松懈,同时不断派出轻骑堵截他们的粮饷供应,夺取他们掳掠来的人口和物资,使他们进不能战,退无粮草,那时就可以寻机擒拿他了。"戴友规说:"孙儒与我们相持多年,互有胜负。如今他倾巢与我们决一死战,我们如果望风而逃,正中他的奸计。淮南百姓跟随您渡江而来以及孙儒军中投降过来的人都很多,您应当选派将领先把他们护送回淮南,让他们恢复生产,孙儒的兵士听说家乡淮南太平了,就都会有回乡安顿的心情。如果他们人心动摇,哪能不败啊?"杨行密很高兴,采纳了他们的意见。

李氏

刘智远至晋阳①,议率民财以赏将士。夫人李氏谏曰:"陛下因河东创大业②,未有以惠泽其民,而先夺其生生之资,殆非新天子所以救民之意也。请悉出军中所有劳军,虽复不厚,人无怨言。"知远从之,中外大悦。

【注释】

①刘智远:应为"刘知远",沙陀族人,后晋灭亡后,他在晋阳称帝,改国号为汉,史称后汉。

②河东:古地区名,战国、秦、汉时指今山西省西南部,唐以后泛指今山西全省。因黄河经此作北南流向,本区位于黄河以东,故称。

【译文】

刘知远来到晋阳,准备征收民间财物用来犒赏将士。夫人李氏劝谏说:"陛下依靠河东地区创建大业,还没给百姓带来什么恩惠,反而要先夺取他们赖以生存的财物,这可不像是新即位的天子用来拯救百姓的意愿啊!如把军中所有的物资犒赏将士,虽然不丰厚,大家也不会有怨言。"刘知远采纳她的建议,朝廷内外都十分高兴。

宋太祖

宋太祖谓赵普曰①:"天下自唐季以来,数十年间,帝王凡易十姓,兵革不息,其故何也?"普曰:"其故非他,节镇太重②,君弱臣强而已。今所以治之,无他奇巧,惟稍夺其权,制其钱谷,收其精兵,则天下自安矣。"语未毕,上曰:"卿勿言,吾既谕矣!"

顷之,上与故人石守信、王审琦等饮酒酣,屏左右谓曰:"我非尔曹之力,不得至此,念汝之德,无有穷已。然为天子亦大艰难,殊不若为节度使之乐,吾今终夕未尝安枕而卧也。"守信等皆曰:"何故?"上曰:"是不难知,居此位者，谁不欲为之？"守信等乃皆惶恐顿首曰③："陛下何为出此言？"上曰："不然。汝曹虽无心，其如麾下之人欲富贵何④？一旦以黄袍加汝身，虽欲不为，不可得也。"守信等乃皆顿首涕泣曰："臣等愚不及此，惟陛下哀怜，指示可生之途！"上曰："人生如白驹过隙⑤，所为好富贵者，不过欲多积金钱，厚自娱乐，使子孙无贫乏耳。汝曹何不释去兵权，择便好田宅市之，为子孙立永久之业，多置歌儿舞女，日饮酒相欢以终其天年，君臣之间，两无猜嫌，不亦善乎！"皆再拜谢曰："陛下念臣及此，所谓生死而肉骨也！"明日皆称疾请解军权，上许之，皆以散官就第⑥。乃设通判于诸州⑦，凡军民之政，皆统治之，事得专达，与长吏均礼，大州或置二员，又令节镇所领支郡，皆直隶京师，得自奏事，不属诸藩，于是节度使之权始轻。

乾德三年，置诸路转运使，自唐以来，藩镇屯重兵，租税所入，皆以自赡，名曰"送使留州"，其上供者甚少，普乞命诸州度支经费外，凡金帛输送汴都，无得专留。每藩镇帅缺，即令文臣权知，所在场务，置转运使掌之。虽节度、防御、团练、观察使及刺史，皆不预金书金谷之籍，于是财利尽归于上矣。

殿前侍卫二司，各阅所掌兵，拣其骁勇者升为上军，而命诸州长吏选所部内兵，凡材用伎艺有过人者，悉送都下，以补禁旅之阙⑧，又分遣禁旅戍守边城，立"更戍法"⑨，使往来道路，以习勤苦、均劳逸。自是将不得专其兵，而士卒不致于骄惰，皆普之谋也。

妙品

67

【注释】

①赵普:北宋政治家。后周时为赵匡胤幕僚,策划陈桥兵变,后任北宋宰相,善吏道。

②节镇:设置节度使的要冲大郡,亦谓节度使。

③顿首:古代九拜之一,头叩地而拜。

④麾下:在主帅的旌旗之下,指部下。

⑤白驹过隙:指像小白马在细小的缝隙前跑过一样。形容时间过得极快。白驹,骏马,后比喻日影。隙,空隙,缝隙。

⑥散官:古代表示官员等级的称号,与职事官表示所任职务的称号相对而言。

⑦通判:官名。宋初始于诸州府设置,即共同处理政务之意,地位略次于州府长官,握有连署州府公事和监察官吏的实权。

⑧禁旅:即禁军。皇帝的亲兵,即侍卫官中及扈从的军队。

⑨更戍法:北宋兵役制度。宋初,宋太祖采纳宰相赵普的建议,以禁军分驻京师与外郡,内外轮换,定期回驻京师,故称更戍法。

【译文】

宋太祖对赵普说:"天下自从唐末以来,数十年间,帝王更换了十个姓氏,战争连年不息,其原因是什么啊?"赵普说:"原因不是别的,就是节度使权力太大,君弱臣强的缘故。现在要改变这种状况,没有更好的方法,只有逐渐削弱节度使的权力,控制其钱粮收入,收回他们的兵权,天下自会安定。"赵普还未说完,宋太祖说:"你不用说了,我已经明白啦。"

不多久,宋太祖与他的几个老部下石守信、王审琦等人一起饮酒,即将醉酒时,让左右的人退下去后说:"我要不是依靠你们的力量，不会做上皇帝，感念你们的功德，没有穷尽。但是做皇帝也非常艰难，还不如当一个节度使快乐，我到现在从未睡过一个安稳觉！"石守信等人说："这是为什么呀？"太祖说："这也不难知道，登上皇帝的宝座，谁不想啊！"石守信等人十分惶恐，急忙叩头说："陛下为什么会这样说啊？"太祖说："不是我要这样说。你们虽然无意称帝，但你们的部下要想富贵怎么办呢？有朝一日他们把黄袍加在你身上，你就是不想当皇帝，也推脱不了啊。"石守信等人哭泣着叩头说："我等愚笨，考虑不到这些，请求陛下哀怜，给我们指引一条生路。"太祖说："人生犹如白驹过隙，所谓追求富贵，也不过是多积金钱，享受生活，使子孙不处在贫穷之中罢了。你们为什么不交出兵权，多购置肥田好宅，作为子孙后代的长久家业；多找些歌儿舞女，饮酒作乐，以终天年呢！我们君臣之间，彼此没有任何猜忌，不也是很好吗？"石守信等再次拜谢说："陛下为我们考虑得如此周全，就像对待生死兄弟和亲生儿女一样啊！"第二天，石守信等都称身患疾病，请求解除兵权。太祖批准了他们的请求，并每人给他们一个虚职，让他们各自回到老家。于是在各州设"通判"一职，凡是军务民政，都有通判负责，有事可以直接向皇帝汇报，地位与地方行政长官相当。有的大州设二名通判，又下令可以兼管小的郡府，直接隶属于中央，可以单独向朝廷奏事，不再接受藩镇的管辖，于是节度使的权力开始削弱了。

乾德三年(965)，又设置各路转运使。自唐朝以来，藩镇驻扎着大量军队，租税收入，都由藩镇自己支配，称为"送使留州"，很少向朝廷上交。赵普请太祖命令各州，除留下必要的行政开支外，所有金钱布帛一律送到京师，上交朝廷，不得截留。每当节度使的职务有空缺，就派文官代理。藩镇的矿产盐业收入，设置转运使掌握。即便是节度使、防御使、团练使、观察使和刺史等官员

也不能查阅管理钱粮的账簿,于是地方的财政收入全都上交朝廷。

朝廷设置殿前司和侍卫司,各自训练各自统领的军队,并遴选骁勇的士卒组成上军;命令各州长官遴选出州兵中武艺过人的士卒,送到京师用来充实禁军。又把禁军分派到各地的军事重镇,戍守地方。还制定了"更戍法",让禁军经常调动换防,以达到训练士卒吃苦耐劳的目的。从此,将领不再拥有固定的士兵,士兵也不致于骄横懒惰。这些都是赵普的计谋。

吕端

李继迁扰西鄙①,保安军奏获其母②,太宗欲诛之,以寇准居枢密③,独召与谋。准退,过相幕,吕端谓准曰:"上戒君勿言于端乎?"准曰:"否。"告之故。端曰:"何以处之?"准曰:"欲斩于保安军北门外,以戒凶逆。"端曰:"必若此,非计之得也。"即入奏,曰:"昔项羽欲烹太公,高祖曰:'愿分我一杯羹。'夫举大事不顾其亲,况继迁悖逆之人乎? 陛下今日杀之,明日继迁可擒乎? 若其不然,徒结冤仇,愈坚其叛心耳!"太宗曰:"然则如何!"端曰:"以臣之愚,宜置于延州,使善视之,以招来继迁;虽不即降,终可以系其心,而生死之命在我矣。"太宗附髀称善④,曰:"微卿,几误我事!"其后母终于延州。继迁死,子竟纳款请命⑤,端之力也。

①李继迁:党项人,因反对族兄李继捧归附宋朝,起兵反宋,被辽封为夏国王,后与宋时战时和。西鄙:西边的边境。鄙,郊野之处,此处指边境。

②保安军:保安军榷场是宋夏建置最早、也是最著名的榷场,治所在今陕西志丹。

③寇准(961—1023):北宋政治家,华州下邽(今陕西渭南)人,任相期间为人正直,曾力谏宋真宗亲临澶州督战,达成澶渊之盟。枢密:即枢密院,中国封建时代的中央官署名称,主要管理军事机密、边防等。

④附髀(bì):拍一下大腿。髀,大腿。

⑤纳款:归附,归顺。纳,接纳。款,投诚。

【译文】

李继迁侵扰西部边境,保安军奏报俘获了李继迁的母亲,宋太宗欲将她诛杀,因为寇准主事枢密院,所以太宗单独召见他商议此事。寇准退朝,经过相府,丞相吕端问寇准说:"陛下告诫你不要把刚才商议的事告诉我吗?"寇准说:"没有。"于是就把这事告诉了吕端。吕端问:"如何处理这件事啊?"寇准说:"准备在保安军北门外把李母斩首,以此来惩戒叛逆。"吕端说:"如果一定这样做,不是最好的好办法啊。"于是向太宗进奏说:"从前项羽要烹杀汉高祖刘邦的父亲,汉高祖对项羽说:'你要是烹杀了我的父亲,希望也分给我一杯肉羹。'成就大事的人,本来就不会顾及他的亲人,何况李继迁是个叛逆之人呢!陛下今天杀了李母,明天就可以擒获李继迁吗?如果不能,不过是白白与他结冤,反而坚定了他反叛的决心。"太宗说:"应该如何处理这件事呢?"吕端说:

"以微臣的愚见,应当把李母安置在延州,好好照顾,用来招降李继迁;即使他不立即投降,也可以使他牵挂在延州的老母,况且李母的生死掌握在我们手里!"太宗拍了一下腿,说:"如果不是你,差一点误了我的大事!"后来,李母死在延州。李继迁死后,他的儿子竟然归附了宋朝,这完全是吕端发挥的作用。

王旦①

王旦为相,时寇准在藩镇②,生辰造山棚大宴,排设如圣节仪,晚衣黄道服,簪花,为人所奏。帝怒,谓旦曰:"寇准每事欲效朕!"旦微笑,徐对曰:"准许大年纪,尚呆邪!"真宗意解,曰:"然。此正是呆耳!"遂不问。

【注释】

①王旦:北宋名相,字子明,大名莘县(今山东莘县)人,任职十余年间,知人善任,任人唯贤。

②藩镇:唐朝在边要诸州设置的节度经略使,统称"藩镇"。这里借指寇准担任武胜军节度使。

【译文】

王旦做宰相时,寇准担任地方节度使。他过生日时,搭造牌楼戏棚,大宴宾客,排场仪式的规模跟皇帝一样,晚间还穿上黄色的道袍并簪着花。这事被人向皇帝奏报。真宗大怒,对王旦说:"寇准做每件事都要效仿我!"王旦微微一笑,慢慢回答说:"寇准这么大年纪,还是那么傻啊!"真宗听后心情才慢慢平和下来,说:"是呀,他这么做就是傻啊。"于是就不再过问这事了。

唐肃

唐待制肃与丁晋公为友①,宅正相对。丁将有弼谐之命,唐迁居州北。或问之,唐曰:"谓之入则大拜,数与往还,事涉依附;经旬不见,情必猜疑,故避之也。"后因晋公南迁,叹曰:"丁之才术,李赞皇之流②,动多而静少,任智而鲜仁,可以佐三事③,但不可冢百官耳。"

【注释】

①待制:官名。唐置,命京官五品以上,更宿中书、门下两省,以备访问。丁晋公:即丁谓。丁封晋国公,故称。

②李赞皇:即唐武宗时宰相李德裕。李德裕,字文饶,赵郡人,其地有赞皇山,故称。

③三事:据《尚书》:"三事,三职也,为任人、准夫、牧夫"。此指称一个部门的主管。

【译文】

待制唐肃与丁谓十分友善,两家的住宅大门相对。丁谓将被任命为宰相,唐肃就迁居到州城北面。有人问他为什么要迁居,唐肃说:"丁谓入朝,将要拜相,我如果与他来往过密,有趋炎附势之嫌;如果十天半月不与他来往,又会引起他的猜疑,所以要迁居。"后来丁谓被贬到南方,唐肃叹息说:"丁谓的学识和能力,可与唐朝的李德裕相比,做事多,思考少,有聪明才智而缺乏仁爱之心,他可以做一个部门的主管,却不可担任统领百官的宰相。

妙品

73

张咏①

张咏,字复之,濮州人,中进士乙科,知崇阳县。民以茶为业,咏曰:"茶利厚,官将榷之②,不若早自异也。"命民拔茶植桑,民始以为苦,其后榷茶,他县皆失业,而崇阳之桑,岁至为绢百万匹云。

【注释】

①张咏:北宋名臣。字复之,自号乖崖,濮州鄄城人。

②榷(què):专营,买卖。

【译文】

张咏,字复之,濮州人,考中乙科进士,被任命为崇阳知县。崇阳百姓以种茶为业,张咏说:"种茶获利较多,官府将来要实行专卖,不如趁早从事别的职业。"于是让百姓拔掉茶树,种植桑树。最初百姓感觉很辛苦,后来官府果然实行了茶叶专卖,别的县的百姓都因此失业,而崇阳县种桑养蚕,据说一年可织成上百万匹绢。

吕夷简①

西鄙用兵,大将刘平战死。议者以朝廷委宦者监军,主帅不得专制,故失利。诏诛监军黄德和。或请罢监军,仁宗以问夷简。夷简曰:"不必罢,愿诏都知、押班②,以后但举有不称者，与同罪可也。"仁宗从之。翌日都知叩头③，乞罢诸监军宦官。

【注释】

①吕夷简(978—1040)：字坦夫，北宋著名政治家。祖籍莱州（今属山东），仁宗时任宰相，正确处理北宋国内外诸多矛盾，保证了北宋社会安定。

②都知：宋宦官官名，内侍省以左班都知、右班都知为最高官职，入内内侍省则更有都都知在其上。押班：宋宦官官名，在副都知下，供奉官之上。

③翌(yì)日：第二天，明日。

【译文】

西部边境打仗，大将刘平战死。朝臣们认为朝廷委派宦官监军，致使主帅不能自主指挥作战，所以战事失利。于是皇帝下诏诛杀监军黄德和。这时有人上书请求撤掉监军，宋仁宗向吕夷简征求意见。吕夷简说："不必撤掉监军，希望下诏给都知、押班，今后如果谁推举的监军不称职，就要同罪论处。"仁宗采纳了这个意见。第二天，都知叩头请求撤去各军中监军的宦官。

宋仁宗

仁祖时，北使进言①："高丽自来臣属北朝②，近来职贡全缺，殊失臣礼，今欲加兵，又闻臣属南朝③，今来报知。"仁祖不答，及将去也，召而前语之曰："适议高丽事，朕思之④，只是王子罪，不干百姓事。今既加兵，王子未必能诛

得，且是屠戮百姓。"北使遂屈，无答，不觉汗流浃背，俯伏于地，归而寝兵。佗都不言彼兵事势，只看这一个天地之量，亦至诚有以格他也⑤。

【注释】

①北使：即辽国使臣，因辽在宋以北，故称。

②高丽：高句丽的另一种称呼。始见于北魏正始年间，此后我国史书多用这一称呼表示今朝鲜及附近地区。

③南朝：指宋朝。

④朕：第一人称代词，意为我、我的。秦始皇以后专用为皇帝的自称。

⑤格：纠正，改变。

智品

【译文】

宋仁宗时，辽国使者进言说："高丽自古以来对辽称臣，最近却不来进贡，有失为臣礼仪。本打算派兵攻打，又听说高丽已经臣服宋朝，所以特来报知。"宋仁宗没有回答，等使者将要告辞时，仁宗才把他召到面前说："刚才议论高丽的事，我想过了，这是高丽王子的罪过，与老百姓无关。如果派兵攻打高丽，未必能杀了王子，只不过是屠杀老百姓罢了。"北使理屈，不再作答，不觉汗流浃背，拜倒在地。北使回国后，没有出兵高丽。且不说辽朝的军事力量如何，只看仁宗天地般的气量，是用至诚之心使北使改变了主意。

范仲淹①

皇祐二年②，吴中大饥。时范仲淹领浙西，发粟及募民存饷,为术甚备。吴人喜竞渡,好为佛事,仲淹乃纵民竞渡,太守日出宴于湖上,自春至夏,居民空巷出游,又召诸佛寺主持,谕之曰:"饥岁工价至贱,可以大兴土木。"于是诸寺工作并兴。又新廒仓吏舍③,日役千夫。两浙大饥④,惟杭宴然,仲淹之力也。

【注释】

①范仲淹:北宋政治家,文学家。字希文,苏州吴县人(今江苏苏州),常以天下为己任,有敢言之名。

②皇祐:宋仁宗年号,1049—1054年。

③廒(áo)仓:仓房,储藏粮食的仓库。

④两浙:浙东和浙西。

【译文】

皇祐二年,吴郡发生饥荒。这时范仲淹兼管浙西(任杭州知州),用库中粮食救济灾民,招募百姓以工代赈,各种救灾措施考虑得十分周全。吴人爱好赛船,又好做佛事,范仲淹就鼓励百姓开展赛船活动,并每天到湖上宴酒观赛,从春到夏,城里百姓都出城游玩。他又召集各寺院的住持,对他们说:"灾荒年景,工匠的工钱便宜,可以乘机大兴土木。"于是各寺院招募工匠,大兴土木。别外又新建了仓库和官吏的办公用房,每天有上千个工匠做工。这一年,两浙地区虽然遭受严重的饥荒,杭州却秩序安然,这是范仲淹的功绩啊。

程颢①

妙
品

广济蔡河出县境,濒河不逞之民,不复治生业,专以

77

胁取舟人物为事，岁必焚舟十数以立威。明道始至，捕得一人，使引其类，得数十人。不复根治旧恶，分地而处之，使以挽舟为业②，且察为恶者。自是邑境无焚舟之患。

【注释】

①程颢(1032—1085)：字伯淳，当时人尊称其为"明道先生"，原籍河南府(今河南洛阳)，宋代理学家。

②挽舟：即拉纤。挽，牵引，拉。

【译文】

广济县有一条蔡河流经境内，沿河地区的不法之徒不从事正当的职业，专门劫取来往河上的船只，并且每年都要焚烧十余只船以显示威势。程颢一到任，就抓捕了一个人，让他供出同伙，又捕获了几十个人。程颢并不追究他们过去的恶行，而是把他们分别安置到沿岸不同的地方，让他们以拉纤为生，同时查看是否继续作恶。从此以后，县境内再也没有焚烧船只的祸患了。

吕公著

冯当世、孙和叔、吕晦叔、薛师正同在枢密府①，三人屡于上前争论，晦叔独不言。上顾问之，晦叔方开折可否，语简而当，上常纳之，三人亦不能违也。出则未尝语人。当时讥晦叔循默②，不副众望，晦叔亦不辩。

【注释】

①冯当世：即冯京，字当世，北宋大臣。孙和叔：即孙杭，字和

叔。吕晦叔：即吕公著，字晦叔。薛师正：即薛向，字师正。枢密府：即枢密院，中国封建时代的中央官署名称，主要管理军事机密、边防等。

②循默：喻指没有主见，只听从别人的意见。循，顺着，遵循。默，无语，不做声。

【译文】

冯京、孙杭、吕公著、薛向四人同在枢密院任官，冯、孙、薛三人经常在皇帝面前争论，只有吕公著不大言语。只有皇帝问他时，他才表示赞成或反对，话语简要而得当，皇帝常采纳他的意见，其他三个人也提不出不同的意见。退朝后，也从不将朝廷的事告诉别人。当时的人不了解他，讥笑他没有主见，认为他有负众望，他也从不辩解。

张浚①

绍兴中，刘光世在淮西②，军无纪律。张魏公为都督，奏罢之，命参谋吕祉往庐州节制。光世颇得军心，祉儒者不知变，绳束顿严，诸军愤怨。统制郦琼率众缚祉，渡淮归刘豫③。魏公方宴，僚佐报忽至，满座失色。公色不变，徐曰："此有说第，恐虏觉耳！"因乐饮至夜。公乃为蜡书，遣死士持遗琼，言事可成成之，不可成，速全军以归。虏得书疑琼，分隶其众困苦之，边赖以安。

【注释】

①张浚:南宋将领。建炎三年(1129)任知枢密院事,力主抗金。绍兴五年(1135)任宰相,重用岳飞、韩世忠,废黜刘光世。秦桧当政后,被排斥在外。张俊封魏国公,故称张魏公。

②刘光世:南宋将领。南宋初任江淮制置使,后任江东宣抚使。绍兴七年(1137)被罢去兵权。

③刘豫:南宋高宗建炎二年(1128)任济南知府,杀抗金将领关胜降金。建炎四年,受金册封为齐帝。多次配合金兵攻宋。

【译文】

宋高宗绍兴年间,刘光世在淮西驻兵,他的军队散漫无纪。都督张浚奏请朝廷罢免了他的职务,派参谋吕祉到庐州统率军队。刘光世很受士兵们的拥戴,而吕祉是个儒生不知道灵活处事,就任以后从严治军,以至将士们十分怨恨。统制郦琼带领军士把吕祉捆绑起来,渡过淮河去投降刘豫。张浚正置宴饮酒,部下突然报了这个消息,在座的人都为之吃惊失色。张浚却神色不变,慢慢地说:"这是有缘故的,只是怕被敌人发觉了!"于是仍旧饮酒作乐至夜里。张浚用蜡丸写了密信,派遣勇士把信送给郦琼,信中说事情能成功就办,办不成赶快带军返回。"敌人查获了这封密信,对郦琼十分怀疑,遂把他的军队分散到各地,并让他们在最艰苦的地方驻扎。由于这个原因,边境才得以安宁。

种世衡①

种世衡知环州②,有牛家族奴讹,素倔强,闻世衡至,来郊迎。世衡与约,明日当至其帐,慰劳部落。是夕雪深三尺，左右皆曰不可往，世衡曰："吾方以信结诸胡，可失期邪！"遂冒雪赴之。既至，奴讹大惊曰："吾世居此山，汉官无敢至者。公乃不我疑！"即帅部落罗拜，皆感激心服。由是缘边诸城，独环不求增兵，不烦益粮，而武力自振。

【注释】

①种世衡：北宋边防名将。字仲平，洛阳（今属河南）人，重气节，有才略。

②环州：古地区名，在今甘肃西北部。

【译文】

种世衡任环州知州时，当地少数民族牛家族的首领奴讹一向性格倔强，听说种世衡到任，到郊外迎接。种世衡与他约定，明天要到他的部落里慰问他的部下。这天夜里下了大雪，积雪三尺，左右都说不能前去，种世衡说："我正要以信义交结各个胡人部落，怎么能失信呢！"于是冒雪赴约。到了以后，奴讹大惊说："我世世代代居住在这深山里，没有一个汉官敢到这里来，你竟然一点也不怀疑我！"于是他立即率领部落里的人向种世衡下拜行礼，众人都心存感激。因为这个原因，在沿边各城中，只有环州不向朝廷请求增兵增粮，用自己的兵力足以守卫边境。

朱熹①

浙东大饥，王淮荐朱熹提举浙东常平茶盐公事②。熹至部，即移书他郡，募米商，蠲其征③，米遂辏集。熹日钩访民隐，按行境内，单车屏徒从，所至人不及知。官吏惮

其丰采,至自引去,所部肃然。帝谓淮曰:"朱熹政事,却有可观。"淮言宜进职以旌之④,乃进熹直徽猷阁⑤。熹言:乾道四年⑥,民艰食,熹请于府得常平米六百石赈贷⑦,夏受粟于仓,冬则加息以偿,歉蠲其息之半,大饥尽蠲之。凡十四年,以米六百石还府,见储米三千一百石,以为社仓,不复收息,故虽遇歉,民不缺食。诏下熹社仓法于诸路⑧。

【注释】

①朱熹:南宋哲学家、教育家。字元晦,徽州婺源(今属江西)人,继承了北宋时期程颢、程颐的理学,完成了客观唯心主义的体系,为理学的集大成者。

②提举浙东常平茶盐公事:即管理浙东地区茶盐事务。提举,官名,即"管理",是主管专门事务的职官,有"提举常平"、"提举市舶"、"提举学事"等。

③蠲(juān):通"捐",除去,免除。

④旌:表彰,奖励。

⑤直徽猷阁:宋官名。徽猷阁,宋徽宗大观二年(1108)建,藏哲宗御集,置学士、直学士、待制等官。

⑥乾道:宋孝宗年号,公元1165—1174年。

⑦常平:是古代调节粮米价格的一种方法,即由官府在谷贱时增价收购,谷贵时减价卖出,以平抑粮价。

⑧社仓法:类通"常平仓",即政府为调节粮价,储粮备荒以供应官需民食而设置的粮仓。朱熹认为其设在州、县,只利于市民,对农民无利,便提倡社仓,形成社仓制度。

浙东发生了大饥荒，宰相王淮推荐朱熹任"提举浙东常平茶盐公事"。朱熹到任后，发信到其他各郡，招募米商到浙东经营，并宣布免除其捐税，因此，许多粮米被米商运到浙东。朱熹每天都访问民间疾苦和隐情，常常单车独行，不带随从，所到之处，人们都不知道他已经来过。有的官吏担心遭到查办，以至离职而去，因此辖区内风气肃然。皇帝对王淮说："朱熹为政浙东，确有可肯定之处。"王淮说应当升职以示奖励，于是朱熹被提升为"直徽猷阁"。朱熹说：乾道四年，百姓缺粮，我请官府调拨常平米六百石贷给灾民，夏天从官府仓库中领粮，冬天加息偿还。歉收年份免除一半利息，大灾之年免除全部利息。前后共十四年，把六百石还给官府，还剩余三千一百石，以这些米作为"社仓"，贷出后不再收息。因此即使遇到歉年，百姓也不会缺少粮食。朝廷下诏把朱熹实行的"社仓法"在全国各地推广。

邵灵甫

邵灵甫，宜兴人，倜傥乐施予①。家蓄数千斛②，岁大饥，或人请粜③，答曰："是急利也。"请捐直④，曰："是近名也。"或曰："众饥，将自丰乎？"曰："有成算矣。"乃尽发所储，自县至濮溪镇，除道四十里，水路八十余里，通霅画溪，入震泽⑤，邑人争受役，皆赖以活，诚得救荒之法。

【注释】

①倜傥：卓异，豪爽不拘，洒脱。

②斛（hú）：量器名，也是容量单位，多用于粮食。古代以十斗

为一斛,南宋末年改为五斗。

③粜:泛指出卖。

④捐直:捐献,捐赠。

⑤震泽:湖名,即今江苏太湖。

【译文】

邵灵甫,宜兴人,为人豪爽,乐善好施。家中储存粮食几千斛,有一年发生饥荒,有人请他把米卖出去,他回答说:"这是趁机求利啊。"有人请他把米捐出来,他说:"这是博取好名声啊。"有人说:"大家都在挨饿,你忍心一个人过富足的日子吗?"他说:"我已经计划好了。"于是把储藏的粮食全部拿出来,募集民工修路,从县城到濮溪镇,筑路四十里,又疏浚水道八十多里,通往罨画溪,直到太湖。当地人争着做工,靠着做工得以存活下来。这的确是一个好的救灾办法。

廉希宪①

廉希宪每奏帝前,无少回惜。帝曰:"卿昔事王府,多所容受;今为天子臣,乃尔木强耶?"希宪对曰:"王府事轻,天下事重。"时方尊礼国师②,命希宪受戒③,对曰:"臣受孔子戒矣!"帝曰:"孔子亦有戒乎?"对曰:"为臣当忠,为子当孝,孔子之戒也。"

【注释】

①廉希宪:元大臣,字善甫。因熟习儒书,人称廉孟子。

②国师:僧官名。中国历代封建帝王对佛教徒中一些学德兼

备的高僧所给予的称号,元代的国师,兼有政教的权力。

③受戒:佛教信徒出家为僧尼,在一定的仪式下接受戒律,称"受戒"。不出家的人为表虔诚,也有受戒之事。

【译文】

廉希宪每次在元世祖忽必烈面前奏事都直言不讳,无所顾忌。元世祖说:"你从前在王府任职,十分宽容,如今做了天子的大臣,为什么反而倔强了呢?"廉希宪回答说:"王府的事情小,国家的事情大。"当时朝廷对国师非常尊敬,世祖命廉希宪受戒,廉希宪说:"我已经受过孔子的戒律了。"世祖说:"孔子也有戒律吗?"廉希宪回答说:"为臣要忠诚,为子当孝敬,这就是孔子的戒律。"

明太祖

国初,陈野先之子兆先合淮兵二十万屯营方山,与海牙、茂才等相望。高皇帝命廖永安、冯国用先攻兆先营①,大破之,进拔其栅,擒兆先,尽降其众,得兵三万六千人,择其骁勇者五百人置麾下。五百人者,多疑惧不自安。高皇帝觉其意,至暮,令其悉入卫,屏旧人于外,独留冯国用侍卧榻旁。高皇帝解甲,酣寝达旦,疑惧者始安,乃相语曰:"既活我,又腹心待我,何可不尽力图报!"

【注释】

①高皇帝:即明太祖朱元璋。廖永安:元末巢县(今属安徽)人,字彦敬。元末在籍与弟永忠及俞通海等结寨自保,朱元璋起

兵后,他率舟师归附。冯国用:明初大将。濠州定远(今属安徽)人,精通兵法,跟随朱元璋反元。

【译文】

明初,陈野先的儿子陈兆先纠集二十万淮兵驻扎在方山,与元将海牙、茂才等相峙对望。高皇帝朱元璋命廖永安、冯国用先攻打陈兆先的营寨,大获全胜,拔除了他的营栅,擒获了陈兆先,收降了三万六千名士兵。并从降兵中挑选了五百名骁勇的士卒收在自己的麾下。这五百名士卒,大多疑虑不安。高皇帝看出他们的顾虑,到黄昏时,令他们全都入内守卫,把原来营内的卫士都调到外面,只留冯国用一人侍卧在床旁。高皇帝解下衣甲,熟睡到天亮,心怀疑惧的降兵才安下心来,互相议论说:"既保全了我们的性命,又把我们当作心腹,我们怎么能不尽力报答呢!"

明成祖①

成祖得建文时群臣封事千通②,命解缙等检阅③,凡言兵食事宜者留览,其词涉干犯者,悉焚不问。因从容问缙及修撰李贯等曰:"词涉干犯者,尔等宜皆有之。"众未对,贯独顿首曰:"臣贯实未尝有也。"上曰:"尔以未有为美耶? 食其禄,当任其事。国家危急时,官近侍者,独无一言,可乎? 不必曲自遮蔽也。"后贯坐累,系狱十年死。

【注释】

①明成祖:即朱棣,明朝第三代皇帝,朱元璋第四子。时事征伐,并受封为燕王,后发动靖难之变,夺位登基。

②建文：建文帝朱允炆，明第二代皇帝，朱元璋的孙子。封事：古时臣下上书奏事，防止泄漏，用袋封缄，称为封事。

③解缙：明朝第一位内阁首辅。字大绅，江西吉水人，有治国安邦之才，后主修《永乐大典》。

【译文】

　　明成祖得到建文帝时群臣奏章近千份，他命解缙等人检查审阅，奏章中凡是讲军事、民生之类事情的，就留下来阅览，奏章中有对明成祖不敬之词的全部烧掉不予追问。后来明成祖从容地问解缙和修撰李贯等人说："奏章中言词涉及到对我不敬的情形，你们应该都有吧！"大家都没有回答，只有李贯叩头回答说："我其实不曾有这事。"明成祖说："你以为没有是你的美德吗？拿着皇帝给的俸禄，就应替他做事。国家危难之际，作为近侍的官员一言不发，这样可以吗？你不必曲意替自己掩饰了。"后来李贯受到一庄案子的牵连，坐了十年监狱而死去。

罗公

　　或云某官罗姓者，曾出使川中。泊舟河边，川中有一处，男女俱浴于河，即嬉笑舟边。罗君遣人禁之，男女鼓噪大骂，人多卒不可治，反抛石舟中而去。乃告之县，稍鞭数人。既而罗公巡抚蜀中①，县民大骇，惧相螯也②，相聚求预备之方。罗公亦心计之。是日又泊舟此处，大言曰："此处民被我前处治一番，今乃大变好了。"嗟叹良久。川民前猜遂解。

【注释】

①巡抚：官名，明清时地方军政大员之一。

②螫（shì）：毒虫刺蛰或毒蛇咬。引申为因恼怒而加害。

【译文】

据说有位姓罗的官员，曾出使川中。他的船途中停靠在河边，川中某地方的男女在河中群浴，在罗公的船边嬉笑玩耍。罗公派人劝止，那些人反而群起吵骂，因为他们人多，不但没有被劝止，他们还把石子抛到罗公的船里，然后离去。罗公把这事告诉了当地的县官，县官只好抓了几个人鞭打一顿了事。不久罗公出任四川巡抚，县民们十分恐慌，担心罗公因上次的事恼怒而加害他们，聚在一起商量应对的办法。罗公心里也想到这事。有一天罗公又把船停泊靠在这里，大声说："这里的百姓以前被我处治了一次，如今真是大大变好了！"说着，还赞叹了一番。川中民众心里的猜疑才消除了。

能品

【题解】

"能",本义才能,能力。《原序》云:"次曰《能品》以当机。此屠牛坦一朝解十二牛,而芒刃不挫之手也,所挑击割,皆众理解矣。"能者如庖丁解牛,处理和解决棘手问题游刃有余。这些故事中的历史人物,在其面对困境和难题之时,往往都可以凭借自己所具备的非凡的智慧和才能,依据形势,把握时机,常常出人意料地予以顺利解决。从这些故事之中,我们可以领略他们杰出的才干和能力。试举几例说明:

《鲍叔牙》篇中,公子纠和公子小白赶回齐国争夺君位。走到国境时,跟从公子纠的管仲拉弓搭箭射向公子小白,衣带钩中箭。跟从公子小白的鲍叔牙让主人公子小白假装中箭而死。而又驱车疾速前进,先入国境,使公子小白顺利继承齐国国君之位。鲍叔牙的智慧简直像箭头那么锋利无比。

《弦高》篇中,郑国商人路遇秦兵出发攻郑。弦高故意以犒赏来拖延秦兵,并火速派人报告自己的国君。郑国知道消息后,赶快做好防御准备。秦兵见状只好撤退。

《田豫》篇中,田豫建议魏国以不变应对东吴的进攻,趁敌人撤退时的虚弱进攻,掌握时机,克敌制胜。果然魏国取得胜利。田豫对战场局势观察和决断的能力令人赞叹。

《监军魏元忠》篇中，魏元忠深思熟虑，避开徐敬业精锐部伍所守的下阿溪，而先攻打驻守淮阴的实力很弱的徐敬猷。大败敬猷之后，敬业失援，再进击敬业，最终打了个大胜仗。

在这些故事中，不同的人物往往都能够做到临事沉着冷静，敢于决断，有勇有谋，深思熟虑，遇事能从大局考虑，从而可以使事情得到很好地解决，实为贤能之人。从这些故事中，我们可以学习到历史人物的智慧与才能。

姜太公①

武王问太公曰②："引兵深入诸侯之地③，与敌之军相当，两阵相望，众寡强弱相等，未敢先举。吾欲令敌人将帅恐惧，士卒心伤，行阵不固，后阵欲走，前阵数顾，鼓噪而乘之，敌人遂走，为之奈何？"太公曰："如此者，发我兵去寇十里，而伏其两旁；车骑百里而越其前后④，多其旌旗，益其金鼓。战合，鼓噪而俱起⑤，敌将必恐，其军惊骇，众寡不相救，贵贱不相待，敌人必败。"

【注释】

①姜太公：姜姓，吕氏，名望。辅佐周武王灭商有功，封于齐。因是齐国第一代国君，故有太公之称，俗称姜太公。

②武王：周武王，姓姬名发，周文王次子。周武王在周公、姜太公等大臣的辅佐下灭商建周，成为周朝的开国之君。

③诸侯：周初实行分封制，周天子分封同姓和功臣为诸侯，分公、侯、伯、子、男五等。诸侯的君位世袭，须服从周天子的领导，并定期向周天子交纳贡赋，其军队也服从周天子的指挥等。古代

其他一些朝代在一定时期内也实行分封诸侯。如汉代分封实行王、侯二等,诸侯国由皇帝派官员治理。

④车骑(jì):车马,即战车和骑兵。

⑤鼓噪:击鼓呐喊。

【译文】

周武王问姜太公:"带领军队进入其他国家,如果我们与敌军相遇,双方各自占领阵地对峙,彼此兵力相当,谁也不敢先行发起攻击。我想让敌军将帅们害怕,士兵们悲伤,军阵混乱,处于后阵的人要逃跑,前阵的人必频频向后面看,我们趁机击鼓大喊向前冲杀,敌军于是全军溃散而退。你说,如此该怎么办?"姜太公回答说:"如果是这样,那就派遣我军至距敌十里之处,在其两旁埋伏;战车、骑兵则布置在离敌百里之处,在敌阵前后穿插,再多准备一些旗旗和一些锣鼓。两军一交战,猛擂战鼓,竭力呼喊,步兵、骑兵、战车一起冲杀,敌军将领一定恐慌,士兵一定害怕,彼此不能相互救助,必败。"

武王曰:"敌人地势,不可以伏其两旁,车骑又无以越其前后,敌知我虑,先施其备,我士卒心伤,将帅惧战,则不胜,为之奈何?"太公曰:"诚哉,王之问也!如此者,先战五日,发我远候①,往视其动静,审候其来,设伏而待之。必于死地,与敌相避,远我旌旗,疏我行阵,必奔其前,与敌相当,战合而走,击金而止,三里而还。伏兵乃起,或陷其两旁,或击其前后,三军疾战,敌人必走。"武王曰:"善哉!"

能品

91

①远候:侦察兵。候,侦查,远望。

【译文】

武王又问:"如果敌方的地势,不允许我们在他们旁边埋伏,又不允许我们在他们的前后穿插,敌方也知道我们的计策,先采取了防备措施,我军内心悲伤,将领不敢参战,我们无法战胜,我们该怎么办才好呢?"姜太公回答说:"我王问得好!遇到这种情况,先和敌军交战五天,然后派侦察兵前去侦查,观察敌人动静,确定敌军出动了,我军预先埋伏。如果遇到危险环境,我们要尽量避开敌军,分散我军旌旗和队伍。如果与敌军正面相遇,而又兵力相当,一旦开战随即撤退,退回三里,又鸣锣停止撤退,这时伏兵发起冲击,或者攻击敌军两旁,或者攻击敌军前后,三军奋力杀敌,敌军一定会仓皇败逃。"武王说:"这办法妙啊!

鲍叔牙

公子纠走鲁①,公子小白奔莒②。既而,国杀无知③,未有君。公子纠与公子小白皆归,俱至,争先入公家④。管仲扞弓,射公子小白,中钩。鲍叔御,公子小白僵⑤。管子以为小白死,告公子纠曰:"安之,公子小白已死矣!"鲍叔因疾驱,先入,故公子小白得以为君。鲍叔之智应射,而令公子小白僵也。其智若镞矢也⑥。

【注释】

①公子纠:春秋时期齐僖公之子。齐襄公时,公子纠携管仲、

召忽逃奔鲁国。襄公被杀后,齐国内乱,公子纠回国争夺君位,结果失败。走:逃亡。

②公子小白:春秋时期齐僖公之子,即齐桓公。齐襄公时,公子小白携鲍叔牙逃奔莒国。在其兄齐襄公被杀后,公子小白由莒回国成为国君,是为齐桓公。他任用管仲实行改革,齐国由此强盛,成为春秋五霸之首。奔:逃跑。

③无知:人名,公孙无知,齐国国君。

④公家:国君之位。

⑤僵:身体僵直倒下。

⑥镞(zú)矢:镞,箭头。矢,箭。

【译文】

公子纠逃亡鲁国,公子小白逃到莒国。不久,齐国国君公孙无知被杀,没了国君。公子纠和公子小白都迅速赶往齐国,走到国境时,都想抢先登上国君的宝座。管仲拉弓搭箭射向公子小白,衣带钩中箭。这时是鲍叔牙给公子小白驾车,公子小白应声而倒。管仲以为公子小白已被射死,就对公子纠说:"放心慢走吧!公子小白已经死啦。"鲍叔牙却驱车疾速前进,先入国境,公子小白因此做了齐国的国君。鲍叔牙的智慧在利用管仲放冷箭这个时机,而让公子小白假装中箭而死。鲍叔牙的智慧简直像箭头那么锋利无比啊!

舅犯

公子重耳至齐①,齐桓公厚礼,而以宗女妻之②,有马二十乘。公子安之,留齐凡五岁,无去志。赵衰、舅犯乃

于桑下谋行③，蚕妾在其上闻之，以告姜氏。姜氏杀之，而谓公子曰："子有四方之志，其闻之者，吾已杀之矣。"公子曰："无之。"姜曰："行也！怀与安，实败名。"公子不可。姜乃与咎犯等谋，醉公子，载以行。行远而觉，公子大怒，引戈逐舅犯曰："若无所济，吾食舅氏肉！"咎犯走，且对曰："若无所济，吾未知死所，谁能与豺狼争食？若克有成，公子无亦晋之柔嘉④，足以甘食，偃肉腥臊，将焉用之！"遂行。

【注释】

①公子重耳：即晋文公，姬姓，名重耳，晋献公之子。重耳曾经离开晋国，流亡其他诸侯国十九年，后回国继位，是为晋文公。晋文公，奋发图强，在赵衰、狐偃等人的辅佐下成为春秋五霸之一。

②宗女：宗室之女。这里指出身于齐国国君之宗族的一位女子。

③赵衰，字子余，谥号曰成季，故又称赵成子，春秋时期人。赵衰跟随重耳在外逃亡，共十九年。在重耳返回晋国并继承君位、成为春秋霸主的过程中，赵衰发挥了很大作用。舅犯：即狐偃，春秋时期人，晋文公重耳之舅，亦称舅犯、咎犯。狐偃随重耳流亡十九年，备尝艰辛，辅佐重耳，出谋划策，使重耳最后回晋国继承君位，为晋文公重耳成为春秋五霸之一贡献甚大。

④柔嘉：美食。

【译文】

公子重耳到了齐国，齐桓公以隆重的礼仪接待，并把宗室的女子嫁给他为妻，增马八十四。重耳安于齐国的生活，在此留滞五年而没有离去的想法。赵衰与重耳的舅父子犯在桑树下商议怎样离开齐国,恰巧被养蚕的侍妾在树上听到,告诉了姜氏。姜氏杀了侍妾,对重耳说:"您有宏远的志向,偷听到的人,我已经杀了。"重耳说:"没有这回事啊。"姜氏说:"离开这里吧!留恋妻子贪图安逸,会败坏你的名声。"公子不答应。于是,姜氏和子犯等商量,灌醉重耳,然后用车把他拉走。走出很远了,他醒来非常生气,就拿着戈追逐子犯,说:"如果不成功,我一定要吃你的肉!"子犯一边跑一边回答说:"如果不成功,还不知道我死在哪里,又有谁能和豺狼争吃我的肉呢? 如果大功告成,那对公子您来说,晋国有的是美味佳肴,任您尽情享用,我的肉又腥又臊,怎么能吃呢?"于是,离开了齐国。

程婴与公孙杵臼①

屠岸贾攻赵氏于下宫,杀赵朔、赵同、赵括、赵婴齐,皆灭其族②。赵朔妻,成公姊,有遗腹,走公宫匿。赵朔客曰公孙杵臼,杵臼谓朔友人程婴曰:"胡不死?"程婴曰:"朔之妇有遗腹,若幸而男,吾奉之;即女也,吾徐死耳。"居无何,而朔妇免身生男③。屠岸贾闻之,索于宫中。夫人置儿绔中④,祝曰:"赵宗灭乎,若号;即不灭,若无声。"及索儿,竟无声。已脱,程婴谓公孙杵臼曰:"今一索不得,后必且复索之,奈何?"公孙杵臼曰:"立孤与死,孰难?"程婴曰:"死易,立孤难耳。"公孙杵臼曰:"赵氏先君遇子厚,子强为其难者,吾为其易者,请先死。"乃二人谋取他人婴儿负之,衣以文葆,匿山中。程婴出,谬谓诸将

軍曰:"婴不肖,不能立赵孤⑤,谁能与我千金,吾告赵氏孤处。"诸将皆喜,许之,发师随程婴,攻公孙杵臼。杵臼谬曰:"小人哉,程婴! 昔下宫之难,不能死;与我谋匿赵氏孤儿,今又卖我。纵不能立,而忍卖之乎?"抱儿呼曰:"天乎! 天乎! 赵氏孤儿何罪? 请活之,独杀杵臼可也。"诸将不许,遂杀杵臼与孤儿。诸将以为赵氏孤儿良已死,皆喜。然赵氏真孤乃反在,程婴卒与俱匿山中。

【注释】

①程婴:春秋时期人,赵朔的友人,以亲子代替赵氏孤儿死,终于救出赵氏孤儿。公孙杵臼:赵朔门客,为救赵氏孤儿赵武献出生命。

②"屠岸贾攻赵氏于下宫"至"皆灭其族":屠岸贾,晋国大夫。屠岸贾攻打赵氏于下宫,杀死了晋国执政大臣赵盾的后人赵朔、赵同、赵括、赵婴齐,并且几乎灭绝了他们的家族,这就是下宫之难。下宫,晋国赵氏的宫室。

③免:同"娩",生育。

④绔(kù):裤子。

⑤赵孤:即赵武,又称赵文子或赵孟。后担任晋国正卿,晋国赵氏由此重新强盛。

【译文】

屠岸贾攻下赵氏的下宫,杀了赵朔、赵同、赵括、赵婴齐,还将赵氏灭族了。赵朔的妻子是晋成公的姐姐,这时恰好有孕在身,跑到后宫躲了起来。赵朔的门下食客中有一个叫公孙杵臼的,对赵朔的友人程婴说:"你怎么不自杀殉主呢?"程婴说:"赵朔的妻子有了遗腹子,假如幸而生个儿子的话,我便养育他;要是生个女儿,那时我再自杀也不迟。"不久,赵朔的妻子分娩生下一个男孩。屠岸贾听说后,就到宫里来搜查。赵朔的妻子把婴儿放在裤裆里,暗自祷告说:"如果赵家的宗祀该当断绝的话,你就号哭吧;如果不该断绝,你就不要作声。"到了屠岸贾来搜查那个婴儿时,那婴儿果然毫无声响。脱险以后,程婴对公孙杵臼说:"今天搜查没有结果,以后还会再来搜查,我们该怎么办呢?"公孙杵臼说:"抚养孤儿长大和自杀殉主,哪一件事更困难呢?"程婴说:"自杀殉主容易,抚养幼主成人更难。"公孙杵臼说:"赵家以前的主人对你很是礼遇,就请你来做抚养孩子长大这件难事,而我去做比较容易的,让我去死吧!"于是二人就想办法从别人那里抱了一个男婴,用绣花的襁褓裹着,藏匿到深山里去了。然后,程婴去对诸将军谎称:"我这人无德,不能抚养赵氏遗孤,谁给我千两黄金,我就告诉他赵氏孤儿藏身之处。"诸将听了都很高兴,就爽快地答应他,并立刻派军队跟着程婴去山中攻打公孙杵臼。公孙杵臼假装怒骂:"程婴,你这卑鄙小人!想当初下宫赵氏灭门,你不肯杀身殉主,和我计划藏匿赵氏遗孤,现如今却又出卖我们。纵使不能抚养赵氏孤儿,可怎能忍心出卖他呢?"于是就抱着孩子呼天抢地:"老天爷啊老天爷!赵氏孤儿到底犯了什么罪啊?求你放他一条生路吧!只把我一个人杀死好了。"诸将不同意,于是就把公孙杵臼和赵氏孤儿一起给杀了。诸将以为赵氏孤儿真的死了,都自鸣得意。然而真正的赵氏孤儿却反而得以生存,程婴和孤儿一起藏匿深山。

居十五年,晋景公疾,卜之,大业之后不遂者为祟。景公问韩厥,厥知赵孤在,乃曰:"大业之后,在晋绝祀

者①，其赵氏乎！夫自中衍者，皆嬴姓也。中衍人面鸟，降佐殷帝大戊及周天子，皆有明德。下及幽、厉无道，而叔带去周适晋，事先君文侯，至于成公，世有立功，未尝绝祀。今君独灭赵宗，国人哀之，故见龟策，唯君图之。"景公问："赵尚有后子孙乎？"韩厥具以实告。于是景公乃与韩厥谋立赵孤儿，召儿匿之宫中。诸将入问疾，景公因韩厥之众以胁诸将，而见赵孤——赵孤名曰武。诸将不得已，乃曰："昔下宫之难，屠岸贾为之，矫以君命，并命群臣，非然，孰敢作难！微君之疾，群臣固且请立赵后。今君有命，群臣之愿也。"于是召赵武、程婴遍拜诸将，遂反与程婴、赵武攻屠岸贾，灭其族。复与赵武田邑如故。

【注释】

①绝祀：周代重宗法制度，在宗法制背景下，没有嫡系后人以致对祖先的祭祀中断。

【译文】

十五年之后，晋景公大病，派人问卜吉凶，结果是立有大功者却身背冤情的子孙在作祟。晋景公于是问韩厥到底是谁，韩厥知道赵氏孤儿仍然活着，就说："立有大功者的后裔在晋国绝祀的，就只有赵氏吧！他的祖先自中衍以后，都是嬴姓。中行衍长得像人但嘴却像鸟，他的子孙后代都曾辅佐殷帝大戊以及周朝天子，他们都功勋卓著。后来，周幽王和周厉王无道，叔带离开周朝来到晋国，辅佐先君文侯，一直到晋成公，他家世代建功立业，繁衍不断。如今，主上您却灭其宗族，全国上下为之悲痛，以致龟策显示此事，这事就要看主上您的意思了。"晋景公问："赵家还有子孙后代吗？"韩厥把事情的原委如实告诉了晋景公。于是，晋景公和韩厥商量再扶立赵氏遗孤，先把赵氏孤儿暗暗召来，藏在宫中。诸将进宫探问景公的病情，晋景公依仗韩厥握有重兵，足以震慑诸将，便让赵氏孤儿公开露面——赵氏孤儿姓赵名武。诸将看到事已至此，于是就说："以前发生在下宫的那场灭门惨案，完全是屠岸贾一人制造的，他假托君命，胁迫群臣，否则，谁敢斗胆作乱呢？今天，即使主上您不生病，我们也要来向您上奏再立赵氏后人。现在主上既然有命令，正是我们所期望的。"于是晋景公就让赵武和程婴出来向诸将一一拜见，诸将反过来和程婴、赵武一同去攻打屠岸贾，灭了他的宗族。又把赵氏从前的田地和食邑发还给赵武。

　　及赵武冠为成人①，程婴乃辞诸大夫，谓赵武曰："昔下宫之难，皆能死。我非不能死，我思立赵氏之后。今赵武既立为成人，复故位，我将下报赵宣孟与公孙杵曰。"赵武啼泣，顿首固请曰："武愿苦筋骨，以报子至死，而子忍去我死乎？"程婴曰："不可。彼以我为能成事，故先我死。今我不报，是以我事为不成。"遂自杀。赵武服齐衰三年②，为之祭邑，春秋祠之，世世勿绝。

【注释】

　　①冠：古代男子成人礼，二十岁束发加冠。

　　②齐衰三年：丧服的一种，以粗麻布制成，缘边部分缝制整齐。服三年乃去除。

【译文】

等到赵武满二十岁加冠成人之后，程婴就向诸臣辞别，并对赵武说道："以前下宫惨案发生的时候，大家都为主子殉难。我程婴并非贪生怕死之辈，只是我要为赵氏抚养遗孤，使赵氏家族后继有人。现如今你已长大成人，也恢复了赵家原有的地位，就到了我该自杀到地下向赵宣孟和公孙杵臼汇报一切的时候了。"赵武听了，痛哭流涕，叩头苦苦请求说："我赵武愿意承受任何苦难至死报答您，您就忍心离我而去吗？"程婴说："不行啊！公孙杵臼他们当初认为我能把孤儿抚养成人，所以才肯先我而死。现在，我迟迟不去地下向他们报告，他们还以为我没把事情办好呢！"于是，程婴慷慨赴死。赵武拿他像亲生父亲一样，为他服了三年孝丧，为他建祠祭祀，每逢春秋都去祭祀，世代不绝。

弦高①

秦师及滑②，郑商人弦高，将市于周，遇之。以乘韦先牛十二犒师③，曰："寡君闻吾子将步师出于敝邑，敢犒从者。不腆敝邑④，为从者之淹⑤，居则具一日之积，行则备一夕之卫。"且使遽告于郑。郑穆公使视客馆，则束载、厉兵、秣马矣⑥。使皇武子辞焉，曰："吾子淹久于敝邑，唯是脯资饩牵竭矣⑦。为吾子之将行也，郑之有原圃⑧，犹秦之有具圃也，吾子取其麋鹿，以闲敝邑⑨，若何？"杞子奔齐，逢孙、杨孙奔宋。孟明曰："郑有备矣，不可冀也。攻之不克，围之不继，吾其还也。"灭滑而还。

①弦高:郑国的一位商人,经常在各国之间做生意。他去周经商,途中遇准备偷袭郑国的秦军,便以十二头牛作为礼物,犒劳秦军,并派人回郑国报信请做好防备。秦军见郑国已经知道消息,只好返回。

②滑:滑国,古代国家名,是郑国的邻国。

③乘韦:指四张熟牛皮。

④腆:丰厚,富裕。

⑤淹:时间长久。

⑥束载、厉兵、秣马:整理好行装,磨好兵器,喂饱马匹,指准备战斗。厉兵、秣马这个成语便由弦高的故事而来。

⑦脯资饩(xì)牵:泛指粮、肉等食品和物资。

⑧原圃:地名,春秋时郑国畜禽兽用来狩猎的地方,在今河南中牟西。

⑨闲,使动用法,使敝邑得以安宁。

【译文】

秦国的大军抵达了滑国,此时郑国商人弦高正准备到周朝去做买卖,恰巧在这里遇到秦国的军队。他知道了秦军的动向,便先送上四张熟牛皮和十二头牛慰劳秦军士兵,说:"我国的君主听说秦军将要前行到郑国,让我来犒劳士兵们。我们郑国虽不富裕,但我国愿意为你们提供方便:大军呆在郑国一天,我们为你们提供一天的粮食;若你们住一晚就离开,我们便为你们站岗保卫。"与此同时,弦高立刻派人到郑国报信。郑穆公接到弦高的信息,立刻派人到馆舍查看秦人的动静,果真发现杞子、逢孙、杨孙等人已经打点好行装,磨利了兵器,喂饱了马匹。郑穆公派皇武

子到馆舍遣散杞子等人，说："你们在我们国家住的时间很久了，我们供应给你们的粮肉等物资将要用尽。听说你们准备离开，我们郑国有一个兽园，就像你们秦国的兽园一样，你们可以猎取兽园的麋鹿作为路上的食用也让我们郑国得以安宁，怎么样？"于是杞子赶紧逃跑到了齐国，逢孙和杨孙逃到了宋国。孟明说："如今郑国有了防备，我们就不要期望什么了。要是直接攻打郑国难以取胜，要是包围战术又没有后援部队，我们还是撤退回国吧！"于是在回秦国的途中，灭了弱小的滑国。

孙膑①（一）

孙膑同齐使之齐，齐将田忌善而客待之②。忌数与齐诸公子骑逐重射③。孙子见其马足不甚相远，马有上中下辈。于是孙子谓田忌曰："君第重射，臣能令君胜。"田忌信然之，与王及诸公子逐射千金。及临质④，孙子曰："今以君之下驷⑤，与彼上驷；取君上驷，与彼中驷；取君中驷，与彼下驷。"既驰三辈毕，而田忌一不胜而再胜，卒得王千金。

【注释】

①孙膑：战国时期著名军事家，与庞涓同学兵法，曾遭刖刑（即砍去双脚），后被齐威王任为军师，指挥了马陵之战，大败魏军。赵国被魏国围困，孙膑以围魏救赵之谋，解赵国之围。著作据说有《孙膑兵法》。1972年山东临沂银雀山出土《孙膑兵法》残简。

②田忌：战国时齐国名将，赏识孙膑的军事才能，向齐威王举

荐孙膑为军师。

③驱逐重射：赛马赌博。重射，赌注很大。

④临质：临场比赛。

⑤驷：古代同驾一辆车的四匹马。

【译文】

孙膑跟着齐国的使者到了齐国，齐国将军田忌和他一见如故，以贵宾之礼热情款待了他。与此同时，田忌与一些齐国的贵族子弟赛马，赌注下得非常大。孙膑发现田忌的马和对手的马在实力上悬殊不太大，参赛的马一般分为上、中、下三个等级。于是孙膑对田忌说："将军，您只管跟他们下大赌注，我有办法让您赢得比赛。"田忌对孙膑非常信任，按孙膑的话去做，便和齐王以及齐国贵族子弟用千两黄金做了赌注。到了临场比赛时，孙膑对田忌说："现在请将军用您的下等马，与对方的上等马对阵；用您的上等马，去对方的中等马对阵；将将军的中等马，与对方的下等马对阵。"三场比赛结束之后，田忌仅输了一场，但却胜了两场，于是，田忌从齐王那里赢得了千两黄金的赌金。

孙膑（二）

魏伐赵，赵急，请救于齐。齐威王欲将孙膑，膑辞谢曰："刑余之人不可①。"于是乃以田忌为将，而孙子为师，居辎车中②，坐为计谋。田忌欲引兵之赵，孙子曰："夫解杂乱纷纠者不控卷，救斗者不搏撠。批亢捣虚③，形格势禁，则自为解耳。今梁、赵相攻，轻兵锐卒必竭于外，老弱罢于内④；君不若引兵疾走大梁⑤，据其街路，冲其方虚，彼

能
品

必释赵而自救。是我一举解赵之围而收弊于魏也。"田忌
从之。魏果去邯郸,与齐战于桂陵⑥,大破梁军。后十三
年,魏与赵攻韩,韩告急于齐。齐使田忌将而往,直走大
梁。魏将庞涓闻之,去韩而归,齐军既已过而西矣。孙子
谓田忌曰:"彼三晋之兵⑦,素悍勇而轻齐,齐号为怯;善战
者因其势而利导之。兵法:'百里而趣利者蹶上将⑧,五十
里而趣利者军半至。'使齐军入魏地为十万灶,明日为五
万灶,又明日为二万灶。"庞涓行三日,大喜,曰:"我固知
齐军怯,入吾地三日,士卒亡者过半矣。"乃弃其步军,与
其轻锐倍日并行逐之⑨。孙子度其行,暮当至马陵⑩,马陵
道狭,而旁多阻隘,可伏兵。乃斫大树白而书之⑪,曰:"庞
涓死于此树之下。"于是令齐军善射者万弩,夹道而伏,期
曰:"暮见火举而俱发。"庞涓果夜至斫树下,见白书,乃钻
火烛之。读其书未毕,齐军万弩俱发,魏军大乱相失。庞
涓自知智穷兵败,乃自刭,曰:"遂成竖子之名!"齐因乘胜
尽破其军,虏魏太子申以归。孙膑以此名显天下,世传其
兵法。

【注释】

①刑余之人:指太监或受过宫刑的人,也指其他受刑致残的
人。本文指后者。

②辎(zī)车:古代一种有帷盖的大车。

③批亢捣虚:比喻抓住敌人的要害乘虚而入。批,用手击。
亢,咽喉,比喻要害。捣,攻击。虚,空虚。

④罢(pí):疲劳,衰弱。

⑤大梁:战国时魏国都城,在今河南。

⑥桂陵:在今河南,以桂陵之战闻名。孙膑在此指挥齐军大败魏军。

⑦三晋:战国时瓜分晋国的韩、赵、魏称为三晋。

⑧蹷(jué):折损,牺牲。

⑨倍日并行:指日夜兼程,日夜赶路。

⑩马陵:此地道狭路窄,地势险要,以马陵之战闻名。孙膑于此率领齐军击败魏军。

⑪斫(zhuó):用刀、斧等砍劈。

【译文】

魏国攻打赵国,赵国见形势危急,便向齐国求救。齐威王想让孙膑担任主将出征营救赵国,但孙膑推辞并婉言拒绝说:"我是一个受膑刑的戴罪之人,担任主将之职不合适。"于是齐威王便让田忌担任主将,而孙膑则作为田忌的军师,坐在一辆有帐篷的车子中,暗中为田忌出谋划策。起初,田忌想带领大军直接攻打赵国的都城邯郸,孙膑劝阻他说:"解开乱丝结绳,不可以握拳去攻击,排解争斗,不能参与其中。平息争斗要抓住关键,避开敌方的强势,攻击其空虚之处,使之有所顾忌,双方因受到制约而自然分开。现在魏国攻打赵国,魏国的精锐部队必定倾城而出投入到对赵国的征伐中,留在魏国境内的大都是老弱病残;将军不如带军迅速奔向魏国首都大梁,占据交通要塞,直攻魏国的空虚之处,魏国势必要放弃对赵国都城邯郸的包围,率领军队保卫本国都城的安全。此来,我军只需采用包围魏都大梁这一个行动,就能达到解除赵都邯郸的危机和击败魏军的两种目的。"田忌听从了孙膑的建议。魏军果然撤军赵都邯郸,返回魏国大梁的途中在桂陵与

能
品

齐军交战，齐军大胜魏军。十三年之后，魏国和赵国攻打韩国，韩国向齐国求助。齐王让田忌担任主将，前往援救韩国，一直向魏国大梁进军。魏国大将庞涓闻知齐军直奔都城大梁的消息，马上离开韩国，当他赶回都城大梁时，齐国大军已经穿越边境向西前进了。孙膑对田忌说："魏军英勇善战但是向来轻视齐军，齐国的军队在他们眼中是一群懦夫；高明的将领可利用魏军轻视齐军这一点，将形势向有利于我军的方向引导。兵书上说：'到百里之外的地方决战而获得胜利的情况，必定折损大将；到五十里之外的地方决战而获得胜利的情况，只有一半的军队能够按命令抵达战场。'我军可以命令士兵们进入魏国境内之后，第一天先在营地挖十万个灶坑，第二天减至五万个灶坑，第三天再减至二万个灶坑。"魏军将军庞涓带领军队行进了三天，看见灶坑逐渐减少很是高兴，说："我早就知道齐国的军队都是些胆小如鼠的懦夫，才进入我魏国境内三天，士兵逃走的已过半数了。"于是他就丢下行动迟缓的步兵，只率领一些最精锐的骑兵以双倍的速度昼夜兼程追赶齐军。孙膑推算魏军大致的行军速度，估计魏军日落之后会到达马陵，而马陵道路非常狭窄，并且两边的地形很险要，所以可以埋伏一些士兵。然后孙膑砍去一棵大树大块粗糙的树皮，并在发白的树质上写了一些字："庞涓死在这棵大树之下。"于是下令给一万名百发百中的神射手，埋伏在马陵道路两旁，和他们约定："夜里你们一见有火光照明，就全部开弓放箭。"到了傍晚，庞涓果然带着魏国大军来到马陵道那棵被砍去皮的大树旁，看见大树露出的白质的部分写有文字，便命人点火照亮来看。尚未读完白质上所写的内容，齐军潜伏在道路两边的神射手按照事先的约定，全部开弓放箭齐发，魏国军队乱作一团四处逃命。庞涓见自己大势已去，于是拔剑自刎，临终前说："此战让孙膑这小子成名了！"

此时,齐国的军队趁着取胜的大好时机,将魏军彻底击败,把魏国的太子魏申当作人质押回齐国。孙膑从此成为著名的军事家,他的兵法也被后人传承于世。

蔺相如①

赵惠文王时,得楚和氏璧②。秦昭王闻之,使人遗赵王书③,愿以十五城请易璧。赵王与大将军廉颇诸大臣谋④:欲予秦,秦城恐不可得,徒见欺;欲勿予,即患秦兵之来。计未定,求人可使报秦者,未得。宦者令缪贤曰:"臣舍人蔺相如可使⑤。"王问:"何以知之?"对曰:"臣尝有罪,窃计欲亡走燕,臣舍人相如止臣,曰:'何以知燕王?'臣语曰:'臣尝从大王与燕王会境上,燕王私握臣手,曰:愿结友。以此知之,故欲往。'相如谓臣曰:'夫赵强而燕弱,而君幸于赵王,故燕王欲结于君。今君乃亡赵走燕,燕畏赵,其势必不敢留君,而束君归赵矣。君不如肉袒伏斧质请罪⑥,则幸得脱矣。'臣从其计,大王亦幸赦臣。臣窃以为其人勇士,有智谋,宜可使。"

【注释】

①蔺相如:战国时赵国上卿,著名的政治家、外交家,多有智谋,与他有关的历史故事有完璧归赵、渑池之会与负荆请罪等。

②和氏璧:在历史上非常有名,在当时被视为宝贝。

③遗(wèi):送交;交付。

④廉颇:战国时期赵国杰出的军事家,是"战国四大名将"

能
品

之一。

⑤舍人:古代豪门贵族家里的门客。

⑥质:通"锧",砧板,古代行斩刑时用的垫板。

【译文】

赵惠文王时,得到了楚国和氏璧。秦昭王听说了,派人送国书给赵王,想用十五座城池交换。赵王同大将军廉颇以及其他大臣商量:想把和氏璧给秦国,恐怕秦国的城池不能到手,白白被骗;想不给秦国,又担心秦国发兵攻打。主意还未定下来,想找个可以出使秦国的人,也没有找到。宦官总管缪贤说:"臣的门客蔺相如可以出使秦国。"赵王问:"凭什么知道他能出使?"缪贤回答说:"臣曾经有罪,私下谋划从赵国跑到燕国去,蔺相如阻止小臣说:'您凭什么知道燕王值得依靠?'臣说,小臣曾经跟随大王在边境上同燕王会面,燕王背地里握住臣的手,说:'愿意和您结交为朋友。'因此知道他值得依靠,所以打算去他那里。'蔺相如对臣说:'赵国强大而燕国弱小,您又备受赵王恩宠,燕王才想要跟您做朋友。现在您却由赵国逃亡到燕国,燕国害怕赵国,势必不敢收留,反而会把你捆绑送回赵国。您不如坦胸赤膊趴在砧板上,向大王请罪,侥幸还可以免罪。'臣采纳了他的建议,侥幸被大王赦免。所以小臣认为他有勇有谋,可以出使秦国。"

于是王召见,问蔺相如曰:"秦王以十五城请易寡人之璧,可予不?"相如曰:"秦强而赵弱,不可不许。"王曰:"取吾璧,不予我城,奈何?"相如曰:"秦以城求璧而赵不许,曲在赵;赵予璧而秦不予赵城,曲在秦。均之二策,宁许以负秦曲。"王曰:"谁可使者?"相如曰:"王必无人,臣愿奉璧往使，城入赵而璧留秦；城不入，臣请完璧归赵。"
赵王于是遂遣相如奉璧西入秦。

【译文】

于是，赵王召见蔺相如，问蔺相如道："秦王要用十五座城，换取我赵国的和氏璧，可以给他们吗？"蔺相如说："秦强而赵弱，不能不答应。"赵王说："如果秦王拿走我的和氏璧，却不给我城池，怎么办？"蔺相如说："秦国拿十五座城来换我们的一块和氏璧，如果赵国不答应，赵国理亏；赵国给了璧，如果秦国不割城池，秦国理亏。比较二者，宁可答应给秦国璧而让秦国承担理亏的责任。"赵王说："谁能够出使秦国呢？"蔺相如说："大王若无人可派，小臣愿捧璧出使，城池如果入了赵国版图，和氏璧就留在秦国；不入赵国版图，小臣将和氏璧完好无缺地带回赵国。"于是，赵王派蔺相如带着和氏璧出使秦国。

秦王坐章台见相如，相如奉璧奏秦王。秦王大喜，传以示美人及左右，左右皆呼万岁。相如视秦王无意偿赵城，乃前曰："璧有瑕，请指示王。"王授璧，相如因持璧却立，倚柱，怒发上冲冠，谓秦王曰："大王欲得璧，使人发书至赵王，赵王悉召群臣议，皆曰：'秦贪，负其强，以空言求璧，偿城恐不可得。'议不欲予秦璧。臣以为布衣之交尚不相欺，况大国乎！且以一璧之故，逆强秦之欢，不可。于是赵王乃斋戒五日，使臣奉璧，拜送书于庭。何者？严大国之威以修敬也。今臣至，大王见臣列观，礼节甚倨，得璧，传之美人，以戏弄臣。臣观大王无意偿赵城邑，故

臣复取璧。大王必欲急臣，臣头今与璧俱碎于柱矣！"相如持其璧睨柱，欲以击柱。秦王恐其破璧，乃辞谢，固请，召有司案图，指从此以往十五都予赵。相如度秦王特以诈佯为予赵城，实不可得，乃谓秦王曰："和氏璧，天下所共传宝也，赵王恐，不敢不献。赵王送璧时，斋戒五日，今大王亦宜斋戒五日，设九宾于廷，臣乃敢上璧。"秦王度之，终不可强夺，遂许斋五日，舍相如广成传舍。相如度秦王虽斋，决负约不偿城，乃使其从者衣褐，怀其璧，从径道亡，归璧于赵。

110

【译文】

　　秦王坐在秦宫章台接见蔺相如，蔺相如捧着和氏璧献给秦王。秦王十分高兴，把和氏璧递给妃嫔和左右侍从观赏，都高呼："万岁"。蔺相如发现秦王并无诚意补偿赵国城池，就上前说："璧上有瑕疵，请让我指给大王看。"秦王叫人把璧拿给蔺相如，蔺相如拿住璧趁机退后几步，站定，背倚殿柱，怒发冲冠地对秦王说："大王想要和氏璧，送与赵王国书，赵王召集群臣商议，都说：'秦王贪得无厌，以强凌弱，拿一句空话索要和氏璧，他们所说补偿和氏璧的城池恐怕得不到。'打算不把和氏璧给秦国。臣认为平民之间交往尚且讲诚信，何况大国呢！而且因为一块璧而违逆秦国使其不悦，这是不可取的。赵王这才斋戒五天，派了小臣送璧，交与国书。为什么这样呢？因为对贵国的威严表示敬意！如今我到秦国，大王仅在偏殿接见小臣，礼节傲慢，拿到和氏璧后，又把它传于妃嫔，以戏弄我。小臣见大王无诚意补偿赵国城池，所以小臣又将和氏璧取回。大王若逼迫逼小臣，小臣的头就与和氏璧一起撞碎在这柱子上！"蔺相如手持和氏璧，斜眼看着殿柱，就像要把和氏璧撞碎到殿柱上。秦王害怕他真把和氏璧砸碎，就婉言道歉，请求蔺相如不要砸璧，随即召来主管官员，察看地图，指点着说以此为界的十五座城全都划给赵国。蔺相如猜测秦王只不过是用欺诈的手段假装划给赵国十五座城，其实赵国不可能得到，就告诉秦王说："和氏璧是天下宝物，赵王敬畏大王，不敢不献。赵王送和氏璧的时候，斋戒五日，现在大王也应斋戒五日，在朝堂之上设宴以"九宾"之礼款待，小臣才能献出和氏璧。"秦王思虑不好强抢，就答应斋戒五天，并安排蔺相如在广成官舍住下。蔺相如估计秦王虽然答应斋戒，但一定会违背以城偿璧之约，就派他的随从改换长袍布衣，化装成平民，怀揣着和氏璧，从小路逃走，把璧带回赵国。

秦王斋五日后，乃设九宾礼于廷，外引赵使者蔺相如。相如至谓秦王曰："秦自缪公以来二十余君，未尝有坚明约束者也。臣诚恐见欺于王而负赵，故令人持璧归，间至赵矣。且秦强而赵弱，大王遣一介之使至赵，赵立奉璧来。今以秦之强而先割十五都予赵，赵岂敢留璧而得罪于大王乎？臣知欺大王之罪当诛，臣请就汤镬[①]，唯大王与群臣孰计议之。"秦王与群臣相视而嘻。左右或欲引相如去，秦王因曰："今杀相如，终不能得璧也，而绝秦赵之欢，不如因而厚遇之，使归赵，赵王岂以一璧之故欺秦邪！"卒廷见相如，毕礼而归之。相如既归，赵王以为贤拜为上大夫。秦亦不以城予赵，赵亦终不予秦璧。

能
品

【注释】

①汤镬(huò)：古时死刑一种，也作"烹"，把人放在大鼎或大镬上用滚汤活活煮死。烹人的大锅古时叫做鼎或镬，鼎有三足，镬无足。

【译文】

秦王斋戒五天之后，在朝堂之上以款待"九宾"的礼节，延请蔺相如。蔺相如到了之后，便告诉秦王："自从穆公以来秦国有二十几位国君，但没有一位是坚守诺言的。小臣实在害怕被大王欺骗而对赵王不忠，所以派人拿着和氏璧已经从小路回赵国去了。再说，秦强赵弱，大王派一个小小的使者到赵国，赵国马上会送和氏璧来。凭着秦国的强大实力，如果先把城池割给赵国，难道赵国敢留住和氏璧而得罪大王吗？小臣知道欺骗了大王，论罪当死，请把小臣投到汤镬里煮死。恳请大王同您的群臣好好商议这件事。"秦王和群臣面面相觑而苦笑。左右侍卫想拖蔺相如出去，严加惩处，秦王就说："现在杀了蔺相如，终究也不能得到和氏璧，与其断绝秦、赵两国的交情，不如好好地对待他，让他返回赵国。赵王怎么会因为一块玉璧就欺骗我！"于是在朝堂上以礼节隆重接见了蔺相如，仪式结束后送回赵国。蔺相如回到赵国，赵王称他为贤臣，能让国家不受侮辱，就任命他做上大夫。秦国也没有割城池给赵国，赵国也最终没给和氏璧给秦国。

春申君①

楚顷襄王病，太子不得归。而楚太子与秦相应侯善，于是黄歇乃说应侯曰："相国诚善楚太子乎?"应侯曰：

"然。"歇曰:"今楚王恐不起疾,秦不如归其太子。太子得立,其事秦必重而德相国无穷,是亲与国而得储万乘也②。若不归,则咸阳一布衣耳;楚更立太子,必不事秦。夫失与国而绝万乘之和,非计也。愿相国孰虑之。"应侯以闻秦王,秦王曰:"令楚太子之傅,先往问楚王之疾,返而后图之。"黄歇为楚太子计曰:"秦王留太子也,欲以求利也。今太子力未能有以利秦也,歇忧之甚。而阳文君子二人在中,王若卒大命③,太子不在,阳文君子必立为后,太子不得奉宗庙矣④。不如亡秦,与使者俱出。臣请止,以死当之。"楚太子因变衣服为楚使者御以出关,而黄歇守舍,常为谢病。度太子已远,秦不能追,歇乃自言秦昭王曰:"楚太子已归,出远矣。歇当死,愿赐死。"昭王大怒,欲听其自杀也。应侯曰:"歇为人臣,出身以徇其主,太子立,必用歇,故不如无罪而归之,以亲楚。"秦因遣黄歇。歇至楚三月,楚顷襄王卒,太子完立,是为考烈王。孝烈王元年,以黄歇为相,封为春申君。春申君相楚八年,为楚北伐灭鲁,以荀卿为兰陵令⑤。当是时,楚复强。

【注释】

①春申君:即黄歇,出身楚国公室,是著名的政治家,"战国四公子"之一,曾任楚相,封为春申君。

②万乘:原指万辆兵车,后引申为天子。

③大命:原指天命,引申为君王去世。

④宗庙:是王室国家的代称。

⑤荀卿:即荀子,战国时期著名思想家、儒学大师。

　　楚国的顷襄王生病了,太子熊完作为人质被留在秦国,不能回楚国去。但是楚国的太子熊完和秦国的相国应侯范雎关系很好,于是黄歇就去劝说相国应侯范雎:"相国您真的跟我们楚国的太子相处得很好吗?"应侯范雎说:"是的。"黄歇说:"现在楚王的病恐怕好不起来了,我看你们秦国不如把我们的太子放回去。太子回国如能登上王位,那他对待秦国一定非常尊敬,而对相国的恩情一定充满感激,一面可以加深同盟国家之间的友好关系,一面又预先储备了楚国未来的国君。如果不把太子熊完放回去,那楚国太子只不过是咸阳城中的一名平头百姓而已;楚国要是另立太子,新太子一定不会与秦国友好。秦国既失去了一个盟友,又断绝了和楚国君王的来往,这太失策了吧。希望相国您慎重考虑一下此事。"相国应侯范雎把这个情况报告给秦王,秦王说:"先让太子的师傅回楚国探望楚顷襄王的病情,等他回来之后,我们再来研究解决此事的办法。"黄歇替太子熊完出谋划策说:"秦国不让太子您回楚国,是因此而为秦国谋取利益。如今凭您的力量,没有给秦国带来利益,我为此十分焦虑。而国内阳文君有两个儿子,万一顷襄王突然驾崩,太子您又不在楚国国内,阳文君的儿子必定被列为太子,那您就不能继承楚王位了。依我看太子您不如从秦国逃走,跟这楚国的使者一起走。臣甘愿留下来,以死来承担太子逃走的责任。"楚太子熊完换了衣服,扮成楚国使者的驾车人蒙混出关,而黄歇却留在住处,经常代太子向秦王请病假,以此作为掩护。黄歇估计太子已经跑远了,秦兵不能追赶得上了,于是就去对秦昭王说:"楚太子熊完已经回到楚国,走得很远了。黄歇我罪该万死,请判我死刑。"秦昭王听说后相当生气,原本打算让他自杀。这时相国应侯范雎说:"黄歇作为一个臣子,紧要关头挺身而出为主献身，太子熊完若登上王位，一定会重用黄歇，不如大王恕他无罪，放他回楚国去，以此来亲近楚国。"秦王于是遣送黄歇回楚国。黄歇回到楚国三个月以后，顷襄王便死了，太子熊完立为楚王，他就是楚考烈王。考烈王元年，任命黄歇为丞相，封他做春申君。春申君在楚国做了八年的丞相，为楚国北伐消灭鲁国，任命荀卿做兰陵县县令。那时，楚国又开始强盛起来。

昭盖①

长沙之难②，楚太子横为质于齐。楚王死，薛公为太子横，因与韩、魏之兵，随而攻东国。太子惧。昭盖曰："不若令屈署以东国为和于齐以动秦。秦恐齐之败东国，而令行于天下也，必将救我。"太子曰："善。"遽令屈署以东国为和于齐。秦闻之惧，令芈戎告楚曰："毋与齐东国，吾与子出兵矣。"

【注释】

①昭盖：楚国大臣。

②长沙之难：指楚怀王二十九年时，楚国被齐国打败。

【译文】

长沙之难以后，楚国的太子横被当作人质送至齐国。楚怀王病死以后，齐国薛公将楚国太子横放回楚国，随后齐国便跟韩国、魏国的军队一起攻打东国。楚国的太子横非常担忧。昭盖见太子如此忧虑便说："不如让屈署出使齐国，以同意把东国让给齐国作为求和的条件，以此来引起秦国的关注。秦国害怕齐国在打败

东国之后,从而施令天下,定会出兵干预此事。"太子横说:"这是个好主意。"于是就任命屈署为使者,以将东国让给齐国为求和条件出使齐国。秦昭王听说此事甚为恐惧,就派遣芈戎告知楚国:"千万不要把东国让给齐国,我秦国即将出兵来援助你们。"

韩信①

　　汉王斋戒,设坛场,拜信为大将军②,问以计策。信谢,因问王曰:"今东乡争擅天下③,岂非项王耶④?"汉王曰:"然。"曰:"大王自料勇悍仁强,孰与项王?"汉王默然良久,曰:"不如也。"信再拜贺曰:"惟信亦以为大王不如也。然臣尝事之,请言项王之为人也。项王喑哑叱咤⑤,千人皆废,然不能任属贤将,此特匹夫之勇耳。项王见人恭敬慈爱,言语呕呕⑥,人有疾痛,涕泣分食饮;至使人有功当封爵者,印刓敝⑦,忍不能予,此所谓妇人之仁也。项王虽霸天下而臣诸侯,不居关中而都彭城⑧,有背义帝之约,而以亲爱王,诸侯不平。诸侯之见项王迁逐义帝置江南,亦皆归逐其主而自王善地。项王所过无不残灭者,天下多怨,百姓不亲附,特劫于威强耳。名虽为霸,实失天下心,故曰其强易弱。今大王诚能反其道,任天下武勇,何所不诛!以天下城邑封功臣,何所不服!以义兵从思东归之士,何所不散!且三秦王为秦将,将秦子弟数岁矣,所杀亡不可胜计,又欺其众降诸侯,至新安,项王诈坑秦降卒二十余万,唯独邯、欣、翳得脱,秦父兄怨此三人,痛入骨髓。今楚强以威王此三人,秦民莫爱也。大王之入武关,秋毫无所害,除秦苛法,与秦民约法三章耳,秦民无不欲得大王王秦者。诸侯之约,大王当王关中,关中民咸知之。大王失职入汉中,秦民无不恨者。今大王举而东,三秦可传檄而定也⑨。"于是汉王大喜,自以为得信晚。遂听信计,部署诸将所击,分部而署置之⑩。

【注释】

①韩信:西汉开国功臣,中国历史上杰出的军事家。

②拜:用一定的礼节授与某名义或职位,或结成某种关系。

③擅:占有,据有。

④项王:即项羽(前232—前202),名籍,字羽,秦下相(今江苏宿迁)人,秦亡后自封为"西楚霸王"。后为刘邦所败,在乌江自刎。

⑤喑哑叱咤(yīn yǎ chì zhà):发怒喝叫。

⑥呕呕(ǒu):耗尽心血,感情诚挚。

⑦刓(wán)敝:磨损,破损。

⑧关中:古地区名。秦都咸阳,汉都长安,称函谷关以西为关中。这一地区人口密集,经济富庶,号称"八百里秦川"。在今陕西渭南潼关以西到宝鸡市宝鸡峡以东的地区。彭城:徐州古称。

⑨檄(xí):古代官府用以征召或声讨的文书。

⑩分部而署置之:该句或为注文。

【译文】

汉王刘邦行斋戒的礼仪,设置高坛在广场上祭祀,授命韩信为大将军,向韩信请教一统天下的计策。韩信谦让推辞一番后,趁机问刘邦:"现在大王向东占据领土,最大的对手不就是项王

吗?"汉王说:"的确如此。"韩信又问道:"大王自认为勇敢、悍厉、仁慈和强大,可是你和项王相比谁更好呢?"汉王沉默了好久才说:"我不如项王。"韩信拜了两拜,赞同地说:"我韩信也认为大王是不如他的。但是,我曾经伺候过项王,请让我给您谈谈项王的为人吧!项王在发怒呼喝时,很多人都被他吓倒了;可他却不能任用能干的将领,这只不过是匹夫之勇罢了。项王待人恭敬慈爱,言语真挚,部下生了病,他心疼的流泪,而把自己的食物分给伤员;但当所用的人有了功劳该加官进爵的时候,却把刻好了的官印拿在手里不肯交出,甚至官印玩得破旧了,都舍不得给那个人,这就是人们常说的妇人之仁啊。项王虽然称霸天下而使诸侯臣服,却不占据关中,而要定都彭城,又违背了义帝的约言,还让自己所亲信的加官称王,诸侯们都很有怨气。诸侯们看到项王把义帝随便迁徙和驱逐,最后安置在江南,也都回去驱逐原来的国君,然后自己选择最好的地方称王。项王的军队所经过的地方,无不遭受摧残而毁灭的,天下人都怨恨他,人们也不愿意归附他,只是被他的武力所胁迫罢了。名义上他虽然是霸主,但在实际上却早已失掉了民心,所以说他很容易由强变弱。倘若大王现在反其道而行之,广聚天下英豪,我们会无坚不摧!分封天下的城邑给有功的臣子,谁不心服呢!让忠义的士兵追随一心想打回东边老家的楚军将士,还有什么敌人不能被打败!况且三秦地区,雍王章邯、塞王司马欣、翟王董翳,原都是秦国将领,他们率领的秦地子弟作战好几年了,被杀死和逃跑的不计其数,又欺骗他们自己的部众向诸侯投降,到达新安以后,项王竟然背信弃义活埋了秦军降兵二十多万,只有章邯、司马欣、董翳这三人侥幸逃脱,秦地的乡亲父老对这三个人恨之入骨。如今项羽却凭借自己的威势让这三个人称王,秦地的老百姓没有一个是爱戴他们的。大王进入了武关之后，对待百姓没有丝毫的掳掠行为，废除了秦朝的严刑峻法，与秦地的百姓约法三章，秦地的百姓没有一个不希望大王统治秦地的。按照此前诸侯之间的约定，大王理应在关中称王，关中的老百姓也都知道这件事。大王没有得到应有的封爵，进入了汉中，秦地的百姓哪一个不为您感到遗憾啊！如今大王您发兵东进，三秦之地只须发布一纸征讨的文告就可以攻占了。"听后汉王十分高兴，与韩信是相见恨晚。就按照韩信的计策，部署军队，挥师东进。

蒯通①

武信君下赵十城，余皆城守，莫肯下，乃引兵东北击范阳。范阳人蒯通说范阳令曰："窃闻公之将死，故吊。虽然，贺公得通而生。"范阳令曰："何以吊之？"对曰："秦法重，足下为范阳令十年矣，杀人之父，孤人之子，断人之足，黥人之首②，不可胜数。然而慈父孝子莫敢刃公之腹中者，畏秦法耳。今天下大乱，秦法不施，然则慈父孝子且傅刃公之腹中以成其名③，此臣之所以吊公也。今诸侯叛秦矣，武信君兵且至，而君坚守范阳，少年皆争杀君，下武信君。君急遣臣见武信君，可转祸为福，在今矣。"范阳令乃使蒯通见武信君，曰："足下必将战胜然后略地，攻得然在后下城，臣窃以为过矣。诚听臣之计，可不攻而降城，不战而略地，传檄而千里定④，可乎？"武信君曰："何谓也？"蒯通曰："今范阳令宜整顿其士卒以守战者也，怯而畏死，贪而重富贵，故欲先天下降，畏君以为秦所置吏，诛

杀如前十城也。然今范阳少年亦方杀其令，自以城距君。君何不赍臣侯印⑤，拜范阳令，范阳令则以城下君，少年亦不敢杀其令。令范阳令乘朱轮华毂⑥，使驱驰燕、赵郊。燕、赵郊见之，皆曰：'此范阳令，先下者也。'即喜矣，燕、赵城可毋战而降也。此臣之所谓传檄而千里定者也。"武信君从其计，因使蒯通赐范阳令侯印。赵地闻之，不战以城下者三十余城。

【注释】

①蒯（kuǎi）通：秦汉之际有名的谋士。

②黥（qíng）：或称墨刑，以刀划伤，再用墨涂在伤口上，这样颜色难以消褪。汉代以前，墨刑主要施于犯人面或额之上，其后有时也会使用。在古代有时也在士兵中使用，以防逃跑后难以辨认。

③傅（zì）：刺入。

④传檄：发布征讨文告。

⑤赍（jī）：拿东西给别人。

⑥毂（gǔ）：车轮中心的圆木，与车辐的一端相接。借指车轮或车。

【译文】

　　武信君攻占了赵地十个城邑，其他的城邑都据城坚守，不肯投降，武信君便带兵向东北攻打范阳。范阳人蒯通劝说范阳令道："我听说您快要死了，所以特地前来吊唁。尽管如此，但我还是要祝贺您，您因为碰到我蒯通而有了生机。"范阳令问："为什么你要来吊唁我呢？"蒯通回答说："秦朝法律如此苛严，您做了整整十年的范阳县令,您杀过多少百姓的父亲,使他们的儿子成了孤儿,您也砍断过多少百姓的腿脚,还曾在多少百姓的脸上刺字?恐怕数也数不清楚。那些慈父、孝子们之所以不敢拿刀子割你的肚子,只是害怕秦朝的严刑峻法罢了。现在天下大乱,秦朝的法令再也行不通了,这样,那些慈父孝子们就会拿刀来刺入您的肚子,来成全他们'慈父'、'孝子'的名声,这就是我要来吊唁您的原因。现在诸侯全都反叛了秦朝,武信君的大军也快要打到范阳来了,可您却要固守范阳,而范阳县内的年轻人正都争着要杀掉您,去迎接武信君。如果您马上派遣我去拜见武信君,也许您还可以转祸为福,这就要看您今天的决断了。"范阳令于是就派蒯通去出使武信君,蒯通对武信君说:"您若是攻打范阳,一定会大获全胜,再夺取土地;先攻破守军,然后再占领城邑。但我个人以为,您这个方法是不妥的。若您听取我的意见,我敢保证,您不用攻打就可以占领城邑,不用交战就可以得到土地;发一道文告,就能平定千里,这样的意见愿意听取吗?"武信君说:"那怎么办?"蒯通说:"按理说,范阳的县令应该整顿人马坚守城池,可他这人却贪生怕死,追名逐利,所以他要率先来投降,但又怕您认为他是秦朝所任用的旧吏,和前面被攻下来的十个城邑的官吏一样都被杀掉了。但是,现在范阳城内的年轻人也正想杀死他,自己组织起来来抵抗您。您为什么不让我带着侯印,去委任范阳县令,范阳县令就会立马把城献给您,那些少年们也就不敢再去杀他们的县令了。您再让范阳县令坐着华丽的车子,奔驰在燕、赵之间的郊野。燕、赵两地的人在郊野见到了他,都会指点地说:'这就是那率先归降武信君的范阳县令!'看到他归降了却依然这么威风,就乐意投降了,这样,燕、赵两地区的城邑就可以不战而降。这就是我所说的发一纸文告就可以平定千里之地的计策。"武信君听从了他的计

策,便派遣蒯通去把侯印赐给范阳县令。赵地听说后,没有发兵攻打就举城投降的有三十多个城邑。

李广①

李广以卫尉为将军,出雁门击匈奴。匈奴兵多,破败广军,生得广。单于素闻广贤,令曰:"得李广必生致之。"胡骑得广,广时伤病,置广两马间,络而盛卧广②。行十余里,广佯死,睨其旁有一胡儿骑善马③,广暂腾而上胡儿马,因推堕儿,取其弓,鞭马南驰数十里,复得其余军,因引而入塞。匈奴捕者骑数百追之,广行取胡儿弓,射杀追骑,以故得脱。

【注释】

①李广:西汉著名将领,生活于汉文帝、景帝、武帝时期,多次率军抗击匈奴,立下显赫战功。被称之为飞将军,匈奴数年不敢来犯。

②络:用网状物兜住,笼罩。

③睨(nì):斜眼看。

【译文】

卫尉李广被任命为将军,出了雁门关前去攻打匈奴。匈奴兵人数众多,大败李广的部队,并活捉了李广。单于一向听说李广有才能,下令说:"捉到李广一定要活着送回来。"匈奴军队捉到了李广,李广当时有伤在身,于是匈奴兵便把李广放在两匹马中间,用网兜住李广。走了十多里路,李广装死,他斜眼看到旁边有一名匈奴少年骑着一匹好马,这时,他突然一跃而起上了那少年的马,趁机把那少年推下去,夺了他的弓,策马向南奔跑了几十里,又遇到了他的那支被打散了剩下来的队伍,于是带领他们进入关塞。匈奴方面出动了几百名骑兵来追赶他,李广一边跑着,一边拿着从那匈奴少年手中夺来的弓,射杀追来的匈奴骑兵,最后终于得以逃脱。

丙吉①

丙吉驭吏嗜酒②,数逋荡③。从吉出,醉,呕丞相车上。西曹主吏白欲斥之,吉曰:"以醉饱之失去士,使此人将复何所容? 西曹第地忍之,此不过污丞相车茵耳。"此驭吏边郡人,习知边塞发奔命警备事。尝出,适见驿骑持赤白囊,边郡发奔命书驰来至。驭吏因随驿骑至公车刺取,知虏入云中、代郡,遽归府见吉白状,因曰:"恐虏所入边郡二千石长吏,有老病不任兵马者,宜可豫视④。"吉善其言,召东曹案边长吏,琐科条其人。未已,诏召丞相、御史,问以虏所入郡吏,吉具对,御史大夫卒遽不能详知,以得谴让。而吉见谓忧边思职,驭吏力也。

【注释】

①丙吉:字少卿,生活于汉宣帝时期。丙吉从狱法小吏被起用,最后官居相位。他性格忠厚,为政亦崇尚宽大。

②驭吏:管车马的属吏。驭,驾驭马车。

③逋(bǔ)荡:懈怠,拖延。

④豫：通"预"，预备。

【译文】

丙吉有一个管车马的属吏，喜欢喝酒，经常酒后懈怠放荡。有一天，他跟随丙吉外出，酒喝多了，竟吐在丞相丙吉的车子上了。专管丞相府人事安排的西曹主管官员要把他辞掉，丙吉说："如果因为他醉酒这么一点小过失就把他赶走，那他今后还能去哪里呢？你还是容忍他一点吧，他只不过把丞相的车席弄脏了而已。"这个管车马的属吏是边疆地区的人，他对边防一带传送紧急公文的事务非常熟悉。有一次他出去，恰好看到一群从边境急驰而来的驿站人员手中拿着红白相杂的袋子，他知道这是边境发出的紧急公文到了。因而他追随这个人到公车府打探消息，得知匈奴人已经侵入云中、代郡，立刻回到丞相府向丙吉禀明，并说："恐怕匈奴人侵入的边郡，有些郡守老弱病残，无法抗敌御侮，应该预先熟悉一下他们的相关情况。"丙吉非常同意他的看法，立刻把负责边境事务的东曹主管官员叫来，详细地询问了那些边郡官员的情况。不久，皇上便下旨召丞相、御史大夫进宫，询问他们匈奴人入侵边郡那些官员的资料，丙吉对答如流，而御史大夫因为事发突然而不能回答，遭到皇上的责备。丙吉却被皇上称赞思虑边疆恪尽职守，这都是那个管车马属吏的功劳。

李若谷

李若谷守并州，民有讼叔不认其为侄者，欲并其财。累鞫不能真①。李令民还家殴其叔。民如公言，叔果讼侄。因而正其罪,分其财。

【注释】

①鞫(jū):审问。

【译文】

李若谷在担任并州知州时,有一个老百姓来诉讼他的叔叔不认他这个侄子,想着独霸祖上留下来的财产。多次审问也弄不清事实的真相。这时李若谷要这个原告回家去打他的叔叔。原告回去真按李若谷的话做了,把他的叔叔暴打了一顿,他的叔叔便来公堂控告他的侄子。这样真相大白,李若谷依法治其罪,而且还平分了他的财产

鲍信①

董卓入洛阳②,兵权尽归卓。先,卓未至,何进遣骑都尉鲍信所在募兵,适还,叹曰:"饿狼守庖厨③,饿虎牧牢豚④,怨毒已成,祸乱将起。"说袁绍曰⑤:"兵事有几⑥,几事在速,先发者制人,后发者制于人。卓拥强兵,有异志,今不早图,将为所制。及其初至疲劳,袭之可擒也。夫鸿鹄之未孚于卵也,一指篾之⑦,则靡而无形矣。及其筋骨之已就,而羽翮之已成也,则奋翼挥,凌乎浮云,背负青天,膺摩赤霄,翱翔乎忽荒之上,彷徉乎虹霓之间,虽有劲弩利缯⑧,蒲且子之巧,亦弗能加也。江水之始出于岷山也,可褰裳而越也⑨;及乎滥瞿塘,下洞庭,骛石城,经丹徒,洪

波浴日,巨浸春天,虽起三军之众,弗能御也。将军乘四世之威,拥数万之众,投逆阉于河,易于捕豚鼠。卓兵号劲,诡张虚设,虽兼何苗、丁原部曲,杀其主而并其众,新附未安,将军乘此时袭而杀之,辅少主,令天下,此桓文之业也。昔人有言:'为虺弗摧⑩,为蛟将若何?'愿将军谛思之。"绍心善其计,然畏卓强,终不敢发。信怒曰:"袁绍不足与计大事。"遂还乡里。

①鲍信:泰山平阳(今山东新泰)人。东汉末年济北相,率军参与讨伐董卓。

②董卓:东汉末年人,官至太师。原屯兵凉州,于灵帝末年受大将军何进之召率军进京,掌朝政。其为政不得人心,招致各路人马联合讨伐。后被其亲信吕布所杀。

③庖(páo)厨:厨房。

④牢豚:猪圈。

⑤袁绍:东汉末年人,官至大将军。曾统兵讨伐董卓。后在官渡之战中败于曹操。

⑥几:政务,事务。

⑦篾(miè):通"灭",消灭。

⑧缯(zēng):通"矰"。古代射鸟用的箭。

⑨褰裳:褰,揭起,用手扯起。裳,下身衣裳。古时衣服,上曰衣,下曰裳。

⑩虺(huī):传说是幼年期的龙,常在水中。"虺五百年化为蛟,蛟千年化为龙"。

【译文】

　　董卓攻入洛阳之后,兵权都掌握在他一个人手里。最初董卓还没有到达洛阳的时候,何进派骑都尉鲍信去各地征兵,这时候正好回来碰到董卓拥兵自大,禁不住叹息道:"让一只饿狼去看守厨房,让一只饿虎去护卫猪圈,恶果已经种下,祸乱就要爆发了。"又劝说袁绍道:"领兵作战事务繁多,讲求先发制人,出手慢的话可能受制于人。董卓掌握一支强大部队,而且野心勃勃,如果现在不早一点采取防范措施,就会受制于他。现在趁他刚到洛阳不久,军队疲劳,赶快去偷袭他,就会一举擒获他。当天鹅还只是一只卵,尚未孵化出来的时候,只要用一个指头就能捏碎它。当它筋骨已经长成,羽翼丰满了,它就会挥舞翅膀,穿梭云霄,背倚蓝天,胸贴赤霄,翱翔在茫茫天空,徜徉在虹霓之间,即使有强弩利箭,有像楚国蒲且子那样的神射手,也不能把它怎么样啊!长江刚从岷山发源的时候,人们揭起衣裳就可以趟水过去,等到它流过瞿塘峡,冲下洞庭湖,再穿越石城,历经丹徒,滔滔江水,波浪滔天,即使动用起千军万马,也抵御不了它那奔腾之势啊!将军您集合四代威望,兵强马壮,把宦官扔进黄河就像抓只小猪、逮个老鼠那么轻而易举。董卓兵力虽然很强大,但也只是虚张声势,虽然也收编了何苗和丁原的部队,杀了原来的将领,合并了现有的士兵,但因刚刚收编,军心不稳,将军您这时出其不意突然袭击,消灭了董卓,然后辅佐小皇帝,号令全中国,就可以成就齐桓公、晋文公那样的霸业啊!从前有人说过:'好比一条小蛇,不打死它,长成了蛟龙可怎么办?'希望将军您仔细考虑这件事。"袁绍心里非常欣赏鲍信的谋划,但还是害怕董卓太强大,始终不敢轻举妄动。鲍信很生气地说:"袁绍这个人不值得我和他共谋大事!"于是便回家乡去了。

能品

127

张既①

武威颜俊、张掖和鸾、酒泉黄华、西平鞠演等并举郡反,更相攻击。或献策于俊曰:"四郡力敌,势不相下。今能助将军者,曹公也。将军若能卑辞厚赂,送质于曹公,公必举兵而助将军。三郡闻曹公兵至,心骇胆落,争割地于将军,而益将军之强。曹公遥为势于外,而将军实受地于中,事平之后,养其余力,励兵抚众,反拒曹公,进可以争天下,退可以成列国之形,计无有过于此者矣。"俊从之,乃遣送母、子诣公为质,求助兵。欲发,问张既曰:"助与不孰利?君算其多者。"既曰:"俊外假国威,内生傲悖,计安势足,后即反耳。今方事蜀,宜两存而斗之,犹卞庄子之刺虎,坐收其毙。"公曰:"善。"乃不受质。岁余,鸾杀俊,王秘又杀鸾。公曰:"向不用既言,吾力分矣,岂能得志于蜀乎?"

【注释】

①张既:汉末三国之际人,曾在魏国任官,善智谋,有政绩。

【译文】

武威郡的颜俊、张掖郡的和鸾、酒泉郡的黄华、汝南郡西平县的鞠演等都同时发动叛乱,并且互相攻击。有人向颜俊献计说:"武威、张掖、酒泉、西平这四郡的力量旗鼓相当,势均力敌。现在能够帮助将军的只有曹操一人。如果您能在曹操面前谦卑说话,并送上厚礼,再把自己的亲人送到他那里做人质,他一定会派兵来帮助将军。张掖、酒泉、西平这三郡的人知道曹操派兵前来,一定会吓得心惊胆战,一个个争先恐后地把土地割让于您,使您的力量变得更强大。曹操在远处为您增强威势,而您却在近处兼并土地,等局势稳定之后,积蓄力量,厉兵秣马,安抚军队和百姓,再起兵反抗曹操,好的话可以争夺天下,坏的话,也可称霸一方,再没有比这更妙的计策了。"颜俊听从了这个意见,就把自己的母亲和儿子送到曹操那里去做人质,要求曹操派大军来帮助他。曹操准备派兵了,就问张既道:"派不派兵哪一个对我们更有好处?您要从对我们更有利的角度来考虑。"张既说:"颜俊这人表面看来是一种您的威势,背地里却是野心勃勃,形势一旦稳定,他一定会背叛于您。现在我们正在对付蜀国,不妨暂时保持中立,让他们相互就像卞庄子杀虎那样,让大、小两只老虎互斗,等小虎死而大虎重伤之后,他再杀死大虎,不费劲而一举刺杀双虎。"曹操说:"好。"于是不接受颜俊的母亲和儿子作为人质。一年多以后,和鸾杀了颜俊,王秘又杀了和鸾。曹操说:"当年要是不采纳张既的意见,我的兵力一定会分散,又怎能在对付蜀汉方面有所成就呢?"

蒯良与蒯越①

　　初,刘表为荆州②,江南宗贼甚盛。袁术屯鲁阳,尽有南阳之众,吴人苏代、贝羽各阻兵作乱。表单马入宜城,而延中庐人蒯良、蒯越与谋。表曰:"宗贼甚盛而众不附,袁术因之,祸今至矣!吾欲征兵恐不集,其策安出?"良曰:"众不附者,仁不足也;附而不治者,义不足也。仁义

之道行，百姓归之如流水，何患不从！"表顾问越，越曰："治平者先仁义，治乱者先权谋。兵不在多，在得人也。袁术勇而无断；苏代、贝羽皆武人不足虑；宗贼率多贪暴，为下所患。越有所素养者，使示之以利，必以众来。君诛其无道，抚而用之，一州之人有乐存之心，闻君盛德，必襁负而至矣③。兵集众附，南据江陵，北守襄阳，荆州八郡可传檄而定。术等虽至，无能为也。"表曰："子柔之言，雍季之论也；毕度之计，舅犯之谋也。"遂使越遣人诱宗贼，至皆斩之。江南悉平。

【注释】

①蒯良与蒯越：二人为兄弟，皆足智多谋，辅佐刘表。蒯越后归曹操。

②刘表（142—208）：字景升，东汉末年名士，曾任荆州牧，汉末群豪之一。荆州：古代"九州"之一，在荆山、衡山之间，其地理位置重要，为长江中游重镇，在古代是兵家相争之地。

③襁（qiǎng）：包婴儿的被子。

【译文】

当初，刘表治理荆州，江南地区，同姓家族占据一方祸乱百姓。袁术驻守鲁阳，南阳的武装力量全由他掌握，吴人苏代和贝羽又各自领兵作乱。刘表单枪匹马进入宜城，请中庐人蒯良和蒯越二人来商量。刘表说："贼寇非常猖狂，百姓又不肯依附于我，袁术再趁机前来攻击的话，那大祸就要临头了！我想要招兵买马，又担心时间仓促兵马不能汇集成功，有什么计策吗？"蒯良说："百姓不肯依附，是因为仁政实行得还不够；依附了但又不能很好地加以治理,是由于不能遵守义之道。实行了仁政,又遵守义道,老百姓就会像流水一样归附于您,您还要担心老百姓不归附于您吗?"刘表又回头请教蒯越,蒯越说:"盛世治国要把仁义放在前面,乱世治国则要把权谋放在前面。能否得天下不在于你有多少军队,而在于你是否取得人心。袁术勇敢但却优柔寡断;苏代、贝羽都是武夫,也不值得多虑;宗贼的头目大多贪婪、暴虐,得不到部下的拥戴。我素来蓄养了一些可以利用的人,派他们到宗贼那里以利益诱惑,一定会有很多人跟着回来。你杀掉他们中间那些暴虐无道的人,安抚而任用大多数,全州的人都有强烈的求生欲望,听到您这样仁慈有德,就一定会扶老携幼来投奔您。兵力强盛,百姓依附,向南占据江陵,向北坚守襄阳,荆州地区的八大郡府,只要发出一道檄文,就可以平定。这样,袁术等人即使来了,也不值得忧虑了。"刘表说:"蒯良所说就如雍季一样;蒯越所言,就如舅犯一般。"于是就让蒯越派他的人去引诱宗贼;当宗贼来了之后,刘表把他们全都杀了。江南完全平定。

刘备

刘备在荆州,访士于司马徽①,徽曰:"儒生俗士,岂识时务?识时务者在乎俊杰,此间自有伏龙凤雏。"备问为谁,曰:"诸葛孔明、庞士元也②。"徐庶见备于新野,亦谓备曰:"诸葛孔明,卧龙也,将军岂愿见之乎?"备曰:"君与俱来。"庶曰:"此人可就见,不可屈致也。"

能
品

【注释】

　　①司马徽:字德操,号水镜先生,颍川阳翟(今河南禹州)人,

三国时期著名隐士，以知人著称，曾向刘备推荐诸葛亮出山。

②诸葛孔明：即诸葛亮，字孔明，号卧龙，三国时期琅琊阳都（今山东临沂沂南人），三国时期著名政治家。庞士元：即庞统，字士元，号凤雏，荆州襄阳（今湖北襄樊）人。三国时期刘备谋士，与诸葛亮并称"卧龙凤雏"。

【译文】

刘备在荆州时，曾向司马徽访求人才，司马徽说："那些所谓的儒生尽是些才智平庸的凡夫，他们怎么能看破天下大势而有所作为呢？那些能识时务的人都是些俊杰之士，比如说这里就有卧龙、凤雏两位匡世之才，只有他们才配称得上识时务者。"刘备忙请教卧龙、凤雏是什么人，司马徽说："卧龙就是诸葛孔明，凤雏则是庞士元。"徐庶在新野见到刘备之时，也曾对刘备说："诸葛孔明是当世之卧龙，您愿不愿意见见他？"刘备说："那就请你带他来见我吧。"徐庶说："像这样的英才只可由别人去拜见他，却绝不能使他遭受半点委屈到这儿来见您。"

备由是诣亮，凡三往乃见。因屏人曰："汉室倾颓，奸臣窃命，孤不度德量力，欲信大义于天下，而智术短浅，遂用猖獗，至于今日。然志犹未已，君谓计将安出？"亮曰："今操已拥有百万之众，挟天子而令诸侯，此诚不可与争锋。孙权据有江东①，已历三世，国险而民附，贤能为之用，此可与为援而不可图也。荆州北据汉沔②，利尽南海，东连吴会，西通巴蜀，此用武之国，而其主不能守。此殆天所以资将军也。益州险塞，沃野千里，天府之土。刘璋暗弱③，张鲁在北④，民殷国富，而不知存恤。智能之士思得明君。将军既帝室之胄⑤,信义著于四海,若跨有荆益,保其岩阻,西和诸戎,南抚夷粤,外结孙权,内修政理。天下有变,则命一上将将荆州之军以向宛洛,将军身率益州之众,出于秦川,百姓孰敢不箪食壶浆以迎将军者乎⑥?诚如是,则霸业可成矣。"备曰:"善。"于是与亮情好日密。关羽、张飞不悦⑦,备解之日:"孤之有孔明,犹鱼之有水也,愿诸君勿复言。"羽、飞乃止。

【注释】

①孙权(182—252):字仲谋,吴郡富春县(今浙江富阳)人,汉末三国之际著名政治家。幼年跟随兄长孙策平定江东。208年,孙权与刘备联盟,并于赤壁击败曹操。

②汉沔(miǎn):指汉水和沔水。

③刘璋:字季玉,江夏竟陵(今湖北天门)人。东汉末年曾率军在益州一带活动,后为刘备所败。暗弱:暗,政治黑暗,君主昏庸。弱,懦弱。

④张鲁:三国时期沛国丰(今江苏丰县)人,五斗米道祖师张陵的后代。东汉末年曾率军在汉中地区活动,后投降曹操。

⑤胄(zhòu):后代。

⑥箪(dān)食壶浆:指竹篮里盛满了干粮,壶里盛了饮料。箪,古代盛饭的圆形竹器。

⑦关羽:字云长,与刘备,张飞桃园结义,三国时期蜀重要将领,民间称为"关公"。张飞:字益德,三国时期蜀重要将领,以勇猛著称。

【译文】

　　刘备于是便亲自去拜访诸葛亮，直到第三次，才见到诸葛亮。刘备屏退身边的人，对诸葛亮说："汉家天下已经颓败到随时都会有倾覆的危险，如今奸臣窃取国家的权力，我虽然德薄力微，却决心要伸张大义于天下，匡正社稷。然而我智谋不足，因而屡遭挫折，国家仍然政治混乱。虽已至今日，我仍然未能实现自己的志向和抱负，先生您可有深远大计帮助我吗？"诸葛亮说："现在曹操兵多将广，拥有百万之众，又挟天子而令诸侯，在这种形势下，是不可与他一争高低的。孙权占据着江东，已历三代的经营，国家地势险要，老百姓也拥护他，贤能之人也能为他所用，我们只能和它结为盟友，作为援助势力，无法图谋吞并它。荆州地形重要，它北临汉水和沔水，可尽获一直到南海之利，东边和江浙一带相连，西面又和四川相通，这荆州乃是兵家必争之地，但其主刘表不能坚守。这大概是老天爷要拿这块地盘来资助将军您的。益州地形险要，四面更有险要的关塞，内部却是有千里良田，真是天府之国啊。刘璋昏庸懦弱，张鲁在北面占据着汉中，百姓殷实，国家富裕，但他却不知爱惜百姓。有智谋才能的人，都想得到贤明之君的治理。将军您是汉朝宗室，信义布于四海，如果您能够据有荆州和益州，凭借着险要关塞，在西边和少数民族首领和好，在南边安抚两广一带，对外结交孙权，对内修明政治。天下一旦有什么变乱，您就命令一位上将率领荆州之兵，直指南阳、洛阳，而您则亲自率领益州部众，经秦川直杀向长安，老百姓谁敢不热烈地拥护和欢迎您呢？假如真的都做到了这些，那您匡复汉室的霸业就可望成功了。"刘备听罢，连声称"好"。于是和诸葛亮君臣之情一日比一日密切。这使得张飞、关羽很不高兴，刘备宽慰他们说："我有了孔明，就好像鱼儿有了水一样，请你们就不要再多有怨言了。"这样张飞、关羽才停止抱怨。

樊升之曰："善谋者,如弈之布子,子定而势从之;势定而翕张从之;翕张定而胜从之。昔汉高祖都关中①,据天下之势,从袁生,出广武,以致敌人之从是也。陈豨反②,至邯郸曰:"豨不南据汉水,北据邯郸,知其无能为也。"虞诩之策朝歌贼亦然③,滕公之策黥布也④,司马之策公孙也⑤,皆自为敌。布势定而更拂之,曰"此必不出于上而出于下"。羽已得关中而更弃之,则韩生以为沐猴而冠。及后高祖弃关中而都洛阳,娄敬脱辂挽一说⑥,建万世之安。其言曰:"夫与人斗不扼其吭而拊其背而能胜者,未之有也。"昔诸葛公欲据荆州以争天下,都成都者,非其志也。其言曰:"跨有荆、益,保其险阻,东和孙权,西交马韩,待天下有变,一军出宛洛,一军向长安,百姓孰敢不箪食壶浆以迎王师?"此诸葛公之志,诸葛公之事也。而议者直以为欲三分而止耳。周公瑾曰⑦:"吾与主公北据襄阳以蹙操,北方可图也。"信哉!英雄所见略同。二子目中宁有操哉!然武侯之在成都也,厝置颇大⑧,和孙权,安南中,抚辑蜀土,屯田魏滨,使诸葛不死,走生仲达者,关中宁可保哉!关中既破,许昌瓦解,又安在无土不王,益州遂不足有为也。故其与华歆王朗一书,精明果确,举朝心悸胆落,莫知税驾之所⑨。夫操之临死,何为而嘤咿涕泣哉?畏此老也。分香卖履,求为黔首而不得之思,知丕等不足腥健儿衣食也。操实蹙死于汉中,而史讳言之,呜呼!视公如龙,视操如鬼之论信然。语至此,进

乎布矣,虽然,亦不都荆州之失也。

【注释】

①关中:古地区名。秦都咸阳,汉都长安,称函谷关以西为关中。这一地区人口密集,经济富庶,号称"八百里秦川"。在今陕西渭南潼关以西到宝鸡市宝鸡峡以东的地区。

②陈豨(xī):秦末汉初宛朐人,后韩信谋反,逃入匈奴。

③虞诩:字升卿,东汉名将,陈国武平(今河南鹿邑西北)人。安帝时,始为朝歌(今河南汤阴西南)长,后任武都太守。顺帝时,官至尚书仆射。

④黥布:又名英布,秦末汉初农民起义领袖,后投靠项羽,项羽败后归附刘邦,最后因谋反罪被杀。

⑤司马:指司马懿,字仲达,河内温(今河南温县)人。三国时期魏国杰出的政治家、军事家。

⑥娄敬脱辂(lù)挽:指娄敬放下拉车用的横木。娄敬,即刘敬。辂,绑在车前用来牵引车子的横木。

⑦周公瑾:即周瑜(175—210),字公瑾,庐江舒县(今安徽庐江西)人。东汉末年东吴著名军事将领。公元208年,周瑜指挥孙、刘联军,在赤壁以火攻打败曹操的军队。

⑧厝(cuò)置:指军备战略措施。厝,放置,安排。置,摆,放。

⑨税驾:犹言解驾,停车,喻休息或归宿。

【译文】

樊升之评论道:"善于谋划的人,就如下棋时布子一样,布子妥当那么行棋之势就会好;棋势妥当,那么棋局的开合就自然而然的依从这棋势;棋局开合运用自如,那自然就会取胜了。从前汉高祖定都关中,占据天下之势,又听从袁生的建议,兵出武关,引诱项羽南进从而最终取胜,就是这类布局。陈豨反叛汉,汉高祖带兵至邯郸平叛,却发现陈豨不懂布局,于是高兴地说:"陈豨在南面不凭借汉水,向北不依据邯郸,我就知道他没有什么作为。"东汉虞诩谋划攻破朝歌群盗,滕公计败黥布,司马懿谋划击破公孙,都是善于谋划从而制服对手的例子。但是如果布势已定却又随便更改,正如薛公所说"此人必定不会采用东取吴,西取楚,并齐取鲁,传令燕赵,固守其所的上策,而只会采取东取吴,西取下蔡,据长沙以临越的下策"。项羽已经攻取关中,却又放弃关中,于是韩生认为项羽是"沐猴而冠"。后来汉高祖又想放弃关中而建都洛阳,被齐人娄敬以去掉车前横木便不能拉车的比方作一番劝说,才决定最终定都长安,建立了万世久安之计。娄敬曾说:"和人争斗,只是按住他的脊背而如果不扼住他的喉咙,是绝不会取胜的。"从前诸葛亮想要据有荆州以此来争夺天下,于是便建都在成都,但这并不是他本来的愿望。他曾说:"如果我们能够同时据有荆州和益州,再凭借着险要关口,东面和孙权交好,在西边和马超、韩遂搞好关系,将来等到天下发生大事时,派一支军队直指南阳、洛阳,另一支军队直扑长安,老百姓谁敢不提着饭篮,拎着水壶来热烈欢迎王者之师呢?"这是诸葛亮的愿望,也是诸葛亮想做的事。但一般评论历史的人以为他的志向也就仅限于此了。周瑜曾说:"我和主公在北依据襄阳,来抵御曹操,这样,便可图谋曹操所控制的地方了。"确实如此啊,真是英雄所见略同。这两人眼中哪里有曹操!但诸葛武侯在成都所做的战略措施颇大,外结好孙权,内安定南方,安抚蜀地,在蜀魏交接处屯田,假如诸葛亮不死的话,定会使司马懿疲于应付,曹魏又怎么会常保关中?关中一旦攻被,许昌就立即瓦解,蜀汉就会占领曹魏地盘,此时反观

能
品

137

定都益州显得不足大展宏图了。所以诸葛亮在给华歆、王朗的信中，纵论天下事势，精明确论，曹魏举朝上下，心悸胆落，不知藏于何处。为什么曹操在临死时会嘤嘤涕泣呢？就是因为害怕诸葛亮。临死之时分香卖履求作平民而不能的焦虑，是因为他知道曹丕等后辈是不能分享英雄俊杰的衣食的。曹操确实是为忧虑汉中而死，而史书却对此颇为忌讳。唉！把诸葛亮看作龙，把曹操看作鬼说法确实如此啊。说到这里，似乎已经超过了下棋布子之法，虽然如此，这也是不以蜀汉不把荆州做为国都造成的后果。

郑度

初，刘璋遣人迎先主，主簿黄权怒而言曰①："厝火积薪②，其势必焚；及溺呼船，悔将无及。左将军有骁名，今迎到，欲以部曲遇之，则不满其心；欲以宾客待之，则一国不容二君。若客有泰山之安，则主有累卵之危。可但闭关，以待河清。"从事王累，自倒悬于州门而谏曰："两高不可重，两大不可容，两贵不可双，两势不可同。重容双同，必争其功。"皆弗听。

【注释】

①黄权：字公衡，益州巴西阆中（今四川阆中）人，官至车骑将军、育阳侯，谥曰景侯。

②厝（cuò）火积薪：厝，放置，安排。积薪，柴堆。

【译文】

当初，刘璋打算派人去迎接先主刘备进入蜀地，主簿黄权对此感到很愤怒,就对刘璋说:"如果把火放在一堆柴草边,那么根据这火燃烧的趋势,引燃柴草就会是必然的;在水边时,如果非要等到掉进水里时才大呼渡船求救,那个时候就算是后悔也来不及了。左将军刘备素有枭雄之名,现在您请他到益州来,如果以下级的待遇对待他,那他必然会心怀不满;而如果以宾客之礼对待他,一国是容不下二君的。如果他安如泰山,那么主公您的处境就会危如累卵。针对这样的状况,咱们现在只可以紧闭关塞,以等待外面的局势平静再说。"刘璋的另一名部下王累,听到刘璋要迎接刘备,他就把自己倒挂在州门之上,以此来劝谏刘璋拒绝刘备,他说道:"如果两方一般高,那么就谁也不能叠于对方之上;如果两方的实力是一般大的,那么就会谁也容纳不下另一方;如果两方一般尊贵,那就根本不可同时并存;如果两方势力都很大,那么是不可同立于时的。一旦不可重叠,不可相容,不可并存,不可同立,那就势必要一争高下了。"可是刘璋却根本听不进任何人的劝谏。

　　从事郑度好奇计[①],从容说曰:"左将军悬军袭我,兵不满万,士众未附,野谷是资,军无辎重[②]。其计,莫若尽驱巴西梓潼民,由涪水以西,其仓廪野谷,一皆烧除,高垒深沟,静以待之。彼至,请战勿许,久无所资,不过百日,必将自走,走而击之,此成擒耳。"先主闻而恶之,谓正曰:"度计若行,吾事去矣。"正曰:"终不能用,无可忧也。"卒如正料,璋谓其群下曰:"吾闻驱敌以安民,未闻驱民以避敌也。"于是黜度,不用其计。先主入成都,召度谓曰:"向用卿计,孤之首悬于国门矣。"引为宾客,曰:"此吾广武君也[③]。"

能品

139

①好奇计:好,善于。奇计,出人意料的、不寻常的计谋。

②辎(zī)重:军用器械、粮草、营帐、服装等的统称。

③广武君:指楚汉相争时赵国谋臣李左车。韩信、张耳攻打赵国,赵权臣成安君陈馀不听广武君之言,以至兵败。

【译文】

刘璋的下属郑度,常善于想出一些不同寻常的计谋,他从容地劝谏刘璋说:"刘备孤军深入来袭击我军,而他的军队人数还不满万人,士卒还未全归附于他,军队只能靠一些因来不及收割而洒落在田里的稻谷、杂粮充当军粮,部队装备也很不完整。我有这样一个计策,主公您不如尽数驱赶巴西、梓潼二郡的民众,使其沿着涪江一直向西撤退,并将这一带的露天仓库和田地里来不及收割的稻谷全部烧除。那样,我们驻守着高山深谷,静静地等待他们的到来即可。等他们到了这个地方,如果向我们挑战,咱们根本不必应战,因为时间一长,他们的军备物资根本供应不上了,不超过一百天,他们必将不战而自退。他们撤退,我们再继续追击,这样,刘备必然会为我们所擒。"先主刘备听到郑度这样的计谋后,心中志忑不安,对部下法正说:"刘璋一旦采用了郑度的计策,那我的入川计划将将付之东流。"而法正却说:"刘璋等到最后不会采用郑度的办法的,您不必担忧。"最后,事实恰如法正所料,刘璋听完郑度的计谋以后,对其部下说:"我以前只听说过驱赶敌人来使百姓安宁,还从未听说过驱赶百姓来逃避敌人的。"于是罢免了郑度,并不采纳他的建议。刘备进入成都后,把郑度召来,对他说:"假如当初刘璋听从了你的计策,那么现在我的头肯定已经悬于国门之上了。"先主非常爱惜人才,将郑度引为上宾,对人说:

"这是我的广武君啊。"

周瑜

曹操下书责权任子①。权召群僚会议，张昭等不能决②。权引周瑜，诣吴夫人前定议。瑜曰："昔楚国初封百里，继嗣贤能，广土开境，遂据荆扬，传业延祚③，九百余年。令将军承父兄余资，兼六郡之众，兵将良多，将士用命，铸山为铜，煮海为盐，境内富饶，人不生乱，有何逼迫而欲送质？质一人，不得不与曹氏相首尾；与相首尾，则命召不得不往，如此便见制于人也。极不过一侯印，仆从十余人，车数乘，马数匹，孰与南面称孤同哉？不如勿遣，徐观其变。若曹氏能率义以正天下，将军事之未晚；若图为暴乱，彼自亡之不暇，焉能害人？"吴夫人曰："公瑾议是也。"遂不送质。

【注释】

①曹操：三国政治家、军事家。字孟德，沛国谯（今安徽亳州）人，消灭了众多割据势力，统一了中国北方大部分区域，奠定了曹魏立国的基础。

②张昭：字子布，彭城（今江苏徐州）人。三国时期吴国著名政治家。官至辅吴将军，谥曰吴文侯。

③祚（zuò）：福，赐福。

能
品

141

　　曹操给孙权写信,要求孙权把儿子送到许昌做为人质,以表明对朝廷的忠心。孙权于是召集群臣询问应当如何应对这件事,张昭等老臣一时也无法决定应该如何做。于是,孙权带着周瑜去见吴夫人,一起协商应当如何决定。周瑜说:"当初楚国的封地不过是丹阳周围仅百里的范围,然而楚国继位之君却都十分贤能,一直开疆辟土,扩大领地,于是占有了荆州、扬州大片的土地,他们的事业和福祚延续九百多年。现在您继承您父兄创立的基业,又拥有六郡的民众作为人口,兵多将广且人人甘愿为您效命,开掘山中矿石炼铜,又煮海水取盐,境内富饶,人人安居乐业而无大的动乱,有谁能够逼着您非送质子不可? 如果送质子,您就不得不受迫于曹操而无法脱身;一旦他挟天子以令诸侯,下令召您,您就会不得不去,如此一来,就不得不受制于他人了。曹操最多不过封您一个侯爵,十几个随从,几辆车,几匹马,这又怎么可以和您现在这样割据一方自由自在相提并论呢? 因此您不如不送质子,先静观时局的变化。如果曹操能为天下大义着想,使天下混乱局面重新回到正确的道路上来,到那时您再去事奉他也不算晚;但如果他图谋不轨,仍要滥施淫威祸乱天下,那就是在自取灭亡,他自顾还来不及,又怎么还能谋害他人?"吴夫人听罢,说:"公谨的提议才是正确的。"于是孙权决定不送质子。

董昭[①]

　　曹休军浦口[②],自表愿将锐卒,虎步江南,因敌取资,事必克捷。若其无臣,不须为念。帝恐休便渡江,深入不利,驿马诏止。时董昭侍,因曰:"窃见陛下有忧色,岂以休济江故乎？今者渡江，人情所难，就休有此志，势不独行，须当诸将。臧霸等已富贵矣，无复他望，但欲终其天年，保守禄祚而已③，何肯乘危，自投死地以求徼幸？苟霸等不进，休意自阻，臣恐陛下虽有渡江之诏，犹必沉吟，未便从命也。"休卒不渡江。

【注释】

①董昭：字公仁，三国时期兖州济阴定陶（山东定陶）人，官至司徒、乐平侯。

②曹休：字文烈，三国时期沛国谯（今安徽亳州）人，曹魏武将。

③禄祚：俸禄，福利。

【译文】

曹休将军队驻扎在浦口，并亲自上表给魏明帝：臣希望能够率领一支劲旅，渡江灭掉东吴，而至于军队的供给，可以从敌人方面夺取，此事必能成功。如果我一旦阵亡，希望陛下不必为我多虑。明帝害怕曹休会立即渡江，深入吴境，处境不利，下诏让驿站加急传报，阻止曹休渡江灭吴的念头。当时正值董昭侍立于明帝之旁，说道："我私下观察陛下神色忧虑，是不是因为曹休要渡江灭吴的缘故？现在一般人是很不情愿渡江去作战的，也就是曹休有渡江之志，然而根据情势，他是无法独往的，一定要求得诸将共同行动才可。像臧霸等将领，现在已经富贵无比，不再有其他想法，现在只求能够终其天年，保住目前的福禄罢了，他们怎肯在危险的时候，自投死地，来求得徼幸之功呢？如果臧霸等不想进兵，曹休渡江的念头自然受阻，我只恐陛下即使有渡江的诏书，他们

还必定犹豫，不会马上就遵命渡江。"曹休最终未能渡江。

鲁肃与吕蒙

吕蒙屯浔阳[①]，鲁肃过其屯下[②]，不欲见蒙，或说肃曰："吕将军功名日显，不可以故意待也，君宜顾之。"乃往诣蒙。酒酣[③]，蒙问肃曰："君受重任，与关羽为邻，将何计以备不虞[④]？"肃曰："临时施宜。"蒙曰："今东西虽为一家，而关羽实熊虎也，计安可不豫定[⑤]？"因为肃划五策，曰："羽勇而义，勇则难以力取，义则不可间入。然性颇自负，好凌人，独有可以计袭耳。蒙以为，宜进谄言，颂其功德，使其志昏；过自卑损，望风避让，使其志盈；一意修好，解备弛御，使其防疏；境土之民，时加恩泽，使其众携；老成却退，竖立新进，使其意玩。此五策者，固必擒之术也。"肃愕然曰："君计则妙矣，非其至也。曹公尚存，祸难始构，宜将辅协，与之同仇，不可失也。"蒙曰："不然。今征虏守南郡，潘璋住白帝，蒋钦将游兵万人循江上下，应敌所在，蒙为国家前据襄阳，如此，何忧于操，何赖于羽？且羽君臣矜其诈力，所在反覆，不可以腹心待也。今羽所以未便东向者，蒙等尚在耳。今不于强壮时图之，一旦先犬马填沟壑，虽欲陈力，岂可得邪？"肃无以答。退而叹曰："国家若用子明之计，关羽可擒，曹操终不可破也。"君子谓肃，可谓知大计矣。

【注释】

①吕蒙:字子明,三国吴大将。

②鲁肃:字子敬,三国吴政治家。

③酒酣:喝酒喝到酒意正浓。

④不虞:指意想不到的事情。虞,意料,预料。

⑤豫:事先做准备,预先。

【译文】

　　吕蒙率兵驻扎在浔阳,鲁肃经过他的营地时,却不想进去会见吕蒙,有人劝鲁肃说:"吕将军功名一日比一日大,您不可以再用过去的眼光看待他了,所以您还是应当拜访拜访他。"于是鲁肃就到了吕蒙那里去拜访他。在酒酣之际,吕蒙问鲁肃说:"您受国家重托,率兵和荆州关羽为邻,您将用什么计策来应对意想不到的状况呢?"鲁肃说:"我自当便宜行事,不需要什么预谋。"吕蒙说:"现在西蜀和东吴,虽然在对付共同敌人曹操这一点上说是一家,然而关羽确实是熊虎一样的将领,又怎么可以不早定计谋防备他呢?"于是为鲁肃谋划了对付关羽的五条办法,他说:"关羽勇猛无敌并且十分崇尚信义,勇猛无敌,便不可以力取之;笃于信义,当然就无法离间他和刘备之间的关系。然而,他却生性非常自负,喜好凌驾他人之上,这是我们唯独可以利用的弱点,用智谋偷袭他。我以为,应对他多说些奉承话,颂扬他的功德,使他的头脑昏昏然;与他交往,我方应故意装作卑微的样子,处处避其锋芒,使他志满意得;我方一门心思装作与他交好,表面上故意防备松弛,造成他疏于防范;对双方接壤地带他们的百姓多施恩泽,使他的民众怀有二心;假意撤换掉我方部队中经验丰富的将领,让无经验的年轻人来防守,从而使他轻视我们。这五种办法,就是

能
品

我为您谋划的一定能擒获关羽的计策。"鲁肃一听，非常吃惊，说："您的计策好是好，但还不是最好的办法。现在曹操还在，他对我们的威胁才刚刚形成，这时我们正应与关羽互为辅助，共对曹操，而不可失去他。"吕蒙说："不是这样的。现在讨虏将军孙权驻守南郡指挥，潘璋驻军白帝，蒋钦率领万名游击部队沿江上下巡防，以随时应对来自各方的敌人，而我本人为国家驻守前冲要地襄阳，这样一来，有什么可忧虑曹操的？我们又为何要依赖关羽？况且关羽君臣好用欺诈手段骗人，在许多事情上不守信约而反复无常，对关羽，不可待之以诚心。现在关羽之所以还不便向东扩张，只是因为有我吕蒙等人健在罢了。假如我不趁现在图谋擒获关羽，倘若有朝一日战死，即使想效力，怎么能够呢？"鲁肃无言以对。离去后他叹息着说道："主上如果采纳吕子明的计策，自然可以擒获关羽，但曹操却是最终也无法打败的。"有见识的人认为鲁肃才是懂得战略大计的人。

郑泉

吴人既袭关羽、取荆州，又破先主于猇亭[1]。太中大夫郑泉忧曰[2]："吴再胜蜀，蜀人之怨深矣。臣闻胜不可居，怨不可结。臣请使蜀，可以使蜀不仇袭羽，可以使蜀忘其猇亭之败，可以使荆州长为吴有，可以使蜀人不敢窥我西门，可以使蜀还报使于吴，可以重吴于蜀，可以使北军不敢欺吴，可以假泉而劝群臣，可以为泉益封于吴，可以令吴蜀更称帝。"

【注释】

①猇(xiāo)亭:在湖北宜都。公元221—222年,刘备指挥的蜀军与陆逊率领的吴军之间在猇亭附近发生战争。陆逊用以逸待劳的方法,火烧蜀营,以弱胜强,取得了战争的胜利。

②郑泉:字文渊,三国吴之大夫。

【译文】

东吴偷袭夺取荆州,并且杀死了关羽,又在猇亭打败了先主刘备。太中大夫郑泉十分忧虑地说:"吴国两次战胜蜀国,现在蜀人心中对我们的怨恨已经太深了。我听说有这样一个道理:胜利之后不可居功自傲,而怨仇也不可结的时间过长。就请让我去蜀国出使一趟吧,我会竭尽自己所能使蜀国不再仇恨我们偷袭杀死关羽的事情,同时使蜀国忘掉猇亭战败的耻辱,使我东吴能够永远的占有荆州之地,而蜀国从此不敢侵犯我东吴西门,我还可以使蜀国再派使者通报于吴,使两国重新建立外交,从而让我们吴国威望在蜀国提升而被看重,可以使曹军不敢藐视东吴而欺负我们,可以因为我郑泉一人而激励群臣效命,可以为我郑泉在东吴得到封侯之赏,让吴国和蜀国都能称帝。"

泉谓先主曰:"陛下亦知关将军,今以为治鬼督乎①?关将军虽身首异处,首在魏,魏人铸金而为之身;身在吴,吴人刻玉而为之首。各全一体,庙食两国,其精魂固不独依西土也,三国灵承之矣。"先主以为羽不死。故曰:"可以使蜀不仇袭羽也。"

能
品

147

【注释】

①治鬼督：阴间治理恶鬼的神。

【译文】

于是郑泉出使蜀国，对先主说："陛下应该也知道，关将军现在已经成为管理阴间以惩治恶鬼的神了吧？关将军虽然身首异处，头被送到了魏国，然而魏人却为他铸造了金身并隆重安葬。关将军身体还在吴国，而吴人用玉为他做了头同样隆重安葬，吴、魏各自为关将军将身体完整了，而他也享受两国的香火，关将军的精魂本就不只是单单依恋蜀国的土地，现在我们三个国家都是在纪念他的英灵啊。"先主听郑泉这么一说，也感到关羽的精魂确实没有死去。这就实现了郑泉之前所说的："可以让蜀国不再仇恨偷袭关羽的事情。"

又谓先主曰："猇亭之役，陛下报羽之义至矣，天下莫不闻，何则？为义受败，虽败犹荣。若一战而尽复荆州之地，快陛下之忿①，人且谓陛下兴师为土地之故，不为羽也。"先主以为然。故曰："可使蜀忘其猇亭之败也。"

【注释】

①快陛下之忿：快，宣泄。忿，胸中的怨气。

【译文】

郑泉又对先主说："您为了报关羽之仇而进军猇亭，您对他的恩义已经足够了，现在天下没有谁不知道您的义气。为什么呢？为了义气而有猇亭之败，即使打败了，也是光荣的。如果您一发兵攻打,就立即收复了荆州,您的怨忿也得到痛快的宣泄,然而别人就会以为您出兵仅仅是为了土地的缘故,而不是为了给关羽报仇。"先主于是认为他说的有道理。而这应验了郑泉之前所说:"可以使蜀国忘掉猇亭之败的耻辱。"

又谓先主曰:"昔寡君以荆州资陛下,假而不还,虚辞引岁①,吴之君臣日夜谋之崇台之下,志在必复。幸而复矣,必严兵阻守。益州沃野千里,得数郡不加广,捐数郡不加狭,陛下更无以荆州为念。"先主曰:"置之矣。"故曰:"可使荆州长有于吴也。"

【注释】

①虚辞引岁:虚辞,用假话来推脱。引岁,拖延时间。

【译文】

又对先主说:"先前我们国君把荆州借给您以使您有地盘可以依据,但您借了却不再归还,用假话和我们允诺却故意拖延时间,吴国的君臣日夜在高台之下谋划着要夺取荆州,都是志在收复。幸而现在收复了荆州,吴国必定派重兵驻守。您的益州地盘广大,沃野千里,即使您再多得几郡,也大不会显出扩大了多少,少几郡也看不出狭小,请您不要把小小荆州放在心上。"先主说:"荆州我不要就是了。"而这正应了郑泉之前所说:"可以使吴能够永远地占有荆州。"

又谓先主曰:"夷陵①,国之西门,夷陵不守,荆州危矣。故改夷陵为西陵,宿重兵其内,不可窥也,徒生衅耳。

能
品

其敕将吏：各守分界，勿相侵犯。"先主许诺。故曰："可以
使蜀人不敢窥我西门也。"

【注释】

　　①夷陵：在湖北。

【译文】

　　又对先主说："夷陵是吴国的西大门，如果守不住夷陵，荆州
就会得而复失。所以吴国把夷陵改名为西陵，并在这里派重兵把
守，不可轻犯，哪怕一点事情都会引发事端。请您下令给守边将
吏：各自严守疆界，不要相互侵犯。"先主答应了。这就完成了郑
泉之前所说："可以使蜀人不敢侵犯吴国的西门。"

　　又谓先主曰："寡君再拜，遣臣奉书陛下之从车下
吏①。臣发之后，寡君度途计日，延颈须命②，陛下宜发一
使，随臣俱东，以申前好。"于是遣中大夫宗玮报命。故
曰："可以使蜀还报使于吴也。"

【注释】

　　①从车下吏：指身边服侍的人。
　　②延颈须命：伸长脖子急切的等待。

【译文】

　　郑泉又对先主说："我国国君对您非常恭谨，特地派遣我向陛
下奉上我国的国书，并交给您的随侍人员代为上达。自从我出发
之后，我们国君就每天计算着我的路程，急切的盼望着我尽快带

回答复,您最好也能派遣一名使者,随我一起回到东吴,重新恢复我们吴蜀两国友好交往关系。"于是先主便派遣大中大夫宗玮和郑泉一起回吴国复命。这就应了郑泉之前所说的:"可以使蜀国再派使者出使吴国恢复交往。"

庭见毕①,泉与公卿语,务扬主德,应对敏捷,无所屈服。诸葛亮称其有专对之才,不辱君命,又曰:"吴国有人,未可图也。"故曰:"可以重吴于蜀也。"

【注释】

①庭见:在朝堂之上的接见。

【译文】

等在朝堂之上的接见完毕之后,郑泉与蜀国的官员会谈,一直都在宣扬吴主的恩德,应对灵活迅速,一点也没有被难倒的样子。诸葛亮称赞他有专对之才,出使他国丝毫不使君主的使命受辱,又说:"吴国能有这样的人才在,是不可轻易图谋的。"这正应了他之前所说:"可以使吴国的威望在蜀国受到重视。"

泉还,使人谓北边诸将曰:"吴蜀已讲,合治大军,沿江拒守,北军击东则西救;击西则东救,指汉水为誓:北使至境,先斩后闻。"曹丕闻之,敛迹不敢出兵向淮泗。故曰:"可以使北兵不敢欺吴也。"

能
品

151

郑泉回到东吴后,派人对北部边疆的守将说:"吴国、蜀国已讲和,准备将军队沿江驻守共同防备北方,如果曹军胆敢攻击东吴,则蜀国来救,攻击蜀国,则东吴去解救,双方共指汉水立誓:如果北方曹魏派遣使臣到吴蜀任何一国,都要将其先斩首,而后再互通情况。"曹丕听到这情况,于是收拢了他的军队,不敢再侵犯淮河、泗水一带。这就应验了之前所说:"可以使曹军不敢欺侮东吴。"

谓吴诸臣曰:"今使蜀不仇袭羽者泉也;使蜀忘其猇亭之败者,又泉也;使荆州长为吴有者,又泉也;使蜀人不敢窥我西门者,又泉也;使蜀还报使于吴者,又泉也;使吴重于蜀者,又泉也;使北军不敢欺吴者,又泉也。泉,酒徒也,一说而君主尊,与国从。诸君有何能,而偃然绾侯章,食万户也①?"诸君皆忿激欲自效。故曰:"可以假泉而劝群臣也。"

【注释】

①食万户:食邑万户,借指高官贵爵。

【译文】

郑泉对吴国大臣说:"现在使蜀国不怨恨东吴袭击杀死关羽的,是我郑泉;使蜀国忘掉猇亭之败耻辱的,又是我郑泉;使荆州能够永远被吴国占有的,又是我郑泉;使蜀国不敢侵犯我西部边境大门的,又是我郑泉;使蜀国派使者出使于吴恢复交往的,又是我郑泉;使吴国威望被蜀国重视的,又是我郑泉;使北边曹军不敢欺侮我东吴的，又是我郑泉。我郑泉只不过是酒徒一个，但经过我的游说，而使我们国君威望比之前更加受到尊重，友邦顺从。你们有什么本领，却能够挂着侯王的印绶，食万户的俸禄而泰然自若呢?"大臣们全都非常的生气，急着想要为国立功效仿并超过郑泉。这恰恰应验了郑泉之前所说:"可以通过他郑泉达到激励群臣的效果。"

谓吴主曰:"非泉不能使蜀不仇袭羽，非泉不能使蜀忘其猇亭之败，非泉不能使荆州长为吴有，非泉不能使蜀人不敢窥我西门，非泉不能使蜀还报使于吴，非泉不能使吴重于蜀，非泉不能使北军不敢欺吴。"吴主曰:"诚如子言，请论子功，其封子亭侯^①，增奉邑二。"故曰:"可以为泉益封于吴也。"

【注释】

　①亭侯:爵位名。

【译文】

　郑泉又对吴主孙权说:"不是我就不能使蜀国不怨恨我们偷袭关羽;不是我就不能使蜀国忘却猇亭之败的耻辱;不是我就不能使荆州永远被我们东吴永久占有;不是我就不能使蜀人不敢侵犯我东吴西门;不是我就不能使蜀国派使来东吴再修前好;不是我就不能使吴国威望在蜀国受到重视;不是我就不能使曹军不敢欺侮我东吴。"孙权说:"确实如你所说的，那么现在就请按照你的功劳，封你为亭侯，另外增加你的俸邑两处。"这就正应了他之前所说的:"可以使我在吴国增邑受封。"

能
品

又谓吴诸臣曰:"既与北绝,不宜载其伪命,且蜀已称帝,吴蜀既通,宜正名号,以便书辞。"吴王于是称帝,焚魏册命于庭,而不用魏正朔①。与蜀书,称东皇帝致书于西皇帝。故曰:"可以令吴蜀更称帝也。"

【注释】

①正朔:一年的第一天。正,一年的开始。朔,农历每月初一。古代改朝换代,新的王朝经常要重定正朔。

【译文】

郑泉又对吴国大臣们说:"现在我们既然和曹魏断绝了关系,就不应该奉他们的伪命了,况且蜀国已经称帝,吴蜀已建立友好关系,现在应当确立名号,以便于书信来往时能够名正言顺。"孙权于是称帝,将魏国送来的册封命令全部在朝堂之上焚毁,不再用魏国年号纪年。给蜀国书信时,就称东皇帝致书给西皇帝。这就应了他之前所说:"可以让吴蜀两国能够继曹魏称帝之后也能够同时称帝。"

赵云①

曹操运米北山下,黄忠引兵取之②,过期不还。赵云将数十骑出营视之,值操扬兵大出,云卒与相遇,遂前突其阵,且斗且却。魏兵散而复合,追至营下。云入营,便大开门,偃旗息鼓。魏兵疑云有伏,引去。云令擂鼓,以劲弩随后追射魏兵③,魏兵惊愕,自相蹂践,尽堕汉水中。

①赵云:字子龙,三国常山真定(今河北正定南)人。三国时蜀汉名将。

②黄忠:字汉升,荆州南阳(今河南南阳)人。三国时期蜀汉名将,官至后将军,谥曰刚侯。

③劲弩:劲,强,坚强有力。弩,一种利用机械力量射箭的弓。

【译文】

曹操的军队运米至北山之下,黄忠带领人马前去夺取,超过了约定的时间,黄忠仍然未归。赵云便带了数十名骑兵出营察看,却正好遇上曹操指挥大军出击,赵云和曹军突然相遇,于是便率领骑兵冲向曹军的阵列,然后一边战斗,一边退却。魏兵阵容先被冲散,但很快又聚合在一起,直追到赵云营前。赵云进入营盘,却并不关门,而是让营门敞开,同时偃旗息鼓,营中一点动静也没有。魏军怀疑赵云埋有伏兵,退了回去。赵云见曹军要撤退,便急令部下擂鼓,又以硬弓箭手紧随曹操的退兵在后面追击,魏军突然背后遭袭,十分惊恐,顿时乱作一团,自相践踏,纷纷掉入汉水。

姜维①

蜀将姜维再寇陇右②,扬声欲攻狄道。以司马昭行征西将军③,次长安④。雍州刺史陈泰,欲先贼据狄道,昭曰:"姜维攻羌,收其质任⑤,聚谷作邸阁讫,而复转行至此,正欲了塞外诸羌,为后年之资耳。若实向狄道,安肯宣露令外人知?今扬声言出,此欲归也。"维果烧营而去。

能品

【注释】

①姜维：字伯约，天水郡冀县(今甘肃甘谷东南)人。三国时期蜀汉著名军事家，官至凉州刺史、大将军。

②寇：侵犯，进攻。

③司马昭：字子上，河内温(今河南温县)人，司马懿次子，曹魏后期的政治家和军事家。

④次：临时驻扎和住宿。

⑤质任：质，人质，两国交往，各派世子或宗室子弟留居对方作为保证，称为"质"或"质子"。

【译文】

蜀将姜维再次进犯陇右，并扬言要进攻狄道。魏国以司马昭为征西将军以抵御姜维进攻，临时驻扎在长安。雍州刺史陈泰想要赶在姜维之前占据狄道，司马昭说："姜维刚刚击败了陇右羌人，接收了部落酋长的儿子作为人质，同时聚积粮食，建造的房屋刚刚完毕，才率兵到了这里，他正想了结和塞外诸羌的矛盾，以作为以后和我们争斗的资本。如果他真的向临洮进军，又怎么会泄露秘密，让外人知道呢？现在他扬言想攻临洮，这正是掩盖他想要回去罢了。"没过多久，姜维果然烧毁了营盘回西蜀去了。

顾徽①

顾徽有才辨，吴主召署主簿。徽常行，见营军将一男子至市行刑。徽问何罪，云盗钱。问盗几，云百。徽呼营军曰："住，住！"须臾驰诣阙，启吴主曰："方今蓄养亡众，以图北虏。此兵健儿，而所盗不多，且饥寒切肌，不为盗，势不可得。此必赏恤不足也，奈何诛之？"吴主许而嘉之，转东曹掾②。或传曹公欲东，吴主谓徽曰："今传孟德怀异意，莫足使揣之，卿为孤行。"拜辅义都尉③，而盗钱男子请与俱至北。与曹公相见，公具问境内消息，徽说："江东大丰④，山薮宿恶⑤，皆慕化为善，义出作兵。"公曰："孤与孙将军既结婚姻⑥，共辅汉室，义如一家，君何为道此？岂欲败吾盟耶？"命左右收徽。男子披剑而言曰："正以明公与主将义同磐石，休戚共之，必欲知江东消息，是以及耳。古者兵交，使在其中，况今通好，安得无礼！所谓十步之内，不得恃众也。"公大笑曰："壮士！"厚待遣还。吴主问："云何？"徽曰："敌国隐情，卒难揣察。然潜采听，方与袁氏交争，未有他意。"男子立阶下厉声曰："无恃敌之不来，恃吾有以待之，将军宜为备。"吴主喜曰："此向盗钱儿也，不意乃尔！"

【注释】

①顾徽：字子叹，三国时孙权谋士。

②掾（yuàn）：古代属官的通称。

③拜：授给官职。

④江东：大体上相当于现在长江下游南岸地区，即今皖南、苏南、浙江北部以及今江西东北部。

⑤薮（sǒu）：水少而草木茂盛的湖泽。

⑥孤：封建时代侯王对自己的谦称。

　　东吴顾徽很有口才,长于辩论,吴主孙权于是任命他担任主簿官职。顾徽曾经有一次外出有事,看见军营士兵押着一名男子到市中斩首示众。顾徽问军士,他犯了什么罪,军士回答说,他偷了钱。于是问,他偷了多少,军士答,偷了一百钱。顾徽对军士大喊:"住手,暂停行刑!"一会儿,他驰马到宫中拜见孙权说:"现在正是接收安置逃亡民众,并靠这些人对抗北方曹魏政权的关键时刻。这个士卒身体强壮,偷的钱也并不多,况且也是为饥寒所迫,如果他不偷的话,根据情势就无法活下去。这一定是我们平时对士兵接济不够,为什么要杀他呢?"孙权答应了顾徽的要求,并赞扬了他爱惜人才的美德,让顾徽转任东曹掾。有人传说曹操想要东征,孙权对顾徽说:"现在据传曹孟德心怀不轨,却没有合适的人选能够出使曹营一趟,打探他的动向,你为我去一趟吧。"于是授予顾徽辅义都尉的官衔,那偷钱男子也要求随顾徽到曹营协助他。和曹操相见时,曹操详细询问了东吴境内情况,顾徽说:"江东谷物丰收,深山水泽里原来违法乱纪的刁民,也都因为仰慕吴主孙权教化有方甘愿作良民,为了报答吴主的大义都愿出来当兵效命。"曹操说:"我和孙将军已经结为儿女亲家,共同辅佐汉室,情义之深,如同一家,你怎么说出这种话,难道想破坏我们的联盟吗?"命手下人把顾徽抓起来。这时随行盗钱男子就带着剑对曹操说:"正因为您和我们孙将军义如磐石,休戚与共,况且是您一定要打听东吴内情,所以我们的使者就老老实实向您禀报了。古代两国交战尚且不斩来使,何况我们现在已经结为同盟,您怎能如此无礼!您应当听过所谓十步之内,是不能倚仗人多势众的!"曹操听完大笑,说:"真是壮士啊!"于是对顾徽一行礼遇有加,而后遣送他们回东吴。吴主孙权问:"您去听他们说了些什么?"顾

智品

徽说:"敌对之国隐藏的机密,一时难以窥探。但我多方打听,觉得他们因为和袁绍之间的矛盾,对我们东吴一时还没有侵犯意图。"那随从大汉立于台阶之下,大声劝谏说:"我们不能仅仗着敌人不来就放松警惕,而应该仗着我们自己有对付的方法而高枕无忧,将军您应及早防备。"孙权高兴地说:"这就是当初偷钱的人,想不到竟能这样识大体。"

田豫①

吴人率十万众攻新城,满征东欲率诸军救之②。田豫曰:"贼悉众大举,非徒投射小利也,欲质新城以致大军耳。宜听使攻城,挫其锐气,不当与争锋也。夫以十万之众,顿之坚城之下,进不能拔,退无所掠,众必罢怠。乘其罢怠,然后击之,可大克也。若贼见计,必不攻城,势将自走;若便进兵,适入其计。大军相向,当使难知若阴,不当使见形自画。彼利在于速战,我利在持久。委梁不救,此条侯所以破七国也③。"豫犹恐不从,上状天子,诏报如豫策。权果遁。

【注释】

　　①田豫:字国让,三国时期渔阳雍奴(今河北安次)人,曹魏将领,官至太中大夫,封长乐亭侯。

　　②满征东:字伯宁,兖州山阳昌邑(今山东巨野)人,官至太尉、昌邑侯,谥曰景侯。

　　③条侯:西汉时期著名将军周亚夫的封号,沛县(今属江苏)

人，在汉初的七国之乱中，曾率军平定叛军，后死于狱中。

【译文】

诸葛恪率领十万兵众进攻魏国新城，征东将军满宠想率领所有军队前往解救新城。田豫说："东吴的军队全部出动，大举来攻，决非仅仅为了贪图一座小小的新城这点利益，而是要以新城为诱饵，引诱我大军贸然出击罢了。我们应听任他们围攻新城，挫败他的锐气，而不应出兵与他相争。他们十万兵众，聚集停滞在小小的新城之下，进无法夺取城池，退去时又不能劫掠获取军队补给，他们的士兵必定会疲乏松懈。我们乘机打击他们，定可大败敌军。如果吴军识破我们的计谋，必然不会围攻新城，根据情势，自当不战而逃；如果现在我们贸然进攻，正好坠入他们的计谋。两军遭遇时，应当使对方摸不透我军的动向，而不应当将自己暴露给对方使其有所谋划。他们以速战速决为利，我则以持久为利。周亚夫眼看梁国被吴楚之军猛攻，自己却按兵不动，最后终于平定七国之乱，就是这个道理。"田豫说完仍担心将领们不听从他的计策，于是写了奏章给魏明帝，明帝诏令诸将按照田豫之计行事。吴军果然逃遁。

傅嘏①

何晏、邓扬、夏侯玄②，并求傅嘏交，而嘏终不许。诸人乃因荀粲说合之③，谓嘏曰："夏侯太初，一时之杰士，虚心于子，而卿意怀不可交。合则好成，不合则致隙。二贤若睦，则国之休④，此蔺相如所以下廉颇也⑤。"傅嘏曰："夏侯太初，志大心劳，能合虚誉，诚所谓利口覆国之人；何晏、邓扬,有为而躁,博而寡要,外好利而内无关钥,贵同恶异,多言而妒前,多言多衅,妒前无亲。以吾观之,此三贤者,皆败德之人尔,远之犹恐罹祸,况可亲之耶?"后皆如其言。

【注释】

①傅嘏:字兰石,三国时期雍州北地泥阳(今陕西耀县东南)人,官至尚书仆、射阳乡侯。谥曰元,追赠太常。

②夏侯玄:字太初,三国时期曹魏大臣。

③荀粲:字奉倩,三国魏玄学家,东汉名臣荀彧的幼子。

④休:美善,喜庆,意为福气。

⑤下:从高处到低处,意为屈尊,降低身份。

【译文】

何晏、邓扬、夏侯玄三人都希望和傅嘏结交,但傅嘏始终不答应。他们三人找到了荀粲希望他能够劝说傅嘏,荀粲对傅嘏说:"夏侯太初这人,是一时之豪杰,他虚心想同你结交,而你心里却存有不想与他结交的意思。你们结交能够办成许多事,而如不答应交往,恐怕你们之间会产生隔阂。你们二位贤人若能和睦相处,这是国家的福气,这也是蔺相如之所以谦虚地对待廉颇的道理。"傅嘏说:"夏侯太初这人,志向很大,但心机太重,能同阿谀奉承他的人相交,他真是人们所说的利口覆国之人;何晏、邓扬二人,似乎有所作为却狂妄不羁,虽博古通今,但遇事抓不住要点,胸无城府只图名利,不知道节制,以志同道合为贵,而嫌恶意见不同的人,平时话太多,又喜妒嫉前贤,说话太多,必然破绽也多,妒嫉前贤,必定无人肯亲近他。以我看来,这所谓的三位贤人都是

能
品

败坏德行的人,我远离他们还担心会因为他们而受到祸殃,何况再去亲近他们呢?"后来三人果然如傅嘏所说的都被杀掉。

檀祗①

司马国、璠兄弟,自北徐州界潜得过淮,因天阴暗,夜率百许人,缘广陵城入,叫唤直上。听事檀祗射伤股,语左右曰:"贼乘暗得入,欲掩我不备,但打五鼓惧之,晓必走矣。"贼闻鼓鸣,直谓为晓,乃奔散,追杀百余人。

【注释】

①檀祗:字恭叔,南北朝时期宋高平金乡人,官至中书侍郎。死后赠散骑常侍、抚军将军,谥曰威侯。

【译文】

司马国、司马璠兄弟二人夜里率领一百多人,从北面徐州边界秘密越过淮河,乘天色阴暗,顺广陵城墙,爬入城里,互相叫唤着径直冲上城墙。值班的人中有叫檀祗的被射伤了大腿,仍然忍痛对左右说:"贼兵只是乘天色暗才得以入城,想要乘我们没有防备时来袭击我们,我们现在只要击鼓五下,就能威吓住他们,天亮前他们必定逃走。"贼兵听到鸣鼓五下,都以为天亮了,于是逃散,守兵四处追击,一百多人尽数被杀死。

王导①

王丞相善于因事②。初渡江,帑藏空竭③,唯有练数千端,丞相与朝贤共制练布单衣。一时士人,翕然竞服④,练遂涌贵,乃令主者卖之,每端至一金⑤。

【注释】

①王导:字茂弘,琅琊临沂(今山东临沂)人,东晋初年的大臣,著名政治家。

②因事:根据具体形势而随机应变。因,依照,遵循。

③帑(tǎng)藏:意为府库。帑,国家收藏钱财的仓库。

④翕然:一致的样子。

⑤端:布帛的长度单位,倍丈为端,一说六丈为一端。

【译文】

东晋丞相王导,善于根据不同形势而制定有效的应变措施。刚刚南渡之时,府库空虚,只有白练几千匹,于是王导就和朝廷其他大臣一起裁制练布单衣。一时之间,金陵士人竞相效仿,于是翕然从风,白练的价钱一下子飞涨,王丞相就命宫中主管财务的官员卖掉白练,每端涨到一金。

庾冰①

苏峻乱②,诸庾逃散,庾冰时为吴郡,单身奔亡。吏民皆去,唯郡卒独以小船载冰出钱塘口,以蘧覆之③。时峻赏募觅冰,属所在搜检甚急。卒舍船市渚,因饮酒醉还,舞棹向船曰④:"何处觅庾吴郡? 此中便是。"冰大惊怖,然不敢动。监司见船小装狭,谓卒狂醉,都不复疑。自送过浙江⑤,寄山阴魏家得免。后事平,冰欲报卒,适其所愿。

能
品

卒曰："出自厮下⑥，不愿名器，少苦执鞭，恒患不得快饮酒，使其酒足，余年毕矣，无所复须。"冰为起大舍，市奴婢，使门内有百斛酒，终其身。时谓此卒非唯有智，且亦达生。

【注释】

智品

①庾冰：字季坚，东晋大臣。官至中书监、扬州刺史、都督扬豫兖三州军事、征虏将军、假节。死后赠侍中、司空，谥曰忠成。

②苏峻：长广郡掖县（今属山东莱州）人，字子高，南朝东晋士族，后谋反被杀。

③蘧(qú)：古代指用竹或苇编的粗席。

④棹(zhào)：船桨。

⑤浙江：指钱塘江。

⑥厮：服杂役的人。

【译文】

苏峻作乱时，朝廷中一些庾姓大族都四处逃散，庾冰当时出任吴兴内史，只身逃亡。当时吴兴郡内府吏和百姓都因为畏惧苏峻的兵势强大各自逃生，只有一个郡府小卒，用小船载着庾冰逃出钱塘江口，并用芦席盖着庾冰。当时苏峻悬赏捉拿庾冰，令所有要道和渡口严密搜索，情况十分危急。这时府卒将小船靠在江边，自己上街喝酒，直到喝得大醉才回到江边，拿起船桨乱舞，边舞边醉态十足的叫道："你们到哪里找庾冰呀？我这小船里就有庾冰。"庾冰在船舱中吓得魂不附体，但不敢动。巡查官见小船又破又窄，都认为不过是个喝醉酒的人乱嚷而已，就都不怀疑。这府卒启动小舟，横渡钱塘江，把庾冰送到一个姓魏的亲戚家中隐藏才免过了一场灾难。后来，苏峻叛乱被平，庾冰想要报答这位府卒，根据府卒愿望，尽量满足他的要求。府卒说："我出自您的门下，不愿有什么名誉地位，只是因为贫苦从小给人当差，常常不能痛饮，假如能使我有足够的酒喝，我这一生的愿望也就满足了，不再有其他要求了。"庾冰于是特地给他盖了所大房子，并买了奴婢，使他家中常有百斛酒，一直供养他终身。当时人都认为这府卒不但有智慧，而且对人生十分豁达。

徐道覆^①

海寇卢循反^②，值刘裕北伐^③。循所署始兴太守徐道覆^④，循姊夫也，劝循乘虚而出。初，道覆欲装舟舰，使人伐材于南康山，诈云将下都货之。后称力少，不能得致，即于郡中减价发卖。居人贪贱，争卖衣物市之。如是数四，故船板大积。及道覆举兵，按卖券而取，无敢隐者。乃并力装船，旬日而办，遂寇南康，害镇南将军何无忌。连旗南下，戎卒十万，舳舻千计^⑤。又败魏将军刘毅于桑洛川，径至江宁。道覆素有胆决，知刘裕已还，欲乾没一战，请于新亭至白石，焚舟而上，数道攻之，循不能听。道覆以循无断，乃叹曰："我终为卢公所误，事必无成。使我得为英雄，驱驰天下，不足定也。"后竟为裕所败。

【注释】

①徐道覆：东晋人，追随卢循农民起义，后兵败被杀。

②卢循：字于先，东晋末农民起义领袖。出自范阳大族卢氏，

原(今河北涿州)人,士族出身,后兵败被杀。

③刘裕:宋武帝,南北朝时期刘宋王朝的开国皇帝,字德舆,彭城县绥舆里(今江苏铜山)人。杰出的政治家、军事家。

④署:委任,赋以重任。

⑤舳舻(zhú lú):指大船。舳,船尾。舻,船头。

【译文】

广东海寇卢循举兵叛乱,当时正值刘裕北伐。卢循所委任的始兴太守徐道覆是卢循的姐夫,他劝卢循乘刘裕北伐内部空虚之际出兵攻晋。起初,徐道覆要制造船舰,他派人到南康山伐树,诈称将要运到都城贩卖。后来又假称力量单簿,不能运到都城,就在郡中减价发卖。市民贪图便宜,争着卖衣服物件来买木材。他接连这样做了好几次,于是始兴船板积聚了很多。等到道覆举兵时,下令按照卖券取回木材,没有人敢隐瞒。于是合力装船,十来天就全部完工,于是进犯南康,杀害了东晋镇南将军何无忌。又合并了何无忌部卒迅速南下,有士兵十万,舰船上千。然后又在桑洛川打败了魏将军刘毅,直逼至江宁。徐道覆素来有胆识,且有决断能力,他知道刘裕已北伐回朝,建议卢循和刘裕决一死战,并命令战士烧船上岸,在新亭和白石之间分几路攻打建康,但卢循不听。徐道覆由于卢循无决断胆识,叹声说:"我终将会被卢公所误,这样下去,事情肯定不会成功。假如我能带领士兵驱驰天下,就一定能够平定宇内,这也不算一件难事啊。"后来卢循最终被刘裕打败。

傅永①

齐将鲁康祚侵魏,齐魏夹淮而阵。魏长史傅永曰:

"南人好夜斫营②,必于淮中置火,以记浅处。"乃夜分兵为二部,伏于营外,又以瓢贮火密使人于深处置之,戒曰:"见火起亦然之③。"是夜康祚等果引兵斫营,永伏兵夹击之,康祚等走趣淮,火既兢起,不辨浅处,溺死及斩首,不知其数。

【注释】

①傅永:字修期,南北朝时武将。

②斫(zhuó):攻击,偷袭。

③然:同"燃",燃烧,点燃。

【译文】

南齐将领鲁康祚带兵侵犯魏国,齐国和魏国两军隔着淮河对阵。魏国长史傅永说:"南方人喜欢趁夜偷袭人家的营盘,他们肯定会在淮河中安置火把,来标记浅水处。"于是傅永当夜把部队一分为二,隐伏在营外,又用许多瓢盛油作灯,秘密派人安置在淮水深处,叮嘱说:"你们见南兵点灯时,也点灯。"当夜,康祚等果然带领军队来偷袭营盘,被傅永的伏兵夹击,鲁康祚等向淮水奔逃,火把争相举起,无法辨认深浅,淹死及被斩首的,不计其数。

高洋①

高洋内明而外如不慧,众皆嗤鄙之②。独欢异之,曰:"此儿识虑过吾幼时。"欢尝欲观诸子意识,使各治乱丝,洋独持刀斩之,曰:"乱者必斩。"

能
品

167

【注释】

①高洋:字子进,北齐开国皇帝,齐文宣帝。东魏权臣、北齐神武皇帝高欢次子。

②嗤鄙:嗤,讥笑,嘲笑。鄙,看不起,轻视。

【译文】

高洋内心非常聪明而且有很强的决断能力,但是他外表看上去却好像没有什么智慧的样子,因此众人都嘲笑和瞧不起他。唯独他的父亲高欢认为他拥有非同一般的过人之处,说:"这孩子现在的见识谋虑已经超过我在他这样年龄时的水平了。"高欢曾经又一次想要观察一下孩子们的见识,于是便让他们各自整理一团乱丝,其他孩子于是便仔仔细细地整理起来,唯独高洋这时一刀将乱丝斩断,并说:"乱者一定要斩断才可!"

宇文泰①

宇文泰与侯景合战②,泰马中流矢惊逸③,遂失所之,泰堕地,东魏兵追及之,左右皆散,李穆下马,以策击泰,骂之曰:"笼东军士④,尔曹主何在? 而独留此?"追者不疑,因以马援泰,与之俱逸。

【注释】

①宇文泰(507—556):字黑獭,代郡武川(今内蒙古武川)人,鲜卑族,西魏禅周后,追尊为文王,庙号太祖,后又追尊为文皇帝。

②侯景:字万景,北魏怀朔镇(今内蒙古固阳南)人,羯族。后投奔南朝梁,起兵反叛被杀,史称"侯景之乱"。

③惊逸：惊，马受惊。逸，马脱缰奔跑。

④笼东：这里指东魏，中国南北朝时期鲜卑族建立的北方地方政权，中国北朝之一。建都邺城，统治范围大致今河南汝南、江苏徐州以北、河南洛阳以东的原北魏统治的东部地区。

【译文】

宇文泰和东魏侯景交战之时，他的马因为被箭射中而受到惊吓，挣脱了缰绳狂奔起来，宇文泰无法控制得住马，便从马背上摔了下来，这时东魏士兵追了上来，而此时宇文泰士卒都已经被冲散，他的部将李穆骑马赶了过来，下马之后，用马鞭抽了宇文泰一下，骂道："你这东魏军士，你们的主帅在什么地方？怎么只有你一人留在这？"追赶的士卒都认为他是东魏军士，便对他不再怀疑，于是李穆让宇文泰一起上马，二人乘乱逃走了。

范邵

范邵为俊仪令，二人挟绢于市互争①。令断之，各分一半去。后遣人密察之，有一喜一愠之色，于是擒之，服罪。

【注释】

①挟：用胳膊夹住，互相僵持着。

【译文】

范邵任浚仪县令之时，有两个人因为一匹绢在集市上争夺了起来，双方互不相让。范邵于是命令人把这匹绢裁为两半，让双

方各拿一半回去。等两人都走了之后，范郡就让人尾随这两人之后悄悄地跟踪他们，秘密观察他们离开府衙之后有什么样的表现。结果发现其中一人十分高兴，而另外一人却非常恼怒。范郡于是下令将二人重新带回官府进行审问，结果发现那个面有喜色的人才是夺绢者，并且当堂立即服罪，于是判决另外一半绢仍归恼怒者。

贺弼

后周贺弼受命大举伐陈①。先是请缘江防人每当交代，必集历阳，大列旗帜，营幕被野。陈人以为大兵至，悉发国中士马。后知交代，不复设备。弼遂以大军济江，袭陈南徐州，拔之。

【注释】

①后周：南北朝北朝之一。宇文觉建立。都长安（今陕西西安），史称北周。陈：南北朝时期南朝最后一个国家，为陈霸先建立，后为隋所灭。

【译文】

后周贺弼奉朝廷的命令，准备大举进攻南陈。刚开始的时候，贺弼命令沿江驻防的兵士，每当换防交接的时候，必须全部到历阳集中，并且要大张旗鼓地置列旗帜，广搭营房帐幕，就好像要覆盖了田野一样。南陈兵士起初还以为北周的士兵就要准备过江攻打过来了，于是迅速调动全国的人马到江边驻防。后来才知道，原来这种大张旗鼓的举动是他们换防时所举行的仪式，于是在防守上便不再有任何准备了。而这时贺弼率大军渡江，乘其不备，偷袭并且顺利攻占了陈的重镇南徐州。

李世民

秦王将骁骑五百①，出武牢东二十余里②，觇建德之营③。缘道分留从骑，使李世勣等将之④，伏于道傍⑤。才余四骑，与之偕进。秦王谓尉迟敬德曰⑥："吾执弓矢，公执槊相随⑦，虽百万众，若我何！"去建德营三里所，建德游兵遇之，以为斥候也⑧，秦王大呼曰："我，秦王也。"引弓射之，毙其将。建德军中大惊，即以六千骑来追，从者失色。秦王曰："汝第前行，吾自与敬德为殿⑨。"于是秦王按辔徐行⑩，追骑将至，则引弓射之，随辄毙，追者惧而止，止而复至，秦王前后凡射杀数骑，敬德亦杀十数人，追者不敢逼。秦王逡巡稍却⑪，世勣等伏兵奋击，大破斩之，获其骁将以归。

【注释】

①秦王：即唐太宗李世民，是唐朝第二位皇帝，陇西成纪人，政治家、军事家、书法家、诗人。开创了历史上的"贞观之治"，将中国封建社会推向鼎盛时期。骁（xiāo）骑：勇猛、矫健的骑兵。

②武牢：也叫做虎牢，唐时避李渊的祖父李虎的讳，称武牢。在今河南荥阳汜水镇，形势险要，为军事重镇。

③觇（chān）：偷看，侦查。

④李世勣（jī）：即徐世勣，赐姓李。

⑤傍：通"旁"，旁边，侧边。

⑥尉迟敬德：尉迟恭字敬德，隋末唐初朔州鄯阳（今山西朔城区）人。唐朝名将，死后赠司徒兼并州都督，谥忠武，赐陪葬昭陵。也是传说中"门神"的原型。

⑦槊（shuò）：长矛。

⑧斥候：侦察、探测敌情的士兵。

⑨殿：行军走在最后。

⑩辔（pèi）：马缰绳。

⑪逡（qūn）巡：有顾虑而徘徊或退却。

【译文】

秦王李世民率领着五百名骁骑，从武牢城出发向东走，行军二十多里，要去侦察窦建德军营里的情况。秦王让李世勣等将率领一些骑兵，在沿途分别布置下，准备在道旁埋伏起来伺机袭击敌人。而秦王身边仅留下四名骑兵和他一起继续向前走。秦王对随行的尉迟敬德说："我执弓箭，你们拿长矛跟着我，那这样就算敌军有百万人，他们又能把我们怎么样！"当走到离窦建德军营约有三里的地方时，窦建德的巡逻兵碰到他们这几个人，开始还以为他们只不过是侦察兵，秦王却突然大喊道："我，就是秦王李世民！"随即便拉弓射箭，杀死了对方将领。窦建德军中的将领和兵卒都大惊失色，随即派六千名骑兵追了过来，跟从李世民的几个骑兵吓得变了脸色。秦王对他们说："有我和敬德在后边压阵，你们只管继续前行就可以。"于是秦王控制着马缰慢慢地走着，每当追赶而来的骑兵靠近之时，就拉弓射击，敌骑便应弦而倒，追赶来的敌兵非常恐惧，就不敢再追，但过了一会儿就又追上来，如此反复，秦王前后共射杀了好几个敌骑，尉迟敬德也杀死了十几个敌兵，敌人的追兵不敢再逼近。这时候，秦王顾视左右，稍稍向后退了一下装作是要退却的样子，徐世勣等率领的伏兵便趁机奋力冲杀了出来，大败窦建德军，斩获颇多，并俘虏了敌军将领，凯旋回营。

魏元忠

　　魏元忠在武后朝①，值徐敬业举兵②，武后诏元忠监李孝逸军③。至临淮④，偏将雷仁智为贼所败，孝逸惧，按兵未敢前。时敬业保下阿溪，其弟敬猷屯于淮阴，众请先击下阿，元忠曰："不然，贼劲兵尽守下阿，利在一决，苟有负，则大事去矣。敬猷博徒，不知战，且其兵寡易摇。譬之逐兽，弱者先擒，今舍必擒之弱，而趋难敌之强，非计也。"孝逸乃引兵击淮阴，大败敬猷，进击敬业，平之。

【注释】

　　①武后：即武则天，中国历史上唯一的女皇帝，政治家，唐高宗皇后、唐中宗和唐睿宗时为皇太后，后自立为武周皇帝，改国号"唐"为"周"，史称"武周"。朝：当朝。

　　②徐敬业：唐初名将李勣孙，唐朝曹州离狐（今山东鄄城西南）。历官太仆少卿、眉州刺史，反对武则天称帝，兵败被杀。

　　③监：古代主管检察的官名，监军。在此意为以监军身份。

　　④临淮：古地名，今安徽凤阳、定远一带。

【译文】

　　魏元忠在武则天当朝时期，正遇上徐敬业起兵反叛，于是武后便命令他到李孝逸大军中担任监军。当他的军队走到临淮的

时候,李孝逸的副将雷仁智被徐敬业击败,这使得李孝逸非常害怕,于是按兵不动,不敢再继续进兵。而徐敬业此时派重兵坚守着下阿溪谷要道,由他的弟弟徐敬猷屯驻在淮阴,李孝逸的部将就请求先去攻打守在下阿溪的徐敬业的部队,而魏元忠则说:"咱们不能这样做,徐敬业带领着他的精兵强将在下阿坚守,对他们来说只有与我军决一死战才是最为有利的,而如果一旦我们在这里被打败,那么就大势已去了。而徐敬猷只不过是赌棍一个,他根本就不知道如何运用战略战术,况且他又兵卒很少,军心很容易动摇。这就好比打猎时追逐野兽,首先被擒获的肯定是那些力量比较弱小又不善奔逃的动物,而现在我们却要放弃先打败那些较弱的敌人,硬去进攻难以攻打的强敌,这绝对不是什么必胜之计呀。"李孝逸于是决定先带兵攻打驻守淮阴的徐敬猷部队,一举击败了徐敬猷,紧接着再去攻打徐敬业时,很快就被平定了。

狄仁杰①

狄仁杰为来俊臣所构②,捕送至狱,于时讯反者,一问即承,听减死。俊臣引仁杰置对,答曰:"有周革命,我乃唐臣,反固实。"俊臣乃使王德寿以情谓曰:"我意求少迁,公为我引杨执柔为党,公且免死。"仁杰叹曰:"皇天后土,使仁杰为此乎?"即以首触柱,血流沐面,德寿惧而谢之。守者寝弛③,仁杰丐笔书帛④,置褚衣中⑤,好谓吏曰:"方暑,请付家撤絮。"仁杰子光远撤絮得书,即上变。后遣案视,俊臣命仁杰冠带见使者,而私令德寿作谢死表以闻。后召见仁杰,谓曰:"承反何耶?"对曰:"不承反,死笞掠矣⑥。"示之表,对曰:"无之。"后知代署,因免死。

【注释】

①狄仁杰(630—700):字怀英,唐代名臣。

②来俊臣:唐武则天时期酷吏。

③寝弛:睡觉,松懈。

④丐:乞求。

⑤褚衣:棉衣。

⑥笞(chī):用竹片或者荆条打。

【译文】

狄仁杰被来俊臣捏造的罪状所诬陷,被逮捕后送入监狱,根据当时的审讯规则,审问所谓谋反的罪人,只要犯人即刻承认罪状,并听任处置,或许还有免死的可能。来俊臣把狄仁杰拉来审讯,狄仁杰回答道:"武周欲取唐自代,我是唐朝大臣,你如果要说我谋反,那么确实就是这样的。"来俊臣在暗地里买通了判官王德寿,让他对狄仁杰说:"我想高升,如果你能把杨执柔也拉扯到逆党名单里面去,你也就可免去一死。"狄仁杰叹息道:"皇天后土,昭昭明鉴,竟要让我狄仁杰做出这种伤天害理的事吗?"立即拿头往柱子上撞去,顿时血流满面。这一下,王德寿害怕了,反向仁杰道歉。看守为此对狄仁杰的态度也有所缓和,狄仁杰向看守求得笔墨,撕了一块被面下来,在上面写了封信,藏在棉衣中,诚恳地向狱吏求道:"现在天热起来了,麻烦您把这包棉衣替我交给我家里人拆洗。"狄仁杰之子狄光远拆开棉衣看到信,立即向武则天上告其中变故。武后遂派遣使者到狱中查看究竟,来俊臣命人给狄仁杰穿戴好衣服,才引其拜见来使,私底下又急忙让王德寿以狄

能
品

仁杰口气写了一份"谢死表",让使者将"谢死表"带给武则天。武则天召见狄仁杰,问他:"你为什么承认你参与了反叛呢?"狄仁杰回答说:"如果我不早些承认反叛,那我早就被打死了!"武后又叫人把"谢死表"拿给狄仁杰看,狄仁杰说:"没这回事。"武后知道这份"谢死表"是别人以他的口气代写的,于是下令免去狄仁杰死罪。

郭子仪①

初,李国贞治兵严,朔方将士不乐②,皆思子仪,故王元振因之作乱。时上不豫,群臣莫得进见,子仪固请见,上召入卧内,谓曰:"河东之事③,一以委卿。"四月,子仪至军,元振自以为功,子仪曰:"汝临贼境,辄害主将,若贼乘其衅,无绛州矣。吾为宰相,岂受一卒之私耶?"五月收元振,及其同谋四十人,皆杀之。辛云京闻之,亦推按杀邓景山者数十人诛之,由是河东诸镇率皆奉法④。

【注释】

①郭子仪(697—781):唐代中叶著名的军事家。

②朔方:唐方镇名,开元时置,管辖范围大致在灵州(今宁夏灵武西南)。

③河东:指山西。因黄河流经山西省的西南境,则山西在黄河以东,故这块地方古称河东。秦汉时指河东郡地,在今山西运城、临汾一带。唐代以后泛指山西。

④率:同"帅",主将,将士。

当初,河东军主帅李国贞是个治军极其严厉的人,对此,朔方将士心里一直都不痛快,都开始想念以前的主帅郭子仪,因此,有一个叫王元振的,就乘郭子仪不在军之机,放肆作乱,杀了李国贞。当时由于肃宗病重,群臣有事情要禀奏的话,也是一概不得进见的,郭子仪坚持请求晋见,肃宗将子仪召入卧内,对郭子仪说:"河东之事,完全由你作主处理好了。"四月份的时候,郭子仪到了河东,王元振还以为自己有功,郭子仪却道:"你身临贼境,谋害主将,如果敌人乘我们内部混乱进攻,那绛州早就失守了。我身为一国之宰相,难道能包庇我的部下吗?"五月,郭子仪下令关押了王元振及其同谋共四十多人,并将其全部斩首。太原的辛云京在听说郭子仪如此处理作乱者之后,也开始调查追究谋杀太原节度使邓景山的罪犯数十人,最后也将其全部斩首。因为这件事的缘故,河东诸镇的将士们都遵纪守法了。

刘晏^①

刘晏善治财,其意曰:"王者爱人,不在赐与,当使其耕耘织。常岁平敛之,荒年蠲救之^②。又,时其缓急而先后之。每州县荒歉有端,则计官所赢,先令蠲某物,贷某户,民未及困,而奏报已行矣。盖善治病者,不使至危惫;善救灾者,不使至赈给。赈给少则不足以活人;活人多则国用阙^③。国用阙,则复重敛矣。况赈给多侥幸,吏下为奸。强,得之多;弱,得之少。虽刀锯在前,不可禁也,是谓二害。灾沴之乡,所乏唯粮耳,他产固尚在也。贱以出之,易以杂货,因人之力,转于丰处,或官自用,则国计不

乏。多出菽粟，恣之粜运④，散入村闾，下户力农，不能诣市，自然转相沿逮。不待令驱之矣，是谓二胜。

【注释】

①刘晏：字士安，唐代宗时，刘晏任度支盐铁转运租庸使，以善于理财闻名于时。他是唐代中叶的经济和财政改革家，为安史之乱后唐代社会经济的发展做出过重要贡献。

②蠲(juān)：捐赠，募捐。

③阙(quē)：同"缺"，缺少，空缺。

④多出菽(shū)粟(sù)，恣之粜(tiào)之：对于官府而言，应该多提供一些大豆和小米等粮食，以让老百姓出去贩卖，而不多加干涉。菽，豆类总称。粟，谷类总称。恣，听任。粜，卖出粮食。

【译文】

刘晏善于理财，他的治财理论的大体意思是："统治者行王道必须要仁者爱民，而不仅仅是给与百姓物质上的补助，这样，老百姓才能专心于耕种纺织。一般年景，要根据各地收成情况按平均收成来收田租，而在灾荒之年官府则要拿出府库中的粮食来解救百姓的困境。同时，在给百姓发放官府粮食或其他物资救助时，首先要根据各地灾区百姓受灾的具体状况来判断所需物资的轻重缓急，以此来决定救助的先后顺序。州县荒年歉收，如果确实是因为自然灾害等不可抗拒的力量造成的，那就尽快统计好官仓的剩余物资，决定看需要先捐助哪部分物资，资助哪些家庭。这样老百姓尚未因为灾荒穷困到极点时，救灾工作已经向朝廷汇报了。善于治病的大夫，不能等到患者生命处于极度危机时才来救命；善于救灾的官府，不应该在老百姓已经困窘到只能干等官府发放物资来赈济时才来救助。如果不那样做的话,将可能会出现大难题:赈灾用的粮食量少不足以使灾民活下去;想要用官府粮仓救活大量的灾民,那么国库中粮食物资又会亏空。国用一旦亏缺,就会向百姓加重收租了。何况,以官仓来救老百姓,大家多会有侥幸心理,一些官吏和地痞恶霸也会从中作梗。强者就分得的多,弱者分得的就少。即使官府派人把刀放在他们面前,也禁止不了,这样只会对国家和百姓都不利。受灾的地方,缺乏的只是粮食罢了,其他物产都还是充足的。把他们的地方土特产想办法以贱价卖出去,换取一些其他杂货回来,凭借人力将其运输到粮食丰收的地区,或留到官府仓库自用,这样,国库中就不会缺乏物资。官府多提供一些大豆和小米等粮食,让老百姓出去贩卖,而不多加干涉,这些粮贩散入各个乡村来做买卖,粮食丰收地区的农民因忙着种田,没有时间和精力到市场上去卖他们的剩余农产品,自然会以贱价卖给这些粮贩,听由他们转运到灾区,再换取当地特产。这样的话,不需要政府命令他们这样做,就使国家和百姓双方都得利了。

韩愈①

　　韩愈为兵部侍郎,镇州乱,杀田弘正,而立王廷凑。诏愈宣抚。既行,众皆危之。元稹言韩愈可惜②。穆宗亦悔③,诏愈度事从宜,无必入。

　　愈至,廷凑严兵迓之④。既坐,廷凑曰:"所以纷纷者,此士卒也。"愈大声曰:"天子以公将帅材,故赐以节,岂意同贼反耶?"语未终,士卒前奋曰:"先太师为国击朱滔,血衣犹在,此军何负?乃以为贼!"愈曰:"以为尔不记先太

师也。若犹记之，固大善。天宝以来，安禄山、史思明、李希烈等⑤，有子若孙在乎？"众曰："无。"愈曰："田公以魏博六州归朝廷⑥，官中书令，父子受旗节。刘悟、李祐皆大镇，此，尔军所共闻也。"众曰："弘正刻，故此军不安。"愈曰："然。尔曹害田公，又残其家矣，复何道？"众欢曰："善。"廷凑虑众变，疾麾使去，因曰："今欲廷凑何为？"愈曰："神策六军⑦，如牛元翼者不少，但朝廷顾大体，不可弃之，公死围之何也？"廷凑曰："即出之。"愈曰："若尔，则无事矣。"会元翼亦溃围出，廷凑不追。愈归奏，帝大悦。

180

【注释】

①韩愈：字退之，唐河内河阳（今河南孟县）人，世称韩昌黎。唐代古文运动的倡导者，宋代苏轼称他"文起八代之衰"，明人推他为唐宋八大家之首，与柳宗元并称"韩柳"。著作有《韩昌黎集》等。

②元稹：字微之，别字威明，唐洛阳人（今河南洛阳），著名诗人。与白居易并称"元白"。

③穆宗：唐穆宗李恒在位时不留意天下之务。后服金石之药而死，享年二十九岁，葬於光陵。

④迓（yà）：迎接。

⑤安禄山：唐代营州（今辽宁朝阳）人，突厥族，唐玄宗时叛乱，史称"安史之乱"。史思明：唐代宁夷州突厥人，与安禄山同时反叛，后被杀。李希烈：唐燕州辽西人。唐德宗时叛乱，不久兵败被杀。

⑥田公：指田承嗣。

⑦神策六军：唐代后期主要的禁军，本是陇右节度使所属驻

守临洮城西的军队。

　　韩愈任兵部侍郎期间，镇州军发生兵变，杀了节度使田弘正一家三百余口，而拥立王廷凑为节度使。穆宗诏令韩愈前往镇州宣抚其众。韩愈上路，大家都觉得风险太大。元稹对穆宗说韩愈此去真是太可惜这人才了。穆宗也后悔了，派人传令给韩愈，让他根据具体情况，随机应变，不一定要亲临镇州军营。

　　韩愈到了镇州以后，节度使王廷凑严阵相迎。坐下后，王廷凑向韩愈报告说："镇州的事情所以纷纷扰扰，是由于士兵闹事。"韩愈大声训斥道："天子考虑到你有将帅之材，才赐给你符节，没想到你竟然会和这些叛贼一起谋反！"韩愈话还未说完，士卒纷纷拥上前，向他争辩道："当年先太师为朝廷奋力攻打叛贼朱滔，血衣还在，我们镇州军到底在什么地方、什么时候辜负了朝廷？朝廷却将我们当作叛贼！"韩愈反问道："我还以为你们早不记得先太师了。如果大家还没有忘记先太师，这当然是好事。天宝以来，安禄山、史思明、李希烈这些人，他们还有子孙在世吗？"众士兵说："没有了。"韩愈说："田公曾经把魏博六州归还给朝廷，他的官做到了中书令一级，父子都受到了天子的封赏。就是像刘悟、李祐这些人，归顺朝廷以后，朝廷也都委以大镇，这些是你们镇州军将士共知的事实。"众士兵又说："田弘正这个人对人非常刻薄，我们镇州军士为此深感不安。"韩愈说："你们大家说的是实情。但田弘正死在你们刀下，你们又杀害了他一家，你们还有什么可说的？"众士兵高兴地说："您以这样的方式来处理这件事非常好。"王廷凑担心士兵们的态度会有什么变化，就急忙让他们先退出去，又对韩愈说："现在您要我怎样做？"韩愈说："神策六军，像

能
品

牛元翼这样的人有不少,但朝廷还是要从大局上来考虑,不能罢弃他们,你死死围困他们想干什么呢?"王廷凑说:"我马上放他出去。"韩愈说:"如果这件事你能这样来处理,那就什么事都没有了。"刚好这个时候牛元翼也从里边突围出来,王廷凑不去追赶。韩愈回到京城向皇上复命,穆宗非常高兴。

柳庆①

柳庆领雍州别驾②,有贾人持金二十斤,诣京师,寄人居止。每欲出,常自执钥。无何,缄闭不异③,而并失之。谓主人所窃,郡县询问,主人自诬服。庆疑,召问贾人曰:"向钥恒置何处?"对曰:"恒自带之。""颇与人同宿乎?"曰"无。""与同饭乎?"曰:"日与一沙门再度酣宴④,醉而昼寝。"庆曰:"沙门乃真盗耳。"即遣捕沙门,尽获所失金。

【注释】

①柳庆:字更兴,北魏解(今山西永济)人。天性率直,无所回避,为当时少有的直臣。

②领:兼任某个官职。雍州:中国古代地名,一般是指现在陕西中部北部、甘肃(除去东南部)、青海的东北部和宁夏一带地方。别驾:官名。全称为别驾从事史,亦称别驾从事。

③缄(jiān):封口,封闭。

④沙门:为出家修道者的通称。

【译文】

柳庆任雍州别驾时,有一个商人带了二十斤银子,到京城,租住在别人家里。每次要外出时,他都会亲自拿好钥匙。一天,商人从外面回来,看到门还是像往常一样锁得好好的,但发现银子全没了。他就认为是房主人偷的,郡县询问下来,主人无法为自己澄清,只好承认是自己拿的。柳庆觉得此案有很多疑点,就把这个商人招来细问:"你以前一直把钥匙放在什么地方?"商人说:"我一直自己带着。"柳庆又问:"那你近日与人同宿没有?"商人说:"没有。"柳庆又问:"和别人一同吃饭没有?"商人答道:"最近倒是跟一个和尚在家里喝过两次酒,我曾经喝醉了,白天酣睡,不省人事。"柳庆说:"这和尚才是真正的盗贼。"于是柳庆立即派人逮捕和尚,找到和尚后,从他那儿抄出了商人所丢失的全部银子。

张易

　　张易升平中上元令①,后以水部员外郎通判歙州②。刺史宋匡业使酒凌人,果于诛杀,无敢犯者。易赴其宴,先故饮醉就席,酒甫行③,寻其少失,遽掷杯推案④,攘袂大呼⑤,诟责锋起。匡业愕不敢对,唯曰:"通判醉甚,不可当也。"易巍峨喑哑自如,俄引去。匡业使吏掖就马⑥。自是见易加敬,不敢复使酒,郡事亦赖以济。

【注释】

　　①升平:东晋皇帝司马聃的第二个年号,公元 357—361 年。

　　②歙(shè)州:在今安徽。

　　③甫(fǔ):开始,刚刚。

　　④遽(jù):急速地,立即就。

　　⑤攘袂(rǎng mèi):扬起袖子。

能
品

⑥掖(yè)：拽别人的胳膊。

【译文】

南唐张易在升平年间任上元县令，后来凭水部员外郎资格任歙州通判。歙州刺史宋匡业，经常故意借几分酒气欺凌他人，甚至借酒杀人，因此郡中无人敢冒犯他。张易赴刺史之宴，事先故意喝醉酒再入席，在席上当主人刚刚劝饮酒时，他就开始在席上故意找岔子，抓住一点不是之处，就立即摔了酒杯，推翻桌子，捋起袖子故意大呼大叫，故意指着别人的鼻子乱骂，一句接一句，此起彼伏，话锋尖锐。主人宋匡业除了惊愕，一句话也不敢说，他只会说："张通判醉得太厉害了，简直不可抵挡。"而张易仍然巍峨高傲，声音都喊哑了，神情依然自若，张易闹了好一会儿，才被人扶下宴席。宋匡业派人扶他上马送他回去。从此以后，刺史宋匡业看见张易就非常敬重，自己也不再敢随便耍酒疯欺负人，郡中的事情被打理得井井有条。

宋太祖①

宋太祖与皇甫晖遇于清流之关②，大为晖所败。是夜晖整全师入憩滁阳③。太祖兵聚清流，虑晖兵再至，问诸村人，云："有镇州赵学究，在村中教学，多智计，村民有争讼者，多诣以决曲直。"太祖乃微服往访之。学究曰："皇甫威名贯东北，太尉自谅与己如何？"曰："非敌也。"学究曰："今两军胜负如何？"曰："彼方胜而我败，所以问计于君耳。"学究曰："然。使彼来日整兵出战，师绝归路，不复有噍类矣。"太祖曰："当奈何？"学究曰："我有一计，可以因败为胜。今关背有径路，人无行者，虽牌军亦不知也。可以直抵城下。方西涧水大涨之时，彼必谓既败之余，无敢蹑其后者④，诚能由山背小路率兵浮西涧⑤，径至城下，彼方解甲休众不为备，斩关而入，可以得志矣。"太祖大喜，即下令誓师，夜出跨马，浮西涧以迫城，晖果不为备，夺门以入，擒之，遂下滁州。

【注释】

①宋太祖：即赵匡胤，北宋王朝的建立者，庙号太祖，涿州（今属河北）人。

②皇甫晖（？—956）：南唐大将。

③憩（qì）：休息。

④蹑：跟踪，追随。

⑤浮：行船。

【译文】

宋太祖赵匡胤在清流关口遇到了劲敌皇甫晖，吃了大败仗。这天夜里，皇甫晖休整全军，进入滁州城休息。太祖则把部队聚集在清流这个地方，很担心皇甫晖的军队再杀过来，他向附近村人询问，村里人告诉他："我们这儿有一位镇州赵学究，在村里教书，此人很有智谋，平常村民之间发生纠纷，大家多会到赵学究那里，由他来判定谁是谁非。"太祖于是穿上便服去拜访赵学究。赵学究说："皇甫晖在东北一带享有威名，你现在衡量一下自己和他相比怎么样？"太祖说"我不如他。"学究问："现在你们双方交战，胜负如何？"太祖说："他胜利了，而我则吃了大败仗，所以来向您讨教下一步我该怎么做。"学究说："好。假如他明天整兵

出战，你的驻军背后就是滁河、长江，军队一旦断了归路，将士们恐怕也都不可能活着了。"太祖问："那应当怎么办呢？"学究说："我有一条计策，可以反败为胜。现在清流关背后有条小路，几乎没有什么人顺着那儿走，即使是滁州守军也不知道这条路。通过这条小路，你可以直抵滁州城下。现在正是滁州西涧水猛涨的时候，皇甫晖他肯定以为你的军队吃了败仗，是不敢尾随他们胜者之后的，如果你们能顺着山背后的这条小道，率领军队渡过西涧，直达城下，这个时候皇甫晖正让士兵解甲休息，是不会有所防备的，你们攻关斩将，直入城里，那样就可以取胜了。"太祖非常高兴，立即下令誓师雪耻，当夜即跨马出征，渡过西涧，逼近城下，皇甫晖果然没有做任何准备，太祖率大军夺门而入，活捉了皇甫晖，一举拿下了滁州。

曹彬①

建隆中②，曹彬、潘美统王师平江南③，二将皆知兵善战。曹之识虑尤远④，潘所不逮。城既破，国主李煜白纱衫帽见二公⑤，先见潘设拜，潘答之；次见曹设拜，使人附语曰："介胄在身⑥，拜不及答。"识者善其得体。二公先登二舟，召煜饮茶，船前设一独木板，道煜向之。国主仪卫甚盛，一旦独登舟，徘徊不能进。曹命左右翼而登焉。既一啜，曹谓李郎办装，诘旦会于此⑦，同赴京师。未晓，如期而赴焉。始，潘甚惑之："讵可放归⑧？"曹曰："船边独木板尚不能进，畏死甚也。既许其生赴中国，焉能取死？"众方服其识量。

①曹彬(931—999):北宋初年大将,字国华,真定灵寿(今属河北)人,拥立赵匡胤为帝。

②建隆:宋太祖年号,公元960—963年。

③潘美(925—991):字仲询,大名(今河北大名东北)人,北宋初名将。统:主管,率领。

④识虑:识,见识见闻。虑,考虑,打算。

⑤李煜(937—978):五代十国时南唐国君,字重光,号钟隐、莲峰居士。彭城(今江苏徐州)人。史称李后主。国破后降宋。

⑥介胄(zhòu):介,铠甲。胄,头盔。

⑦诘(jié)旦:指次日早晨。

⑧讵(jù):表示反问,难道,哪里。

【译文】

建隆年间,曹彬、潘美二将率领王师平定江南,这两位将领对军事战略都很娴熟,善于作战。曹彬更有深谋远虑,这是潘美所不及的。江宁城被攻破以后,南唐后主李煜身穿白纱衫,头戴白纱帽,去拜见曹彬、潘美二将。李煜先去拜见潘美,行拜礼,潘美答礼还拜;之后他又去拜见曹彬,又行拜礼,曹彬派人去跟李煜说:"曹将军现在还身穿铠甲,头戴头盔,还来不及卸甲还礼。"有识见之士认为曹彬这样做是比较得体的。曹彬、潘美二将准备召李煜饮茶,他们二人提前登上一条船,在船前放了很长的一块独木板,用来引导李煜上船。南唐后主平时他跟前的仪仗卫士随从很多,现在一旦独自登舟,就一直犹犹豫豫不能前进一步。曹彬命令左右侍从在李煜身体两旁扶着他登上船。吃了一巡茶以后,曹彬就对李煜说要准备行装,第二天早晨在这里相会,一同到京

城开封。第二天，天还没亮，李煜如期赶到这里。刚开始的时候，潘美对曹彬的做法疑惑不解："怎么可以又放他回宫?"曹彬说："李煜连船边的独木板都不敢走，这是很怕死的表现。我们既然已经答应保全他的性命，让他活着到京师，他怎敢走自取灭亡的死路呢?"众人都十分叹服他的见解。

张齐贤

张齐贤约潘美会战，无何，间使为辽人所得①。齐贤以师期既漏，恐美众为辽所乘。既而美使至，云师出并州②，至北井，得诏，东师败绩于君子馆，并之全军不许出战，已还州矣。齐贤乃闭其使密室中，夜发二百人，人持一帜，负一束刍③，距州城西南三十里，列帜燃刍，辽兵遥见光中有旗帜，意谓并师至矣，骇而北走。齐贤先伏步兵二千于土磴砦④，掩击，大败之，擒其北大王之子一人，帐前舍利一人，斩数百级，获马二千，器甲甚众。捷奏，返，归功于卢汉赟。辽人又自大石路南侵，齐贤预简厢兵千人为二部，分屯繁畤、崞县，下令曰："代西有寇，则崞县之师应之;代东有寇，则繁畤之师应之。"比接战，则郡兵集矣。至是果为繁畤兵所败。

【注释】

①辽:北宋时期契丹所建北方政权，定都上京(今内蒙古巴林左旗南)，其疆域东临北海、渤海，西至金山(今阿尔泰山)、流沙(今新疆白龙堆沙漠)，北至克鲁伦河、鄂尔昆河、色楞格河流域，

东北迄外兴安岭南麓，南接山西北部、河北白沟河及今甘肃北界。

②并州：山西太原旧称。

③刍(chú)：草。

④磴砦(dèng zhài)：磴，山头石阶。砦，同"寨"，防守用的栅栏。

【译文】

　　张齐贤和潘美事先约好了要一起攻打辽军，时间过了没多久，张齐贤派出的密使就被辽人抓获了。张齐贤因为军队出师日期已经泄漏，害怕辽军趁机去攻打潘美部队。没过多久，潘美又派密使来联系齐贤，说是大军已从并州出发北上，到达北井这个地方时，接到皇帝诏书，说是东路军已在君子馆被打败，并州全军不得出战，潘美部队已回到并州了。齐贤把潘美派来的使者关在密室里，当天夜里，他派出二百名士兵，每人手里拿一杆旗帜，身上背一捆干草，到了距州城西南三十里的地方，让士兵举着二百杆旗帜列成长阵，并点燃柴草。远远地，辽兵望见火光中有旗帜飘动，以为是潘美率领的并州军队杀过来了，惊慌地向北逃窜。齐贤已经提前在土磴砦这个辽兵逃跑必经之路上埋伏了二千步兵，拦击惊慌失措的辽兵，打了个大胜仗，抓获了辽将北大王的一个儿子，帐前舍利一人，并将数百辽兵斩首，俘获二千匹战马，还缴获了相当多的兵器。胜利的消息报告给上级，反而归功于卢汉赟。辽兵又从大石路向南侵犯，张齐贤早有准备，他预先挑选了一千名厢兵，并把他们分为两部分，分别屯驻在繁畤和崞县，他下令："如果辽兵从代郡以西攻打过来，那就由崞县之兵去应战；如果他们从代郡以东侵犯过来，那就由繁畤之兵去应战。"等到真正开始交战的时候，郡兵已集中待发了。后来敌寇从代郡以东攻过

能
品

薛长孺

薛长孺为汉州通判①,戍卒闭营门,放火杀人,谋杀知州兵马监押。有来告者,知州监押皆不敢出。长孺挺身叩营谕之曰②:"汝辈皆有父母妻子,何故作此事? 然不与谋者各在一边。"于是不敢动,惟本谋者八人,突门而出,散于诸县村野,捕获。是时,非长孺则一城之人尽遭涂炭矣。钤辖司不敢以闻③,遂不及赏。长孺,简肃公之侄,质厚人也,临事敢决如此。

【注释】

①汉州:即今四川广汉。通判:古代职位名。在知府下掌管粮运、家田、水利和诉讼等事项。

②谕(yù):告诉。

③钤(qián):盖章,印章。

【译文】

薛长孺在任汉州通判期间,守军士兵紧闭营门,纵火杀人,还谋划着要杀掉汉州知州以及兵马监押。有人来向知州、监押报告这种情况,他们不敢出来阻止。通判薛长孺挺身而出,去敲打开营门,开始进行劝说:"你们都有父母妻子,为什么要这样做事? 凡没有参与谋乱的士兵,请与参与者分开,各站一边。"于是士兵都不敢动,只有叛乱的八个主谋,忽然急速冲出营门,夺路而逃,分散地藏在附近各县的村郊野外,但是最终还是被逮捕了。在这种危急时刻,如果没有薛长孺的话,那一城百姓就要尽遭涂炭了。但是后来,州府起草文书的官员不敢把薛长孺平定叛乱的英勇事迹报告给朝廷,因此薛长孺最终也没得到表彰和赏赐。薛长孺是薛简肃公薛奎的侄子,为人质朴厚道,真没想到在百姓大难临头时,他竟然能这样敢于决断。

狄青①

狄武襄本农家子,年十六时,其兄素与里人号铁罗汉者斗于水滨,至溺,救之。保五方缚素,公适饷田见之②,曰:"杀罗汉者,我也。"人皆释素而缚公,公曰:"我不逃死,然待我救罗汉,庶几复活。若决死者,缚我未晚也。"众从之。公嘿祝曰③:"我若贵,罗汉当苏。"乃举其尸,出水数斗而活。其后人无知者。公死莞,其子谘、咏护丧归,父老为言此。

【注释】

①狄青(1008—1057):字汉臣。北宋名将,勇而善谋。卒谥武襄。

②公适饷(xiǎng)田见之:适,恰好。饷,给在田里劳动的人送饭。

③嘿(mò):同"默"。

【译文】

狄青本是一名农家子弟,在他十六岁时,他的哥哥狄素和村里一个号称铁罗汉的人在水边相斗,等众人将铁罗汉捞了上来

时,铁罗汉已溺水窒息而亡。村中保长于是命人将狄素捆绑起来,这时狄青正好给在田里做活的家人去送饭看到这一情景,说:"是我杀死了铁罗汉。"于是众人把狄素松了绑,又来捆狄青,狄青说:"我不会逃跑的,但你们得先让我救救罗汉,或许还能救活。如果他真死了,再捆我也不迟呀。"于是大家听从了他的要求。狄青在心中默默地祷告道:"如果我有朝一日能够显贵,罗汉就应该复活。"于是他将罗汉的尸体举了起来,罗汉吐出好几斗水后活了过来。狄青的后代没人知道这件事。狄青去世后,他的儿子狄谘、狄咏护丧回老家时,村上长辈们告诉他们的。

文彦博①

文彦博为御史时,边将刘平战死。监军黄德和拥兵观望,欲脱己罪,诬平降虏,而以金带赂平奴,使附己。平家二百口,皆含冤械系②,诏彦博置狱河中③,彦博鞫治得实④,德和党援谋翻狱,已遣他御史来代之矣。彦博拒之曰:"朝廷虑狱不就,故遣君,今狱具矣。事或弗成,彦博执其咎,与君无与也。"德和并奴,卒就诛。

【注释】

①文彦博:字宽夫,汾州介休(今属山西)人,北宋时期政治家。

②械系:用镣铐拘禁。

③狱:案件,官司。

④鞫(jū):审讯,审问。

文彦博任御史时,边将刘平战死疆场。监军黄德和握有军队,但只是持观望态度,等到战败了,他为开脱自己见死不救的罪责,却诬陷刘平投降敌人,又用一条金带贿赂刘平家奴作证,使他依附听从自己。因此,刘平家二百人都含冤被关押。朝廷命文彦博在河中设立公堂,彦博经过审讯终于了解了实情,黄德和的一帮党羽想翻案,于是串通朝中要人,要派其他御史来接替文彦博处理该案。文彦博严词拒绝说:"朝廷考虑此案尚未结案,所以才派您来,现在此案已了结。如果事情出了什么差错,我文彦博自当承担一切责任,和你没有任何关系。"最终案情得以大白,黄德和与刘平家奴被法办。

韩琦^①

英宗即位数日,挂服枢前,哀未发而疾暴作,大呼。左右皆走,大臣骇愕痴立,莫知所措。琦投杖直趋至前,抱入帘以授内人曰:"须用心照管。"仍戒当时见者曰:"今日事惟某人见,外人未有知者。"复就位哭,处之若无事然。

【注释】

①韩琦(1008—1075):字稚圭,相州安阳(今河南安阳)人,北宋名臣。

【译文】

宋英宗刚刚即位几天,穿着孝服跪在仁宗棺枢之前,还未哀哭突然疾病发作,大喊大叫起来。左右侍从都吓得慌忙逃走,大

苏颂^①

苏颂迁度支判官^②，送契丹使，宿恩州。驿舍火，左右请出避火，颂不许。州兵欲入救火，颂亦不许。但令防卒扑灭之。初火时，郡中汹汹，谓使者有变，救兵亦欲因而生事，赖颂不动而止。

【注释】

①苏颂（1020－1101）：字子容，北宋哲宗时期曾任宰相，是北宋著名的天文学家、药物学家

②判官：官名，隋时始设。唐制，特派担任临时职务的大臣可自选中级官员奏请充任判官，以资佐理。

【译文】

苏颂任度支判官时，受命送契丹使者回国，途中在恩州这个地方住下了。他们所住的驿站房屋着火了，苏颂的左右陪从请他赶紧出屋避火，苏颂没有同意。州兵来救火，苏颂也不同意，只由自己的驻兵去灭火。此地失火的消息刚传开的时候，城里百姓人心极其不安，纷纷议论，都说这火是契丹使者故意作乱，而救兵也想乘机生事，幸亏苏颂遇事沉着冷静才避免了一场大混乱。

陈亮①

陈亮才气超迈，志在经济。尝环视钱塘，喟然叹曰②："城可灌耳。"盖以地下于西湖也。淳熙中③，诣阙上书④，极言时事，因言钱塘非驻跸之所⑤。孝宗赫然震动⑥，欲榜朝堂，用种放故事，召令上殿，将擢用之。曾觌闻而骤见焉，亮耻之，逾垣而逃。觌不悦，大臣亦交沮之，遂有都堂审察之命。亮待命十日，再上书，上欲官亮，亮笑曰："吾欲为社稷开数百年之基，宁用以博一官乎？"遂渡江归。

后光宗不朝重华宫，群臣更迭进谏，皆不听。亮对策，有云："臣窃观陛下之于寿皇⑦，莅政二十有八年之间，宁有一政一事之不在圣怀？而问安视膳之余，所以察词而观色，因此而得彼者。其端甚众，亦既得其机要，而见诸施行矣。岂徒一月四朝，为京邑之美观也哉！"帝得其策，大喜，以为善处父子之间，御笔擢为第一⑧。既知为亮则大喜，寿皇在南内宁宗在东宫，闻之皆喜。

【注释】

①陈亮：南宋思想家、文学家。字同甫，原名汝能，后改名陈亮，号龙川，人称龙川先生。婺州永康（今属浙江）人。

②喟（kuì）然：喟，叹息。

③淳熙：是南宋皇帝宋孝宗的第三个和最后一个年号。

④阙：宫殿，这里指朝廷。

⑤驻跸（bì）：驻，停留。跸，帝王出行时开路清道，禁止他人

⑥孝宗：即宋孝宗赵昚(1127—1194)，南宋第二位皇帝，是南宋最杰出的皇帝之一，在位二十七年，淳熙十六年(1189)逊位，让位与儿子宋光宗赵惇。

⑦寿皇：此处指宋孝宗。

⑧擢(zhuó)：提拔，选拔。

【译文】

陈亮很有才气，超迈不群，决心要为国家的治理尽犬马之劳。他曾经去考察钱塘城，环视了一圈之后，深深感叹道："此城会被洪水灌。"这是因为钱塘城里地面比西湖要低的缘故。淳熙年间，陈亮到朝廷上书，积极谈论时事，在上书中说钱塘这个地方由于地理原因不适宜皇帝停驻。孝宗听后，赫然震动，想要把陈亮的上书张贴在朝堂之上，又想依北宋种放不由科举，由真宗直接录用授官的旧事，召令陈亮上殿，准备要提拔重用他。大臣曾觌听到这事，就突然会见陈亮并将此消息转告给他，陈亮听了以后颇以为耻，赶紧跳墙而逃。这让曾觌很不高兴，大臣们也都感到不愉快，于是下令召他在都堂接受审察。陈亮接受了十天的审察之后，再次上书，孝宗还是想提拔他做官，陈亮笑着对孝宗说："我只是要尽自己所能为国家开几百年的基业，哪里是为了求取官职呢！"于是渡江而归。

后来，光宗继位，但他不到重华宫朝见孝宗，群臣轮番进谏，他都听不进去。陈亮就上书给光宗，在其对策中说："臣观察陛下和寿皇，寿皇在其临政的二十八年间，难道有一政一事不放在他老人家心上吗？寿皇又常常在别人向他问安，自己进膳之余暇，来观察他人言词表情，从而得知政治得失与危机所在。寿皇考虑事情非常周全,像这样的事例还很多,他常常是从一点小事中得到启发后,立即将其在实践中进行实施。哪里是仅仅每月四次朝见,装点一下京城的门面呢!"光宗得到陈亮的对策,非常高兴,认为陈亮非常善于处理别人父子之间的微妙关系,就亲笔提拔他为第一。然后,当知道他就是陈亮以后,光宗就更高兴了。之后,在南内的孝宗和在东宫的宁宗,当听说陈亮其人其事后,也都十分高兴。

真定僧

宋河中府浮梁,用铁牛八维之。一牛且数万觔①。治平中,水暴涨,绝梁,牵牛没于河,募能出之者。真定僧怀丙以二大舟实土,夹牛维之,用大木为权衡状②,钩牛,徐去其土,舟浮牛出。转运使张焘以闻⑥,赐之紫衣。

【注释】

①觔(jīn):斤,古重量名。
②权衡:权,秤,秤锤。衡,秤杆,秤。

【译文】

宋朝河中府曾在其辖区内的大河上建造了一座浮桥,为了保持浮桥的稳定性,就用八只铁牛将其牢牢地系住。一只铁牛就重达数十万斤。治平年间,河水暴涨,冲断了浮桥,八只铁牛沉没河底,官府开始招募能者,以将铁牛从河里打捞上来。家住真定县的和尚怀丙,派人在两条大船上装满泥土,并安排一些能潜水者在水下把八只铁牛全部系好,再用一根粗壮的大木头横担于两船

之上,那个结构就像秤杆一样,然后从水下钩住系牛绳,再慢慢地将船舱中的土一点一点扔出去,大船慢慢向上浮起,那铁牛也随之浮上水面。转运使张焘特把这事报告给宋英宗,英宗赐给怀丙紫衣一袭。

明太祖①

太祖拔太平,耆儒李习、陶安等率父老出迎②,见太祖状貌,谓习等曰:"龙姿凤质,非常人也。我辈今有主矣。"太祖召陶安、李习,与语时事。安因献言曰:"方今四海鼎沸,豪杰并争,攻城屠邑,互相雄长,然其志在子女玉帛,取快一时,非有拨乱救民,安天下之心。明公率众渡江,神武不杀,人心悦服,以此顺天应人,而行吊伐③,天下不足平矣。"太祖曰:"足下之言甚善。吾欲取金陵如何?"安曰:"金陵古帝王之都,龙蟠虎踞,限以长江之险,若取而有之,据其形胜,出兵以临四方,则何向不克?"其言合太祖意,由是礼遇甚厚,事多与议焉。

【注释】

①太祖:明太祖朱元璋,明朝开国皇帝。

②耆(qí):指年老或老人。

③吊伐:吊,慰问,安抚。伐,讨伐,攻打。

【译文】

明太祖朱元璋攻取太平路之后,一些有智慧有威望的老者如李习、陶安等率领父老出城夹道欢迎,见到明太祖的相貌气质,陶安就对李习等说:"他真是龙姿凤质,一看就不是平常之辈啊。我们老百姓今天终于盼到了明主啊。"明太祖进城之后,召见陶安、李习,和他们谈论天下大事,征求计谋策略。陶安因此献言道:"当今这个时代,四海沸腾,豪杰纷争,不停地攻城抢掠地盘,随意屠杀百姓,都想称雄,以霸占天下。然而,这些人的志向只在乎美女金钱,只是为了一时痛快,却根本没有拨乱世以救百姓并使天下安定的壮志雄心。明公您率领大军渡江,军队从不乱杀无辜,使人心悦服,因此,您绝对能凭此顺天应人,去慰问安抚百姓,同时讨伐罪恶之人,您要实现平定天下的远大理想是没问题的。"明太祖说:"您所说非常好。如果我想要攻取金陵,会怎么样呢?"陶安说:"金陵自古以来就是帝王所在的都城,那个地方地势特别,龙蟠虎踞,又有长江天险可以作为防守的凭借,如果明公您能够取下金陵,那么,依据其江山形势,再要出兵征讨四方的话,那绝对是攻无不克的。"陶安的这一番话很符合明太祖的心意,因此明太祖对他们的待遇非常优厚,后来经常找他们来商量一些事情。

赵靖

刑部尚书赵靖[①],逮一武官,将鞠之[②],门卒检其身,得大珠一颗,持以献,僚属方骇愕,靖徐曰:"安有许大珠,此伪物。"命捶碎之,始以上闻。太祖嘉叹。

【注释】

①刑部:中国古代官署,审定各种法律,复核各地送部的刑名案件。尚书:明清两代是政府各部的最高长官。

【译文】

刑部尚书赵靖，逮捕了一名有罪武官，赵靖将要审讯他时，先令看门的士卒对武官进行检查，结果士卒搜得一枚极大的珍珠，把这颗大珍珠拿来献给赵靖。当他的僚属都正在为此惊愕而赞叹不已时，而赵靖却不慌不忙地说："哪里会有这么大的珍珠呢，这必定是假货！"于是命人当场将珠敲得粉碎。事情过后，赵靖才把事情的经过报告给明太祖。明太祖对他赞叹良久。

王璋

王璋，河南人。永乐中为右都御史①。时有告周府将为变。上欲及其未发讨之，以问璋，璋曰："事未有迹，讨之无名。"上曰："非也。兵贵神速，彼出城，则不可制矣。"璋曰："以臣之愚，可不烦兵，愿往任之。"曰："若用众几何？"曰："得御史三四人随行足矣。然须敕臣巡抚其地乃可②。"遂命草敕，即日起行，直造王府。王愕然问所以来者，曰："人告王谋反，臣是以来。"王惊跪，璋曰："朝廷已命丘太师，将兵十万将至。臣以王事未有迹，故来先谕王③。事将若何？"举家环哭不已。璋曰："哭亦何益？顾求所以释上疑者。"曰："愚不知所出，唯公教之。"璋曰："能以三护卫为献，无事矣。"从之。乃驰驿以闻④。上喜，璋乃出示曰："护卫军三日不徙者，处斩！"不数日而散。

①永乐:明成祖朱棣年号,公元 1403—1424 年。右都御史:官名。明代都察院(国家的监察机关)的长官为左右都御史。

②敕(chì):皇帝的命令或诏。

③谕(yù):告诉。

④驰驿:驰,使劲赶马。驿,古代供传递公文或传递消息的马。

【译文】

王璋,河南人,在明成祖永乐年间任右都御史。当时有人向明成祖上告说周王准备发动叛乱。明成祖考虑着要在他尚未叛乱之前就去讨伐他,就找王璋来商议此事,王璋说:"事情尚未有实据,现在就讨伐他,恐怕出师无名。"成祖说:"不是这样的。兵贵神速,一旦他逃出城,那根本就不可制服了。"王璋说:"以臣之愚见,可以不用烦劳军队,我愿意亲自去将这件事情处理妥当。"成祖说:"那你需要多少人?"王璋说:"只要有御史三四人随我去就足够了。但是,皇上您必须要敕令臣巡抚其地。"于是成祖命人立即为此起草敕令,王璋当日就出发,直接到周王府。周王非常惊愕,问王璋等人此行目的到底为何,王璋说:"有人告发您谋反,我因此来这儿看看。"王惊跪于地,王璋说:"现在朝廷已经命令丘大帅带了十万人马,将要到达您这里了。我因为还看不出你谋反的任何表现,因此先来告诉你一声。那你的事将怎样处理呢?"周王一家围在一起哭个不停。王璋说:"现在哭又有何用? 希望能赶紧找到消释皇上疑心的好办法啊。"王说:"我不知道用什么办法才能消除皇上的怀疑,请您指教。"王璋说:"如果你能把你的三个护卫队献出来,那立刻就没事了。"于是周王依从了王璋。王璋

驿马快传将事情经过报告给了成祖。明成祖听完非常高兴,而王璋则又在护卫军住处贴出告示,说:"护卫军如果不在三天之内迁往他处,立刻处斩。"没过几天,护卫军全部解散了。

郑牢

郑牢,广西总戎府老吏。性鲠直敢言①。都督韩观②,威严不可犯,每醉后杀人。牢度非其罪,辄留,以俟其醒。由是赖全活者众。观尤德之。继帅山襄毅③,素廉正,下车辄延访耆硕④,可任以言者。人以牢告,进质之曰:"世为将者不忌贪,广西饶珍货,亦可贪否?"牢曰:"廉为官本,白袍点墨,终不可湔⑤。"山曰:"土夷之馈,不纳则疑,奈何?"牢曰:"不畏国法,畏蛮子耶?"山笑而纳之。

【注释】

①鲠(gěng)直:耿直,正直。

②都督:中国古代军事长官,兴于三国,其后发展成为地方军事长官,明以后成为中央军事长官。

③山襄毅:即山云,襄毅为其卒后谥号。

④耆硕:年高而德高望重、学识渊博的人。

⑤湔(jiān):洗涤,洗刷。

【译文】

郑牢在广西总戎府做事很多年。他生性耿直,敢于对事情发表自己的意见。有一个名叫韩观的都督,平常待人非常威严,不可冒犯,还常常在酒醉后乱杀人。郑牢考虑到被杀之人可能无罪,就先留下一命,等都督酒醒之后认错。因此,多亏郑牢从中周旋,已经救活了不少人,也避免了韩都督犯枉杀无辜之罪。为此,韩观对郑牢的德行非常感激。后来,下一任都督山云,平素非常廉洁正直,一上任,就到处访求当地有德行可委任来规谏直言的老者。人们纷纷向他介绍郑牢,刚一见面,山云就问他:"世上做将领的人对钱财这些身外之物是不忌讳的,广西这个地方多珍稀物品,是不是也可以收受别人的贿赂呢?"郑牢说:"廉洁是为官的根本准则。收受任何小的贿赂,犹如在白袍上点上墨点,那是很难洗清的。"山云又问:"当地人因为为官者替百姓造福利而感激地给予的馈赠,我们不接受的话,他们就会怀疑我们的诚心,这怎么办?"郑牢说:"您不怕国法,难道怕蛮子吗?"山云笑了笑,就接受了他的劝谏。

杨埙

杨埙,京卫余丁卒。当袁彬忤门达①,构诬重情,举朝冤之莫敢鸣。埙素不识彬,击登闻鼓②,恳疏暴彬罪③,并下卫狱。达姑缓埙,使诬连大学士李文达主使④。埙佯诺之。及会鞫午门前⑤,埙大言曰:"死则死耳,何敢妄指!鬼神昭鉴,此实达教我指也。"彬遂得从轻,人义之。

【注释】

　①袁彬:字文质,明代光禄大夫上柱国左军都督。忤(wǔ):违反,抵触。

　②登闻鼓:明太祖朱元璋设立登闻鼓,并设有专人管理,一有冤民申诉,皇帝亲自受理,官员如有从中阻拦,一律重判。

能
品

③疏暴(shù pù)：疏，分条陈述。暴，晒，暴露。

④大学士：明洪武年间，仿宋制，置大学士，以辅太子，备顾问。

⑤鞫(jū)：审讯，审问。

【译文】

杨埙是一个京卫余丁卒。当时，袁彬因为一些公事抵触到门达的私人利益，门达伺机报复，袁彬于是被门达捏造的罪状诬陷成罪行严重的大案，举朝大臣没有人敢为他鸣不平。而杨埙平素并不认识袁彬，为义所激，就去击鼓声冤，强烈地要求把袁彬的罪行公布给世人看，结果杨埙也被门达关进大牢。门达姑且缓审杨埙，私底下又威胁杨埙去诬陷大学士李贤，让杨勋对别人说是李文达叫自己这么做的。杨埙假装答应。后来等到在午门前会审时，杨埙高声向世人喊道："我死就死了，又怎能随便诬陷他人！皇天后土，鬼神共鉴，这实际上是门达叫我故意诬陷大学士的。"最后，因袁彬之罪查无实据，因而从轻处分，而杨埙则被人称为义士。

余子俊

余肃敏公子俊，初为西安知府①，西安民苦城中水咸，饮辄病。公为开新渠，引山泉，行地中，匝遍城市②，人人得户汲③，至今便利，号余公渠。经阳山高，水下溉田，病迅不得蓄，公出府金，责清强吏，凿山开水道，转灌田千顷。升副都御史，巡抚延绥。延绥自正统中，命都督王祯镇守，榆林未城也。祯始城榆林，及十八寨，移镇榆林，尚末卫也。成化七年置卫④。八年,公广榆林城,增三十六营堡。公请尽厘陕中人有伍籍诡落者,及罪谪南戍子孙不能南风土者,实榆林卫。又择俊子弟教之读书,请建学,立官师,为弟子员。俗多弃地不圃艺,命吏教之树蔬果,开界石外地,兴屯田,遂得粮数万担。自是榆林始为重镇。尝曰:"人臣事君,当随事尽力。凡有建树,即近且小,亦必为百年之计。"又曰:"大臣谋国,遇有大利害,当身任其责,岂得养交市恩,为远怨自全之地?"以故,镇榆林时,怨谤纷起,坚执不挠,卒能成功,垂利百世。

【注释】

①知府:官名。宋代至清代地方行政区域"府"的最高长官。

②匝(zā):环绕。

③汲:打水,取水。

④成化:是明宪宗的年号,公元 1465—1487 年。

【译文】

余子俊初次担任西安知府的时候,西安城的老百姓苦于城中的水太咸,喝了这种水之后就很容易生病。余子俊下令开挖新渠,将山上泉水引下来,顺着渠道流淌到城中,环绕西安城整整一圈,使得城中百姓家家户户都能从井里提取到清甜的泉水,一直到现在,西安城的百姓还仍然因此而得利,于是,人们把这新渠称为"余公渠"。然而,由于经阳山地势较高,水流下到这里被用于灌田,但水流速太快,不能将水储蓄下来慢慢耗用,于是,余子俊便拿出府库的银子,责令清廉干练的府吏,负责凿开经阳山,开辟水道,蜿蜒曲折,就能够灌溉上千顷良田。后来余子俊升为副都

能品

御使,巡抚延绥。延绥从明英宗正统年间,朝廷就已经任命都督王祯镇守,当时榆林还没有筑城。直到王祯时才开始在榆林筑城,并设置十八处山寨以作为要塞,又将办公的地方迁至榆林,当时榆林还没有设卫所。直到明宪宗成化七年,才开始设置卫所。成化八年,余子俊扩大榆林城的规模,增筑了三十六个营堡。余子俊请求朝廷批准,尽数清理原有的全部户籍编伍,把那些凡是谎称失落伍籍的陕中人,以及有罪被贬谪到南方戍守,但又不能适应南方水土的人的子孙,全部迁到榆林卫以充实当地的驻防。同时,选择那些有文化的人来教他们读书,又申请在当地建立学堂,选定官府委派的教师,作为百姓子弟的教员。根据当地的风俗,许多闲地因为无人种植而被荒弃掉,余子俊便命府吏教当地人种植蔬菜水果,开辟界石以外的空地,大兴屯田,于是获得几万担粮食的收成。从此,榆林成为边塞重镇。余子俊曾说:"作为人臣事奉国君,凡是遇到事情应当竭尽自己的力量。大凡有建树的人,哪怕是近在眼前的小事,也一定要将它做好,以为百年之计。"又说:"作为大臣为国家谋划事情,每当碰到关系重大的事,应当勇于亲自承担重大责任。怎么能够为了避免别人怨恨,从而保全自己来培养私交、卖人情呢?"因此,余公镇守榆林时,怨恨他攻击他的人纷起指责,但余公坚持己见,不为时俗不正确的议论所动摇,所以最终能够获得胜利,使后代百世仍然能够享受他的恩泽。

雅品

【题解】

　　雅，本意为高尚，美好，正确而合乎规范的。原《序》曰："次曰《雅品》。与俗对俗，无不粗疏者、浅陋者，夫惟君子智深而勇沉，礼行而孙出，夫是以百举百当也。"此卷所述皆选取自各个朝代比较典型的历史人物。他们在面临和解决各种问题的时候，无不表现出高超的语言艺术，更体现出良好的道德修养。

　　此卷记载了几则大臣成功劝谏君主的事例，但在处理具体事件的过程中他们又有各自不同的特点，或正谏，或忠谏，或讽谏，大臣从大局出发，君主虚心纳谏都取得了良好的效果。如《少孺子》一文中，少孺子以"螳螂捕蝉，黄雀在后"的故事委婉的成功劝谏了吴王停止对楚国用兵。

　　究竟什么样的人才值得举荐？《晏子》篇中，晏子以是否有益于国家和君主来举荐人才，不因为高缭是自己的朋友就举荐他，表现出高尚的德行和节操。

　　危难之际勇挑重担的人，令人敬佩。《富弼》篇中，宋仁宗时，辽大兵压境，要求宋割关南地，朝廷上下，非常紧张。值此危难之际，富弼挺身而出，勇挑重担，出使契丹。富弼面对强敌，从容不迫，慷慨陈词，动之以情，晓之以理，让契丹之主无话可说，当然也没有得到想要的土地，最大程度地维护了宋的利益，可谓不辱使

命,避免了宋、辽之间的这场战争。富弼回到朝廷后受到大家赞赏。

　　本卷所述均为历史人物在处理各种事件的过程中所表现出来的巧妙的辞令言行,包括尊贤达能、巧进谏言以及权谋之术等等,展现出他们顾全大局的眼光和美好高尚的行为和品德。

管仲①

　　桓公曰②:"衡谓寡人曰③:'一农之事必有一耜、一铫、一镰、一耨、一椎、一铚④,然后成为农。一车必有一斤、一锯、一釭、一钻、一凿、一銶、一轲⑤,然后成为车。一女必有一刀、一锥、一箴、一鈲⑥,然后成为女。请以令断山木,鼓山铁,是可以无籍而用足。'"管子对曰:"不可。今发徒隶而作之,则逃亡而不守。发民,则下疾怨上。边竟有兵⑦,则怀宿怨而不战⑧。未见山铁之利而内败矣。故善者不如与民,量其重,计其赢,民得其十⑨,君得其三。有杂之以轻重⑩,守之以高下。若此,则民疾作而为上虏矣。"

【注释】

　　①管子:即管仲,名夷吾。春秋时著名的政治家。

　　②桓公:即齐桓公,公子小白。齐襄公时,公子小白携鲍叔牙逃奔莒国。在其兄齐襄公被杀后,公子小白由莒回国成为国君,是为齐桓公。他任用管仲实行改革,齐国由此强盛,成为春秋五霸之首。

③衡：管理山林的官员。

④耜(sì)：曲柄起土的农器，即手犁。铫(diào)：大锄。耨(nòu)：钩儿锄，古代锄草的农具。椎(chuí)：一种平土农具，《广雅》："櫌，椎也。"铚(zhì)：一种小镰刀。

⑤釭(gāng)：车轮上承受车轴的铁器。銶(qiú)：古代的一种凿子。轵：轴铁。釭为铁制，此处轴木外也需要用铁环包，始可耐磨，故释为轴铁。

⑥箴(zhēn)：同"针"。铢(shù)：针。

⑦竟：通"境"，边境。

⑧宿怨：积久的怨恨。宿，旧有的。

⑨十：原文为"十"，应为"七"，形近致误。

⑩有杂之以轻重：有，读为"又"。杂，掺杂，掺入。轻重，我国历史上关于调节商品、货币流通和控制物价的方法。《管子》有《轻重》篇论述最详。

【译文】

桓公说："管理山林的官员告诉我：'一个农夫的生产，必须有犁、大锄、镰、小锄、櫌、短镰等工具，然后才能成为一个农夫。一个造车工匠，必须有斧、锯、铁钉、钻、凿和轴铁等工具，然后才能成为一个车匠。一个女工，必须有刀、锥、针、长针等工具，然后才能成为女工。请下令砍伐山里的树木，鼓炉冶炼山上的铁矿，这样就可以不征税而保证财富丰盈了。'"管仲回答说："不可以。现在如果派罪犯和奴隶去开山铸铁，那么他们就会逃亡而无法控制。如果征发百姓，那他们就会感到痛苦而怨恨国君。一旦边塞发生战事，他们就会积有怨恨而不肯为国家出力。这样没见到开山冶铁的好处，而国家反败于内了。所以，良好的办法是不如交

给民间经营,算好它的产值,计算它的赢利,由百姓分利七成,君主分利三成。国君再把轻重之术运用在这个过程,用价格政策加以掌握。这样,百姓就勤奋劳作而服从君主命令了。"

晋文侯与随会①

晋文侯行地登隧②,大夫皆扶之,随会不扶。文侯曰:"会!夫为人臣而忍其君者,其罪奚如?"对曰:"其罪重死③。"文侯曰:"何谓重死?"对曰:"身死,妻子为戮焉。"随会曰:"君奚独问为人臣忍其君者,而不问为人君而忍其臣者邪?"文侯曰:"为人君而忍其臣者,其罪何如?"随会对曰:"为人君而忍其臣者,智士不为谋,辩士不为言,仁士不为行,勇士不为死。"文侯授绥下车④,辞大夫曰:"寡人有腰髀之病⑤,愿诸大夫勿罪也。"

【注释】

①晋文侯:即晋文公(前697—前628),姓姬,名重耳,"春秋五霸"之一。随会:即士会,春秋时晋大夫,食采于随,故称。

②登隧:上山路。隧,道路。

③重死:双重死罪。

④绥:上车时挽手所用的绳索。

⑤腰髀(bì):腰和大腿。

【译文】

晋文侯的车子经过平地后上山路,大夫们都来扶车,只有随会不扶。晋文侯说:"随会,那些作为人臣而对他的国君忍害之心的人，他的罪过会怎么样呢？"随会说道："他的罪应当是重死。"晋文侯问："什么叫做重死？"随会说："他自己被杀，妻子和孩子也应该被杀。"接着随会又说："您为什么只问做人臣的对他的国君忍害之心的怎么办，而不问做国君的对臣子有忍害之心的会怎么样呢？"晋文侯说："作为国君而对臣子有忍害之心，他的罪过是怎样的呢？"随会答道："作为国君而对他的臣子有忍害之心，有智谋的人不肯为他献计谋，有辩才的人不肯为他进谏，仁爱的人不会跟随他，勇敢的人不肯为他效命。"于是晋文侯便挽着拉车的绳子下车，向大夫们道歉说："我的腰部和大腿有毛病，愿诸位大夫不要责怪。"

子产①

子孔当国②，为载书③，以位序，听政辟④。大夫、诸司、门子弗顺，将诛之。子产止之，请为之焚书，子孔不可，曰："为书以定国，众怒而焚之，是众为政也，国不亦难乎？"子产曰："众怒难犯，专欲难成，合二难以安国，危之道也。不如焚书以安众，子得所欲，众亦得安，不亦可乎？专欲无成，犯众兴祸，子必从之。"乃焚书于仓门之外⑤，众而后定。

【注释】

①子产：春秋时期郑国著名的政治家。他在主持郑国国政期间，实行政治经济改革，善于用人，采用"宽猛相济"的方法治国，使郑国国力得到提升。孔子对子产有比较高的评价

②子孔：春秋时期郑国卿大夫。当：掌握，掌管。

③为载书：制作盟书。为，制作。载书，盟书。

④以位序，听政辟：各守其职，以守执政的命令。

⑤仓门：郑东南门。

【译文】

子孔执掌国政，制作盟书，规定官员各守其位、听取执政的法令。官员们不肯顺从，子孔准备加以诛杀。子产劝阻他，请求烧掉盟书，子孔不同意，说："制作盟书是为了安定国家，因为众人发怒就烧了它，这就是众人当政了，国家不也很为难了吗？"子产说："众人的怒气难于触犯，专权的愿望难于成功，把两件难办的事结合在一起来安定国家，这是危险的办法。不如烧掉盟书来安定大家，您得到了所需要的东西，众人也能够安定，不也是可以的吗？专权的愿望不能成功，惹怒众人会发生祸乱，您一定要听我的话。"于是就在仓门外边烧毁了盟书，众人这才安定下来。

晏子

景公曰①："吾闻高缭与夫子游②，寡人请见之。"晏子曰③："臣闻为地战者，不能成王；为禄仕者，不能成政。若高缭与婴，为兄弟久矣，未尝干婴之过④，补婴之阙，特进仕之臣也，何足以补君？"

【注释】

①景公：春秋时齐国国君，名杵白，公元前547—前490年在位。

②高缭：《晏子春秋》作高纠，生年不详。游：交游，交往。

③晏子：即晏婴，齐国大夫，字平仲，有《晏子春秋》一书，记载他的言论和生平事迹。

④干：干预，冒犯。这里是指正、指责的意思。

【译文】

　　齐景公对晏婴说："我听说高缭与先生您素有交往，寡人愿意见他一面。"晏婴说："臣听说为了争夺土地而进行战争的，不能成就君王的功业；为了追求俸禄而做官的，不能成就政绩。像高缭与我晏婴，很早就成为兄弟了，可他从来没有批评我的过失，弥补我的错误，他只不过是个追求俸禄官职的官员罢了，有什么可以补益于国君您的呢？"

颜烛趋

　　齐景公游于海上而乐之，六月不归，令左右曰："敢有先言归者，致死不赦！"颜烛趋进谏曰①："君乐治海上，六月不归，彼倘有治国者，君且安得乐此海也。"景公援戟将斫之，颜烛趋进，抚衣待之，曰："君奚不斫也？昔者桀杀关龙逢②，纣杀王子比干。君之贤，非此二主也；臣之材，亦非此二子也。君奚不斫？以臣参此二人者③，不亦可乎？"景公说④，遂归，中道闻国人谋不内矣⑤。

【注释】

　　①颜烛趋：春秋时齐国人，或作"烛雏"、"烛邹"。

　　②关龙逢：古代豢龙氏之后，夏桀之臣，因谏止夏桀通夜狂饮而被杀。

③参：通"叁"，这里是指排在第三位。

④说：通"悦"，高兴。

⑤内：同"纳"。

【译文】

齐景公在海上游船，乐此不倦，过了六个月还不愿回去，并下令对随从说："有敢先说回去的，处死而不放过！"颜烛趋进谏说："您喜欢治理海上，六个月不回去；如果有人趁这个机会掌管了齐国，您将怎么能够在这海上继续游船呢？"齐景公拿起长戟要砍他，颜烛趋走上前，整理好衣服等他来砍，并说："您为何不砍呀？从前有夏桀杀了夏的贤臣关龙逢，商纣杀了殷商的贤臣王子比干。您的贤明不像这两位君主；臣的才能，也不像这两位贤臣。您怎么不砍呢？拿我来摆在这两位贤臣之后成为第三个人，难道不行吗？"景公高兴了，于是返回，半道上听说有人已在谋划不让他回去了。

孔子与鲁哀公①

哀公问于孔子曰："人何若而可取也？"孔子对曰："毋取拑者，毋取健者，毋取口锐者②。"哀公曰："何谓也？"孔子曰："拑者大给利③，不可尽用；健者必欲兼人④，不可以为法也；口锐者多诞而寡信，后恐不验也。夫弓矢和调，而后求其中焉；马悫愿顺⑤，然后求其良材焉；人必忠信重厚，然后求其知能焉。今人有不忠信重厚而多知能，如此人者，譬犹豺狼与，不可以身近也。是故先其仁信之诚者，然后亲之，于是有知能者，然后任之。故曰：亲仁而使能。夫取人之术也,观其言而察其行。夫言者所以抒其胸而发其情者也,能行之士,必能言之,是故先观其言而揆其行⑥。夫以言揆其行,虽有奸宄之人⑦,无以逃其情矣。"哀公曰:"善。"

【注释】

　　①鲁哀公:姬将,春秋末年鲁国国君,公元前494年—前468年在位,曾多次问政于孔子。

　　②毋取拑者,毋取健者,毋取口锐者:拑者,好挟制别人的人。健者,急于进取的人。口锐者,口齿锋利的人,实指夸夸其谈的人。

　　③大给利:过于聪明伶俐。

　　④兼人:胜过别人。

　　⑤马悫(què)愿顺:马老实善良驯服。悫,朴实谨慎。愿,朴实善良。

　　⑥揆(kuí):测度,考察。

　　⑦奸宄(guǐ):为非作歹之人。

【译文】

　　鲁哀公问孔子:"人才该什么样才能选用呢?"孔子回答说:"不要选用好拑制别人的人,不要选用过于好强的人,不要选用夸夸其谈的人。"哀公说:"这是什么意思呢?"孔子说:"好拑制别人的人,过于聪明伶俐,不能完全信用;过于逞强的人,总想超过别人,不可以作为榜样;快口利舌的人大多荒诞而不实,他说的话以后很难实现。比如弓箭调试好才能射中目标;马驯服好才能要求它成为良材;人也要忠实诚恳稳重朴实,然后才能要求他具有智

慧才能。现在有人并不忠信厚重却富有智慧才能，像这样的人，就像豺狼一样，不可以靠近他。所以先要选择仁厚忠信的人，然后了解他，这之后才能对有智能的人，加以重用。所以说：要亲近仁厚的人并发挥他的才能。选取人才的方法，就是观其言而察其行。这个言便是抒发胸臆、表达其情志的呀。能做事的人，一定能用言语表达出来，所以要先观察他的言论再考察他的行为。只要用他的言论来考察他的行为，即使是为非作歹的人，也无法掩盖他的实情。"鲁哀公说："好！"

漆雕马人①

孔子问漆雕马人曰："子事臧文仲、武仲、孺子容②，三大夫者，孰为贤？"漆雕马人对曰："臧氏家有龟焉，名曰蔡。文仲立，三年为一兆焉③；武仲立，三年为二兆焉；孺子容立，三年为三兆焉。马人见之矣。若夫三大夫之贤不贤焉，马人不识也。"孔子曰："君子哉，漆雕氏之子！其言人之美也，隐而显；其言人之过也，微而著。故智不能及，明不能见，得无数卜乎！"

【注释】

①漆雕马人：复姓漆雕，名马人。

②子事臧文仲、武仲、孺子容：臧文仲，春秋时期鲁国大夫臧孙辰，卒谥文仲。武仲，鲁国大夫臧孙纥，文仲之孙，后奔齐，卒谥武仲。孺子容，事不详，当为文仲后代。

③兆：古代占卜多在龟甲或兽骨上钻刻，再用火灼，看裂纹定吉凶。预示吉凶的裂纹就叫"兆"。后多引申为征候或迹象。

孔子问漆雕马人道:"你跟随过臧文仲、臧武仲、孺子容,这三位大夫,哪一个是贤人呀?"漆雕马人回答说:"臧氏家中有一只乌龟,名字叫做蔡。文仲立为大夫时,三年占卜了一次;武仲继立,三年占卜了两次;孺子继立,三年占卜了三次。这是我所见到的。至于三位大夫的贤与不贤,我不知道啊。"孔子说:"漆雕氏这个人真是君子呀!他说人家的好处,含蓄却很明显;他说人家的过失,微妙却很显著。所以智慧达不到,眼光又看不远的人,能不多次占卜吗?"

孔子

孔子之楚,有渔者献鱼甚强,孔子不受。献鱼者曰:"天暑远市,卖之不售,思欲弃之,不若献之君子。"孔子再拜受,使弟子扫除,将祭之。弟子曰:"夫人将弃之,今吾子将祭之,何也?"孔子曰:"吾闻之,务施而不腐余财者①,圣人也。今受圣人之赐,可无祭乎?"

【注释】

①务施:致力于施舍。腐:腐坏,毁坏。

【译文】

孔子往楚国去,有一位打渔的人很恳切的要送鱼给他,孔子不接受。送鱼的人说:"天气非常热,远离市场,卖又卖不掉,本想要丢弃它,不如把它献给先生。"孔子拜了两拜才收下了鱼,让学生们打扫一下,准备祭拜这条鱼。学生说:"人家要把它丢掉,可

是现在先生将要拜祭它，为什么呢？"孔子说："我听说，愿意施舍而不毁坏多余财物的人，是圣人呀。现在我接受了圣人的赐予，难道不应该祭拜吗？

子贡①

卫出公自城鉏使以弓问子贡，且曰："吾其入乎？"子贡稽首受弓曰："臣不识也。"私与使者曰："昔成公孙于陈②，宁武子、孙庄子为宛濮之盟而君入。献公孙于齐，子鲜、子展为夷仪之盟而君入。今君再在孙矣，内不闻献之亲，外不闻成之卿，则赐不识所由入也。《诗》曰：'无兢惟人③，四方其训之。'若得其人，四方以为主，而国于何有？"

【注释】

①子贡：春秋时卫国人，端木氏，名赐，孔子的学生。善于辞令，曾游说齐、吴，促使吴伐齐救鲁。

②孙：同"逊"，避居。

③兢：强。

【译文】

卫出公从城鉏派人带着弓去问候子贡，并且说："我有可能回国吗？"子贡行了跪拜礼，接过了这把弓，回答说："臣不知道。"子贡私下对使者说："从前成公避居于陈国，宁武子和孙庄子为他在宛濮结盟，然后让他回国。献公流亡到齐国，子鲜、子展为他在夷仪结盟，然后让他得以回国。现在您已经第二次避居在外，国内没有听说有像献公时候那样的亲信,外部没有听说有像成公时候那样的臣子,那么我端木赐就不懂得他借助什么能回国了。《诗经》上说:'强大莫过于得到人才,四方才会顺服。'如果得到这样的人才,四方以他为主宰,取得国家又有什么困难呢?"

邱成子^①

邱成子为鲁聘于晋,过卫^②,右宰谷臣止而觞之^③。陈乐而不乐^④,酒酣而送之以璧。顾反^⑤,过而弗辞。其仆曰:"向者右宰谷臣之觞吾子也,甚欢。今侯渫过而弗辞^⑥?"邱成子曰:"夫止而觞我,与我欢也。陈乐而不乐,告我忧也。酒酣而送我以璧,寄之我也^⑦。若是观之,卫其有乱乎?"倍卫三十里^⑧,闻宁喜之难作,右宰谷臣死之。还车而临,三举而归^⑨。至,使人迎其妻子,隔宅而异之,分禄而食之。其子长而反其璧。孔子闻之曰:"夫知可以微谋,仁可以托财者,其邱成子之谓乎?"

【注释】

①邱(hòu)成子:名瘠,鲁国大夫。

②卫:卫国。

③右宰谷臣止而觞之:右宰谷臣,卫国大夫。右宰,官名。谷为姓,臣为名。止而觞之,留住又设宴招待。止,停止。觞,宴请,款待。

④陈乐,安排了乐队。古时,隆重宴会上,要奏乐助兴。今亦同。

⑤顾反：意思是不久由晋国返回。顾，返。反，通"返"。

⑥今侯渫(dié)过而弗辞：侯，为什么。渫过，重新经过。渫，同"叠"，重。

⑦寄之我也：有重要(或危急)之事相托与我。

⑧倍：犹"背"，离开。

⑨三举：三次，此处有再三、多次的意思。

【译文】

  郈成子作为鲁国使节，访问晋国。路过卫国的时候，卫国的右宰谷臣留下他并宴请了他，右宰谷臣陈列上乐器奏乐，乐曲却不欢快，喝酒喝到畅快之际，把璧玉送给了郈成子。郈成子从晋国返回，经过卫国，却不向右宰谷臣告别。他的仆人说："先前右宰谷臣宴请您，感情很欢洽。如今为什么重新经过这里却不向他告别？"郈成子说："他留下我并宴请我，遇到一起高兴。可陈列上乐器奏乐，乐曲却不欢快，这是告诉我他的忧愁啊。喝酒喝得正畅快之际，他把璧玉送给了我，这是把璧玉托付给我啊。如果从这些迹象来看，卫国大概有祸乱吧！"郈成子离开卫国三十里，就听说宁喜之乱发生，右宰谷臣被杀。郈成子立刻将坐车掉转头回到谷臣家，再三祭拜之后才回鲁。到了鲁国，派人去迎接右宰谷臣的妻子和孩子，把住宅隔开让他们与自己分开居住，分出自己的俸禄来养活他们。右宰谷臣的孩子长大了，郈成子把璧玉还给了他。孔子听到这件事，说："论智慧可以通过隐微的方式跟他进行谋划，论仁德可以托付给他财物的，大概就是郈成子吧！"

声子①

  初，楚伍参与蔡太师子朝友②，其子伍举与声子相善也。伍举娶于王子牟③，王子牟为申公而亡，楚人曰："伍举实送之。"伍举奔郑，将遂奔晋。声子将如晋，遇之于郑郊，班荆相与食④，而言复故。声子曰："子行也，吾必复子。"及宋，向戌将平晋、楚，声子通使于晋。还如楚，令尹子木与之语，问晋故焉，且曰："晋大夫与楚孰贤?"对曰："晋卿不如楚，其大夫则贤，皆卿材也。如杞梓、皮革，自楚往也。虽楚有材，晋实用之。"子木曰："夫独无族姻乎⑤?"

【注释】

①声子：即公孙归生，蔡国卿大夫。
②伍参：楚国大夫。子朝：文公子。蔡国太师。
③王子牟：曾因为申公而逃亡。
④班荆：扯草铺地而坐。
⑤夫独无族姻乎：夫，彼，指晋。族姻，同宗亲戚。

【译文】

当初，楚国人伍参与蔡太师子朝是好友，他的儿子伍举与声子也相互友好。伍举娶了王子牟的女儿为妻，王子牟任申公时获罪逃亡，楚国人说："实际上是伍举护送他逃走的。"于是伍举被吓得逃往郑国，准备再逃往晋国。此时声子将要前往晋国，与伍举在郑国的城郊相遇，扯下草铺在地上一起坐下来吃饭，谈到回楚国去的事。声子说："你走吧，我一定想办法让你回国。"到了宋国，向戌要调节晋楚两国的关系，声子出使到了晋国。回到楚国，令尹子木与他谈论，问起晋国的事情，并问道："晋大夫同楚国大夫相比谁更贤明?"声子回答说："晋国的卿比不上楚国，他的大夫

对曰:"虽有,而用楚材实多。归生闻之:善为国者,赏不僭而刑不滥①。赏僭,则惧及淫人②;刑滥,则惧及善人。若不幸而过,宁僭无滥。与其失善,宁其利淫。无善人,则国从之③。《诗》云:'人之云亡,邦国殄瘁④。'无善人之谓也。故《夏书》曰:'与其杀不辜,宁失不经⑤。'惧失善也。《商颂》有之曰:'不僭不滥,不敢怠皇。命于下国,封建厥福⑥。'此汤所以获天福也。古之治民者,劝赏而畏刑,恤民不倦,赏以春夏,刑以秋冬。是以将赏,为之加膳,加膳则饫赐⑦,此以知其劝赏也。将刑,为之不举⑧,不举则彻乐,此以知其畏刑也。夙兴夜寐,朝夕临政,此以知其恤民也。三者,礼之大节也。有礼无败。今楚多淫刑,其大夫逃死于四方,而为之谋主,以害楚国,不可救疗,所谓不能也。子仪之乱,析公奔晋。晋人置诸戎车之殿⑨,以为谋主。绕角之役,晋将遁矣,析公曰:'楚师轻窕,易震荡也。若多鼓钧声,以夜军之,楚师必遁。'晋人从之,楚师宵溃。晋遂侵蔡,袭沈,获其君,败申、息之师于桑隧,获申丽而还。郑于是不敢南面。楚失华夏,则析公之为也。

【注释】

①僭(jiàn):僭越。滥:泛滥。

②淫人：邪恶的人。

③从之：跟随受害。

④殄（tiǎn）：尽。瘁（cuì）：病。

⑤不经：不守正法的人。

⑥封：大。

⑦饫（yù）赐：以剩余的赏赐。

⑧不举：减膳。

⑨戎车之殿：国君的兵车后面。

【译文】

声子回答说："虽然有，但使用楚国的人才确实多。归生听说：善于管理国家的，赏赐不过分，刑罚不滥用。赏赐过分，则怕奖赏及于坏人；滥用刑罚则怕牵涉好人。如果不幸而过分了，宁可过分，不要滥用。与其失掉好人，宁可利于坏人。没有好人，则国家就跟着受害。《诗经》上说：'有才能的人不在了，国家就会遭受灾害。'这就是针对没有善人而言。所以《夏书》又说：'与其杀害无辜的人，宁可对罪人失于刑法。'这就是担心失去善人呀。《诗经·商颂》上有句话说：'不敢违背礼仪，不敢懈怠偷懒，向下国发布命令建立他的福禄。'这就是商汤能够获得上天之福的缘故。古代管理人民的君王，乐用赏赐而怕用刑罚，为百姓担忧而不知疲倦，一般在春天夏天颁布奖赏，在秋季冬季使用刑罚。所以将要赏赐时，给他增加膳食；加膳以后可以把剩余的大批的赐给下面的人，从这里可以得知他劝赏的情况。将要用刑的时侯，就为他减少膳食，减了膳食就撤去音乐，从这里可以看出他怕用刑罚。早起晚睡，早晚都亲临办理国事，从这里可看出他为百姓操劳。这三件事，是礼仪的关键。讲究礼仪就不会失败。现在楚

国过多地使用刑罚,其大夫逃往四方的国家,并且做别国的主要谋士,给楚国带来危害,以致不可挽救了,这就是说的滥用刑罚而不能容忍。子仪的叛乱,析公逃亡到晋国。晋国人将析公放在晋侯战车的后面,让他做主要谋士。绕角那次战役,晋军将败走,析公说:'楚军不厚重,容易被震动。如果不断同时敲打许多鼓发出大的声音,在夜里全面进攻,楚军必然会逃走。'晋人听从他的计策,楚军夜里溃散,半夜逃走了。晋军于是侵入蔡国、袭击沈国,俘虏了沈国的国君;又在桑隧打败申国、息国的军队,俘虏了申丽,胜利而归。郑国因此不敢南向。而楚国丢去了中原,这些都是析公造成的。

雍子之父兄谮雍子,君与夫人不善是也①。雍子奔晋,晋人与之都,以为谋主。彭城之役,晋、楚遇于靡角之谷,晋将遁矣,雍子发命于军曰:"归老幼,反孤疾,二人役,归一人。简兵蒐乘,秣马蓐食。师陈焚次②,明日将战。"行归者而逸楚囚,楚师宵溃。晋降彭城而归诸宋,以鱼石归。楚失东夷,子辛死之,则雍子之为也。

【注释】

①不善是:不裁定是非曲直。

②焚次:烧毁营帐。

【译文】

雍子的父兄诬陷雍子,国君和大夫为他们去调节。雍子害怕了,便逃奔晋国。晋人把都地交给他,让他做主要谋士。在彭城之役中,晋楚两军在靡角的山谷中相遇,晋军将要败走,雍子在军中发出命令:"年纪老的和年纪小的都回去,孤儿和有病的也都回去,家中有两人同时服兵役的,回去一个人。精简兵员,检阅车辆,厉兵秣马,让士兵吃饱。军队摆开阵势,焚烧帐篷,明天将要作战。"送走那些就要回去的人,并且故意放走楚国的囚犯,最后楚军夜里溃散。晋国降伏了彭城,而将它交给宋国,带了鱼石回楚国。楚国失去了东夷,子辛为此战而阵亡,这都是雍子所谋划的啊。

子反与子灵争夏姬①,而雍害其事②,子灵奔晋,晋人与之邢,以为谋主,扞御北狄,通吴于晋,教吴叛楚,教之乘车、射御、驱侵,使其子狐庸为吴行人焉。吴于是伐巢,取驾克棘,入州来。楚罢于奔命③,至今为患,则子灵之为也。

【注释】

①子灵:即巫臣,屈氏。

②雍害:阻碍,破坏。

③罢:通"疲"。

【译文】

子反与子灵争夺夏姬,而阻碍子灵的婚事,子灵逃奔晋国。晋人将邢地给了他,让他作为谋士,抵御北狄,让吴国和晋国通好,教吴国背叛楚国,又训练吴人乘车、射箭、驾车作战,让他的儿子狐庸做了出使吴国的使者。吴国在那时候进攻巢邑,收取了驾邑,占领了棘邑进入州来城。楚国疲于奔命,直到今天还是个祸患,这就是子灵所做的。

若敖之乱，伯贲之子贲皇奔晋，晋人与之苗，以为谋主。鄢陵之役，楚晨压晋军而陈，晋将遁矣。苗贲皇曰："楚师之良，在其中军王族而已。若塞井夷灶，成陈以当之，栾范、易行以诱之，中行二郤，必克二穆，吾乃四萃于其王族，必大败之。"晋人从之，楚师大败，王夷师熸①，子反死之。郑叛吴兴，楚失诸侯，则苗贲皇之为也。"

【注释】

①夷：伤，共王伤目。熸(jiān)：火灭，这里是军队士气不振的意思。

【译文】

在若敖之乱中，伯贲的儿子贲皇逃奔晋国，晋国人封给他苗邑，并以他为谋主。鄢陵那次战役，楚国的军队早晨逼近晋军摆下阵势，晋国人就要逃走了。苗贲皇说："楚军的精锐部队，在于他的中军的王族罢了。如果堵塞水井，铲平锅灶，布成阵势来抵挡他们，让栾、范用家兵引诱楚军，中行和郤奇、郤至一定能够战胜子重子辛。我们便四军集中对付他们的王族，一定能把他们打得大败。"晋人采纳了他的建议，使楚军大败。楚王负伤，军队溃散，子反为此役而死。郑国背离了楚国，吴国兴起，楚国失去诸侯，这些都是苗贲皇所造成的。"

子木曰："是皆然矣！"声子曰："今又有甚于此，椒举娶于申公子牟①，子牟得戾而亡，君大夫谓椒举，女实遣之，惧而奔郑，引领南望曰：'庶几赦余，亦弗图也②。'今在晋矣，晋人将与之县，以比叔向。彼若谋害楚国，岂不为患?"子木惧,言诸王,益其爵禄而复之。声子使椒鸣逆之③。

【注释】

①椒举:即伍举。

②弗图:言楚不以为意。

③椒鸣:伍举之子,伍奢之弟。

【译文】

子木说:"你说的对。"声子说:"目前的情况比这里谈的更为严重:椒举娶了申公子牟的女儿,子牟因罪而逃亡,国君和大夫对椒举说:实际上是你让他走的,椒举害怕,逃到郑国,伸长了脖子望着南方,说:'也许能够赦免我。但是我们也不存什么希望。'现在他在晋国了,晋国将要把一个县封给他,以和叔向并列。他如果打算要危害楚国,难道不是祸难?"子木听了这很恐惧,对楚王说了。楚康王提高了椒举的官禄俸位而让他回来。声子让椒鸣去迎接椒举。

少孺子

吴王欲伐荆,告其左右曰:"敢有谏者,死!"舍人有少孺子者①,欲谏不敢,则怀操弹于后园,露沾其衣,如是者三旦。吴王曰:"子来,何苦沾衣如此?"对曰:"园中有树,其上有蝉,蝉高居悲鸣,饮露,不知螳螂在其后也;螳螂委身曲附②,欲取蝉,而不知黄雀在其傍也③;黄雀延颈欲啄螳螂,而不知弹丸在其下也。此三者皆欲得其前利,而不

顾其后之有患也。"吴王曰："言之善哉！"乃罢其兵。

【注释】

①舍人：门客，指封建官僚贵族家里养的帮闲或帮忙的人。

②委身曲附：缩着身子紧贴树枝，弯起前肢。附，同"跗"，脚背骨。

③傍：同"旁"，旁边。

【译文】

吴王打算攻打楚国，向左右大臣说："如有人敢于向我进谏，就让他死！"舍人中有一个名为少孺子的人，想进谏但是又没有勇气，他就拿着弹弓到后花园去，露水沾湿了衣服，如此过了三天。吴王说："你过来，为什么把衣裳沾湿成这样呢？"少孺子回答道："园子里有棵树，树上有只蝉，蝉在高高的树枝上悲鸣饮露，却不知道螳螂在它的身后；螳螂弯曲着身子贴着树枝，想去捉蝉，却不知黄雀在它身旁；黄雀伸着头颈要啄螳螂，而不知在它的下面有我手中的弹丸。这三者都想得到自己的好处，而不管身后隐藏着祸患啊！"吴王说："说得好啊！"于是就停止用兵。

烛之武①

九月甲午②，晋侯、秦伯围郑，以其无礼于晋，且贰于楚也③。晋军函陵，秦军氾南④。佚之狐言于郑伯曰："国危矣，若使烛之武见秦君，师必退。"公从之。辞曰："臣之壮也，犹不如人。今老矣，无能为也已。"公曰："吾不能早用子，今急而求之，是寡人之过也。然郑亡，子亦有不利焉!"许之。夜缒而出⑤，见秦伯曰："秦晋围郑，郑既知亡矣。若郑亡而有益于君，敢以烦执事⑥。越国以鄙远⑦，君知其难也。焉用亡郑以倍邻？邻之厚，君之薄也。若舍郑以为东道主⑧，行李之往来，共其乏困⑨，君亦无所害。且君尝为晋君赐矣，许君焦瑕，朝济而夕设版焉，君之所知也。夫晋何厌之有⑩？既东封郑，又欲肆其西封，若不阙秦⑪，将焉取之？阙秦以利晋，唯君图之!"秦伯说⑫，与郑人盟，使杞子、逢孙、杨孙戍之，乃还。子犯请击之，公曰："不可。微夫人之力不及此⑬。因人之力而敝之⑭，不仁；失其所与⑮，不知⑯；以乱易整，不武。吾其还也。"亦去之。

【注释】

①烛之武：春秋时期郑国人。公元前 630 年，在秦晋攻郑的紧急情况下，烛之武智退秦师，使郑国免于危难。

②甲午：古代用干支记日，具体日期已无考。

③以其无礼于晋，且贰于楚也：无礼于晋，晋文公未即位前，曾流亡到郑国，郑文公不以礼相待。贰于楚，意思是对晋有二心而亲近楚。贰，从属二主。

④晋军函陵，秦军氾（fàn）南：军，驻扎。函陵，在今河南新郑。氾南，氾水南面，在今河南中牟南。

⑤缒：用绳子拴住从上往下送。

⑥执事：办事人，借办事人代指秦君，是对秦君的敬称。

⑦越国以鄙远：越国，秦在晋西，秦到郑国，要越过晋国。鄙远，以距离远的郑国作为秦国的边境。鄙，边邑、边远的地方，在这里是名词的意动用法，以……为鄙。远，形容词用作名词，

远地。

⑧东道主：东方路上的主人。

⑨共：通"供"，供给。

⑩厌：同"餍"，满足。

⑪阙(quē)：挖掘，引申为侵损，削减。

⑫说：通"悦"，高兴。

⑬微：假如没有。

⑭敝：损害，衰败。

⑮所与：犹同盟国。

⑯知，通"智"，智慧。

【译文】

僖公三十年(前630)九月甲午日，晋文公和秦穆公联手进攻郑国，因为郑伯曾经无礼于晋，并且在与晋国结盟的情况下后与楚国结盟。晋军驻扎在函陵，秦军驻扎在氾水之南。佚之狐对郑伯说："国家危险，若能派烛之武去见秦伯，肯定能劝服他们撤军。"郑伯同意了他的主意。烛之武推却说："我年轻时，尚且不如别人。现在年龄大了，做不成事情了。"郑文公说："我最初对你没有委以重任，现在危急的时候求您帮忙，这是我的不对。可是郑国灭亡了，对您也不好啊！"烛之武就答应了。夜晚用绳子将烛之武从城上放下去，去见秦伯，烛之武说："秦、晋两国进攻郑国，郑国明白要灭亡了。如果灭掉郑国对您有利，那就辛苦跟随您的人了。越过晋国把远方的郑国作为秦国的东部边境，您知道是有困难的。您为什么要灭掉郑国而增加邻邦晋国的土地呢？邻邦的国力强盛了，您的国力也就相对减弱了。假如取消灭郑的计划，而让郑国作为您秦国东道上的主人，秦国使者往来，郑国可以随时供给他们所没有的物品,对秦国而言,也没有什么不好的地方。何况您曾经对晋国国君有恩惠,他也曾许诺把焦、瑕二邑献给您。可是他早上渡河回到晋,晚上就筑城拒秦,这是您了解的。晋国有什么满足的呢?现在它已把郑国当作东部的边境,又想扩张西部的边境。如果不攻打秦国,晋国从哪里取得它想得到的土地呢?秦国受到损害而晋国得到好处,您好好考虑考虑吧!”秦伯高兴了,就与郑国签订了盟约,并派杞子、逢孙、杨孙帮郑国守卫,就带领军队回国。子犯请求晋文公下令攻打秦军。晋文公说:“不可以!如果没有那个人的支持,我就不会有现在。借助了别人的力量而又去损害他,这不符合仁义之道;失掉自己的盟约之国,这不是明智之举;以混乱代替安定一致,这不符合勇武之道。我们最好还是回去吧!”因此晋军也撤离了郑国。

张安世

初,张贺尝为弟安世称曾孙之才美①,乃征怪②,安世辄绝止,以为少主在上,不宜称述曾孙。及帝即位,谓安世曰:“掖廷令平生称我③,将军止之是也。”安世谨慎周密,每定大政,已决,辄移病出。闻有诏令,乃使吏之丞相府问焉。朝廷莫知其与议也。尝有所荐,其人来谢,安世以为举贤达能,岂有私谢邪,绝弗为通。有郎功高不调④,自言。安世曰:“君之功高,人主所知。人臣执事⑤,何短长而自言乎?”绝不许。已而郎迁⑥。

【注释】

　　①称:称赞。才美:才能和优点。才,才能。

②征怪：怪异的征兆。

③掖廷令：官中旁舍，宫女居住的地方，由掖廷令管理。

④功高不调：功劳很高，却没有被升迁。

⑤执事：办事，从事工作。

⑥迁：调职，升迁。

【译文】

当初，张贺曾对弟弟张安世称赞皇曾孙具有杰出的才华，到了出现怪异征兆的时侯，张安世立刻加以制止，他认为少主在上，不应当称赞皇曾孙。宣帝即位后，对张安世说："管理后宫的长官平常称赞我，将军阻止他是对的。"张安世为人处事，谨慎周到，每次商量国家大事，如果已经决定，便请病假出去。听到了有诏书命令，就派下属到丞相府询问。所以朝廷大臣都不知道他参加议事。曾经荐举过一个人，那人来感谢他，张安世以为举荐贤能乃是他的本职，哪里有私下感谢的，坚决不让他进来。有一位郎官，自己陈述功劳很大，却没有升迁。张安世说："您的功劳大，皇帝是了解的。身为君王的臣子做事情，怎么能自己说长论短呢？"坚决不答应。不久，这位郎官就被提拔了。

韦玄成①

扶阳侯韦贤薨②，长子弘以罪系狱③，家人矫贤令，以次子玄成为后。玄成知非贤雅意④，即佯狂不应诏。大鸿胪奏状，下丞相御史案验。玄成友人侍郎章亦上疏，言"圣王贵以礼让为国，宜优养玄成，勿枉其志，使得自安衡门之下"⑤。有诏引拜，玄成不得已受爵。帝高其节，以为河南太守。

【注释】

①韦玄成：字少翁，西汉时期人。韦玄成少年好学，谦逊有贤德。后曾为相。

②薨（hōng）：死的别称，自周代始，称诸侯之死为"薨"。

③系狱：拘囚，关进牢狱。

④雅意：素来的意愿，本意。

⑤衡门：横木为门。指简陋的房屋。

【译文】

扶阳侯韦贤病死，长子韦弘因罪坐牢，家人假托韦贤的命令，让次子韦玄成为继承为后。玄成明白这不是父亲韦贤的原意，就假装发疯不接受任命。大鸿胪把全部情况上奏给皇帝，皇帝把它下达给丞相和御史去调查证实。韦玄成的友人章侍郎，也向皇帝上言，说："贤明的君王贵在以礼让治国家，应该优待韦玄成，不要委屈他的想法，使他能够在简陋的住房居住。"有诏书征引他，韦玄成不得不接受了父亲传下来的官位。皇帝欣赏他的品德，让他做了河南太守。

寇恂①

寇恂为颍川太守，执金吾贾复在汝南②，部将杀人于颍川，恂捕得戮之。复以为耻，还过颍川，谓左右曰："吾与寇恂，并列将帅，而今为其所陷。今见恂，必手剑之。"恂知之，不欲与相见。谷崇曰："崇，将也，得带剑侍侧，卒

有变③，足以相当。"恂曰："不然。昔蔺相如不畏秦王，而屈廉颇者，为国也。"乃敕属县，盛具供储酒醪④。执金吾军入界，一人皆兼二人之馔⑤。恂出迎于道，称疾而还。贾复勒兵欲追之，而吏士皆醉，遂过去。恂遣谷崇以状闻，帝征恂，恂至引见，而复已在坐，欲起避之。帝曰："天下未定，两虎安得私斗？今日当听朕分处。"于是并坐极欢，共车同载，结友而去。

中华
智慧
经典

智
品

【注释】

①寇恂：字子翼，东汉初年人，是"云台二十八将"之一，一生戎马，有智有勇。

②执金吾：掌管京师治安的长官。贾复：字君文，东汉初年人，是"云台二十八将"之一。他出身儒生，少好习《尚书》。

③卒有变：假如有变动。卒，如果。

④酒醪：汁滓混合的酒。后泛指酒。

⑤馔（zhuàn）：饮食。

【译文】

寇恂当颍川太守的时候，执金吾贾复在汝南，他的部将在颍川杀了人，寇恂抓住并杀死了他。贾复因此感到耻辱，回来时经过颍川，对左右的随从说："我和寇恂，都是将帅，官位一样，而现在却被他陷害。今天见到寇恂，我一定要亲自用剑杀死他。"寇恂知道了这件事，不愿与他见面。谷崇说："我谷崇，是一名武将，能够带剑跟从在旁边，如果发生了事情，也能够抵挡一下。"寇恂说："不用这样。从前蔺相如不害怕秦王，却屈服于廉颇的原因，是为了国家。"于是命令所属各县，准备好的酒菜。执金吾的军队一进入颍川地界，一个人皆供应两个人的饭食。寇恂出来到路上去迎接，然后装作有病就回去了。贾复调兵要追赶他，而官吏士兵都已经喝醉了，于是过境而去。寇恂派谷崇把这些事情报告给皇上，皇上召寇恂入京。寇恂被引见时，贾复已经在座，想起身避开。皇帝说："现在天下尚未安定，你们两人为什么在私下争斗？今天要听朕处理。"于是，两个人坐在一起非常愉快，又同坐一辆车，结交成朋友走了。

陆逊①

陆逊初为都督，诸将各自矜恃②，不相听从。逊按剑曰："仆虽书生，然国家屈诸君，使相承望者③，以仆尺寸可称，能忍辱负重耳④。"权闻之，谓曰："公何不启诸将违节度耶⑤？"对曰："此诸将，皆国家所尝与共定大事者。臣窃慕相如、寇恂相下之义，以济国耳。"

【注释】

①陆逊：吴郡吴县（今江苏苏州）人，三国时期东吴著名将领。

②矜恃：骄矜自负。

③相承望者：意思是"服从或听命于某人"。

④忍辱负重：忍受屈辱，负担重任。

⑤节度：节制，调度。这里是命令的意思。

【译文】

陆逊刚开始当都督的时候，诸将凭借资历骄矜自负，互相不服，不听命令。陆逊手按宝剑说："我虽然只是一个读书人，可是

国家既然委屈诸君,让你们听我指挥,就是因为我还有可取之处,能够忍辱负重罢了。"孙权听说这件事,对他说:"有人不听从指挥,你怎么不告诉我呢?"陆逊回答说:"这些将军,都是为国家共同完成过大事的人。我私下里非常羡慕蔺相如、寇恂对下属的谦让义气,这是为了国家而共同做事情啊。"

华子鱼①

华子鱼从会稽还都,宾客义故,赠遗累数百金②,子鱼皆无所拒,密各题识。临去,语众人曰:"本无拒诸君之心,而所受遂多,念单车远行,将无以怀璧为罪③!愿为之计。"众乃各留所赠。

【注释】

①华子鱼:即华歆,子鱼是其字,三国时期曹魏重臣。曹操封其为尚书令。卒谥敬侯。

②赠遗累数百金:赠、遗,都是赠送的意思。累,累计。

③怀璧为罪:身藏宝玉,因此获罪。比喻有才能而遭忌妒、迫害。璧,宝玉。

【译文】

华子鱼从会稽返回都城,宾客们出于义气的缘故,赠送的礼物总计有几百两黄金。华子鱼没有拒收这些钱财,悄悄地在各份钱财上做了记号。临走的时侯,他告诉众人说:"我本来没有故意拒绝诸君的想法,因而接受的钱财就多了。我自己一辆车而且路途遥远,不希望将来因为带着很多财物招来麻烦。愿大家为我考虑考虑。"众人于是各自留下所赠的礼物。

贾逵①

贾逵素为曹休所忌②。初,帝欲假贾逵节③,休曰:"逵性刚,侮易诸将④,不可居督。"帝乃止。皖之败,吴人遣兵断夹石,休不能归。时逵军于东关,得报叹曰:"我固知曹征东之败也,贼无东关之备,必并军于皖,而征东孤军深入,此兵法之所忌也。"乃部署诸将,水陆并进。左右请曰:"曹征东昔谮将军不得督者十年⑤,今幸可假手矣,奈何救之?"逵曰:"不然。征东若亡,贼将乘我之弊,遗国家之忧。今者之败,我与征东共之也,岂可以私怨而伤大计乎?"趣诸将发。左右复请曰:"今贼断夹石,其锐莫当,将军独不为身计乎?"逵曰:"军败于外,路绝于内,进不得战,退不得归,安危之机,不及终日。贼以军无后继,故至此。今疾进出其不意,所谓先人以夺其志也。"乃兼道进军,多设旗鼓为疑兵,吴人遂退。逵据夹石,以兵粮给休,休乃得还。君子谓:"贾逵于是乎忠矣。忘怨振急⑥,走敌全军⑦,忠之至也。"休叹曰:"梁道长者,休何面目见梁道!"遂发痈死。

【注释】

①贾逵:字梁道,河东襄陵(今山西临汾东南)人。三国时期曹魏将领,文武兼备。

②曹休:字文烈,三国时期沛国谯(今安徽亳州)人,曹魏武

将。忌：同"嫉"，嫉妒，忌恨。

③帝欲假贾逵节：假，给予，赐予。节，这里是军权的意思。

④侮易：欺凌，轻视。

⑤谮：谗言，说别人的坏话。

⑥忘怨振急：忘记恩怨，救人于危难之中。

⑦走敌全军：赶走敌人，保全军队。

【译文】

贾逵一直受到曹休的嫉妒。刚开始的时候，文帝要授贾逵军权，曹休说："贾逵性格刚直，经常侮辱和怠慢诸将，不适合做都督。"文帝就停止了这件事情。皖城之败，东吴派兵切断夹石，曹休无法回来。此时贾逵驻军在东关，得到消息后，叹了口气说："我早就知道曹休将要失败，吴军在东关没有守备，必然把军队集中在皖城，然而曹休却孤军深入，这为兵法所忌。"于是命令各路将领，向东吴水陆并进。左右谋士向贾逵请求说："曹征东从前说你坏话，使你十年不能督军，现在正好有时机借东吴之手报复他了。为什么要去救他呢？"贾逵说："不是这样。曹征东如果死了，吴贼将会乘我疲弱，给国家遗留下忧患。今天这次战争的失败，是我与曹征东共同的责任，怎么能以个人恩怨而损害大计呢？"于是督促诸将发兵。左右的谋士又请求说："现在东吴军队切断夹石，他们锐不可挡，将军难道不为自身安危考虑吗？"贾逵说："我军为东吴所败，回来的路被切断，前进无法再战，后退不能返回，事关安危的时间，不足一天了。现在东吴之敌认为我军没有后援部队，所以才敢到此处。现在我们快速前进，出其不意，这就是人们所说的先发制人以夺其志。"于是水陆并进，又多设旗鼓作为疑兵。吴人于是退兵了。贾逵占领了夹石，用兵粮供应曹休，曹休才得以返回。君子说:"在这里贾逵算是尽忠了。忘掉旧怨,救人于危难之际,打退敌人,保全了自己的军队,这可以说是忠诚到极点了。"曹休叹息说:"梁道是一位忠厚的长者,我曹休有什么面目见梁道啊!"不久生了痈疽去世。

羊祜①

羊祜与王沈俱被曹爽辟②,沈劝就征,祜曰:"委质事人③,复何容易!"及爽败,沈以故吏免,因谓祜曰:"尝识卿前语。"祜曰:"此非始虑所及。"其先识不伐如此④。

【注释】

①羊祜:魏晋时期人,是西晋著名的政治家和军事家。

②王沈:魏晋时期人。曹爽:三国时期曹魏大臣,深受魏明帝曹睿的器重。后与司马懿并受遗诏辅佐少帝。辟:征辟,征召,征召来授予官职。

③委质事人:委身以侍奉别人。

④不伐:伐,功业。这里是不自夸的意思。

【译文】

羊祜和王沈都被曹爽征辟,王沈劝说羊祜接受征召,羊祜说:"委身跟从主人,又怎么是一件容易事呢!"等到曹爽失败,王沈因为是旧时属吏被免官,于是他对羊祜说:"我还记得你从前说过的话呢。"羊祜说:"此事不是我当初所能预料到的。"他有先见之明而又不自夸,大致是这样。

嵇绍①

齐王冏为大司马②,辅政,嵇绍为侍中,诣冏咨事。冏设宰会③,召葛旟、董艾等共论时宜④。旟等白冏:"嵇侍中善于丝竹,公可令操之。"遂送乐器,绍推却不受。冏曰:"今日共为欢,卿何却邪?"绍曰:"公协辅皇室,令作事可法。绍虽官卑,职备常伯⑤,操丝比竹⑥,盖乐官之事⑦,不可以先王法服为伶人之业⑧。今逼高命,不敢苟辞,当释冠冕,袭私服。此绍之心也。"旟等不自得而退。

240

【注释】

①嵇绍:西晋时期人,魏晋之际"竹林七贤"之一嵇康之子。

②齐王冏(jiǒng):即司马冏,字景治,封为齐王。晋惠帝永康二年(301)赵王司马伦自称皇帝,以惠帝为太上皇。齐王司马冏起兵讨伐他,迎惠帝复位,后任大司马,并专擅国政,次年为长沙王司马乂所杀。

③宰会:招待僚属的宴会。

④葛旟(yú):在齐王手下任从事中郎。董艾:原为县令,齐王起兵时兼任右将军。时宜:当时的需要,这里指时政。

⑤备常伯:备用为常伯。这是谦辞,表示自己不称职。常伯是官名,上古曾设此官,后来也用来称天子左右的近臣,如侍中、散骑常侍就是常伯。

⑥操丝比竹:指吹弹演奏。

⑦乐官:掌管音乐的官吏。

⑧法服:法定的服装。先王按尊卑等级制定五服。

【译文】

　　齐王司马冏担任大司马,辅掌国政,嵇绍当时任侍中,到司马冏那里请示。司马冏安排了一个僚属的宴会,让葛旟、董艾等人一起讨论当前政务。葛旟等人告诉司马冏说:"嵇侍中擅长乐器,您可以让他演奏一下。"于是便送上乐器,嵇绍拒绝接受。司马冏说:"今天大家一起饮酒作乐,你为什么推辞呢?"嵇绍说:"您辅助皇室,应该使大家做事情能够有效法的榜样。我官职虽然小,也毕竟忝居常伯之位,吹弹演奏,应该是乐官的事情,不能穿着官服来做乐工的事。我现在迫于尊命,不敢随便推辞,但是应该脱下官服,穿上便服。这是我的看法。"葛旟等人感觉没趣,就退出去了。

郗超

　　郗公大聚敛①,有钱数千万,嘉宾意甚不同②。常朝旦问讯,郗家法子弟不坐,因倚语移时③,遂及财货事。郗公曰:"汝正当欲得吾钱耳。"乃开库一日,令任意用。郗公始正谓损数百万许。嘉宾遂一日乞与亲友、周旋略尽④。郗公闻之,惊怪不能已已。

【注释】

　　①聚敛:指搜刮钱财。

　　②嘉宾:郗超,字嘉宾,是郗愔的儿子,好施舍,喜交游。

　　③倚(yǐ)语移时:倚靠着门站着讲了很长时间。倚,站立。移时,过了很久。

　　④乞与:给与,赠送。周旋:指有交往的人。

　　东晋郗公大肆聚敛财物,有钱财数千万,其子郗超很不同意这种做法。郗超一般在清晨问安,按照郗家规矩,子弟不能坐下,因而郗超倚靠着门站着讲了很长时间,终于说到钱财的事请。郗公说:"你只不过想要我的钱罢了!"于是打开钱库一天,让他随便取用。郗公开始只以为最多不过损失几百万吧。郗超竟然在一天之内,把钱送给亲戚朋友和有交往的人,差不多都送出去了。郗公听说后,惊讶不已。

徐晦①

　　杨凭得罪,姻友无敢送者②,独徐晦送至蓝田。权载之谓:"徐君诚厚杨临贺③,无乃为累乎?"徐曰:"晦自布衣时,杨知我厚。方兹流播,宁忍无言而别? 有如公为奸佞谮斥,敢自同路人乎?"载之叹其长厚。数日,御史中丞李夷简,请为监察。晦白夷简曰:"生平不践公门,公何取而见奖拔?"夷简曰:"闻君不负杨临贺,肯负国乎?

【注释】

　　①徐晦:唐朝德宗时期人,性格正直,亦曾为官,为人称道。
　　②姻友:因婚姻关系而结成的亲戚。
　　③杨临贺:即杨凭。杨凭被贬临贺尉,故称杨临贺。

【译文】

　　杨凭因事获罪,亲友没有敢去送行的,只有徐晦把他一直送到蓝田。权载之说:"徐君对杨临贺实在仁厚,只是恐怕会受到牵连啊！"徐晦说："我做老百姓的时侯，杨凭就待我仁厚有加。现在当他被流放时，我怎么忍心不言而别呢？就像你被奸臣诬害受到贬斥，我岂敢把你当作路人看待。"权载之对他的厚道表示感叹。过了几天，御史中丞李夷简，上书请求徐晦出任监察刺史。徐晦对李夷简说："我生平没有踏进您的门槛，您为什么给予我奖赏提拔呢？"李夷简说："听说你不辜负杨临贺，又怎么会辜负国家呢？"

王慧龙

魏以王慧龙为荥阳太守，大著声绩。宋主遣吕玄伯刺之，诈为降人，求屏人语。慧龙疑之，探其怀，得尺刀。玄伯请死。慧龙曰："各为其主耳。"释之。左右谏曰："不杀玄伯，无以制将来。"慧龙曰："我以仁义为捍蔽①，又何忧乎？"后慧龙卒，玄伯守其墓，终身不去。

【注释】

①捍蔽：遮挡，护卫。

【译文】

北魏任命王慧龙担任荥阳太守，政绩显著，声名远扬。南朝宋主派吕玄伯去刺杀他，假装前来投降的人，请求屏退左右，同他说话。王慧龙很怀疑，派人搜他身，得到一把一尺长的刀。吕玄伯请求赐死。王慧龙说："我们都是各自为主上做事情罢了。"于是放走了他。左右进谏说："如果不杀吕玄伯，没有办法阻止将来再发生这样的事情。"王慧龙说："我只是用仁义来保护自己，又有

辛公义①

隋以辛公义为岷州刺史,岷俗畏疫,一人病,阖家避之。公义命皆舆置厅事②,身自省问,病者愈,召其亲戚谕之曰:"死生有命,岂能相染?"皆惭谢,风俗遂变。后迁并州③,讼有须禁者,公义即宿厅事,终不还阁,曰:"刺史无德,不能使民无讼,岂可禁人在狱而安寝于家乎?"后有讼者,父老遽晓之曰:"此小事,何忍勤劳使君!"讼者多两让而止。

【注释】

①辛公义:隋朝时期人,少年时代学习勤奋,有才华,亦曾为官。

②公义命皆舆置厅事:舆,用车载来。置,安置。厅事,大厅、大堂。

③迁:晋升或调动。

【译文】

隋朝让辛公义担任岷州刺史,岷州有向来害怕瘟疫的风俗,一人生病,全家都躲开他。辛公义命令把病人都抬到办公大厅内,亲自看望慰问。病人病好了,他就把家属叫来告诉他们说:"死生由命,怎么会互相传染呢?"人们都惭愧地表示感谢,风俗于是大变。辛公义后来调任并(牟)州刺史,诉讼的案子涉及的犯人有的需要加以监禁，辛公义就在大厅内住宿，不处理完事情就不回家。他说："我担任刺史，如果没有德行，不能使百姓没有诉讼，我怎么能把别人关在狱中而自己在家安心睡觉呢？"后来有诉讼的人，家人父老们于是对他说："这样的小事，怎么忍心让刺史辛苦呢！"于是诉讼的人很多互相礼让而不再诉讼。

陆贽^①

　　奉天围既解，楚琳使入贡^②，上不得已除凤翔节度使，而心恶之。使者数辈至，上皆不引见，欲以浑射代之。陆贽奏曰："楚琳之罪固大，但以乘舆未复，大憝犹存^③，勤王之师，悉在畿内，仅通王命，惟在褒斜^④。倘或楚琳发憾猖狂，则我咽喉梗而心膂分矣^⑤。今幸两端顾望，正宜厚加抚循，得其持疑，便足集事。必欲精求素行，追快宿疵，则是改过不足以补阙，自新不足以赎罪。凡今将吏，岂尽无疵？人皆省思，孰免疑畏？又况阻命胁从之流，安敢归化哉？"上乃善待楚琳使者，优诏存抚之。

【注释】

　　①陆贽（754—805）：字敬舆，唐代文臣，曾出任宰相。

　　②楚琳：即李楚琳。德宗时期，宰相张镒被调做凤翊陇右节度使，泾原节度使姚令言的五千军队哗变，占领长安，朱泚被乱军拥立，德宗不得已仓皇逃到奉天，朱泚的旧部凤翔兵马使李楚琳又杀张镒，带着乱兵投奔了朱泚。

　　③憝（duì）：奸恶。

④褒斜：南口在汉中以北的褒谷，北口在眉县的斜谷，通称褒斜谷，全长四百七十公里。当时开凿山石不是用铁器或火药，而是原始的"火焚水激"法，据说是世界上最早的栈道。

⑤膂(lǔ)：脊梁骨。

【译文】

解出奉天之围后，凤翔衙将李楚琳向朝廷进贡，唐德宗不得已任命他为凤翔节度使，然而德宗从心里讨厌他。后来李楚琳派了几个使者来朝，德宗都不接见他们，而且想让浑射替代李楚琳而为凤翔节度使。陆贽上奏说："李楚琳的罪过，固然很大，可是皇上的车驾仍未回京，奸恶仍然猖獗，救援皇室的军队仍然都在京城内。可通达王命的路途，仅有褒斜谷一带。倘若李楚琳发起狠心，必然来势猖狂，到那时我们的咽喉就会梗塞，心膂就被分割了。如今应该充分利用李楚琳左右为难、观望形势之机，对李楚琳厚加抚慰。只要他持犹疑不决的态度，我们便足以聚集力量办事了。如果深究他的旧恶，追求一时的痛快，那么就是改过了也不足以补阙，自新不足以赎罪了。现在的将士们，又有谁能没有疵弊？人们都各怀忧虑，谁能没有疑畏呢？更何况那些从属之徒，又怎敢归顺朝廷呢？"于是德宗便善加接待李楚琳的使者，又发给诏书以优抚慰问。

李绛①

上密问诸学士曰："今欲用王承宗为成德留后②，割德棣二州，更为一镇，以离其势，并使承宗输二税，请官吏，一如师道，如何？"李绛等对曰："德、棣之隶成德，为日已久,今一旦割之,恐承宗及其将士忧疑怨望,得以为辞。况其邻道,情状一同,各虑他日分割,或潜相构扇③,万一旅拒,倍难处置,愿更三思所是。二税官吏,愿因吊祭使至彼④,自以其意谕承宗,令上表陈乞,如师道例。勿令知出陛下意。如此,则幸而听命,于理固顺。若其不听,体亦无损。"既而承宗久未得朝命,颇惧,累表自诉。上乃遣京兆少尹裴武诣真定宣慰⑤。承宗受诏甚恭,曰:"三军见迫,不暇俟朝旨,请献德、棣二州,以明恳款。"裴武复命,乃以承宗为成德节度使、恒冀深赵州观察使;以德州刺史薛昌朝为保信军节度、德棣二州观察使。昌朝,嵩之子,王氏之婿也,故就用之。田季安得飞报,先知之,使谓承宗曰:"昌朝阴与朝廷通,故受节钺⑥。"承宗遽遣数百骑,驰入德州执昌朝,至真定囚之。中使送昌朝节,过魏州,季安阳为宴劳,留使者累日,比至德州,已不及矣。

【注释】

①李绛(764—830):字深之,唐朝名臣。元和二年(807)授翰林学士,元和六年(811)入阁拜相。大和四年(830),李绛奉旨募兵千人赴四川讨逆,被杨叔元乱军所害。

②王承宗:成德军节度使赠司徒王士真之子。其父卒,嗣领节度。

③构扇:暗中勾结、煽动。

④吊祭使:唐代的一种官职。

⑤京兆少尹:古代官名,汉武帝时改右内史为京兆尹,唐开元

初改雍州为京兆尹，并增设少尹，以理府事。相当于今首都的市长，京兆尹与左冯翊、右扶风为三辅之一。

⑥节钺：古代授与官员或将帅，作为加重权力的标志。

【译文】

唐宪宗秘密地问诸位翰林学士："现在我想用王承宗为成德留后，把德州、棣州分割出来，另设一镇，来分散王承宗的势力。并且让王承宗缴纳二税，聘请官吏，就如李师道一样，如何？"翰林学士李绛等回答说："德、棣二州隶属于成德，由来已久，现在一旦分离开来，恐怕王承宗和他的将士们忧疑怨恨，而以此事为借口发兵。况且邻郡，情况也相同，各郡都担心他日也会遭到同样的命运，或许会暗中勾结、相互煽动，万一他们聚众共同抗拒，将来会更加难以处置，希望陛下再三考虑怎样做。至于两税使，也可趁吊祭使到那里的机会，让他们告知王承宗，让他上表提出要求，像李师道一样。不要让他知道是陛下出的主意。如此，他如果听从命令，在道理上固然很过得去。如他不听，也无伤大体。"过后，王承宗久未得到朝廷任命，心中很害怕，屡次上表自我申诉。宪宗便派遣京兆少尹裴武到真定宣布朝廷对王承宗的安慰。王承宗接到诏书，极为恭敬地说："我被三军所累，无暇等待朝廷旨意，现在请准许我献出德州和棣州，以表明我诚恳的心情。"裴武回朝复命，朝廷遂任命王承宗为成德节度使、恒冀深为赵州观察使；又以德州刺史薛昌朝为保信军节度、德棣二州观察使。昌朝，是薛嵩的儿子，王氏的女婿，所以任用了他。田季安得到这一情报，晓得后，马上派人告诉王承宗说："薛昌朝暗中与朝廷相勾通，所以朝廷授给他节钺。"王承宗马上派遣数百骑人马到德州抓住薛昌朝，把他带到真定囚禁起来。此时朝中使者送节钺给薛昌朝，经过魏州时,田季安故意设宴慰劳,挽留使者好几天,等使者到了德州,已来不及了。

上以裴武为欺罔①,又有谮之者曰②:"武使还,先宿裴垍家,明旦乃入见。"上怒甚,以语李绛,欲贬武于岭南。绛曰:"武昔陷李怀光军中,守节不屈,岂容今日遽为奸回?盖贼多变诈,人未易尽其情。承宗始惧朝廷诛讨,故请献二州。既蒙恩贷,而邻道皆不欲成德开分割之端,计必有间说诱而胁之,使不得守其初心者。非武之罪也。今陛下选武,使入逆乱之地。使还,一语不相应,遽窜之遐荒。臣恐自今奉使贼庭者以武为戒,苟求便身,率为依阿两可之言,莫肯尽诚,具陈利害。如此,非国家之利也。且垍武久处朝廷,谙练事体,岂有使还未见天子而先宿宰相家乎?臣敢为陛下必保其不然。此殆有谗人欲伤武及垍者,愿陛下察之!"上良久曰:"理或有此。"遂不问。乃遣中使谕承宗,使遣薛昌朝还镇。承宗不奉诏,制削夺承宗官爵,使吐突承璀统兵讨之。及吴元济平,承宗乃归德、棣二州待罪,诏复其官爵。

【注释】

①罔:蒙蔽。

②谮(zèn):说别人的坏话,诬陷。

【译文】

唐宪宗认为裴武欺君罔上,又有人乘机进谗道:"裴武出使

249

还朝,先住宿在宰相裴垍家中,第二天早上才入见皇上。"宪宗大怒,告诉李绛他要把裴武贬谪到岭南。李绛说:"从前裴武陷入叛军李怀光军中,守节不屈,今天怎么能就变成了奸臣? 这都是贼人欺诈狡猾,使人不易了解实情。王承宗刚开始害怕朝廷诛讨,所以他请献二州。后来蒙朝廷恩遇宽待,而且邻郡又不想让成德变成分割的开端,估计中间肯定有间谍从中威胁利诱,使王承宗不能坚持原来的想法。这不是裴武的罪过呀。如今陛下选派裴武入逆乱之地,他出使回来,一句话不对头,马上把他贬到荒远之地。臣恐怕从今以后,出使贼庭的人都以裴武为戒,苟全自便,大都为模棱两可地随声附和之言,不肯尽诚尽力地陈述利害了。这样,于国家不利呀。而且裴垍、裴武久处朝廷,熟悉朝廷规章礼数,哪有出使回京未见天子而先在宰相家住宿的道理呢? 臣敢向陛下保证,他们不会这样。这大概是谗人想要陷害裴武和裴垍,希望陛下明鉴!"宪宗过了好久才说:"也许有理。"遂不问此事。又派遣使者晓谕王承宗,命他把薛昌朝放回到镇守之处。王承宗不奉诏命,朝廷按法制削夺了他的官爵,又派宦官吐突承璀带兵前往征讨。吴元济的谋反被平定后,王承宗才归还德、棣二州,听候处分发落,朝廷颁诏恢复他的官爵。

王宗播

荆南将许存降于王建[1],建忌存勇略,欲杀之,使戍蜀州,阴使知蜀州王宗绾察之。宗绾密言存忠勇谦厚,有良将材,建乃舍之,更其姓名曰王宗播,而宗绾竟不使宗播知其免己也。宗播元从孔目官柳修业[2],每劝宗播慎静以免祸,由是得以功名终。

①王建(847—918)：字光图，五代时期前蜀皇帝，许州舞阳(今河南舞阳)人。黄巢起义时期，他奋不顾身的护驾，被唐僖宗封为西川节度使、壁州刺史。大顺二年(891)王建攻占成都，唐昭宗封他为蜀王。天祐四年(907)自立为皇帝，国号"大蜀"。

②孔目：原指档案目录，现指旧时官府衙门里的高级吏人，掌管狱讼、帐目、遣发等事务，始于唐代，唐代州、镇中设"孔目官"掌六书。

【译文】

荆南将军许存投降于王建，王建忌妒许存英勇有谋，想杀掉他，因而派他驻守蜀州，暗底里却让知州王宗绾观察他的行动。王宗绾向王建秘密报告，说许存忠勇谦厚，有良将之才，王建便放弃了杀他的念头，并且把他的原名改为王宗播，而王宗绾始终没有让宗播知道自己在暗中保全了他。王宗播自始至终带着孔目官柳修业，柳修业常常劝王宗播处事要谨慎镇静才能免除灾祸，王宗播因此得以保全功名而终。

王彦超①

凤翔节度使王彦超，及诸藩镇入朝，宋主宴于后苑，酒酣，从容谓之曰："卿等皆国家宿旧，久临剧镇，主事鞅掌②，非朕所以优贤之意也。"彦超谕意，即前奏曰："臣本无勋劳，久冒荣宠，今已衰朽，乞骸骨归丘园③，臣之愿也。"安远等节度使武行德、郭从仪、白重赞、杨廷璋，竞自陈攻战阀阅，及历复艰苦。宋主曰："此异代事，何足论！"

明日皆罢镇，奉朝请④。

【注释】

①王彦超（914—986）：历仕五代唐、晋、汉、周诸朝。入宋，亦曾为节度使等官。

②鞅掌：事务繁杂的样子。

③丘园：坟墓。意指故乡。

④朝请：散官，无实权。

【译文】

凤翔节度使王彦超，和各地藩镇节度使一起入朝，宋太祖在后花园设宴招待他们，酒酣时，宋太祖从容地对他们说："你们都是国家的旧臣，长久镇守在重要的城镇，掌管大小事务，忙于国事，这实在不是朕优待贤臣的本意啊。"王彦超马上听出了赵匡胤的弦外之音，领会了太祖的意思，连忙离席跪奏道："臣本没有什么功劳，却长久享受荣誉与宠幸，如今我已经是老朽之年，请求陛下允许我告老还乡，这是臣的愿望啊！"安远等地方的节度使武行德、郭从仪、白重赞、杨廷璋等人却不明白皇上的用意，竟然争相陈述自己从前创建的功业和艰苦奋斗的经历。宋太祖说："这都是前朝旧事了，哪里还值得再说！"第二天，宋太祖下诏，便全部罢免了这些节度使，让他们享受散官的待遇。

李沆①

李沆在政府，日取四方水旱盗贼奏之。王旦以为细事②，不必烦帝听。沆曰："人主少年，当使知四方艰难。

不然,血气方刚,不留意声色犬马,则土木、甲兵、祷祀之事作矣③。吾老不及见,此参政他日之忧也。"丁谓与寇准善④,准屡荐其才於沆。沆曰:"顾其为人,可使之在上乎?"准曰:"如谓者,相公终能抑之,使在人下乎?"沆笑曰:"他日后悔,当思吾言。"沆又尝言:"居重位无补,惟中外所陈利害,一切报罢,此少以报国耳。朝廷纤悉备具,或徇所陈,所伤多矣。陆象先所谓'庸人扰之'是也。"沆尝读《论语》,曰:"沆为相,如'节用爱人'、'使民以时',尚未能行。圣言终身诵之可也。"沆性真谅⑤,不求声誉,识大体。公退,终日危坐,未尝跛倚⑥,治第、厅事前仅容旋马,或言太隘。沆笑曰:"居第当传子孙。此为宰相厅事,诚隘;为太祝奉礼厅事,则已宽矣。"

【注释】

①李沆(hàng)(947—1004):字太初,北宋大臣。太宗太平兴国五年(980)举进士,淳化三年(992),拜给事中、参知政事。秉性正直,时称"圣相"。文学上,以继承韩愈、柳宗元自许,倡导古文运动。

②王旦(957-1017):北宋名相。字子明,大名莘县(今山东莘县)人,任职十余年间,知人善任,任人唯贤。

③祀:当为"祠"。

④丁谓(966—1037),字谓之,江苏长洲县(今苏州)人,北宋大臣,曾贬官崖州。寇准(961—1023):北宋政治家。华州下邽(今陕西渭南)人,任相期间为人正直,曾力谏宋真宗亲临澶州督战,达成澶渊之盟。

⑤真:通"直",行为正直。

⑥跛(bǒ)倚:坐或者站的不正。

【译文】

北宋李沆为宰相时,每日向皇帝禀报境内四方的水旱盗贼之事。王旦认为这些琐细小事,不必烦劳皇帝。李沆说:"皇帝年少,应当让他知道四方艰难。要不然,他血气方刚,不是留意于声色犬马,就是沉浸于兴起土木、甲兵、祷祠之事。等我老了,恐怕来不及看到这些结局了,但这是参政您以后担忧的地方啊。"丁谓与寇准很友好。寇准屡次向李沆举荐丁谓的才能。李沆说:"你看他的为人,可以让他居于人之上吗?"寇准说:"像丁谓这个人,相公能够终身压制他,让他久居人之下吗?"李沆笑着说:"以后你后悔时,应该会想起我今天所说的话。"李沆又曾说过:"身居重要位置,无补于事,只有朝廷内外所陈奏的利害之事,一律不予批准,这样稍许可以报效国家。朝廷熟知细微之事,如果一味顺从下面的请求,那么伤害的事情就多了。像唐人陆象先所说的'庸人扰之',就是这样啊。"李沆曾读《论语》,说:"我做宰相,像孔子所说的'节省开支而爱惜民力','使用百姓要节制有时',我还未能做到啊。圣人之言,应该是终身诵读啊。"李沆为人正直诚信,不求声誉,能识大体。办完公事退朝回家,终日正襟端坐,不曾有歪歪斜斜的姿势。住房及办公厅门前,只能容得下一匹马回旋,有人说太狭窄了。李沆笑着说:"住房就是传给子孙的。这作为宰相的厅室,确实很狭窄;如果作为太祝、奉礼的厅堂,那就已经很宽敞了。

富弼①

契丹求关南地②,朝廷择报聘者③,皆莫敢行。吕夷简荐富弼④，弼入对，叩头曰："主忧臣辱，臣不敢爱其死。"帝为动色，先以为接伴契丹使。萧英等入境，中使迎劳之，英托疾不拜。弼曰："昔使北，病卧车中，闻命辄起。今中使至而君不拜，何也?"英戄然起拜⑤，弼开怀与语，英感悦，遂密以其主所欲得者告弼。弼具以闻，进弼枢密直学士⑥，辞不拜，曰："国家有急，义不惮劳，奈何赂以官爵?"遂为使报聘。

【注释】

①富弼（1004—1083）：字彦国，洛阳（今河南洛阳东）人。北宋名相。

②契丹：中古出现在中国东北地区的一个民族。自北魏契丹族就开始在辽河上游一带活动，907 年建立契丹国，后称辽，统治中国北方，辽朝先与北宋交战，澶渊之盟后，双方长期维持了一百多年的和平。1125 年为金所灭。

③报聘者：邻国来聘，报答回访的使者。

④吕夷简（978—1040）：字坦夫，宋代著名政治家，宋代名相之一。仁宗时，任宰相。正确处理北宋国内国外诸多矛盾，保证了北宋社会安定。

⑤戄（jué）然：惊惧貌，惊视貌。

⑥枢密直学士：官名，后唐始置，宋沿设。与文明殿（观文殿）学士并掌侍从，以备顾问应对，地位次于翰林学士。政和四年（1114），改称述古殿直学士。

雅
品

【译文】

契丹要求宋割让雁门关以南地区，宋仁宗选任报聘使，群臣

都不敢奉诏。宰相吕夷简推荐富弼，富弼上朝，叩头说："皇上的忧愁，便是臣子的耻辱，臣不敢吝惜自己而怕死啊。"仁宗感动至极，先任命他为接伴契丹使。契丹使者肖英和刘六符入境，宋朝中使前往迎接、慰问，而萧英却托病不肯出来拜见。富弼说："从前我出使北朝，病卧在车中，听到辽朝传呼就马上起身拜见。如今宋中使来了而你却不拜见，这是为什么呀？"萧英马上打起精神来拜见他，富弼敞开胸怀与他说话，萧英既感动又欢悦，便将契丹主所想要的土地告诉了富弼。富弼据实禀报朝廷，朝廷提升他为枢密直学士，他推辞，说："国家有急事，我有义务不惧劳苦，怎么能拿官爵来赏赐我？"于是任他为报聘使。

　　既至，夷臣刘六符来馆客，弼见契丹主问故，契丹主曰："南朝违约，塞雁门^①，增塘水，治城隍，籍民兵，将以何为？群臣请举兵而南，吾以谓不若遣使求地，求而不获，举兵未晚。"弼曰："北朝忘章圣皇帝之大德乎？澶渊之役，苟从诸将言，北兵无得脱者。且北朝与中朝通好，则人主专其利，而臣下无获。若用兵，则利归臣下，而人主任其祸。故劝用兵者，皆为身谋耳。"契丹主惊曰："何谓也？"弼曰："晋高祖欺天叛君，末帝昏乱，土宇狭小，上下离叛，故契丹全师独克。然壮士健马，物故大半。今中国提封万里，精兵百万，法令修明，上下一心。北朝欲用兵，能保必胜乎？就使获胜，所亡士马，群臣当之欤？抑人主当之欤？若通好不绝，岁币尽归人主，群臣何利焉？"契丹主大悟，首肯者久之。弼又曰："塞雁门者，备元昊也。塘水始于何承矩，事在通好前。城隍皆修旧，民兵亦补阙，非违约也。"契丹主曰:"微卿言,吾不知其详。然所欲得者,祖宗故地耳。"弼曰:"晋以卢龙赂契丹,周世宗复取关南②,皆异代事。若各求地,岂北朝之利哉?"既退,六符曰:"吾主耻受金币,坚欲十县,何如?"弼曰:"本朝皇帝言:'朕为祖宗守国,岂敢妄以土地与人!北朝所欲,不过租税耳。朕不忍多杀两朝赤子,故屈己增币以代之。若必欲得地,是志在败盟,假此为词耳。澶渊之盟③,天地鬼神其可欺乎?'"明日,契丹主召弼同猎,引弼马自近,又言"得地则欢好可久",弼反复陈必不可状,且言"北朝既以得地为荣,南朝必以失地为耻,兄弟之国,岂可使一荣一辱哉?"猎罢,六符曰:"吾主闻公荣辱之言,意甚感悟。"弼归复命。

【注释】

①雁门:雁门关,位于山西北部。依山傍险,每年大雁飞过,故称雁门,为古代兵家征战之地,非常著名。

②周世宗:即柴荣,一称柴世宗,后周太祖郭威的内侄和养子。善骑射,继郭威为帝,对军事、政治、经济继续进行整顿。

③澶渊之盟:北宋与辽经过多次战争后所缔结的一次盟约。宋真宗景德元年(1004)签订,缔结后,宋、辽之间百余年间不再有大规模的战事。因澶州又名澶渊,遂史称"澶渊之盟"。

雅
品

【译文】

富弼到了契丹,契丹臣子刘六符来宾馆接待他们,富弼见到契丹主问要求割地的缘故,契丹主说:"南朝违犯了盟约,封锁了

257

雁门关,增加了池塘中的水,修筑城池,登记民兵,究竟想干什么?我的大臣们请求我举兵向南,我对他们说不如先派使臣求土地,如果求不到,再举兵也不晚。"富弼说:"北朝皇帝难道忘掉我朝章圣皇帝的大恩大德了吗?在澶渊之役中,真宗假使听从诸将的话,恐怕北朝的兵将无法逃脱了。而且北朝与宋朝交好,那么君主就会得到好处,而臣下并无收获。如果用兵,那好处便归于臣下,而君主却承担祸患。所以那些劝你用兵的人,其实都是在为自身打算罢了。"契丹主听到这里,不禁吃惊道:"怎么说呀?"富弼说:"后晋高祖石敬塘欺天叛君,末代皇帝出帝石重贵昏庸无能,以致土地幅员狭小,上下离叛,所以契丹能够带兵攻克。虽然你们兵强马壮,但也死亡了大半。如今宋朝封疆万里,精兵百万,法令修明,上下一心。北朝想动武,能够保证必胜吗?即使得胜,兵马的伤亡,是由群臣来担当吗?还是由君主来担当?如果两国保持友好关系而不断绝,宋朝每年交来的银绢,都归君主,群臣有什么好处啊?"契丹主听后,大为感悟,好几次点头认可。富弼又说:"我们封锁雁门关,是为了防备西夏的元昊。增加塘水,是从何承矩开始,这事是在两国通好之前就开始的。修补旧的城池,补充缺额民兵,这并没有违背盟约呀。"契丹主说:"若不是你说,我还不知道详细情况。但是我们想要得到的,不过是祖宗的旧地而已。"富弼说:"后晋将卢龙送给契丹,北周柴世宗又收复关南地区,都是前朝的事情。如果双方都要回土地,这难道对北朝有利吗?"富弼从契丹主那里退出来后,刘六符说:"我们国主以接受金币为耻辱,坚持要求十县,怎么办?"富弼说:"本朝皇帝说:'朕为祖宗守国,岂敢随便将土地给他人?北朝所需要的,只不过是租税罢了。朕不忍心多杀两朝的赤子,所以委屈自己增加岁币。如果一定要得到土地,那就是存心要撕毁盟约,只不过以此为借口罢了。澶渊之盟，怎可以欺骗天地鬼神呢？"第二天，契丹主让富弼一起打猎，把富弼所骑的马拉来靠近自己，又说"得到地土，两国才能保持长期友好"。富弼反复声明万万不可，并说："北朝既以得地为荣，南朝必以失地为耻，兄弟之国，怎么能让一国光荣而另一国耻辱呢？"打猎结束后，刘六符说："我国国主听到您关于荣辱的一番话，甚为感悟。"富弼回朝复命。

于是吕夷简传帝旨，令弼草《答契丹书》并《誓书》。弼奏于《誓书》内创增三事。弼因请录副以行[①]。弼自念所增三事，皆与契丹前约，万一书词异同，则虏必疑，乃密启副封，果如所料。弼疾驰还京，见上曰："执政固为此，欲致臣于死。臣死不足惜，奈国事何？"上急召吕夷简等问之。夷简曰："此误耳，当改正。"弼语益侵夷简，遂易书。既至，契丹主曰："须于《誓》中加一'献'字。"弼曰："南朝为兄，岂有兄献于弟乎？"曰："改为'纳'字如何？"弼曰："亦不可。"契丹主曰："南朝既惧我矣，于二字何有？若我拥兵而南，得无悔乎？"弼曰："本朝兼爱南北，故不惮更成，何名为'惧'？或不得已至于用兵，则当以曲直为胜负，非使臣之所知也。"契丹主曰："卿勿固执，古亦有之。"弼曰："自古惟唐高祖借兵于突厥，当时赠遗，或称献纳。其后颉利为太宗所擒[②]，岂复有此礼哉？"弼声色俱厉，契丹主知不可夺，乃曰："吾当自遣人议之。"复使刘六符来。弼归奏曰："二字臣以死拒之，彼气折矣，可勿许也。"朝廷竟用"纳"字。时契丹实固惜盟好，特为虚声，以动中国。中国方困西兵，相臣持之不坚，许与过厚。虏既岁得金帛

雅
品

五十万两,因勒碑纪功,擢刘六符极汉官之贵。

【注释】

①副:副本。

②颉利(579—634):东突厥可汗。连年攻唐边地。626 年唐太宗亲临渭水,与颉利隔水而语,结渭水便桥之盟,东突厥军队撤退。颉利后为李靖、李绩之军所败,被擒送长安。颉利至京,太宗赐以田宅。

【译文】

于是宰相吕夷简传达圣旨,叫富弼草拟《答契丹书》和《誓书》。富弼又奏在《誓书》内增加三件事情。富弼因而请求录一个副本带走。富弼在想所增三事,都要与契丹前次所订的盟约一致,倘若书词不同,势必引起对方怀疑,于是私拆副本,果然如他所料书词不同。富弼快马进京,见到仁宗说:"宰相一定要这样做,就是要把臣置于死地。臣死不足惜,无奈国事怎么办?"仁宗急召吕夷简等人来询问。吕夷简说:"这是错误,应当改正。"富弼说话时侵犯了吕夷简,但仍重新改写。富弼到了契丹,契丹主说:"需要在《誓书》中加一'献'字。"富弼说:"南朝为兄,哪有兄献于弟的道理?"契丹主说:"改为'纳'字如何?"富弼说:"也不行。"契丹主说:"南朝已经惧怕我们了,还跟这两个字有什么关系? 如果我拥兵向南,难道你们不后悔吗?"富弼说:"本朝同时爱护南北两朝的人民,所以不怕一次又一次和谈,怎能说是'惧怕'? 万一不得已要用兵,就应当以正义与非正义来决定胜负,就不是使臣所能知道的了。"契丹主说:"你不要固执,古代也有这种情况。"富弼说:"自古唯有唐高祖向突厥借兵,当时的赠送,有的也叫献纳。

其后颉利可汗被唐太宗所擒,那里还有这种礼呀?"富弼声色俱厉,契丹主知道不能改变他的想法,便说:"我当自己派人商量这件事。"又派刘六符去宋朝。富弼归朝奏道:"'献纳'两字,臣以死来拒绝,已经折了他们锐气了,可不要允许呀。"然而朝廷最后还是用了"纳"字。当时契丹实际上还是希望保持盟约,不过故意虚张声势,以动摇中国。中国正受西夏的困扰,所以宰相们没有坚持,给了他们优厚的条件。契丹既而得到岁币五十万两,便刻碑记功,提拔刘六符为汉官最贵的职位。

是岁,复以弼为枢密直学士、迁翰林学士[1],皆恳辞曰:"增岁币,非臣本志。特以方讨元昊[2],未暇与角,其敢取赏乎?"三年,拜枢密副使,辞之愈力。七月,复拜枢密副使[3],弼言:"契丹既结好,议者便谓无事;万一败盟,臣死且有罪。愿陛下思其轻侮之耻,坐薪尝胆,不忘修政。"以诰纳上前而罢。踰月,复申前命,使宰相谕之曰:"此朝廷特用,非以使辽故也。"弼乃受命。

【注释】

①翰林学士:官名,宋代中央的文职机构沿袭唐制度,由文学之士入职翰林学士,职权是负责起草朝廷的制诰、赦敕、国书及宫廷所用文书,充顾问。实际是皇帝的秘书处和参谋官员。

②元昊:即李元昊,夏国第一代皇帝,1038年正式称帝建国,国号大夏,实行一系列适应本族情况的改革,创制夏国文字,并屡攻宋境。

③枢密副使:宋代中央官职,为枢密院之副长官,或称同知枢密院事,由武官担任。掌兵籍,若得皇帝的批准,有调动兵马之

权。宋代以此削弱宰相的权力,强化皇权。

【译文】

这一年,又让富弼为枢密直学士,升翰林学士,他都恳切推辞道:"对契丹增加岁币,不是我的本意。但因为正在讨伐西夏的元昊,无暇与契丹角斗,不得已而如此。我怎敢接受封赏呀?"庆历三年拜枢密副使,他更加推辞。七月,又拜枢密副使,富弼说:"与契丹已经结为友好邻邦,有些人便认为无事了;万一对方撕毁盟约,臣死了还有罪。希望陛下记住契丹曾经轻慢欺侮我们的耻辱,卧薪尝胆,不忘修政。"他把诰命缴到仁宗面前,从而辞去枢密副使。过了一个月,皇帝又重申前次的任命,使宰相告诉他说:"这是朝廷特别擢用,并非因为你出使辽国的原故。"富弼这才接受任命。

王曾①

王曾以忤上意,出知应天府。王旦语人曰:"王君介然②,他日德望勋业甚大。昨让会灵观使③,颇拂上旨④,而进对详雅,词直气和,了无所慑。且王君始被进用已能若是,我自循任政事,几二十年,每进对,上意稍忤,即蹙踖不能自容⑤。以是知其伟度矣。"

【注释】

①王曾(978—1038):字孝先。王曾少年孤苦,善为文辞,咸平年间(998—1003年)取解试、省试、殿试皆第一,成为科举史上连中"三元"的状元。王曾端厚持重,在朝为官,进退有礼。

②介然：独特的样子。

③会灵观使：宋代的官职。

④拂：违背，不顺。

⑤蹙踖(cù sù)：局促不安。

【译文】

　　王曾因为违背宋真宗心意，被免去参知政事，出知应天府。王旦对他人说："王君耿介坚毅，以后他的德望和功绩一定会很大。昨天，他把会灵观使的头衔让给王钦若，颇违背皇上的心意，但他回答问题时，详实而又文雅，词直气和，完全没有恐惧的样子。而且王曾刚被进用就能做到如此，我自从担任政事以来，将近二十年，但每次回答问题，碰上皇上稍微不开心，我便感到局促不安，不能自容。由此，我们可以知道王曾的气度庞大了。"

吕夷简①

　　仁宗久病废朝，一日疾差②，思见执政，坐便殿，急召二府吕许公。公闻命，移刻方赴③，同列赞公速行④，公缓步自如。既见，上曰："久病方平，喜与公等相见，何迟迟其来？"公从容奏曰："陛下不豫⑤，中外颇忧，一旦忽召近臣，臣等若奔驰以进，恐人惊动耳。"上以为得辅臣体。

【注释】

　　①吕夷简（978—1040）：字坦夫，宋代著名政治家，宋代名相之一。被封为许国公。仁宗时，任宰相。正确处理北宋国内国外诸多矛盾，保证了北宋社会安定。

②差(chài)：病好了。

③刻：计时单位。

④赞：告诉。

⑤豫：出游，特指帝王秋天出巡。

【译文】

宋仁宗久病未上朝，一天病情稍见好转，想见宰相，在便殿休息等候，急召枢密院及中书门下政事堂许国公吕夷简。夷简闻命，过了一刻才动身，同僚们催促他快些走，他还是缓步自如。等到见了皇上，仁宗说："久病方好，与公等相见很高兴，你为何迟迟才来呀？"吕夷简从容不迫地答道："陛下身体不适，朝廷内外都很忧虑，一旦忽然召集近臣，臣等如果奔驰入宫，恐怕会惊动众人啊。"仁宗认为他的这种做法很符合辅臣之体。

范仲淹①

仲淹知延州，移书谕元昊以利害。元昊复书悖慢，仲淹具奏其状，焚其书不以上闻。夷简谓宋庠等曰："人臣无外交，希文何敢如此？"庠以夷简诚深罪仲淹也。仲淹奏："臣始闻虏悔过，故以书诱谕之。会任福败，虏势益振，乃复书悖慢。臣以为使朝廷见之而不能讨，则辱在朝廷。故对官属焚之，使若朝廷初不知者。"宋庠曰："仲淹可斩也。"杜衍时为枢密副使，争甚力。上问夷简。夷简徐对曰："杜衍之言是也。"于是罢庠知扬州，而仲淹不问。

①范仲淹（989—1052）：字希文，为北宋名臣，政治家、文学家，以主持"庆历新政"著名。卒谥文正。有《范文正公文集》传世。

【译文】

宋仁宗时，范仲淹在延州主政，写信给西夏国主赵元昊，晓以利害。元昊回信傲慢，范仲淹详细地上奏了这些情况，但却烧掉了那个信件未报给朝廷。宰相吕夷简对执政宋庠等说："人臣无外交权，希文怎么敢如此？"宋庠误以为吕夷简是在怪罪范仲淹。范仲淹奏道："臣开始时听说元昊有悔过，所以写信诱导晓谕他。恰好碰到西夏在好水川打败任福，西夏势力因此更加猖獗，所以回信非常狂悖傲慢。臣以为若使朝廷见了此信而不能征讨西夏，则辱在朝廷。所以我让下属官员焚了这封信，使得朝廷好像不知有这事一样。"宋庠说："范仲淹应该斩。"杜衍时为枢密副使，反对宋庠的意见，两人争论得很厉害。仁宗问吕夷简态度如何，吕夷简从容地回答道："杜衍所说的话是对的。"于是宋庠被免去执政，出知扬州，而没有问罪范仲淹。

欧阳修①

欧阳修被召撰《唐书》，又自撰《五代史》。《唐书》最后置局，修专《纪》、《志》而已。《列传》则尚书宋祁之笔②。朝廷以书出两手，体裁不一，诏修刊详《列传》。修曰："宋公于我为前辈，且人所见不同，岂能悉如己意？"及书成奏御，旧制修书，只列书局中官高一人姓名，云："某等奉敕

雅品

265

撰。"公官高，宜书名。修曰："宋公于《列传》用功深，为日久，岂可掩也？"于是《纪》、《志》书修姓名，《列传》书宋姓名。祁闻而善之。

【注释】

①欧阳修（1007—1072）：字永叔，号醉翁、六一居士，吉州永丰（今属江西）人，为唐宋八大家之一。

②宋祁（998—1062）：字子京。安州安陆（今湖北安陆）人。宋代史学家、文学家。

266

【译文】

北宋时，欧阳修奉旨编撰《新唐书》，自己又撰写《新五代史》。宋后来专门设立修《新唐书》的书局，欧阳修专写《本纪》、《志》而已。《列传》则由尚书宋祁执笔。朝廷认为一本书出于二人之手，体裁会不统一，所以叫欧阳修修改《列传》。欧阳修说："宋公是我的前辈，况且各人见解不同，怎么能全部符合自己的意见？"等到书写完成，呈上御览。按照旧时的修书规矩，只列书局中官职最高之人的姓名，云："某等奉敕撰。"欧阳修官职高，应写他的姓名。但是欧阳修说："宋公写《列传》下了很深的功夫，所用时间也很长，这岂是可被掩盖呀？"于是《本纪》、《志》写欧阳修的姓名，《列传》写宋祁姓名。宋祁听到后很称赞他。

狄青①

狄青受命攻侬智高②，行日，有因贵近求从行者③，青谓之曰："君欲从青行，此青之所求也。然智高小寇，至遣青行,可以知事急矣。从青之士,击贼有功,朝廷有厚赏;若往不能击贼,则军中法重,恐青不能私也。君其思之。愿行,则即奏取君矣。"于是无复敢言求从青行者。

【注释】

①狄青(1008—1057):字汉臣,汾州西河(即今山西汾阳)人,北宋名将。狄青勇而善谋,在宋夏战争中,为宋立下了累累战功。卒谥武襄。

②侬智高:北宋朝时广源州人。

③有因贵近求从行者:有人依靠贵族近臣的关系请求跟从行军打仗。

【译文】

狄青接受宋仁宗的命令进攻广西的侬智高,临行前,有人依靠贵族近臣的关系请求跟从行军打仗,狄青对他说:"您想跟我出征,这是我狄青所希望的。但是侬智高本是小寇,现在圣上叫我出征,可见事态紧急。跟随我的人,应能击贼有功,朝廷才有厚赏;如果去了不能击贼,军中法令很严格,到时候恐怕我狄青也不能徇私。请你好好想想。如果你愿去,我就即刻向朝廷启奏调你来。"于是,再没有人说要随狄青出征。

范纯仁①

秦中饥②,范纯仁擅发常平粟以赈之,僚属咸请待奏报而后发。纯仁曰:"报至无及矣。"果有诏,遣使按视。民欢曰:"公实活我,我安忍累公?"昼夜输纳常平,迨使者

至,已无有负矣。

【注释】

①范纯仁(1027—1101):字尧夫,范仲淹次子。北宋大臣。擅:自作主张。常平粟:用以平准粮价的粮食。

②秦中:古地区名,指今陕西省的中部平原地区(渭河流域一带),因春秋、战国时期地属秦国而得名。也称关中。

【译文】

陕西闹饥荒,知庆州范纯仁自己作主把常平仓中的粮食拿出来救济灾民,僚属们都认为应先请求奏明皇上,等待批准后再发粮。范纯仁说:"等待批准,百姓们恐怕等不及了。"后来皇上果然发来诏书,并派使者来调查。人民异口同声地说道:"范公确实救活了我们,我们怎么忍心连累范公?"于是他们昼夜往常平仓送粮,等到使者来到,常平仓已不再欠粮了。

翁蒙之①

赵鼎以得罪秦桧死,子汾护丧归葬衢州,守臣章杰知中外士大夫,是日皆携酒来会葬,阴遣县尉翁蒙之以搜私酿为名,欲驰往掩取之,以为奇货,而不知蒙之固正人也。蒙之急书片纸走仆,自后垣出,密以告汾,令尽焚箧中书②,以及弓刀之属。比官兵至,搜索悉无所得。鼎之一家,赖以纾祸③,蒙之力也。

268

【注释】

①翁蒙之(1123—1174)：字子功，崇安(今福建武夷山市)人，以荫补登仕郎。历军器监丞，司农寺丞。

②箧(qiè)：小箱子。

③纾(shū)：解除，排除。

【译文】

南宋高宗时，宰相赵鼎因为得罪奸臣秦桧而被处死了，他的儿子赵汾护丧归葬衢州，衢州知州章杰通知州内外的士大夫，这一天带酒来参加会葬，又暗中指使县尉翁蒙之以搜私酿为名，快马前往袭击捕获，查抄这些酒，囤为奇货，他却不知道翁蒙之是位正人君子。蒙之赶紧写了纸条交给一个仆人，仆人从后墙跳出去，秘密地告知赵汾，叫他把箱子里的书以及弓刀之类，全都焚毁掉。等到官兵来到，搜索不到任何东西。赵鼎一家，得以免除祸患，全是翁蒙之的功劳。

王子野

王子野迁荆湖北路转运使①，当用兵急用之时，独不进羡余②，故他路不胜其弊，而荆湖之民自若。彭季长继之，时大司农以利诱诸路，使献羡余。公曰："哀民取赏③，吾不忍为。"竟不献，其与子野一致者乎？

【注释】

①转运使：官名，唐代始设，分掌水陆转运和全国谷物财货转输、出纳。宋初改设专职转运使，掌一路或数路财赋，后又兼理边

②羡:剩余,有余。

③裒(póu):聚集。

【译文】

王子野升任荆湖北路转运使时,当时正是打仗急需钱物的时候,只有他不把正赋以外的杂税上缴,所以当其他各路弊端极多时,而荆湖北路的老百姓自得其乐。彭季长继任荆湖北路转运使,当时大司农对各路转运使诱之以利,要他们上交杂税,彭季长说:"搜刮民财,个人邀赏,这不是我忍心做的。"他最后也没有上交杂税,他的做法大概同王子野是一致的吧?

徐达①

徐中山武宁王达,与上比肩起军中,而王东平强吴,北定胜国。燕赵中原、齐鲁关陕,古扼塞形胜之地,皆兵不留行,而定开拓混一之功,十居八九,而王事上最忠谨。专征吴时,遣人诣京师请事,上手书劳王曰:"将军天性忠义,且沉毅善谋,端重有武。今所请事,率可便宜行。顾军中禀命,此贤臣事君之事,吾甚嘉将军。然将在外,君不御,古之道也。继自今诸军中缓急,将军其便宜行,吾不中制。"上尝召王饮,迨夜,强之醉,醉甚,命内侍送旧内宿焉。旧内,上为吴王时所居也。中夜,王酒醒,问宿何地,内侍曰:"旧内也。"即起,趋丹陛下,北面再拜,三叩头乃出。上大悦。方蹙元帝定西时②，阙其闱一角使逸去③，常开平恚之曰④："昔人恨不得一当单于，今得之，奈何纵之？"王喟然曰："元虽夷狄，然帝天下日久，今得之，能裂地封之乎？抑甘心之乎？皆不可，则不如纵之、去之为得也。"开平意不惬⑤，既罢军，先驰归，为上言故纵元主状，疑其心，上信之。比师还，至龙江，上命百官出都门郊迓⑥。王称病卧舟中不起。上亲出郊劳，又坚卧不起。上乃入舟问王疾，王持上踵而泣，具道所以释元主状，上为释然。按：中山王受命北征时，请曰："臣虑进师之日，恐其北奔，将贻患于后，必发师追之。"上曰："元起朔方，世祖始有中夏，气运之盛，理自当兴。彼气运既去，理固当衰。其成其败，俱系于天。纵其北归，天命厌绝，彼自渐尽，不必穷兵追之。但其出塞之后，即固守疆圉⑦，防其侵扰尔。"由斯以观，我太祖神武不杀，庙算已定。中山之故纵，正其一遵指示，岂当时方略密授，开平殆未之闻耶？

【注释】

①徐达（1332—1385）：字天德，明朝大将，开国功臣。濠州（今安徽凤阳）人。家世业农，刚毅武勇。死后追封中山王，谥武宁。

②蹙：追赶，迫近。

③闱：古代宫室两侧的小门。

④恚（huì）：怨恨，愤怒。

⑤惬（qiè）：满足，畅快。

⑥迓（yà）：迎接。

⑦圉(yǔ)：边陲。

【译文】

明代，中山武宁王徐达，与洪武帝朱元璋起于军中，并肩作战。而徐达东平强大的吴王张士诚，北征灭元。燕赵中原、齐鲁关陕等古代关塞形胜之地，皆兵不留行，在开疆拓土、统一全国的功勋中，有徐达的十分之八九功劳，而且忠诚谨慎地事奉皇上。他专征东吴张士诚时，派人到南京请示事宜，皇上手书安慰徐达说："将军天性忠义，沉毅善谋，端重有勇。今日所请的事，可由你自行处置。军中有事向上禀报，是贤臣事君之礼，所以我很嘉许徐将军。然而将在外，君命有所不受，是古代人常说的。从今以后，军中有紧要的事情，将军可自行裁决，我不干预。"皇上曾经召徐达饮酒，喝到了夜晚，硬将他劝醉，徐达醉得厉害，皇上就叫内侍送到"旧内"过宿。旧内，本是皇上为吴王时所住的地方。夜半，徐达酒醒，问这是什么地方，内侍说："在旧内。"他马上起身，急趋宫殿的台阶下，朝北再拜三叩头，才出来。皇上很高兴。他追赶元朝皇帝，征讨西北时，他把元朝皇帝的包围圈留下一个空档，让元顺帝逃走。开平王常遇春很恼恨，说："以前人恨不得一遇元朝皇帝就把他抓住，如今得到了，为什么放走他？"徐达喟然叹道："元朝虽是夷狄，然而做了很长时间的皇帝，今天抓住他，能分封他土地吗？抑或心甘情愿地事奉他吗？都不可能。因此不如放掉他、让他离开最为恰当呀。"常遇春很不开心，停战后先策马回京，向皇上报告徐达故意放走元朝皇帝一事，怀疑他别有用心，皇上也相信了这说法。等到徐达班师回来，到了龙江，皇上命百官出都城门外，到郊野相迎。徐达称病，卧舟中不起。皇上亲自来郊外慰问，他仍坚卧不起。于是皇上便进舟中探望徐达的病情,徐达抱住皇上的脚跟,淌下眼泪,把释放元朝皇帝过程细讲了一遍,皇上就释怀了。按语:中山王徐达受命北征时,请示道:"臣考虑大军进攻时,害怕元朝皇帝要向北方逃跑,将来会给后代带来祸患,因此一定要发兵追击他。"皇上说:"元朝起于朔方,到了元世祖才占有华夏大地,气运昌盛,按理应当兴旺。现在他们的气运既然去了,按理应当衰亡。他们的成败,都是由上天决定的。放他们回到朔方,天命厌绝,他们自会慢慢终结,不必穷兵追击。但是他们出塞之后,我们应该固守疆域,防备他们的侵扰。"从这里看来,我们太祖皇帝英明神武,不杀元朝皇帝,心中早已有方略。中山王徐达故意放走元顺帝,这正是他遵守了皇上指示,难道是当时密授方略,开平王常遇春没有听到吗?

宋濂①

太祖召宋文宪,问廷臣臧否②,第其善者③,复问否者。濂曰:"其善者臣与之交,故知之。其否者纵有之,臣不知也。"卒无所毁④。

【注释】

①宋濂(1310—1381):字景濂,号潜溪,浙江金华人,明初散文家。自幼好学,少负文名。朱元璋称帝后,被任命为文学顾问,江南儒学提举。正德时追谥文宪。

②臧否(pǐ):评论人物的好坏。臧,善,好。否,坏,恶。

③第:次第,次序。

④卒:终于,完毕,结束。毁:诽谤,讲别人的坏话,与"誉"相对。

雅
品

明太祖朱元璋召见文宪公,问他朝中大臣的好坏,并把良臣划分出等级,又问谁是不好的臣子。宋濂说:"那些善良优秀的臣子和我交往,所以我了解他们。即使有不善良的臣子,臣平时不与他们接触,也就不了解呀。"最终他也没毁谤任何一个人。

夏元吉①

夏元吉,湘阴人,永乐间动得宠眷②,为时元臣,器量宏厚,人莫能及。或问:"量可学乎?"答曰:"吾幼时遇犯者则怒,始忍于色,忍于心,久得自熟,殊无相较意。是知量可学也。"又曰:"处有事当如无事,大事当如小事。若先自张皇,则中便无主矣。"

【注释】

①夏元吉(1366—1430):字维哲,湖南湘阴人,明初大臣。

②眷:关怀,宠爱。

【译文】

夏元吉,湖南湘阴人,永乐年间,受到皇帝宠幸,是当时主要大臣,他器量宽宏深厚,别人都赶不上他。有人问:"气量可以学得到吗?"他回答道:"我小时候一碰到人家触犯,就会发脾气。先学着在脸色上忍耐,然后在心里忍耐,时间久了就自成习惯,毫无跟他人计较的意思。由此可知,器量是可以学的呀。"又说:"处事时,有事应该像无事,大事应该像小事。如果遇事自己先紧张起来,那心中就没有主意了。"

胡俨①

胡俨自处淡素,谨于报施,遇可否利害,必拟议以求至当②。不以贤智先人③,群论中有不合,即引退,不与辨。以故所至能全交。

【注释】

①胡俨(1361—1443):元末明初江西南昌人,字若思,号颐庵,博学能文。

②议:商议,讨论。当:适应,相当。

③先:先于,前于。

【译文】

胡俨能宁静淡泊自处,非常谨慎地处理报答和施舍。遇到可与否、利与害等等矛盾时,一定先与人商议,讨论并拟定出最恰当的解决方法。不抢先显示自己的聪明才智,众人言论中有与自己不相符合的,就自动引退,不与他争辩。因此所到之处,他都能够与人建立良好的人际关系。

刘大夏①

上御文华殿②,召刘大夏谕曰:"事有不可,每欲召卿商榷,又因非卿部内事而止。今后有当行当罢者,卿可以揭帖密进③。"大夏对曰:"不敢。"上曰:"何也?"大夏曰:

"先朝李孜省可为监戒。"上曰:"卿论国事,岂孜省营私害物者比乎?"大夏曰:"臣下以揭帖进,朝廷以揭帖行,是亦前代斜封墨敕之类也④。陛下所行,当远法帝王,近法祖宗,公是公非,与众共之。外付之府部,内咨之阁臣可也。如用揭帖,因循日久,视为常规,万一匪人⑤,冒居要职,亦以此行之,害可胜言? 此甚非所以为后世法,臣不敢效顺。"上称善久之。

【注释】

①刘大夏(1436—1516):字时雍,号东山,为"弘治三君子"之一。

②文华殿:文华殿始建于明初,初建时是太子正殿,房顶上覆盖绿瓦。嘉靖十五年换成黄瓦,著名的经筵典礼即在此举行。明代设有"文华殿大学士"一职。本为辅导太子之官,后侍皇帝左右,以备顾问。

③揭帖:古代监察部门官员揭举不法官吏的文书,也可指私人张帖的启事、文告。宋代已出现揭帖,到明朝时流行。明朝内阁中密奏之折,可称之揭帖,是一种密折。

④斜封墨敕:唐中宗时,权宠用事,从侧门降皇帝的墨敕,斜封付中书授官,称为"斜封官"。只要交钱三十万,就给予皇帝的墨敕,斜封付中书,当时正员之外,用员外、同正、判、知等头衔,封授的官员多达几千人。

⑤匪:指行为不正当的人。

【译文】

明孝宗坐在文华殿上,召见刘大夏说:"有些事情一时难以做出决定,每次都想要找你商榷,又因为不是你部内的事而没有找你。今后遇到当行和不当行的事,你可以秘密地送进揭帖。"刘大夏回答说:"不敢。"孝宗问:"为什么?"刘大夏说:"先朝李孜省,可是前车之鉴。"孝宗说:"你是为了讨论国事,怎么能与李孜省营私害物相比呢?"刘大夏说:"臣下送进揭帖,朝廷用揭帖行事,这也是前代'斜封墨敕'一类走后门的事啊。陛下所做的一切,应当远的学三皇五帝,近的学自己的祖宗,公是公非,与众人共同讨论。外边的事就交给各府各部,里边的事就向内阁大臣咨询。如用揭帖,长此以往,就被视为常规,万一所用匪人,让他冒居要职,也用揭帖来办事,那害处岂可说得尽? 这决不能为后世所效法,臣不敢效力顺从。"孝宗称赞了好久。

杨承芳

　　杨承芳公为浙江宪长,时有仓官数辈以亏粮监并,岁久鬻子女未及完①,公悯之,莫喻其故②。适送月俸,外余五斗,他衙亦然,始悟前仓官亏粮之故。公曰:"常俸食之,不能尽其职,尚有天殃。数外食之,是食其子女也。于心安乎?"欲奏闻,众惧,因捐俸设法补之,以释其罪,俱得赴部转选。

【注释】

　　①鬻(yù):卖。

　　②喻:知道,了解,明白。

杨承芳为浙江提点刑狱,当时有几个仓官因为亏空库中粮食受到监管,连年卖儿卖女也不能补足,杨承芳很怜悯他们,但又不知道是什么缘故。恰好此时给他发这月的薪俸,除了本份之外尚多给了他五斗粮食,其他衙门也是如此,这时,他才弄明白从前仓官亏空粮食的缘故。他说:"我们享受了正常的薪俸,却不尽到应有的职责,况且还有天降灾殃。额外得到粮食,等于在吃百姓的子女呀。你们于心何安?"他准备报告朝廷,众官恐惧,所以他们捐出薪俸补偿给仓库,以开释他们的罪名,使他们都能到吏部调任其他职务。

王守仁①

王守仁至苍梧时,诸夷闻守仁先声,皆股栗听命②,而守仁顾益韬晦,见田州已张③,岑氏不可遂灭,乃以明年七月至南宁,使人约降苏受。苏受许诺,而以精兵二千自卫,至南宁投见有日矣。而守仁所受指挥王佐门客岑伯高,雅知守仁无杀苏受意,使人言苏受须纳万金丐命,苏受大悔,恚言④:"督府诳我,且仓卒安得万金?必欲万金,有反而已。"守仁有侍儿年十四矣,知佐等谋,夜入帐中告守仁。守仁大惊,达旦不寐,使人言苏受毋信谗言,我必不杀若等也。苏受疑惧未决,言来见时,必陈兵卫。守仁许之。苏受复言:"军门左右祗候⑤,须尽易以田州人,不易,即不来见。"守仁不得已又许之。苏受入军门,兵卫充斥,郡人大恐,守仁数之,论杖一百,苏受不免甲而杖,杖人又田州人也。诸夷皆惊,莫测守仁意指。

①王守仁(1472—1529):字伯安,世称阳明先生,谥号文成,明代著名思想家,儒学大师。

②股栗:两腿发抖。

③张:扩张。

④恚(huì):愤怒。

⑤祗(zhī)候:职官名。宋代祗候分置于东、西上阁门,与阁门宣赞舍人并称阁职,祗候分佐舍人。元代各省、路、州、县分别设祗候若干名,为供奔走驱使的衙役。元明亦指官府衙役,势家仆从头目。

【译文】

王守仁在南疆任巡抚时,到了苍梧,众少数民族闻王守仁声威,都吓得两腿发颤,纷纷服从,而王守仁更加韬光发奋,隐匿声势,他知田州地方势力已经扩大,岑氏力量很强大,且不可能马上消灭,于是第二年七月到南宁,派人叫苏受来投降。苏受答应了,到南宁相见的时间快到了,但又要求用二千名精兵来自卫。当时王守仁所受命的指挥官王佐的门客岑伯高,知道王守仁没有杀苏受的意思,便派人告诉苏受缴纳万两黄金,以求保命,苏受极为愤怒地说:"督府欺骗我,而且时间紧迫,我怎能筹集到万两黄金?一定要万两黄金,只有违反而已。"王守仁有个十四岁侍女,知道王佐等人的计谋后,趁夜进帐中告诉王守仁此事。王守仁大惊,通宵未眠,派人告知苏受,请不要相信谗言,我定不会杀你们的。苏受疑惧未决,说来见时,必须陈列卫兵。王守仁同意了。苏受又说:"军门左右的衙役,必须全部替换成田州人,不换,我就不来见。"王守仁不得已又答应了。苏受进军门,随处是卫兵,郡人恐

惧,王守仁数落了他一顿,并杖击了他一百下。苏受被打了一百杖并没有脱下甲胄,负责杖击的是田州人。众少数民族都很惊惧,弄不明白王守仁的意图。

守仁乃疏言:"思、田构,荼毒两省已逾二年,兵力尽于哨守,民脂竭于转输,官吏罢于奔走,地方危杌如破坏之舟,漂泊风浪,覆溺在目,不待智者而知之。必欲穷兵雪愤,以歼一隅,未论不克,纵使克之,患且不守,况田州外悍交址,内屏各郡,深山绝谷,狑獠盘据①,尽诛其人,异日虽欲改土为流②,谁为编户?非惟自撤藩篱,而拓土开疆,以资邻敌,非计之得也。今岑氏世郊边功,独诖误触法③,虽未伏诛,闻已病死。臣谓治田州,非岑氏不可。请降田州为州治,官其子帮相为判官,以顺夷情。分设土巡检,以卢、苏等为之,以杀其势。添设田宁府,统以流官知府,以总其权。"又言:"文臣如左布政使林富为巡抚,武臣如都指挥同知张佑,宜为总兵。"上皆嘉纳从之。守仁既罢田州之役,遂移兵率卢、苏等攻八寨贼,破之,复上言称苏受等功伐。

【注释】

①獠(lǎo):中国古族名,分布在今广东、广西、湖南、四川、云南、贵州等地区。亦泛指南方各少数民族。

②改土为流:是明清两代加强边疆管理的一项措施,又称改土归流,是指改土司制为流官制。在明清两代,土司指边疆地区由朝廷加封官职的少数民族首领,流官指由朝廷委派的官员。自

明代中叶以后,改土归流逐步开始。这有利于加强朝廷对边疆地区的管理。

③诖(guà):失误。

【译文】

王守仁便向朝廷上疏:"思州和田州制造灾祸,荼毒广西、湖南两省,历时已超过二年,兵力被完全用于哨所,粮财等物在运输之中被消耗,官吏疲于奔命,地方凋敝的就像一条破船在风浪中飘泊,覆灭就在眼前,即使不明智的人也可知道这些。如果一定要穷兵雪恨,歼灭一隅,先不说不能攻克,即使攻克了,恐怕也未必能守住。况且田州对外可以防卫着交趾,对内是各郡的屏障,深山绝谷,被獠族人盘据。若是杀尽这里的人,他日虽想废除土司管辖,改由布政司统一治理,谁来做平民呢? 这不但是自撤防卫,而若拓土开疆,却资助了邻国的敌人,这不是良策呀。如今岑氏几代人在边疆立功,仅仅因失误而触犯了国法,虽未被伏诛,听说已经病死。臣认为治理田州,非岑氏不可。特请求将田州降为只辖田州治所,任命岑氏的儿子邦相为州判官,以顺应当地的民情。另外分设土巡检,让卢、苏等人担任此职,杀一杀他们的威势。添设一个田宁府,都用布政司所属官员任知府,以总揽大权。"又奏道:"文臣如左布政使林富可任命为巡抚,武臣如都指挥同知张佑宜为总兵。"皇上接受了他的建议,并照着办了。王守仁结束田州之役后,就调兵率领卢、苏等部攻打八寨的盗贼,成功击破了他们,王守仁又上疏陈奏苏受等人的功劳。

席书①

席书,遂宁人,志宏敞好学,有沉虑,读书恒自出己

识,不抄袭陈说。世庙入继大统,考孝宗,公愤然不平,且书乞正之。大礼成,转礼部尚书。时两家聚讼,气激党成。公虽坚竖礼帜,要之不失和平,务存国体,不欲因此以伤国家元气。以故党似如仇,独不甚恚公也②。

【注释】

①席书(1461—1527):字文同,谥文襄,蓬溪吉祥人,明弘治进士,官至武英殿大学士,礼部尚书,谥文襄。

②恚(huì):恼怒,发怒。

【译文】

席书,四川遂宁人,志向宏伟远大而好学,遇事能深思熟虑,读书始终能有自己的见解,不抄袭陈说。明世宗朱厚熜继承皇位,以孝宗朱祐樘为皇考(父亲)。席书愤然不平(因为世宗本是兴献王朱祐杬的长子,故席书为之不平),并且写奏疏要求加以改正。完成了继承皇位的大礼后,席书转任礼部尚书。当时党派纷争,因一时意气激动而形成两派。席书依然坚定地树起礼的旗帜,要求他们不失和平,务必为国家着想,不要因此伤了国家元气。因此虽然两党派就像仇敌一样,但他们惟独不怨恨席书。

张居正①

耿天台曾言张江陵为翰林时,奉差往某处,夜宿某驿,次日起程,离驿已二十余里,望见驿官驰马大呼,及至,问何故,称驿中不见铺陈一付②,想是汝手下拿了,特来讨此。江陵乃尽解行装,令看无有也。驿官云:"昨夜只有汝等，定须还我。"坐守不去。江陵乃开匣，予银二两，其人乃受之而去。及还驿，而铺陈仍在，乃复追还之。江陵既归，为余言殊欢，然谓"予处甚当也"。

【注释】

①张居正：字叔大，号太岳，湖广江陵（今属湖北）人，所以又称张江陵。明代政治家，改革家。谥号"文忠"。

②铺陈：铺盖。

【译文】

耿天台曾说张居正为翰林学士时，奉差前往某处，黑夜寄宿在某个驿馆，次日起程，离开驿站已二十多里，望见驿官策马大声呼喊而来，等策马人追赶上时，张居正问他为什么要追来，他说驿馆中不见了一付铺盖，想必是你手下人拿走了，特地来讨还它。张居正便打开全部行装，叫他看，可是没有找到。驿官说："昨夜只有你们住宿，一定要还我。"坐着不肯去。张居正便打开盒子，给他纹银二两，这人便拿着走了。等回到驿馆，见铺盖还在，便又追还了银子。张居正回来后，对我讲起此事很是开心，说"我处理得很恰当呀"。

具品

【题解】

此品名为《具品》。原《序》云:"次曰《具品》。夫取瓦砾窒穴,取狸捕鼠,斯亦无之不可少者。故有鸿儒效于小用,曲士捷于小知,合乎小以成其大,正大人之事也。""具"本义为"具备,具有",可以引申为"才能,才干"的意思,可以是指一个人具有多方面才能,也可以是某一方面的特殊本领,能以小成大,以少见多,如故事中多处涉及的人物能言善辩的才能。这可以从下面的例子看出:

《毅谅》篇中,毅谅奉赵王之命劝说秦王停止攻打赵国,秦王因为憎恨多次欺侮他的赵豹、平原君,就以让赵王杀此二人为条件,而他们二人正是赵王的亲母弟。谅毅不慌不忙,巧妙地以秦王善待自己的胞弟叶阳君、泾阳君作比,让秦王自己无话可说,点头称是。只因为他的辩才,就使赵王避免了杀自己胞弟的事情发生。

《桓道恭》篇中,桓南郡好猎,规模宏大,如果手下从猎部队守卫不到位放走了猎物,就会遭到他的捆绑问罪。桓南郡的同族桓道恭跟随他从猎的时候故意在腰间系一根棉绳,桓南郡好奇地问他为什么这样做的时候,他说自己肯定也免不了被捆绑,用自己准备好的棉绳要比被粗绳子捆绑舒服得多。正因为他的巧妙劝谏,使桓道郡自感惭愧而改正了一些。

《徐陵》篇中,南朝梁人徐陵出使北魏,接待他的魏国大臣魏收嘲笑他说天气酷热是因为他的来访。徐陵顺着他的话说是自己把炎热带来的,这是继王肃给魏制礼让魏人知道了礼仪之后,再让他们懂得天气的寒暑。徐陵的反讥让魏收无话可说,也为自己解了气。

此卷这些故事告诉我们,具有才智,并在需要的时候巧妙地运用才智,在很多时候会起到劝解别人、转危为安、维护自己尊严等作用。自古以来,才能之士常被人称道。

范蠡①

越与吴战于会稽②,不胜,范蠡为吴所虏,后吴放归。越馈吴粟十万斛③,范蠡尽蒸之以与吴,言粟好,且付民种。种不生。吴五年,因饥。越乃伐吴④。

【注释】

①范蠡(lǐ):字少伯,生卒年不详,楚国宛(今河南南阳)人,春秋时越国大夫,帮助越王勾践奋发图强,灭亡吴国。后离开越国,到了齐国,后至陶(今山东定陶西北)经商致富,别号陶朱公。

②会(kuài)稽:古地名,在今浙江绍兴,因其境内有会稽山而得名。春秋时为越国国都。

③粟(sù):谷子,去皮后称为小米。也泛指粮食。斛(hú):古器量名,也是容量单位,十斗为一斛,南宋末年改五斗为一斛。

④越乃伐吴:与史书记载不一致,或云并未出兵攻吴。

285

【译文】

　　春秋时越国与吴国在会稽交战,结果越国败给了吴国,越王勾践的得力大臣范蠡被吴国俘虏,后来,吴国把范蠡放回了越国。越国赠送给吴国十万斛谷子,范蠡事先派人偷偷地把所有谷子都蒸熟了,然后再送给吴国,说谷子很好,还可以发放给农民作种子。吴国人不知情,用这些谷子播种后当然没有长出苗来。吴国五年间都因粮食欠收而闹了饥荒。越王于是趁机起兵征伐吴国。

毅谅①

　　赵使毅谅至秦。秦王曰:"赵豹、平原君数欺寡人②,赵能杀此二人则可。"毅谅曰:"赵豹、平原君,亲寡君之母弟也,犹大王之有叶阳、泾阳君也③。大王以孝治闻于天下,衣服之便于体,膳啖之嗛于口④,未尝不分于叶阳、泾阳君。叶阳、泾阳君之车马衣服,无非大王之服御者。今使臣受大王之令以还报,敝邑之君⑤,畏惧不敢不行,无乃伤叶阳君、泾阳君之心乎⑥!"秦王曰:"诺。"

【注释】

　　①毅谅:战国时赵国辩士,有应对之才。

　　②赵豹:赵国平阳君。平原君:赵胜,赵国大臣,战国四公子之一。

　　③叶(shè)阳、泾阳君:叶阳君,名悝。泾阳君,名市。

　　④膳啖(dàn):指荤素食物。膳,此指肉类食物。啖,同"淡",清淡(的食物)。嗛(xián):古同"衔",用嘴含。

　　⑤敝邑:对本国的谦称。

⑥无乃：比较委婉的表达对某一事物或问题的估计或看法，相当于现代汉语中的"恐怕"、"只怕"等。

【译文】

赵国派遣毅谅出使到秦国去。秦王威胁毅谅说："赵豹、平原君赵胜多次欺侮愚弄寡人，赵国如果能杀掉这两个人，那才可以免祸。"毅谅回答说："赵豹、平原君是我们赵王的亲兄弟，好比大王您有叶阳君、泾阳君这样的亲兄弟一样啊。大王您以孝治国的声名传遍天下，合适的衣服穿在身上，荤的或者清淡的美食吃进口中的时候，还想着分给叶阳君和泾阳君。叶阳君和泾阳君的车辆马匹以及衣冠服饰，无非都是大王您赐给他们并和您所穿着和使用过的一样的。现在叫我接受大王您的命令回去禀报赵王，我们这样边鄙小国的国君，害怕大王，因而不敢不执行您的命令，不过这样做恐怕会伤到叶阳君和泾阳君的心吧！"秦王听后觉得他的话有理，就说道："是啊。"

龚遂①

汉宣帝遣使征龚遂②，议曹王生愿从。功曹以为王生素嗜酒，亡节度，不可使。遂不忍逆③，从至京师。王生日饮酒，不视太守。会遂引入宫，王生醉，从后呼曰："明府且止④，愿有所白。"遂还，问其故。王生曰："天子即问君，何以治渤海，君不可有所陈对，宜曰："皆圣主之德，非小臣之力也。"遂受其言。既至前，上果问以治状。遂对如王生言。天子说其让⑤，笑曰："君安得长者之言而称之？"遂因前曰："臣非知此，乃臣议曹教戒臣也。"上以遂年老，

具
品

287

不任公卿，拜为水衡都尉，议曹王生为水衡丞⑥，以褒显遂云。

【注释】

①龚遂：字少卿，生卒年不详，西汉时山阳南平阳（今山东邹城）人。

②征：召，征召。特指君召臣。

③逆：抵触，违背。这里指拒绝。

④明府："明府君"的略称。汉人用为对太守的尊称。

⑤说：同"悦"，高兴。

⑥水衡丞：水衡都尉的助手。水衡都尉为汉武帝设置的官职，主管皇家上林苑，也负责保管皇室财物、铸钱、造船、治水等。

【译文】

汉宣帝派人去渤海征召太守龚遂到长安，龚遂的议曹官王生愿意跟从他前去。功曹官却认为王生平常嗜好喝酒，而且没有节制限度，不可以让他随从前去。龚遂不忍心拒绝王生的要求，就让他跟随着到了京师长安。来到长安以后，王生天天喝酒，也不侍候在太守龚遂身边。那次恰巧碰到龚遂要被人引入宫中见皇上，当时王生已经喝醉了，匆忙从后面赶来叫道："明府您暂且留步，我想向您陈述交代一些事情。"龚遂走了回去，问他有什么事。王生对他说："天子如果问您，用什么方法把渤海郡治理的很好，您不可以直接陈述对答，应该这样说："渤海郡治理的好那都是圣明君主您有仁德的缘故，并不是小臣我的力量所能为的。"龚遂听了他的话。等到了宣帝面前，皇上果然问起渤海治理的状况。龚遂依照王生的话回答了宣帝。宣帝因为他的谦虚辞让而感到很高兴,就笑着问:"你是怎么得到忠厚精明的长者之言而在这里称道的?"龚遂于是走向前如实说:"臣并不知道这些,是臣的部下议曹王生教导和告诫我这样做的。"后来,宣帝因为龚遂年纪大了,不能再担任公卿的职务,就任命他为水衡都尉。他的议曹官王生被任命为水衡丞,成为他的副手,以此来表扬奖赏龚遂。

张华①

张华为惠帝朝太子太傅。值楚王玮,称受密诏,杀太宰汝南王亮、太保卫瓘等。内外兵扰,朝廷大恐。华白帝曰:"玮矫诏擅害三公②,将士仓卒,谓是国家之意,故从之耳。今可遣驺虞幡③,使外军解严,理必风靡④。"上从之,玮兵果败。

【注释】

①张华(232—300):字茂先,范阳方城(今河北固安)人,西晋文学家。少年时贫穷,曾以牧羊为生。张华博学多闻,曾任魏太常博士。

②矫(jiǎo)诏:即假传皇帝的命令。矫,假托、假传(命令)。诏,诏书。三公:中国古代朝廷中最尊显的三个官职的合称。晋指太傅、太师、太保三职。

③驺虞(zōu yú)幡:一种绘有驺虞图形的旗帜,用以传旨解兵。驺虞,传说中的一种兽,白虎黑纹,非自死的生物不食,被视为仁兽。

④风靡(mǐ):风吹倒草木。此处指戒备森严的兵将一下子像风吹倒草木一样卸甲离去。

张华担任晋惠帝朝的太子太傅之职。正碰上楚王司马玮自称接到皇帝的秘密诏书,要诛杀掉太宰汝南王司马亮、太保卫瓘等人。因为这件事,搞得内内外外军队扰乱不安,朝廷上下非常恐惧。张华向惠帝进言说:"司马玮假传诏书,擅自杀害三公大臣,将领和士兵们在仓促匆忙中,误以为是皇上和朝廷的意思,所以才听从了他的命令罢了。现在可以派人取带有驺虞图形的旗帜,传令外面司马玮部下的军队解除严密的戒备,他们明白了是司马玮假传诏书,一定会顺从降服朝廷的。"皇上听从了他的话,司马玮果然因士兵见了驺虞幡都散去而兵败。

桓道恭

桓南郡好猎①,每田狩②,车骑甚盛,五六十里旌旗蔽隰③,骋良马,驰击若飞,双甄所指④,不避陵壑。或行阵不整,麇兔腾逸⑤,参佐无不被系束。桓道恭,玄之族也,时为贼曹参军⑥,颇敢直言,常自带绛绵绳着腰中。玄问此何为,答曰:"公猎好缚人士,会当被缚,手不能堪芒也。"玄自此小差⑦。

【注释】

①桓南郡:即桓玄,桓温(东晋大司马,长期执掌东晋朝政,三次北伐,威名赫赫)之子,曾任江州刺史等职。

②田:后来写作"畋",打猎。

③隰(xí):低湿的地方,这里泛指田野。

④双甄(zhēn):作战时军队的左右两翼。这里指打猎时的左

右两翼护队。

⑤麕(jūn)：即獐子，一种像鹿但比鹿娇小的哺乳动物，背面黄褐色，腹部白色，毛粗无角。

⑥贼曹参军：即掌管捕盗贼的官。参军是州府的属官，参军分曹（即分科、分部门）办事，贼曹是其中一个部门。

⑦小差：本指病稍愈，这里指稍有好转。差，同"瘥(chài)"，病愈。

【译文】

桓南郡很喜欢打猎，每次狩猎时，车马随从都非常多，方圆五六十里的范围内，他打猎的旌旗遮蔽了田野。他骑着上等的马匹，驰骋畋猎，追击如飞。左右两翼护队人马所到之处，不避丘陵沟壑。有的时候行阵排列不整齐，让獐子野兔奔腾逃脱了，那么负责排阵助猎的部下僚属没有不被捆绑问罪的。有个名叫桓道恭的人，与桓玄是同一家族，当时担任贼曹参军，是一个负责捕捉盗贼的职务，他遇事颇敢于直言，经常自己带着深红色的丝绳系在腰中。桓玄问他带着绳子是干什么用的，桓道恭就说："您打猎的时候喜欢捆绑人，我也免不了要被捆绑的，我的手忍受不了粗绳上的芒刺，所以就先准备好丝绳了。"桓玄听了以后，从此打猎时好捆绑人的脾气稍微好了一些。

范云①

范云，齐建元初②，竟陵王子良为会稽太守，云为主簿，王未之知。后克日登秦望山③，乃命云。云以山上有秦始皇刻石，此文三句一韵，人多作两句读之，并不得韵；

又皆大篆④，人多不识。乃夜取《史记》读之，令上口。明日登山，子良命宾僚读之，皆茫然不识。末问云，云曰："下官尝读《史记》，见此刻石文。"进乃读之如流。子良大悦，以为上宾，自是宠冠府朝。

【注释】

①范云(451—503)：字彦龙，南朝齐、梁间诗人。

②建元：齐高帝萧道成的年号，479—483 年。

③克日：约定日期。克，约定或限定(时间)。秦望山：在浙江绍兴，传说系秦始皇会稽刻石处。

④大篆(zhuàn)：汉字古代书体的一种。

【译文】

范云，在齐高帝萧道成建元初年，竟陵王萧子良作会稽太守之时，担任主管文书的主簿之职，这时候竟陵王对范云还不大知晓。后来竟陵王预定日期登秦望山，才命令范云随从前往。范云知道山上有刻有秦始皇文字的石碑，上面的文辞以三句作为一韵，一般人多作两句一韵来读，这样并不合韵，再加上那些字多用大篆体刻成，人们多数不认识。因此，范云拿出《史记》来读，使得自己读起这些石刻文字来朗朗上口。第二天登秦望山的时候，萧子良叫宾客幕僚读石刻文字，他们都对上面的字茫然不识，读不下去。最后，萧子良问范云能不能读，范云说："下官曾经在读《史记》的时候见到过这里的刻石文字。"范云于是走上前去，像流水一样顺畅的读出了这些文字。子良见此情景，非常高兴，把他当作上宾来礼遇，从那以后，范云成为府朝中最受宠爱的人物。

徐陵①

　　徐孝穆使魏，魏人授馆宴宾。是日甚热，主客魏收嘲孝穆曰②："今日之热，当由徐常侍来③。"孝穆从容答曰："前王肃至此④，为魏始制礼仪。今我来聘⑤，使卿复知寒暑。"

【注释】

　　①徐陵(507—583)：孝穆是其字，东海郯(今山东郯城)人，以诗文闻名。梁武帝萧衍时期，任东宫学士。

　　②魏收(507—572)：字伯起，小字佛助，北齐钜鹿下曲阳人，著有《魏书》。

　　③徐常侍：指徐孝穆，当时任通直散骑常侍。

　　④王肃：字恭懿，琅邪(今山东临沂)人。曾在南朝齐为官，后投奔魏国，为魏立下战功。

　　⑤聘：访，探问。

【译文】

　　南朝梁人徐孝穆出使到了北魏，魏人把他安排到宾馆住宿，并且设宴招待他。这天天气相当热，主管接待宾客的北魏大臣魏收在宴席上嘲笑徐孝穆说："今天天气的热，应当是由徐常侍您带来的啊。"孝穆却从容不迫地回答道："先前王肃到这里，开始替魏国制定礼仪制度。现在我来这探访，使您再知道气候的冷暖。"

具品

樊若水①

唐池州人樊若水举进士不第②,因谋归宋。乃渔钓于采石江上,乘小舟载系绳,维南岸③,疾棹抵北岸④,以度江之广狭。因诣阙上书⑤,请造浮梁以济。帝然之,遣石全振往荆湖造黄黑龙船数千艘⑥,又以大舰载巨竹⑦,自荆渚而下。议者谓江阔水深,古未有浮梁而济者。帝不听,擢若水右赞善大夫⑧,先试于石碑口,移置采石,三日而成,不差尺寸。

【注释】

①樊若水(943—994):字叔清,五代时南唐士人,后向宋太祖赵匡胤进献架浮桥平南唐策,由此颇受宋太祖重用。

②第:科举考试的等级。此用作动词,指科举中第。

③维:系,连接。

④疾棹(zhào):很快的划桨。疾,快。棹,船桨,此为动词,用船桨划。

⑤诣阙(què):即入朝面见皇帝。诣,到……去。阙,宫殿,引申为朝廷。

⑥荆湖:湖北江陵及洞庭湖一带。

⑦巨竹:用竹头劈成细丝,再加工成粗的竹索。

⑧右赞善大夫:这是在太子宫中负责掌管侍从、讲授事情的官职。

　　南唐池州人樊若水参加本朝进士考试没有中第，因而想归顺北宋。于是一身渔人装束垂钓在采石江上，他乘了着小船，小船上载了很长的绳子，一头系在南岸，很快划桨抵达北岸，以此用来度量长江的宽窄。然后到北宋都城开封上书给太祖皇帝赵匡胤，请求制造船舰搭成浮桥，用来横渡长江。皇帝听从了他的建议，派遣石全振前往荆湖造了几千艘黄黑色的龙船，又用大舰装载粗竹索，从荆渚顺流而下。对此种做法有争议的人认为江面辽阔、水位很深，自古以来就没有用船作浮桥而能横渡过江的。皇帝不听这些异议之言，擢升樊若水为右赞善大夫，皇帝先要他到石碑口去试验一下，试验成功后再移到采石江，经过三天时间，浮桥搭成了，而且浮桥的长度与樊若水原来计算的尺寸，一点差错也没有。

李存进①

　　梁以王瓒为招讨使②，拒晋兵。瓒为治严，令行禁止。据晋人上游杨村，夹河筑垒造浮梁，馈运相继。晋副总管李存进，亦造浮梁于德胜。或曰："浮梁须竹笮、铁牛、石囷③，我皆无之，何以能成？"存进以苇笮维巨舰，系于王山巨木④，逾月而成，人服其智。

【注释】

　　①李存进：山西代北振武人，原名孙重进，五代时为晋王李克用养子，任振武节度使。少年习武，有勇名。

　　②招讨使：官名。始置于唐代贞元年间。经常是遇到战争等

紧急情况时临时设置，常是大臣、将帅或节度使等兼任，掌管招降讨叛等。军中急事来不及奏报，可临时处置事情。

③筰(zuó)：用竹篾拧成的索。石囷(qūn)：石制的圆形谷仓。

④系于王山巨木：此处"王"字疑为"土"字。

【译文】

后梁皇帝封王瓒为招讨使，派他带兵抵抗晋王李存勖(xù)的军队。王瓒治理军队相当严格，命令下了必然执行，禁令一出也定会施行。王瓒带兵据守在晋兵上游的杨村，夹河道筑堡垒，造船相连以成浮桥，接连不断的运送粮草。晋王部下的副总管李存进也带领士兵集中船只准备在德胜造成浮桥。有人说："浮桥必须要用竹篾拧成的粗索、铁铸的牛、石仓之类的材料，我们这里都没有这些东西，如何能造成浮桥呢？"李存进用芦苇劈成细条做成大的绳索，系住大舰，另一头系在王山的大树上，过了一个月，浮桥造成了，人们都对他的智慧感到钦佩。

赵普①

赵普与宋太祖大宴，雨骤至，上已不悦。雨又不止，左右皆恐。普因奏言："外间百姓正望雨，时雨难得，可令乐官就雨中奏乐。"上大悦，乃终宴焉。

【注释】

①赵普：字则平，北宋政治家，有"半部《论语》治天下"之名。

赵普和宋太祖赵匡胤举行盛大的宴会，雨骤然来临，皇上随即不高兴起来。雨又一直不停，左右陪侍的人都恐慌起来。赵普于是不慌不忙的上奏太祖，说："外面的民间百姓正在盼望着下雨，及时下雨是很难得的。可以叫乐官在雨中演奏乐曲。"太祖听了很高兴。于是宴会如数进行了下去直到结束。

程颢①

程伯淳为鄠县主簿②，民有借其兄宅以居者，发地得藏钱③。兄之子诉于县。县令曰："此无证佐，何以决之？"颢曰："此易辨尔。"即先问其兄之子曰："尔父藏钱，当几何时？"曰："四十年。""彼借宅以居，又几何时？"曰："二十年。"即遣吏取钱十千视之，谓借宅者曰："此钱皆尔未借宅前数十年所铸，何也？"其人遂服。令大奇之。玄之曰："如今民间尚藏有开元通宝④，不知当时何以辨？"

【注释】

①程颢（1032—1085）：字伯淳，人称明道先生，原籍河南府（今河南洛阳），生于湖北黄陂，宋代理学家。

②鄠（hù）县：即户县，在今陕西。

③发：打开，开掘。

④开元通宝：唐高祖武德四年（621），为整治币制，废隋钱，铸"开元通宝"，在中国古代货币发展史上具有重要的地位。

具品

　　程伯淳担任鄠县主簿之职时,民间有个借他哥哥的宅子居住的人,掘地得到埋藏在地里的铜钱。哥哥的儿子知道这事情后,上县里去状告他的叔父。县令说:"你说你叔父拿你家地下藏的铜钱的事没有证据可以帮你证明,那要用什么来裁判呢?"程颢说:"这个容易分辨啊。"程颢于是就先问这个哥哥的儿子:"你父亲在地底下埋藏铜钱,有多长时间了?"他说:"四十年。"又问:"你的叔父借你家房屋居住,又有多少时间了?"他说:"二十年。"程颢于是马上派县衙里的小吏到借哥哥房屋住的人那里,取从地底下挖出来的铜钱一万仔细观察后,对借房屋住的人说:"这些铜钱都是你借你哥哥的住房前数十年所铸造的,这是为什么?"那人回答不出来,于是承认是从哥哥借给他的房子地下挖掘出来的。县长对程颢的睿智大为惊奇。玄之说:"如今民间还收藏有唐朝的开元通宝,不知当时用什么办法来分辨?"

包公①

　　包孝肃公知天长县②,有诉盗割牛舌者。公使归,屠其牛鬻之③。既有告私杀牛者。公曰:"何为割某家牛舌而又告之?"盗者惊服。

【注释】

　　①包公:即包拯,字希仁,安徽合肥人。为官清廉,公正无私,外号包青天,卒后谥号孝肃。后人称为包公。

　　②知:主持,即执掌管理。

　　③鬻(yù):卖。

包拯担任天长县知县,有人到堂上告状说家中的牛被盗贼割去了舌头。包公叫他回去,把那头被割掉舌头的牛屠杀掉,然后把牛肉拿到街上去卖。不久,就有人上告说有人私杀耕牛。包公就问:"你为什么割掉某某家耕牛的舌头,而又告发他私自宰杀耕牛?"那个偷割牛舌的盗贼听了以后,顿时因为包公的精明而惊骇起来,连忙向包公磕头伏罪。

沈括①

宋哲宗时,大藉民车②。又市易司患蜀盐不禁③,欲尽入公井,而辇解池盐给之④。言者论二事如织,皆不省⑤。沈括侍帝侧,帝顾曰:"北边以马取胜,非车不足以当之。"括曰:"车战之利,见于历世。然古人所谓兵车者,轻车也。五御折旋⑥,利于捷速。今之民间辎车重大,日不能三十里,故世谓之太平车,但可施于无事之日耳。"帝喜曰:"人言无及此者。"遂问蜀盐事,对曰:"一切实私井⑦,而运解盐使一出于官售诚善。然忠万戎泸间,夷界小井尤多,不可猝绝也,势须列候加警,臣恐得不足偿费。"帝颔之,明日二事俱寝⑧。

【注释】

①沈括:北宋科学家、政治家。字存中,钱塘(今浙江杭州)人。博学多闻,对天文、地理、典制、律历、音乐、医药等均有研究。曾参与王安石变法。1075年出使辽国,力斥其夺地之谋。晚年隐

居润州(今江苏镇江)梦溪园,总结古代科技方面的发明创造,写成《梦溪笔谈》。

②藉:登记,记。

③市易司:官署名。王安石变法期间,于熙宁五年(1072)置市易务于京城,后各主要城市亦置。掌管平衡物价等经济事务。

④辇(niǎn):载运;运送。

⑤省(xǐng):查看,检查。

⑥五:虚指,指多数。

⑦实:充满,充实,填塞。此指关闭私盐井。

⑧寝:停止,平息。

【译文】

北宋哲宗时,大规模登记民间车辆准备征用。又有市易司担心四川的井盐不禁止会大规模泛滥而造成国家经济上的损失,因此想把四川的私人井盐全部纳入公家井盐,而运送北方解州池盐给盐商贩运。朝中的官员议论这两件事,热火朝天,如织布一样穿来穿去,喋喋不休,哲宗都不予以理睬。有一天,沈括侍立在皇帝身边,皇帝回头问他:"北边作战,如果只用战马取胜,而不用车子,就不能完全抵挡得住进犯。"沈括回答说:"兵车作战的好处,历代都能见到。然而古人所说的兵车,是指轻便的车辆。这种车由众多的兵力驾驶前进,有时转弯,有时旋转,好处在于便捷又速度很快。现在民用的载重车,车体重大,一天都走不了三十里路,所以民间称它为太平车,也只能用于太平无战事之日罢了。"皇帝高兴地说:"众人的言论没有能讲到这一点的。"于是皇帝又向沈括请教起蜀盐的事情,沈括又回答说:"关闭一切私人井盐,而运出解州的池盐,使得统一于官家出售,的确是好的。然而忠、万、戎、泸各州中间，少数民族居住的边界，小私井特别多，不可能一下子取缔掉，势必要安排官员和警卫人员来加强戒备，臣恐怕这样做所得的利益，不足以补偿这些花费。"皇帝听后，点头表示同意。第二天，这两件事情全部搁置，不再施行了。

沈介庵①

沈介庵为衡州二守时，会各寺观书院，与诸生谈学。一日，有生员数人，盖于诸生中稍出色者来谒②，留坐稍久，即有同类妒之，每揭无名谤书于会所。前数人者来告曰："此系某之所为。"介庵曰："可恨哉！吾子言之若何？"数人曰："其上化之。化不可得，速加刑焉。"介庵笑曰："不教而杀为虐，还且教之。"乃遣吏一人往某某之家，曰："请明日会某处讲学。如不来，我先责汝。"吏突入其家，喻以请意甚切。某某无所辞，次日乃到。众人俱目摄之甚怒。介庵独呼某某前，问近日功课何如，诘以学旨，有能达不能达者，更为讲解。前数人不解所以，愠而问故。介庵笑曰："彼人从今不揭汝矣。此正子所谓化之也！"诸生退，是后果无粘谤书者。樊升之曰："夫子曰：'今由与求也，可谓具臣矣。'夫由之果，求之艺，此亦天下之上能也。而何以为具？以言其酬酢庶务③，裁决当机，非不恢恢有余④。至服远人，守邦国，则不足。故曰：具者，备也。言备一时之用，不可少也。然则后世虽有果如由、艺如求者，亦止可称具矣，而况于斗筲之材哉⑤！虽然，言有斗

具
品

301

也,必有斗之用也;言有筲也,必有筲之用也。故尺寸之长,袜线之伎⑥,皆得效用,而后天下无弃才,与人尽弘恕。故曰:君子易事。然则斗筲之人不足算也,而足收也,讵可忽诸⑦?

【注释】

①沈介庵:明万历年间中进士,曾做官,后退居乡里。

②谒(yè):拜见,请见。

③酬酢(zuò):应酬交往。

④恢恢:常形容技巧高、本领大,处理问题毫不费力。

⑤筲(shāo):竹制的盛器,容积有一斗二升、一斗、五升等不同说法。

⑥伎(jì):技艺。

⑦讵(jù):表示反问,相当于现代汉语中的"难道"、"哪里"。

【译文】

沈介庵在担任衡州二守期间,常召集各个寺观、书院的读书人,跟他们一起谈学问。一天,有几个大概是这些学员中稍为优秀的人来拜见介庵,介庵留他们坐谈时间稍长了点,就有同学妒忌他们,多次写出匿名的诽谤书信贴在集会的场所。前面几人就来告诉介庵说:"这是某人所做。"介庵说:"真是可恨啊!你们说应该怎么办?"这几个人说:"最好是教化他。教化不能使他改过,就赶快加以刑罚处分他。"介庵听后,笑着说:"不进行教育就抹杀这个人,这是凶暴的做法,还是姑且教化他吧。"于是介庵派手下的一个官吏到某某家去了,临走时嘱咐前去的官吏说:"请某某明日相会在某处讲学,如果不来,我先要责备你。"这个办事员奉命

突然闯入某某家,传达了介庵的话,要求他前去讲学的情意十分
深切。某某听了也不好推辞,第二天,他如约来到了指定地点。
众人都瞪视着他,眼中显出很恼火的样子。介庵独叫某某走向前
来,问他近日功课进展怎样,问他学习的内容、学问的旨趣,他有
能回答的,有不能回答的,不能回答的介庵就再为他讲解。前面
那几个人不理解介庵如此友善的对待他是出自什么原因,心中怀
着怨气,跑过来不满地问介庵是什么缘故。介庵笑着说:"那人从
今以后,不会再贴出匿名信诽谤你们了。这正是您们所说的'教
化他'的意思啊!"那几个学员告退了,从那以后果然没有人再贴
出诽谤别人的匿名信了。樊升之说:"孔夫子说:'现在子路和冉
求,可以说是具臣了。'子路的果敢,冉求的才艺,这也是天下的上
等才能啊! 然而为什么称为'具'呢? 因为他们在应对众多繁杂
的事务、当机立断上,无不都是绰绰有余的。至于使远方的人信
服,牢牢地守住自己的国家这样的事,他们的才干就显得不足了。
所以说:具,就是准备的意思。就是说可以备一时的用处,这是不
可以缺少的。既然如此,那么后世虽有果敢如子由,才艺如冉求
的,也只能称'具'了,更何况像只能容纳十至十二升的容量的斗
和筲那样才识短浅、气量狭窄的人材呢! 虽然这样,说到有斗这
样的容器,必然还是有斗的用处的;说到有筲这样的竹器,必然还
是有筲的用处的。所以尺寸的长度,袜线的伎能,都能得到有效
的使用,而后天下没有被遗弃的人才,对待别人时要气量大,有忍
耐。所以说:君子易于成事。既然这样,那么才识短浅、气量狭小
的人才虽然不值得计算在内,却也是值得收录使用的,怎么可以
疏忽掉呢!"

具
品

谲品

【题解】

此卷名曰《谲品》，本义为"欺诈，诡诈"。原《序》云："次曰《谲品》。《管子》曰："大胜，时也；小胜，计也。"晋文公谲而不正，而城濮之功亦与召陵之绩并。令宋襄、陈儒而知此，当无泓之辱，诋之败。原《序》引用《管子》之语、并以晋文公运用计策取得城濮之战的例子说明，《谲品》之"谲"指善于使用高明的计谋而取得事情的胜利，或者转危为安。

此卷中，有为国家大计而"谲"者，如孝文帝等。《孝文帝》篇中讲北魏孝文帝打算迁都洛阳，但又恐怕群臣不从，于是就商议大举进攻齐国。部队到达洛阳的时候，大臣们已经疲惫不堪，不愿再继续南行。于是孝文帝说，如果不继续向南伐齐，那么就要迁都于此。当时，北魏贵族们虽然不愿迁到内地，但又害怕到南方去征伐齐国，因而也没有敢出来反对的，于是孝文帝就定下了迁都洛阳的计划。

有为仗义救人而"谲"者，如曹冲等。《曹冲》篇中，曹操的马鞍放在库房里被老鼠咬坏了，看守库房的库吏想亲自去向曹操谢罪。这时曹冲出手相救。曹冲于是在自己的一件单衣上刺破了几个洞，就像被老鼠咬过一样，穿着去见曹操。曹操问是何故，曹冲回答说："我的单衣被老鼠咬破了，据说会不吉利，所以我正在为此担忧呢。"曹操说:"那都是世人乱说的,没有什么可担忧的。"库吏前来认罪。曹操说,曹冲的衣服尚且还会被咬坏,更何况是马鞍呢。于是曹操就没有追究此事。

有为危难自保而"谲"者,如刘备等。《刘备》中,曹操与刘备煮酒论英雄。曹操说:"当今天下能称得上英雄的人物,只有你和我两个人罢了。"刘备闻此,惊得把筷子掉落在地上,碰巧此时天空中想起一声炸雷,刘备趁此对曹操说:"圣人云:'迅雷风烈必变。'良有以也。一震之威乃至于此。"刘备随机应变,既掩饰了自己当时的心情,又消除了曹操对自己的戒备之心,可谓高明。

为国家大计而"谲"者,谓之忠;为仗义救人而"谲"者谓之义;为危难自保而"谲"者,谓之智。故评人论事,不能只看结果,要看其为人处事的出发点,只有这样方能分清是非、辨明忠奸。

伊尹①

汤欲伐桀②,伊尹请且乏贡职③,以观夏动。桀怒,起九夷之师④。伊尹曰:"未可。彼尚能起九夷之师,是罪在我也。"汤乃谢罪请服,复入贡职。明年,又乏贡职。桀起九夷之师,九夷之师不起。伊尹曰:"可矣。"汤乃兴师伐桀,残之⑤,迁于南巢。

【注释】

①伊尹:商初大臣,辅佐商汤建立商。

②汤:又称成汤,商朝的建立者。桀:又称夏桀,夏朝的最后一位国君。

③乏:缺乏,少。此处用作动词,使缺乏,减少。

④起：发起，调动。九夷：古代称东方的九种民族。亦指其所居之地。

⑤残：灭，打败。

【译文】

商汤想要讨伐夏桀，大臣伊尹建议商汤先暂时减少向朝廷贡纳赋税的份额，以此来观察夏桀的态度动静。夏桀很生气，调动东夷九族的军队来兴师问罪。伊尹说："现在还不能讨伐夏朝。夏桀还能够调动东夷九族的部队，这说明罪责还在我们这里啊。"商汤于是向夏桀承认罪责，请求再次服从夏的领导，又向夏桀贡纳足额的赋税。第二年，商汤又故意减少贡纳赋税的份额。夏桀又准备调动东夷的部队，但东夷人却不服从调动，不再起兵打汤了。伊尹说："现在可以讨伐夏桀了。"商汤于是调动军队讨伐夏桀，打败了夏桀，然后将他流放到南巢去了。

荀息①

晋荀息请以屈产之乘与垂棘之璧，假道于虞以伐虢②。公曰："是吾宝也。"对曰："若得道于虞，犹外府也③。"公曰："宫之奇存焉④。"对曰："宫之奇之为人也，懦而不能强谏，且少长于君，君昵之，虽谏，将不听。"乃使荀息假道于虞，曰："冀为不道，入自颠转⑤，伐鄍三门⑥。冀之既病⑦，则亦唯君故。今虢为不道，保于逆旅以侵敝邑之南鄙⑧。敢请假道，以请罪于虢。"虞公许之，且请先伐虢。宫之奇谏，不听，遂起师。夏，晋里克、荀息帅师会虞师，伐虢，灭下阳。

【注释】

①荀息：名黯，春秋时晋国大夫。

②假：借。虢（guó）：南虢，周平王东迁，西虢徙于上阳，称南虢，春秋时灭于晋。

③外府：外库。与王室的仓库内府相对。

④宫之奇：春秋时虞国（今山西平陆北）人，他善于分析事情并作出正确的判断，比较有远见，是春秋时期著名的政治家。

⑤颠轸（líng）：古地名，一般认为在今山西平陆。

⑥郊（míng）：古邑名，中国春秋时虞地，后属晋，在今山西平陆东北。

⑦病：困难，不利。

⑧保：同"堡"，军事上防守用的建筑物。此指筑堡垒。逆旅：旅店。逆，古语中为"迎接"。旅，旅人，行者。敝邑：对本国的谦称。

【译文】

晋国的荀息请求国君拿屈地出产的马匹和垂棘出产的玉璧作为礼物去向虞国借条路来攻打虢国。晋王说："这马匹、玉璧都是我的宝贝啊！"荀息回答说："如果我们从虞国那里借到了一条可以用来攻打虢国的路，那么，我们把马匹、玉璧这些宝物送给虞国，就像把它们放在外库里一样啊。"晋王说："虞国还有一个宫之奇在那呢，他不会同意借道给我们的。"荀息回答说："宫之奇这个人，生性懦弱而不能做到坚决劝谏虞王，而且他从小就和虞国国君在宫里一起长大，虞君对他很亲昵而缺少敬畏，他即使进谏虞君，虞君也不会听从他的。"于是晋王就派荀息到虞国去借路，荀息对虞君说："冀国不讲道义，从颠轸这个地方入侵，攻打虞国郊

邑的三面城门。我国出兵攻打冀国,并让冀国遭到很大的损伤,这都是为了君王您啊!现在虢国也不讲道义,他们在旅馆里筑起堡垒,来攻打我国的南部边境。我们现在恳请向贵国借一条路,好由此到虢国去兴师问罪。"虞君答应了荀息的要求,而且主动请求让虞国派兵先去攻打虢国。宫之奇进谏虞王想阻止这件事,虞君不听他的话,就起兵攻打虢国。这年夏天,晋国的里克、荀息带兵和虞国的军队会合,去攻打虢国,攻占了下阳。

子贡^①

田常欲作乱于齐^②,惮高、国、鲍、晏,故移其兵,欲以伐鲁。孔子闻之,谓门弟子曰:"夫鲁,坟墓所处,父母之国,国危如此,二三子何为莫出^③?"子路请出,孔子止之。子张、子石请行,孔子弗许。子贡请行,孔子许之。

【注释】

①子贡:名端木赐,为孔子弟子,春秋时卫国人,擅长经商和言辞。曾游说齐、吴,促使吴伐齐救鲁。

②田常:春秋时齐国大臣。妫(guī)姓,田(陈)氏,名恒,后人因避汉文帝刘恒讳称他为田常,亦称田成子。

③二三子:你们几个人,包括下文提到的子路、子张、子石和子贡等人。

【译文】

田常想在齐国发动内乱,但又害怕高氏、国氏、鲍氏和晏氏的势力,因此转而调动他的军队,想用来攻打鲁国。孔子听到这个消息后,对他门下的弟子说:"鲁国是咱们祖宗坟墓的所在地,是我们的父母国,国家危险到如此的程度,你们这几个人为什么还不挺身而出为国家解难?"子路请求前去,孔子阻止了他。子张和子石二人也请求前去,孔子还是不应允。子贡提出了前往齐国的请求,孔子同意了让他去。

　　遂行,至齐,说田常曰:"君之伐鲁过矣。夫鲁,难伐之国,其城薄以卑①,其地狭以泄,其君愚而不仁,大臣伪而无用,其士民又恶甲兵之事,此不可与战。君不如伐吴。夫吴,城高以厚,地广以深,甲坚以新,士选以饱,重器精兵,尽在其中,又使明大夫守之,此易伐也。"田常忿然作色曰:"子之所难,人之所易;子之所易,人之所难。而以教常,何也?"子贡曰:"臣闻之,忧在内者攻强,忧在外者攻弱,今君忧在内。吾闻君三封而三不成者,大臣有不听者也。今君破鲁以广齐,战胜以骄主,破国以尊臣,而君之功不与焉,则交日疏于主。是君上骄主心,下恣群臣②,求以成大事,难矣。夫上骄则恣,臣恣则争,是君上与主有郤③,下与大臣交争也。如此,则君之立于齐危矣。故曰不如伐吴。伐吴不胜,民人外死,大臣内空,是君上无强臣之敌,下无民人之过,孤主制齐者唯君也。"田常曰:"善。虽然,吾兵业已加鲁矣,夫而之吴,大臣疑我,奈何?"子贡曰:"君按兵无伐,臣请往使吴王,令之救鲁而伐齐,君因以兵迎之。"田常许之。

①卑：此处指地势低下。

②恣：放纵，无拘束。

③郤（xì）：同"隙"，空隙，裂缝，喻指感情上的裂痕。

【译文】

子贡不久就动身了，到达了齐国，劝告田常说："您攻打鲁国的做法错了啊。鲁国是一个很难攻打的国家，因为它的城墙又薄又矮，它的土地又狭小又渗水，它的国君愚昧不仁，它的大臣虚伪无用，它的士兵和老百姓又都厌恶干戈战争，这样的国家不可和它作战。您还不如去攻打吴国。这是因为吴国的城墙又高大又厚实，土地又广大又深厚，它的甲胄又坚固又崭新，它的士兵个个精挑细选而又数量充足，贵重的器物和精锐的部队都集中在那里，又派贤明的大夫镇守，这样的国家最容易攻打了。"田常听了非常气愤，脸色骤变，说："您认为是困难的，却是别人认为容易的；您认为是容易的，却是别人认为困难的。您用您自己认为的所谓正确的观点来教导我，又是为了什么呢?"子贡说："我听说，一个人如果他的忧患是来自于国内，那他就会去攻打强国；如果他的忧患来自于国外，那他就会去攻打弱国。现在您的忧患是在国内。我听说您之所以曾几次有机会被封爵但几次都没有被封成，就是有些大臣不听从您的缘故。现在如果您攻克了鲁国，是会扩大齐国的领土；打了胜仗，也会因此而使齐君骄纵；攻破了鲁国，更会因此而使齐臣尊贵，然而您的功劳却并不算在里头，那么您和国君的关系就会日益疏远。这样您就上使国君放纵，下使群臣放肆，您还想在这种情况下来成就大事，那就太难了啊。国君一旦骄纵就会无所顾忌，群臣骄纵就会争权夺利，这样，您就上和国君有嫌隙,下和大臣相争夺。到了这种地步,您在齐国立足可就相当危险了。因此我说您不如去攻打吴国。攻打吴国,如果不能取胜,那么其结果是人民战死在国外,大臣被削弱在朝内。这样一来,您就上无强臣对抗,下无百姓怪罪,在整个齐国内能够孤立国君、控制朝政的就只有您了。"田常说:"好。虽然这样,但是我们的军队已经前往鲁国了,如果再把他们从鲁国撤回来,转而去攻打吴国,我们齐国的大臣就会对我起疑心,那该怎么办才好?"子贡说:"您就按兵不动,先不要征伐那里,我请求让我去出使吴国觐见吴王,让他为了救援助鲁国而与齐国交战,您这时就趁机带领部队去迎战吴国军队。"田常同意了。

苏秦①

　　齐大夫多与苏秦争宠者,而使人刺苏秦,不死,殊而走②。苏秦且死,乃谓齐王曰:"臣即死,车裂臣以徇于市③,曰:'苏秦为燕作乱于齐。'如此,则臣之贼必得矣。"于是如其言,而杀苏秦者果自出,齐王因而诛之。

【注释】

　　①苏秦(前340—前284):字季子,战国时期著名的纵横家。

　　②殊:死。这里指殊死挣扎。

　　③徇(xún):对众宣示。

【译文】

　　齐国的大夫中有很多跟苏秦争夺齐王的宠信的人,派人去刺杀苏秦,但苏秦并没有当场被刺死,而是带着伤殊死挣扎着逃走

了。苏秦在快要死的时候，对齐王说道："我如果死了，请在街市上把我车裂了来示众，并宣称说：'苏秦为了燕国而在齐国阴谋造反。'这样，谋杀行刺我的凶手就一定能够被捉到了。"于是齐王就按照苏秦的遗言来办，谋杀行刺苏秦的人果然自己出来承认刺杀苏秦的事想邀功请赏，齐王趁机把他杀了。

张仪①

张仪相秦，秦欲伐齐，齐、楚从亲，于是张仪往相楚。楚怀王闻张仪来，虚上舍而自馆之②。仪说楚王曰："大王诚能听臣③，闭关绝约于齐，臣请献商、於之地六百里。"楚王大说而许之。群臣皆贺，陈轸独吊④。楚王怒，陈轸对曰："不然。以臣观之，商、於之地不可得而齐、秦合，齐、秦合，则患必至矣。"楚王曰："有说乎？"陈轸对曰："夫秦之所以重楚者，以其有齐也。今闭关绝约于齐，则孤。秦奚贪夫孤国，而与之商、於之地六百里？张仪至秦，必负王，是北绝齐交，西生患于秦也，而两国之兵必俱至。善为王计者，不若阴合而阳绝于齐。"楚王曰："愿陈子闭口勿言，以待寡人得地。"乃以相印授张仪，厚赂之。于是遂闭关绝约于齐，使一将军随张仪。张仪至秦，佯失绥堕车⑤，不朝三月。楚王闻之，曰："仪以寡人绝齐未甚邪？"乃使勇士至宋，借宋之符，北骂齐王。齐大怒，折节而下秦。秦、齐之交合，张仪乃朝。谓楚使者曰："臣有奉邑六里，愿以献大王左右。"楚使者还报楚王，楚王大怒，发兵而攻秦。陈轸曰："轸可发口乎？攻之不如割地反以赂秦，与之并兵而攻齐，是我出地于秦，取偿于齐也，王国尚可存。"楚王不听，卒发兵而使将军屈丐击秦。秦、齐共击楚，斩首八万，杀屈丐，遂取丹阳、汉中之地。

【注释】

①张仪：战国时期著名的纵横家。

②虚：空，指空出来。馆：为……安排旅馆。

③诚：表示假设，相当于现代汉语"果真"。

④吊：忧虑，悲伤。

⑤绥（suí）：古代指登车时手挽的索。

【译文】

张仪担任秦的宰相，秦国想攻打齐国，但是因为齐国与楚国合纵相亲，力量比较强大，于是张仪便去楚国作了宰相。楚怀王听说张仪到楚国来了，特地空出上等的宾舍，并亲自来安排他的住宿。张仪劝楚怀王说："大王您如果能够听从我的话，就应当封闭关口，废除盟约，跟齐国断绝一切往来，我会请求秦王把秦国的商和於一带的六百里的土地献给您。"楚怀王听了非常高兴，就答应了他。楚国的大臣们都来向楚怀王祝贺得地，唯独陈轸表示忧虑不安。楚怀王对他的表现很恼火。陈轸回应说："不是这样的。依我看来，商、於一带的土地并不会让我们得到，而齐、秦两国却能联合起来。如果齐、秦两国联合在一起，那么我们楚国的灾祸一定会降临了。"楚怀王问道："这有什么说法吗？"陈轸回答说："秦国之所以重视我们楚国，是因为我们与齐国联盟在一起。如果我们同齐国断绝往来、废除齐楚两国之间的盟约，那么我们楚国就将陷于孤立境地。秦国为什么要贪图结交咱们这个孤立无

援的楚国,还要送给我们商、於这一带六百里的土地呢？张仪一旦回到秦国,一定会背弃大王您。如此一来,我们楚国在北面和齐国断绝了交往,在西面,又惹上了秦国这样的祸患,秦、齐二国的军队定会联合起来攻打我们楚国。我好好地替大王您筹划了一下,您不如暗中和齐国联合,而表面上却和齐国断绝交往。"楚怀王说:"请陈先生闭起嘴巴,不要再说什么了,就看我怎么得到土地好了。"于是楚怀王就把相印授给了张仪,并重重地赏赐给他一笔财物。接着楚国就和齐国断绝了外交关系,背弃了两国之间订立的一切盟约,派遣一名将军跟随张仪到秦国去。张仪回到秦国后,假装因为没有拉紧登车时挽的手挽索而从车上摔了下来,三个月没有上朝。楚王听说这件事以后,说:"难道张仪认为我和齐国绝交还不够坚决、彻底吗？"于是他派遣勇士到达宋国,借来了宋国的符信,北上去辱骂齐王。齐王非常恼怒,情愿降低身份向秦国退让妥协。这样秦、齐二国结成联盟,张仪于是去上朝了。他对楚国跟随他来的使者说:"我有受封的六里土地愿意把它奉献给你们的楚王。"楚国的使者回到楚国,把情况向楚王回报,楚王听了非常愤怒,要出动大军攻打秦国。陈轸说:"请问现在我陈轸可以开口说话吗？与其进攻秦国,不如反过来割地贿赂秦国,跟它联合起来出兵攻打齐国,这样做,等于我们让出土地给了秦国,然后再从齐国那里得到补偿,这样,大王您的国家还可安然无恙。"楚怀王不听陈轸的劝告,终于出动军队,并派遣将军屈匄率兵攻打秦国。秦国和齐国联合起来攻打楚国,八万楚军被斩首,将军屈匄也被杀死。秦、齐联军最终占领了丹阳和汉中的土地。

陈轸[1]

陈轸为秦使于齐,过魏,求见犀首[2]。犀首谢陈轸[3]。

陈轸曰："轸之所以来者,事也。公不见轸,轸且行,不得待异日矣。"犀首乃见之。陈轸曰："公恶事乎?何为饮食而无事?"犀首曰："衍不肖,不能得事焉,何敢恶事?"陈轸曰："请移天下之事于公。"犀首曰："奈何?"陈轸曰："魏王使李从以车百乘使于楚,公可以居其中而疑之④。公谓魏王曰:'臣与燕、赵故矣,数令人召臣也,曰无事必来。今臣无事,请谒而往⑤。无久,旬、五之期。'王必无辞以止公。公得行,因自言于庭曰⑥:'臣急使燕、赵,急约车为行具。'"犀首曰："诺。"谒魏王,王许之,即明言使燕、赵。诸侯客闻之,皆使人告其王曰："李从以车百乘使楚,犀首以车三十乘使燕、赵。"齐王闻之,恐后天下得魏,以事属犀首⑦,犀首受齐事。魏王止其使。燕、赵闻之,亦以事属犀首。楚王闻之,曰："李从约寡人,今燕、齐、赵皆以事因犀首。犀首必欲寡人,寡人欲之。"乃倍李从,而以事因犀首。魏王曰："所以不使犀首者,以为不可。今四国属以事,寡人亦以事因焉。"犀首遂举天下之事,后相魏。

【注释】

①陈轸(zhěn):战国时纵横家。先为楚国谋士,后离开楚国投奔秦惠王,成为秦国的游说之士。

②犀首:公孙衍,战国时人,在魏做官任犀首,故史书多称之为犀首。犀首,魏国官职名。

③谢:推辞。

④疑:通"拟",比拟,模仿。

⑤谒(yè):拜见。

【译文】

陈轸代表秦国出使齐国,经过魏国的时候,他要求跟犀首公孙衍见一见面。犀首借故推辞不见陈轸。陈轸说:"我这次之所以到魏国来,是为办一件公事。您不愿见我,那我就要走了,不能等到另外一天。"犀首这才见了陈轸。陈轸说:"您难道厌恶做事情吗? 为什么您整天吃喝而无所事事?"犀首说:"我公孙衍这个人没才能没本事,所以没有事情需要我做,哪里是我敢厌恶事情呢?"陈轸说:"请允许我把天下的事务都移交给您处理。"犀首问:"这要怎么做呢?"陈轸说:"魏王派李从以一百辆车子的规模出使到楚国,您可以借这个机会模仿他的样子也争取出使他国。您就对魏王说:'我与燕、赵两国的国君很有交情,他们多次派人来召我前去,说'没事清闲的时候一定要来'。现在我也正好手头上没有什么事,我请求到这两个国家去拜见他们的国君。用不了多长时间,不过十日五日的时间罢了。'魏王必定没有什么理由来阻止您。您得到批准出使到他国后,就趁机在朝廷里自己提出要求说:'我急着出使到燕、赵两国去,请赶快给我准备车辆作为出行的工具。'"犀首说:"好吧,就这么办。"于是便去拜见魏王,魏王答应了他出访燕、赵二国的要求,他也就公开地宣告他要出使燕、赵二国。各国诸侯手下门客得知了这一消息,都各自派人去向他们的国君报告说:"魏国派李从带着一百辆车子去出使楚国,派犀首带着三十辆车子去出使燕、赵。"齐王听到这个消息,担心自己落在别国后面结交上魏国,于是就把齐国的事务嘱托给犀首办理,犀首于是接受了齐国的事务。魏王阻止了他出使燕、赵。燕、赵两国听到这个消息,也把他们本国的事务嘱托给犀首处理。楚王听到这个消息后,说:"李从来和我缔约,现在燕、齐、赵都把国事托付给犀首来趋就他,犀首一定想要结交我,我也要结交他。"于是楚王就背弃李从而把国事托付给犀首以此来趋就他。魏王说:"我当初之所以没有重用犀首,是因为我认为他不能担当重任,现在燕、齐、赵、楚这四国都把国事交托给他,我也要把魏国的政务交托给他。"犀首于是就主持了天下各国的事务,之后他又重新担任了魏国的宰相。

司马喜①

中山司马喜使赵,而为己求相。公孙弘阴知之。中山君出,司马喜御②,公孙弘参乘。弘曰:"为人臣,招大国之威,以为己求相,于君何如?"君曰:"吾食其肉,不以分人。"司马喜都不致辩,惟顿首于轼曰③:"臣自知死至矣!"君曰:"行,吾知之矣。"居顷之,赵使来,为司马喜求相。中山君反大疑公孙弘,弘出走。

【注释】

①司马喜:生卒年不明,卫国人,任中山相邦,为中山国三朝大臣。

②御:驾驶车马。

③轼:古代车厢前面用作扶手的横木。

【译文】

中山国大臣司马喜出使到赵国,趁便请赵国帮助他请求中山

谲

品

国君让自己担任中山国的宰相。与他同朝的公孙弘暗中知道了这件事。某天中山国君外出，司马喜给他驾车，公孙弘作陪乘。公孙弘对国君说："作为一国国君的臣子，却仗着别的大国的威势，来帮助自己谋求宰相的职位，国君您看该怎样对待这样的事情呢？"中山君说："我痛恨这样的人，我要把他的肉全部吃光，一点也不分给别人。"司马喜听后一点也不为自己辩解，只是一个劲儿地在车扶手上叩头，说："我自己知道我的死期到了。"中山君说："驾车走吧，我知道了。"过了不久，赵国派了使者来到了中山国，使者在中山国君面前请求让司马喜担任宰相的职位。中山君反而因此非常怀疑是公孙弘故意陷害司马喜，公孙弘吓得逃离了中山国。

苏代①

白起坑赵卒四十万②，赵人大震。赵王恐，使苏代厚币说秦相应侯曰③："武安君擒马服子乎④？"曰："然。"又曰："即围邯郸乎？"曰："然。"曰："赵亡则秦王王矣，武安君为三公。武安君所为秦战胜攻取者七十余城，南定鄢、郢、汉中⑤，北擒赵括之军，虽周、召、吕望之功不益于此矣⑥。今赵亡，秦王王，则武安君必为三公，君能为之下乎？虽欲无为之下，固不得已矣。秦尝攻韩，围邢丘，困上党⑦，上党之民皆反为赵，天下不乐为秦民之日久矣。今亡赵，北地入燕，东地入齐，南地入韩、魏，则君之所得民亡几何人。故不如因而割之，无以为武安君功也。"于是应侯言于秦王曰："秦兵劳，请许韩、赵之割地以和，且休士卒。"王听之,割韩垣雍、赵六城以和⑧。

【注释】

①苏代:战国时纵横家。东周洛阳人。苏秦族弟。初事燕王哙(kuài),又事齐愍(mǐn)王。还燕,遇子之之乱,复至齐、至宋,燕昭王召为上卿。

②白起(?—前257):即公孙起,战国时期秦国名将,被封为武安君。

③应侯:即范雎(?—前255),战国时魏人,担任秦昭王之相,非常有谋略,为秦的强盛做出了很大贡献。

④马服子:即赵奢之子赵括。马服,战国赵地。赵国名将赵奢因功封于此地,所有又称马服君。后以"马服"指代赵奢。

⑤鄢(yān):古邑名,春秋楚别都,在今湖北宜城。郢(yǐng):古邑名,故楚都,在郡江陵北十里。

⑥周、召、吕望:指周公、召公、姜子牙。

⑦上党:在今山西的东南部。上党地区地势险峻,地理位置重要。

⑧垣雍(yuán yōng):战国时韩国一城名。

【译文】

秦国大将白起把四十万投降的赵兵全都活埋了,赵国人非常震惊。赵王很惊恐,就派苏代带了厚重的礼金去游说秦国的相国应侯范雎道:"武安君白起擒获了马服君赵奢的儿子赵括了吗?"应侯说:"是的。"苏代又说:"秦军即刻要去围攻邯郸城吗?"应侯说:"是的。"苏代说:"如果赵国灭亡了,那么秦王就可以称霸天下了,武安君白起也就会位列三公之职。武安君替秦国战胜和攻取

的城邑有七十多个,在南面平定了鄢邑、郢都和汉中,在北面擒获了赵括的军队,即使是周公、召公和吕望这样的人物,他们的功勋也不会比这更大了。如今赵国一旦灭亡,秦王称霸了天下,那么凭武安君的功劳一定位列三公,您能够甘心地位在他之下吗?到那时即使您不情愿地位在他之下,那也是不得已的事情了。秦国曾经进攻韩国,包围了邢丘,围困了上党,上党的老百姓都掉头去依附赵国,天下的老百姓不愿意归顺秦国做秦国的子民,这情况由来已久了。如今要是消灭了赵国,北方的土地归入了燕国,东方的土地归入了齐国,南方的土地归入了韩国和魏国,那么,您得到的老百姓就没有多少了。因此,您不如趁势割取韩、魏两国的土地,不要让它成为武安君自己一个人的功劳了。"应侯听了他的话,于是向秦王进言说:"咱们秦国的士兵们都已困顿不堪,请您允许让韩、魏两国割让土地来讲和,暂且让咱们的士兵休息整顿。"秦王听了应侯的话,割取了韩国的垣雍和赵国六个城邑而与赵国媾和了。

张良①

沛公欲以兵二万人击秦下军,张良曰:"秦兵尚强,未可轻。臣闻其将屠者子,贾竖易动以利②,愿沛公且留壁③,使人先行,为五万人具食,益张旗帜诸山上,为疑兵。令郦食其持重宝啖秦将④。"秦将果畔,欲连和俱西袭咸阳⑤。沛公欲听之,良曰:"此独其将欲叛耳,恐士卒不从。不从必危,不如因其懈击之。"沛公乃引兵击秦军,大破之。遂北至蓝田,再战,秦兵竟败,遂至咸

①张良：字子房，富有谋略，汉初三杰之一。张良曾师从黄石公学兵法。在秦末农民战争中，张良归刘邦，为其出谋划策，辅佐刘邦建立汉朝。刘邦称他"运筹帷幄之中，决胜千里之外"。张良后被封为留侯。

②贾：古时对人的一种蔑称，意指"这种人"。动：吸引，诱惑。

③壁：依托，屏障，在本文中意指军队。

④啖：原意为吃，本文中引申为贿赂，利诱。

⑤咸阳：秦始皇统一中国后建都于此，在今陕西。

【译文】

沛公刘邦打算动用两万兵力去进攻秦关的守军，张良说："秦国的兵力很强大，不可轻视。我听说秦国守关的将领是一个屠夫的儿子，这种人很容易用金钱去利诱，希望沛公暂且按兵不动，派人先行，给五万人准备饭食，在山头上悬挂更多的旗帜，以此当做疑兵。然后再派郦食其携带贵重宝物去贿赂秦将。"秦国的守将果然背叛了秦朝，想要联合刘邦一起向西进攻咸阳。刘邦想要采纳秦将的做法，张良说："这仅仅是秦朝守关将领想要背叛罢了，恐怕秦朝的士兵不一定会降服。如果士兵不降，那就一定会很危险了，不如趁着现在敌人比较懈怠的时候去攻打他们。"沛公于是就带领军队向秦军发起进攻，大败秦军。后来向北一直把他们打到蓝田，又打了一次仗，秦军最终被打败，刘邦最终胜利到达咸阳。

东郭先生

武帝时，大将军卫青者①，卫后兄也，封为长平侯。从

军击匈奴，至余吾水上而还，斩首捕虏，有功来归，诏赐金千斤。将军出宫门，齐人东郭先生以方士待诏公车②，当道遮卫将军车，拜遏曰："愿白事③。"将军止车，前，东郭先生旁车言曰："王夫人新得幸于上，家贫。今将军得金千斤，诚以其半赐王夫人之亲，人主闻之必喜。此所谓奇策便计也。"卫将军谢之曰："先生幸告之以便计，请奉教。"于是卫将军乃以五百金为王夫人之亲寿，王夫人以闻武帝。帝曰："大将军不知为此。"问之安所受计策，对曰："受之待诏者东郭先生。"诏东郭先生，拜以为郡都尉。

【注释】

①卫青：字仲卿，河东平阳（今山西临汾）人，西汉著名军事家。在汉武帝时期，率军抗击匈奴，屡立战功。

②公车：汉代官署名，臣民上书和征召都由公车接待。

③白：下对上告诉，陈述。

【译文】

汉武帝时，大将军卫青是卫皇后的哥哥，被封为长平侯。卫青带兵去攻打匈奴，一直打到余吾水边才收兵，杀敌无数，也捕获了很多俘虏，立了大功班师回朝，汉武帝下诏赏赐他一千斤黄金。卫青刚刚走出宫门，齐人东郭先生以方术之士的身份在公车府待诏候命，他当道拦住卫青将军的车子，毕恭毕敬地拜见卫将军说："希望您能够容许我向您陈述一件事情。"卫青命人将车子停下来，并让人把东郭先生叫到车前，东郭先生站在车旁说："王夫人刚刚得到皇上的宠爱，但是她家里非常贫穷。如今将军得到皇上赏赐的一千斤黄金，如果您能拿出五百斤黄金来送给王夫人的亲人,皇上知道此事后一定会龙颜大悦。这就是人们通常所说的既奇妙而又十分便捷的计谋。"卫将军感谢他说:"幸亏先生把这条便捷的计谋告诉了我,请允许我实施您的计谋。"于是卫青就拿了五百斤黄金作为礼品馈赠给王夫人的双亲。王夫人将这件事告诉了汉武帝。汉武帝说:"大将军卫青是不会知道这么去做的。"于是就问他是谁给他出的计策,卫青回答说:"从在公车府等待召见的东郭先生那里得来的。"汉武帝下旨要召见东郭先生,任命他做某个郡的都尉官。

曹操

袁绍年少时,曾遣人夜以剑掷魏武①,少下②,不著。魏武揆之③,其后来必高。因帖卧床上④,剑至,果高。

【注释】

①魏武:曹操之子曹丕称帝后,追尊曹操为魏武帝。

②少:同"稍",稍微。

③揆(kuí):考虑,猜测。

④帖:同"贴",挨紧,粘附。

【译文】

袁绍年青的时候,曾经派人在夜里手持宝剑刺杀曹操,但由于刺客刺剑的位置稍微低了一点,没有刺中。曹操考虑了一下,刺客还会再刺一剑,但剑刺的位置肯定比刚才要高一些。于是他便紧紧地把身体贴在床上,刺客果然又刺了一剑,剑刺的部位确实比刚才高了许多。

吕布①

吕布诣袁绍②,绍患之。布求还洛阳,绍遣壮士送之,阴令杀之。布乃使人鼓筝于帐中,潜自遁出。夜中兵起,而布已亡。

**智
品**

324

【注释】

①吕布:东汉末年名将,汉末群豪之一,曾为董卓的部将。在民间传说中有"三国第一猛将"之称。

②袁绍:东汉末年人,官至大将军。曾统兵讨伐董卓。后在官渡之战中败于曹操。

【译文】

吕布到袁绍那里,袁绍认为吕布日后必定会成为自己的隐患。吕布请求袁绍让自己回到洛阳去,袁绍同意了,还派了精壮的士兵送他回去,并暗中命令这些士兵在途中杀掉吕布。吕布听到了这个消息,于是先派人在营帐中大弹筝乐,自己却悄悄地离开军营逃走了。到了晚上,袁绍派遣的士兵来杀吕布,却发现吕布早已逃走了。

陈琳①

袁绍围公孙瓒急②,瓒乃遣间使赍书告子续③,而令求救于黑山,书曰:"常闻在昔衰周之世,僵尸流血,以为不然。岂意今日,身当其冲。汝当碎首于张燕,速致轻骑,到者当起烽火于北,吾当从内出。不然,吾亡之后,天下虽广,汝欲求安足之地,其可得乎?"绍候者得之④,使陈琳更其书曰:"袁氏之功,似若神鬼。鼓角鸣于地中,梯冲舞吾楼上。日穷月蹙,无所聊赖。夜梦蓟城崩,亡在旦莫⑤。汝思别图,无复以我为念,父子俱屠,无益也。"续见之,以为真父书,遂不入援。绍如期举火,瓒以为救兵至,遂出战。绍设伏击,大破之。初,瓒为围堑十重,于堑里筑京,皆高五六丈,为楼其上;中堑为京,特高十丈,自居焉,积谷三百万斛。瓒曰:"兵法:百楼不攻。今吾楼橹千重,食尽此谷,足知天下事矣。"欲以此毙绍。而绍为地道,突坏其楼,遂入中京。琳案行其地,喟然曰⑥:"岂独残民力,且伤地脉也,不亡何待!"

【注释】

①陈琳:字孔璋,东汉末年著名文学家,"建安七子"之一。曾在袁绍军中负责文书。在官渡之战中,陈琳为曹军所俘。曹操惜其才而留用。

②公孙瓒:字伯珪,东汉末年献帝年间主要在幽州一带率军活动,汉末群豪之一。

③赍(jī):携带。

④候者:侦查人员,探子。

⑤莫(mù):同"暮",日落的时候。

⑥喟(kuì):叹息。

　　袁绍把公孙瓒围困得很急,公孙瓒于是就派遣间谍带着求援信去给他的儿子公孙续,要他到黑山求救,信中说:"时常听说,在过去衰亡的东周时代,尸积如山,血流成河,我以前还认为不是这个样子,不大相信。怎么会想到现在我要亲身面对着这种现实。现在你就是撞破头颅,也要到张燕那里,迅速借一支轻骑部队赶来救援,援军到了之后,要在城北烧起烽火做为信号,我会响应你从里面杀出。如果不这样做,我死之后,天下虽然广阔,你想要再找上一块立足之地,又哪里会得到呢?"袁绍的士兵截获了这封信,袁绍就让陈琳把这封信的内容作了一些修改,信中说:"袁绍连日取得的胜利,就像是有神明相助。他们的鼓角好像是在地下鸣响,他们的云梯又好像在我的城楼上舞动。日子一天天地过去,我已经没有什么指望守住城池了。夜里我梦到蓟城倒塌了,看来我们早晚要灭亡。你还是另寻其他出路吧,不要再挂念我了,你我父子俩一起被杀掉,也没有什么好处。"公孙续看完信后,真以为是父亲的亲笔信,于是就没有派援兵来营救公孙瓒。袁绍按照公孙瓒原来信件上约定的日期和地点点燃烽火,公孙瓒在城中以为是公孙续的援军来了,于是就带着军队从城中杀出去。结果被袁绍的伏兵打败。起初,公孙瓒在城池周围挖了十道壕沟,在壕沟里又筑起高大的土丘,每个土丘都有五六丈高,在土丘上面还建有高楼;中间的壕沟里建造的土丘最高,足有十丈之高,公孙瓒就住在这里面,里面囤积了三百万斛粮食。公孙瓒说:"兵法上说,高百尺的城池是不能攻打的:现在我的城楼有千尺高,等到我囤积的粮食吃尽了,就足以知晓天下大势了。"公孙瓒想用这办法来拖垮袁绍。但袁绍却命令士兵挖掘了地道,突然袭击摧毁了公孙瓒的城楼,并最终进入居中的最高的土丘。陈琳实地考察了公孙瓒建造的壕沟和土丘，长叹道："这不仅浪费了民力，而且也损坏了地脉，他要不灭亡，还能有什么好下场呢？"

曹冲①

曹公定许时，军国多事，用刑严峻。公马鞍在库，为鼠所啮②，库吏惧必死，欲面缚自首。小侯冲谓曰："待之日中，然后自归耳。"侯于是以刀穿单衣，如鼠啮状。谬为失意，貌有忧色。公问之，侯对曰："世俗以为鼠啮衣者，其主者不吉。今单衣见啮，是以忧耳。"公曰："此妄言耳，无所苦也。"俄而吏以啮鞍闻，公笑曰："儿衣在侧尚啮，况鞍县柱乎？"一无所问。侯，少聪察，多慧性，常以称象事称旨③，欲立以为后。及亡，哀甚，且曰："此我之不幸，而汝曹之幸也。"贾诩争曰："大王安得此亡国之言，《春秋》之义，立嫡以长不以贤。冲虽存也，犹不宜言，况其既没而发斯言乎？臣恐奸人得以窥大王也④。"公大悔失言，于是遂无易太子意矣。

【注释】

①曹冲：曹操之子，字仓舒。他自幼非常聪明，其"曹冲称象"的典故非常有名。但是曹冲不幸未成年即病逝，只活到十三岁。

②啮（niè）：咬。

③称旨：符合皇帝旨意，此处引申为称赞，赞赏。

④窥：从小孔或缝隙里看，此处引申为小看。

　　曹操定都许都的时候,军队和国家的事务繁多,动用刑罚非常严苛。曹操的马鞍放在库房里,被老鼠咬坏了,看守库房的库吏很害怕,认为自己一定会被处死,于是想要把自己反绑亲自去向曹操谢罪。小侯曹冲对他说:"等到中午过后,你再去自首吧。"曹冲于是用刀在自己的一件单衣上刺破了几个洞,就像被老鼠咬过一样,而且还装作很丧气的样子,面带忧愁。曹操问他发生什么事了,曹冲回答说:"世俗都认为,如果衣服被老鼠啃坏了,衣服的主人就会不吉利。现在我的单衣被老鼠咬破了,所以我正在为此担忧呢。"曹操说:"那都是世人乱说的,没有什么可担忧的。"过了一会儿,看守库房的库吏前来认罪,将老鼠咬坏了马鞍子的事情告诉了曹操,曹操笑着说:"我儿子的衣服就在他自己身边,尚且还会被咬坏,更何况是拴在柱子上的马鞍呢?"于是就一点也没有追究此事。曹冲从小就很聪明,洞察力强,悟性很高,曾经因为称出了一头大象的体重而受到曹操的赞赏,曹操打算立他为太子。后来曹冲少年夭亡,曹操非常悲痛,并且对身边的人说:"这是我的不幸,但却是你们的幸运啊!"贾诩劝谏曹操说:"大王您怎么会说出这样亡国的话来呢? 按照《春秋》上的讲法,谁是嫡长子就应当立谁为太子,而不是谁贤能就立谁为太子。即使曹冲今天还活着您也不应该这样说,更何况他已经亡故,为什么还要说出这番话来呢? 我担心让坏人听了小看大王您。"曹操也很后悔自己说了这些话,于是此后再也没有另立太子的想法了。

刘备

　　曹公素忌先主①。公尝从容谓先主曰:"今天下英雄,惟使君与操耳。本初之徒，不足数也。"先主不及对，方食，雷震失匕箸②。因谓公曰："圣人云：'迅雷风烈必变'，良有以也③。一震之威乃至于此。"公遂不复忌先主。先主尝与公猎，猎中，众散，关羽劝先主杀公，且曰："失今不图，且自遗患。"公亦觉众散，恐为所图，谓先主曰："玄德在军久，岂闻军中遁马法乎?"曰："不知。"曰："试作之。适所将甲士，使君无从见一人也。实在此猎中。"遂披发按剑，如法状。先主卒不敢发。后公追先主及于长坂，羽曰："往者猎中，若从羽言，可无今日之困。"先主曰："吾固知孟德之诈，吾为国家惜耳。"先主既定蜀，公叹曰："猾虏诈孤，此岂畏雷震者耶?"

【注释】

①曹公：即曹操(155—220)，三国政治家、军事家。字孟德，沛国谯(今安徽亳州)人，消灭了众多割据势力，统一了中国北方大部分区域，奠定了曹魏立国的基础。先主：即刘备(161—223)。三国时蜀汉的建立者，字玄德，涿郡涿县(今河北涿州)人，汉中山靖王刘胜的后代。

②匕箸：筷子。

③良：的确，确实。以：原因，在此引申为道理。

【译文】

　　曹操一向嫉妒刘备的才能。曹操曾经邀请刘备到自己府上做客，宴席上曹操从容不迫地对刘备说："当今天下能称得上英雄的人物，只有你和我两个人罢了。袁绍之流根本不屑一提。"刘备还没来得及应答，正拿餐具准备用餐的时候，天空中突然响起一

谠品

人曾经讲过：'天空中响大雷，刮大风的时候，一定会发生大的变
故。'由此看来，这么说的确是有原因的。一个炸雷的威力，竟然
会大到如此的程度。"曹操于是就不再畏惧刘备了。刘备曾经和
曹操一起打猎，队伍都分散在猎场中，各自忙碌去了，关羽劝刘备
趁这个时机杀掉曹操，并且对刘备说："如果错过今天这个机会不
杀掉曹操，恐怕就要给自己留下日后的祸患了。"曹操也警觉到队
伍分散以后自己势单力薄，恐怕遭到刘备等人的算计，就对刘备
说："玄德，你在部队里待了很长时间了，有没有听说过'遁马
法'？"刘备回答道："我没有听说过。"曹操说："我不妨给你演示一
下。刚才我带带领的那队人马，现在你看不到一个人影，其实他们
就隐藏在这猎场中。"于是曹操便把头发散开，手持宝剑，装出一副
画符念咒作法的样子。刘备最终没敢下手杀掉曹操。后来曹操把
刘备一直追杀到长坂坡，关羽说："当年与曹操一起打猎的时候，你
如果听我的话杀掉曹操，今天何至于如此落魄。"刘备说："我本来就
知道曹操是个奸诈之人，但我当时是为国家爱惜人才，所以才没下
手把他杀掉。"后来刘备在成都建立了蜀汉政权，曹操叹息道："刘备
那奸贼骗我好惨！他哪里是连听到雷声都害怕的人呢？"

顾雍①

公孙渊欲诡魏②，而以为不绝吴，魏终不信；诱吴使而
斩之，则魏不疑，而因得以宽其力，徐自王。于是称藩于
吴，并献貂、马。吴主大悦③，议欲遣张弥、许晏等将万人
往，加渊爵位。

【注释】

①顾雍(168—243):字元叹,吴郡吴县(今江苏苏州)人。曾师从蔡邕,三国孙吴丞相、政治家。顾雍任宰相后,辅助孙权使吴国出现了兴盛的局面,被称为"东吴名相"。

②公孙渊:字文懿,东汉末年辽东太守公孙度之孙,曾在辽东一带活动。魏国派司马懿前往征讨,将其擒杀。

③吴主:即孙权(182—252)字仲谋,吴郡富春县(今浙江富阳)人,汉末三国之际著名政治家。幼年跟随兄长孙策平定江东。208 年,孙权与刘备联盟,并于赤壁击败曹操。

【译文】

公孙渊想要欺骗魏国,但又认为如果自己不跟吴国断绝关系,魏国就终究不会相信自己的诚意;心想倘若设法将吴国的使者诱骗出来,然后将其杀掉,那么魏国就不会怀疑自己归服的诚意了,这样就能趁机让自己在军事方面的压力有所减缓,从而慢慢地考虑日后称王的问题。于是公孙渊就主动地向东吴示好,表示自己愿意称藩属于东吴,并献上貂皮、骏马等贵重礼品。孙权很是高兴,与众臣商议,打算派张弥、许晏等率领官兵一万人去给公孙渊封官加爵。

议定,群臣皆贺,顾雍独吊①,曰:"甚矣,上下之相蒙也! 可吊也,而贺之!"吴主曰:"远国慕义,为天下先。世祖未定而得河右,方之今日,岂复是过? 而丞相独吊,何也?"雍曰:"臣吊二使之不反也。渊凭恃险运,跋扈再世,有不臣之心。陛下虽威德远著,度与魏孰大? 今不臣魏而臣吴,近舍强援,而远结穷交,非人情也。"吴主曰:"奚而称藩于我?"

雍曰："此渊竖子之小计耳。渊欲自王,恐魏攻其后;欲事魏,又业已事吴。而恐以为持两端,贡献称臣,则吴必报使、加策命,既利我之金宝重货,因而留我之使,还报于魏,信己为绝吴,至而事已成,必重德渊而不加伐。渊因得以息兵养民,睥睨海表②。陛下不以为然,试发一书,责其任质,其诈立破也。且非有攻伐之规,重复之虑,宣达锡命,乃用万人,何不爱其民至是乎? 故以臣愚见,但遣兵数百,护其来使。魏闻,则必以渊事吴谨,终将不听渊,渊计不行矣。"弗听,谓左右曰:"丞相悖矣! 人以义归我,而重疑之,何以为来者劝?"卒发使乘海授渊。

【注释】

①独吊:一个人感到忧虑难过。

②睥睨(pì nì):眼睛斜着向旁边看,形容傲慢的样子。

【译文】

　　此事定下来以后,大臣们都纷纷来向孙权表示祝贺,只有丞相顾雍一人显得很忧愁,并且说:"朝廷内上下互相欺骗太严重了! 我们应该为此感到悲哀和忧虑,却怎么能够加以祝贺呢?"孙权说:"偏远地方的小国因为仰慕我东吴大国的文明道义,不远千里来臣服于我,开了风气之先。试想世祖当年还未定鼎天下时,就开拓了黄河以西的土地,但跟今天我国的疆域相比,哪里能够比得过呢? 你却为此感到悲哀和忧虑,这是为什么呢?"顾雍说:"我忧虑的是一旦我们派出两位使者前去封赏,他们就可能再也回不来了。公孙渊凭借其领地遥远偏僻、地势险要,父子两代在那猖狂肆虐,素来没有臣服之心。您的威名和德望虽然闻名遐迹,但衡量一下,吴国和魏国相比,哪一个更强大呢？如今公孙渊不去向魏国俯首称臣,却偏偏来臣服于我们吴国,自己身边的强大的国家他不去臣服,而远处的相对较弱的国家他反而要结交,这太不合乎人情了。"孙权说:"那他到底为什么要向我们自称藩属呢？"顾雍说:"这是公孙渊那小子使的伎俩罢了。公孙渊想自立为王,但又担心魏国从背后袭击他;想要去事奉魏国,但又因为已经和吴国建立了关系,魏王必定不会接受。因此,公孙渊担心腹背受敌,与魏国和吴国两个国家对峙,于是就给我们吴国送来厚礼,表示臣服,我们吴国一定会派出使者,去给他封官加爵,这样,他既可以获得我们奖赏给他的金银珠宝,另外也可以趁机扣留吴国的使者,然后把这情况向魏国通报,让魏国相信他已经跟吴国断绝关系,这样,他的目的就达到了,魏王必定会重赏公孙渊而不再对他发动攻击。公孙渊就可以免遭战祸,大力发展生产,增强自己的实力,也就不会在乎我们吴国对他的封赏了。如果陛下您不相信我所说的,不妨给公孙渊送去一封信,要求他派人来作为人质,他的欺诈行为就会暴露无遗了。何况,此次并没有出征讨伐公孙渊的计划,也并没有防范其再次来犯的考虑,只是去传达陛下对他的封赏之意,竟然派遣上万兵丁前去,您不爱惜自己臣民的生命为什么到了如此的地步呢！所以依我之见,我们只须派出几百个士兵,护送公孙渊派来的使者回去就行了。魏国知道这件事后,一定会认为公孙渊还在小心谨慎的事奉吴国,终究不会相信公孙渊所说的话,那么公孙渊的阴谋也就不会得逞了。"孙权不听顾雍的劝解,反而对身边的人说:"顾丞相太糊涂了！人家出于道义特来归附于我们,他却要极端地怀疑人家,那今后我们怎么来鼓励那些想要臣服于我们的人呢？"最后他还是打发使者渡海去给公孙渊封赏了。

黄盖①

三国赤壁之争，黄盖曰："今寇众我寡，难与持久。然观操军方连船舰②，首尾相接，可烧而走也。"乃取蒙冲斗舰数十艘③，载松荻其中，灌以鱼膏，赤幔覆之，上建牙族④。而先书报曹曰："盖受孙氏厚恩，常为将帅，见遇不薄。然顾天下事有大势，用江东六郡山越之人，以当中国百万之众，众寡不敌，海内所共见也。东方将吏，无有愚智，皆知其不可，惟周瑜、鲁肃褊怀浅戆⑤，意未解耳。今日归命，是其实计。瑜所督领，自易摧破。交锋之日，盖为前部，当因事变化，效命在近。"曹公特见行人，密问之，口敕曰："但恐汝诈耳。盖若信实，当授爵赏，超于前后也。"至战日，曹公军吏士，皆出营立观，指言盖降。时东南风急，中流举帆，因风纵火，烧尽北船。是时烟炎涨天，人马烧溺，北军大坏，曹公退走，盖本谋也。

【注释】

①黄盖：字公覆，三国吴大将，智勇双全。赤壁之战时，黄盖率船火烧曹操水军。

②方：两船并行，并排。

③蒙冲斗舰：蒙冲为三国时代的一种帆船，斗舰就是大型战船。

④牙族：即牙旗，将军的大旗。

⑤周瑜（175—210）：字公瑾，庐江舒县（今安徽庐江西）人。

东汉末年东吴著名军事将领。公元 208 年,周瑜指挥孙、刘联军,在赤壁以火攻打败曹操的军队。鲁肃(172—217 年):字子敬,临淮东城(今安徽定远)人,东汉末年东吴的著名军事将领。他富有谋略,曾为孙权提出鼎足江东的计划,于周瑜去世后代替周瑜统兵。

【译文】

三国时,魏国与吴国、蜀国两国在赤壁对峙,黄盖说:"当下敌众我寡,难以和魏国长时间对峙。然而我注意到曹操的舰船都是并排而行,而且前后两船首尾都是用铁链相连在一起的,我们可以采用火攻的办法将他们赶跑。"于是就调来十艘帆船和大型战舰,里面装满了松脂和枯干的柴草,又在柴草里洒上鱼油,外面用红色的帷幕罩上,船上插上牙旗。黄盖事先给曹操写了一封降书,信中说:"我黄盖身受孙吴的恩宠,长期担任军队的将帅,孙吴对我的待遇不薄。但是,我认为天下大事必有自己大的趋势,东吴想要凭借江东六郡山越部族抵抗曹公指挥的中原训练有素的百万大军,终究力量悬殊,寡不敌众,这是所有有识之士都能看得出来的。东吴的文武百官,愚蠢也好聪明也罢,都一致认为东吴肯定抵抗不过曹公,唯独周瑜、鲁肃这两个心胸狭窄、目光短浅的人才意识不到这一点。今天前来归降,这是我明智的选择。周瑜所率领的东吴兵马,很容易被摧毁。两军开战之时,我愿为前锋,随机应变,为您效命。"曹操特地召见了黄盖派来的信使,叮嘱他说:"我就是担心黄盖要花招。只要他真心实意归降,我会给他高官厚禄,超过他以前或以后所受到的任何赏赐。"到了开战的那一天,曹营里的官军和士兵走出营房,站在战船上观看,指点着议论说黄盖前来投降了。此时正值东南风大起,黄盖的船舰驶到江中

心时，黄盖命令士兵把船帆挂起来，乘着风势，点燃战船，被点燃的战船猛冲向曹操的船队，把曹操的船只全都给点燃了。这时烟火漫天，曹军的兵马不是被烧死，就是被淹死，曹军大败，曹操也败退逃跑了。这原本就是黄盖出的计谋。

司马懿①

曹爽与司马懿不相能②，懿称疾不与政事，爽之徒属亦颇疑懿。令河南尹李胜将莅荆州③，来候懿。懿诈疾笃，使两婢侍，持衣，衣落；指口言渴，婢进粥，懿不持杯饮粥，皆流出沾胸。胜曰："众情谓明公旧风发动，何意尊体乃尔！"懿使声气才属，说："年老枕疾，死在旦夕。君当屈并州，并州近胡，善为之备，恐不复相见，以子师、昭兄弟为托。"胜曰："当还忝本州④，非并州。"懿乃错乱其辞曰："君方到并州？"胜复曰："当忝荆州。"懿曰："年老意荒，不解君言。今还为本州，盛德壮烈，好建功勋。"

【注释】

①司马懿：三国时期曹魏大臣，多次率军抗击诸葛亮的北伐，后掌曹魏朝政，为西晋的建立奠定基础。

②曹爽：三国时期曹魏大臣，深受魏明帝曹睿的器重。后与司马懿并受遗诏辅佐少帝。能：和睦。

③莅(lì)：临，到。

④忝(tiǎn)：用作谦词。

【译文】

　　曹爽与司马懿两人不和睦,司马懿借口身体健康状况不佳不参与朝政,曹爽手下的人对司马懿因病不参与朝政一事表示怀疑。此时恰巧河南尹李胜要到荆州去任荆州刺史,临行前来辞别司马懿。司马懿假装病情越来越严重,让两个婢女来侍奉他,婢女把衣服递给他,他假装无力,接不住衣服,衣服掉在地上;他用手指了指嘴巴,意思是说"口渴了",婢女赶紧给他喂米粥,他张口就去喝粥,结果粥从嘴里流出来,弄得胸前衣服上都是粥。李胜说:"我只是听众人都说您的老风疾又发作了,哪里会料想到您的身体会差到如此程度呢!"司马懿假装很艰难的才调匀好呼吸,断断续续的说:"我年老体衰,疾病缠身,久卧病榻,病死是早晚的事情。您将屈就去做并州刺史,并州靠近边远地区,你要做好防备,恐怕你我再也不能相见了,请允许我把儿子司马师、司马昭兄弟两个托付给您,请您多关照!"李胜说:"我将回到我的本州去,不是并州。"司马懿故意装作语无伦次的样子,说:"您刚到并州?"李胜说:"我将要前往荆州赴任。"司马懿说:"我年纪大了,记性也不好了,连您的话都听不明白了。现在您要回到荆州赴任,正当你年富力强的时候,好好努力,争取建立更多的功勋。"

　　胜退,告爽曰:"司马公尸居余气,形神已离,不足虑矣。"他日,又言曰:"太傅不可复济,令人怆然。"故爽等不复设备。

【译文】

　　李胜辞别了司马懿,回来对曹爽说:"司马懿已经病入膏肓,形神分离,已经不值得我们担心了。"过了几天,他又对曹爽说:

谲

品

"现在太傅司马懿更不行了，谁也拯救不了他了，真让人为他感到悲哀。"从此以后曹爽再也不对司马懿设防了。

温峤①

温峤知王敦有异志②，不可复谏，乃潜谋灭之。先，夙夜综其府事而附其欲③。钱凤，敦所信也。峤谓人曰："钱世仪精神满腹。峤素有知人之称，凤闻而悦之，结好于峤。会丹阳尹缺，峤说敦曰："京尹辇毂喉舌④，宜得文武兼能之士。公宜自选其才。"敦然之。问峤："谁可作者?"峤曰："愚谓钱凤可用。然裁之任公。"敦思惟良久，无复胜峤者，峤即苦辞，敦不从，奏补丹阳尹。犹惧钱凤为之奸谋，因敦置酒与峤别，峤曰："违离宇下，情恋不已，愿自起行酒，以展岐路之心。"行至凤，未及饮，峤因伪醉，以手扳击凤，帻为之坠⑤，作色曰⑥："钱凤何人? 温太真行酒敢不饮!"凤不悦。敦以为醉，两释之。明日，凤曰："峤与朝廷甚密，未必可信，或怀反噬，宜更思之。"敦曰："太真昨醉，小加声色，岂得以此便加谗贰?"由是凤谋不行。而得还都，尽以敦逆谋告帝，请先为之备。

【注释】

①温峤(288—329)：字泰真，一作太真，太原祁县（今山西祁县）人，东晋政治家。

②王敦(266—324)：字处仲，琅邪临沂（今山东临沂北）人，出身士族，东晋初年重臣。异志：指有叛变或篡逆的意图。

③综:集合,搜集,这里指打听。

④辇毂(gǔ):皇帝的车舆,代指京城。

⑤帻(zé):帻巾,古代包扎发髻的头巾。

⑥作色:脸上变色。指神情变严肃或发怒。

【译文】

温峤知道王敦向来就有篡逆之心,怎么规劝也改变不了,于是就密谋杀掉王敦。开始的时候,钱凤每天晚上都去王敦家中打听他的家事,一味迎合他的要求和欲望。钱凤是王敦最信任的人。温峤逢人便讲:"钱世仪这个人充满了精气和活力。"温峤一向有能正确评价人的好名声,钱凤听到温峤逢人便夸奖他非常高兴,就想与温峤结好。适逢丹阳尹一职空缺,温峤便去劝说王敦说:"丹阳尹这一职务掌管着京城的喉舌,应该选拔一个文武兼备的人来担任此职。您最好亲自来选拔这样的人才。"王敦很是赞同这种观点。王敦向温峤请教:"谁最适合充任丹阳尹一职?"温峤说:"我看钱凤最适合担当此职,但最后还要由您来裁决。"王敦反复考虑了很长时间,认为没有再比温峤更适合的人选了,温峤却一再苦苦推辞,王敦就是不答应,最后还奏明皇上,任命温峤任丹阳尹。但温峤还是担心钱凤在他背后使阴谋诡计,所以就趁王敦设宴给他饯行的机会,温峤说:"我即将要离开大家了,心里十分留恋,请允许我给大家一一敬酒,来抒发一下心中的离别之苦。"巡酒到钱凤跟前的时候,钱凤还没来得及将酒杯端起来,温峤便假装喝醉了,用手板来打钱凤,把他的头巾弄掉在地上,还一脸怒气地说:"钱凤是个什么人呢? 我温太真敬酒,他竟然敢不喝!"钱凤很不高兴。王敦认为两个人都喝醉了,就过来解释,消解了两人之间的误会。第二天,钱凤对王敦说:"温峤和皇上的关

系非常亲密,此人不一定可靠。或许将来他会叛变,我们还得对他多加留心才好。"王敦说:"温太真昨天是喝醉了,做的是有点过分了,难道你就因为这个就要在背后说他的坏话吗?"从此以后,钱凤的任何花言巧语、阴谋诡计在王敦那里都不能得逞了。温峤回到京城以后,把王敦密谋篡逆的一切活动全都告诉了皇上,让皇上提前做好准备。

孝文帝①

魏主宏以平城地寒②,将迁都洛阳③,恐群臣不从,乃议大举伐齐。命王谌筮之④,遇《革》。魏主曰:"汤武革命,顺乎天而应乎人,吉孰大焉。"于是戒严。九月,至洛阳,诣故太学观石经⑤,霖雨不止。诏诸军前发,宏戎服执鞭乘马而去。群臣稽颡于马前曰⑥:"今日之举,天下所不愿,臣不知陛下独行何之?"宏大怒曰:"吾方经营天下,期于混一,而卿等屡阻大计,斧钺有常⑦,卿勿复言。"策马将出,安定王休等复殷勤泣谏。宏乃谕群臣曰:"今者兴发不小,动而无成,何以示后? 苟不南伐,当迁都于此。"时旧人虽不愿内徙,而惮于南伐,无敢言者,遂定迁都之计。遣任城王澄还平城,谕留司百官曰:"此真所谓《革》矣。"

【注释】

①孝文帝(467—499):即北魏孝文帝拓跋宏,是杰出的政治家和改革家。他出身鲜卑族,将都城由平城迁往洛阳,加快了民族融合,具有重要的历史意义。

②平城：在今山西大同附近，北魏时期的都城。

③洛阳：在今河南西部，据传由周公营建，是我国著名古都之一。

④筮(shì)：古代用蓍草占卦。

⑤诣：到，旧时特指到尊长那里去。

⑥稽颡(qǐ sǎng)：古代一种跪拜礼，屈膝下拜，以额触地，表示极度的虔诚。颡，额头。

⑦斧钺(yuè)：亦作"斧戉"。斧与钺，泛指兵器。亦泛指刑罚、杀戮。

【译文】

北魏孝文帝元宏，因为故都平城地寒贫瘠，打算迁都洛阳，但又担心群臣不顺从自己的意见，于是就商议大举出征讨伐南朝齐国。元宏命令王谌用蓍草进行占卦，结果占卜得到《革》卦。孝文帝说："昔日商汤与周武王起兵革命，上顺承于天命，下顺应于人心，还有比这更吉利的吗？"于是，孝文帝就采取了严密的戒备措施。九月，部队到达洛阳，孝文帝前去视察国家经办的太学，并参观儒家经典书籍的石刻，适逢当时阴雨连绵，孝文帝下令，命各种装备的军队开始出发，孝文帝自己则身着军装，手执马鞭，准备策马出发。众大臣跪拜于他的马前劝说道："此次征伐齐国的举动，有违天意，臣不知皇上单独行动，要到哪里去？"孝文帝怒斥到："我正在运筹天下大事，盼望能够一统天下，而你们却多次阻挠我的宏图大计，要知道动用刑罚是有明文规定的，你们不要再说了。"说罢，扬鞭策马，将要出发，安定王元休等人又恸哭苦谏。孝文帝这才告诉群臣说："如今兴师动众征讨齐国，此非小事，对外出征却没有取得成功，用什么来昭示后人呢？如果我们不继续向

南讨伐齐国，那么就应该迁都于此。"当时，原来的贵族们虽然不愿迁到内地，但又害怕到南方去征伐齐国，因而没有敢出来反对的，于是孝文帝就定下了迁都洛阳的计划。派遣任城王元澄返回北方平城，告诉留下的各职能部门的官员说："这就是真的所谓的'革'了!"

姚崇①

姚崇始为同知②，张说素恨崇③，使御史大夫赵彦昭弹之④，上不听。又使殿中监丞姜皎言于上曰⑤："陛下欲择河东总管而难其人，臣今得之矣。"上问："为谁?"皎曰："姚崇文武全才，真其人也。"上曰："此张说之意也，汝何得面欺!"皎叩首服。上即遣中使召崇诣行在⑥，及当国，说惧，潜诣岐王申款⑦。他日朝众趋出，崇曳踵为有疾状。帝召问之，对曰："臣损足。"帝曰："无甚痛乎?"曰："臣心有忧，痛不在足也。夫岐王，陛下爱弟，张说辅臣，而密乘车出入王家，恐为所误，故忧之。"于是出说相州。

【注释】

①姚崇(650—721)：字元之，唐朝大臣。自幼好学，历仕武则天、睿宗、玄宗三朝，曾任宰相，是我国古代一位杰出的政治家。

②同知：官名，称副职，在此指副宰相。

③张说(667—730)：唐代大臣，文学家、诗人。

④赵彦昭：字奂然，唐朝大臣。

⑤姜皎：唐朝大臣。

⑥行在：即行在所，皇帝所在的地方。

⑦申款：向人表达诚意。

【译文】

姚崇一开始的时候为副宰相，张说向来仇恨姚崇，曾指使御史大夫赵彦昭给玄宗皇帝打小报告，陈述姚崇的过失，皇帝没有听信赵彦昭所说的。张说又指使殿中监丞姜皎对皇帝说："皇上要选河东总管却很难找到合适的人选，臣现在替您找到了。"皇帝问："是谁啊？"姜皎说："姚崇文武双全，真是最合适的人选不过了！"皇帝说："这是张说的意图吧，你怎么能当面欺骗我呢！"姜皎听了，吓得赶紧叩头谢罪，承认自己的过失。皇帝马上派太监去传召姚崇到自己这里来，等到姚崇掌权后，张说心中感到非常害怕，便偷偷跑到岐王李范家中，向岐王表达愿为岐王效力的诚意。后来有一天，下朝之后大家从殿堂里走出来，姚崇就拖着脚后跟假装有足疾的样子。皇帝就把他召回问他怎么回事，姚崇回答说："微臣的脚受到了损伤。"皇帝问："痛得不是很厉害吧？"姚崇回答道："臣心里有忧虑的事情，痛不在脚上。岐王是皇上至亲的兄弟，张说是辅佐您的大臣，然而张说却秘密地乘车出入岐王的府第，岐王恐怕要被他迷惑。我为此而忧虑啊。"于是，皇帝便把张说调去任相州刺史。

元祯

元祯便骑射，为南豫州刺史，太湖山蛮时时抄掠，前后守牧多羁縻而已①。祯乃设划，召新蔡、襄城蛮魁三十

余人②。祯盛武装于州西，为置酒，使之观射。先遣左右能射者二十余人，祯自发数箭皆中，然后命左右以次而射。先出一囚犯死罪者，使服军衣亦参射，限命射不中，祯即责而斩之。蛮魁等相视股栗。又预教左右取死囚十人，皆着蛮衣，云是抄贼。祯乃临坐，伪举目瞻天，微有风动，祯谓蛮曰："风气少暴③，似有钞贼入境，不过十人，当在西南五十里许。"即命骑追掩④，果缚送十人。祯告诸蛮曰："尔乡里作贼，如此合死不？"蛮等皆叩头曰："合万死。"祯即斩之，乃遣蛮还。诸蛮大服，自是境无暴掠。

【注释】

①羁縻(jī mí)：笼络。

②魁(kuí)：头领。

③暴(pù)：暴露；显露。

④掩：乘人不备而袭击或捉拿。

【译文】

　　元祯熟习骑马射箭，担任南豫州刺史时，太湖山区的贼寇时常出来抢劫和掠夺，前后来这的地方官，多笼络他们不发生大的叛乱而已。于是，元祯谋划一番后召来新蔡、襄城地方上贼寇的头领三十多人。元祯布置大量的军队在州的西边，设置酒席招待，还让他们观看射箭。先派左右能射的二十多人等着，元祯亲自挽弓射箭，连射数箭，皆中靶心，然后再命左右的人，依着次序去射。事先放出一个已被判处死刑的罪犯，让他穿上军装，也参加射箭，事先命令他不能中箭，射完以后元祯就责备他，下令砍下了他的脑袋。贼人的头领看后，相互对视，吓得两腿发抖。元祯又预先教左右的人取已判死刑的罪犯十人,都穿着贼寇的衣服,说是盗匪。元祯坐在座位上,假装仰视天空,稍微有风吹动,元祯对蛮人的头领说:"风象显示,似乎有盗匪入境,不过十来个人,当在西南方向五十里左右。"立即下令骑兵追捕,果然绑送来十人。元祯告诉蛮人的头领,说:"你乡里有作盗贼的,这样的人,该判处死刑吗?"他们都叩头说:"该当万死。"元祯立刻将抓来的十个人斩首,然后让蛮人的首领回去。这些蛮人的头领十分佩服,从此境内不再有暴力抢劫的事情发生。

宋太祖

或问:"汉高祖可比太祖否①?"曰:"高祖安能比太祖!太祖仁爱,能保全诸节度使②,极有术。天下既定,皆召归京师。节度使竭土地而还,所蓄不赀③,多财亦可患也。太祖逐人赐地一方,盖第所费皆数万。又尝赐宴,酒酣,乃宣各人子弟一人扶归。太祖送至殿门,谓其子弟曰:'汝父各许朝廷十万缗矣④。'诸节度使醒,问所以归,'不使礼于上前否?'子弟各以缗事对。翌日,各以表进如数。"此皆英雄御臣之术。

【注释】

　①汉高祖:即刘邦,是汉朝的开国帝王。太祖:指宋太祖赵匡胤,生性仁慈,是宋朝的开国皇帝。

　②节度使:官名,节度使作为正式的官职开始于唐朝。

　③赀(zī):财货。

　④缗(mín):同"贯",一千钱称一缗,也称一贯。

　　有人问:"汉高祖能比得上宋太祖吗?"有人回答说:"汉高祖刘邦怎能比得上宋太祖赵匡胤呢! 宋太祖性格仁慈、爱护百姓,能够保证各节度使的安全,非常有办法。如今天下安定,就将他们都召回都城汴梁。各节度使竭尽所能将其所有运回汴梁,所蓄敛的钱财多不胜数;钱财过多也让人担心。宋太祖赏赐给每个节度使一块土地,仅仅是盖住宅都会花费很多的银两。又曾请他们赴宴,酒喝得醋畅淋漓之时,就传令各家派出一名晚辈来搀扶着他们回家。宋太祖送各节度使到殿门口,对他们的后辈说:'你们的父亲各自承诺为朝廷贡献十万贯的钱财。'各节度使等到酒醒了,便问是怎么回家的,并且说:'在皇上面前,有没有不合礼节的举止啊?'后辈们各自把太祖皇帝要他们贡献十万缗钱财的事说给各节度使听。第二天,各节度使各自上奏给太祖皇帝,就按照十万缗的数目供奉给朝廷。"这些都是智勇双全的人驾驭臣下的方策。

狄青①

　　南俗尚鬼。狄武襄青,征侬智高时②,大兵始出桂林之南,因祝曰③:"胜负无以为据。"乃取百钱自持之,乃与神约:"果大捷,则投此,期尽钱面。"左右谏止:"傥不如意,恐沮师。"武襄不听。万众方耸视,已而挥手,倏一掷④,则百钱尽红矣。于是举军欢呼,声震林野。武襄亦大喜,顾左右取百钉来,即随钱疏密布地而钉帖之,加诸青纱笼覆,手自封焉,曰:"俟凯旋,当谢神取钱。"其后破昆仑,败智高,平邕管。及师还,如言取钱,与幕府士大夫共视之⑤，乃两面钱也。

【注释】

　　①狄青（1008—1057）：字汉臣，汾州西河（即今山西汾阳）人，北宋名将。狄青勇而善谋，在宋夏战争中，为宋立下了累累战功。卒谥武襄。

　　②侬智高：北宋朝时广源州人。

　　③祝：祷告，向鬼神求福。

　　④倏（shū）：极快地，急速地。

　　⑤幕府：军队主将的府署设在帐幕内，因称幕府。

【译文】

　　南方的风俗信奉鬼神。狄青南征讨伐侬智高的时候，大批军马刚走出桂林南面，狄青就向路边庙中神像祷告说："战争的胜负没有什么作为凭据。"于是拿出来一百个铜钱握在自己手里，就和庙神约定："如果出兵征讨能获得胜利，那么所投的这一百个铜钱，希望都是正面朝上的。"狄青左右的人劝他不要投掷铜钱："倘若不像将军期待的那样，恐怕会影响军队的作战士气。"武襄不听从他们的劝说。千万士兵正在敬畏地注视着，只见他一挥手，忽然一投掷，那一百个铜钱全部面朝上了。于是所有士兵都欢呼起来，欢呼声在树林和原野里都发出阵阵回响。武襄也非常高兴，回头让身后的随从拿一百个钉子过来，随从拿来以后狄青就按照钱在地上分布的疏密程度，用钉子钉牢，在铜钱上面用青纱盖上，并亲自用手封住，说："等到打完仗胜利回来，一定要来感谢神灵然后取走铜钱。"随后狄青攻下了昆仑关，击败了侬智高，平定了邕州和管州。等到军队班师回朝，按照以前的约定感谢庙神并取

走了铜钱,后来和战营里的将士幕僚一起去看取回的铜钱,竟然是两面都是正面符号的铜钱。

丁谓①

丁崖州多智数,在海外,有一贩夫,辄与数百缗,任其货易,岁久不问。商人疑其意,且欲报之,曰:"相公或使之,虽死不避。"丁乃预计南京春宴,必有中使在坐②,因作表丐还,封为书投府坐。约商人曰:"汝必须于是日到,仍须宴次投之。"商人欣跃而去,至则如其言。府坐得书,惧不敢发,欲匿之,又中使已见,遂因中使回附奏。自是移光州。其表云:"虽迁陵之罪大,应立主之功多。"一云:"丁谓贬崖州,家寓洛阳,因为书自责,叙国厚恩,家中不可妄有希觊③。而专人致书洛守,乞付其家。戒使者伺守会众时达之。既达书,守不敢隐,即以闻。帝见之为感恻,乃得徙雷州。

【注释】

①丁谓(966—1037):字谓之,江苏长洲(今苏州)人,北宋大臣,曾贬官崖州。

②中使:宫中派出的使者。多指宦官。

③希觊(jì):妄想。

【译文】

丁谓足智多谋,在崖州做官的时候,曾遇到过一个小商贩,丁谓就给那个商贩数百缗铜钱,任由商贩到处贩运货物,很多年都没有过问。商贩很是怀疑他的意图,而且也要打算报答他当年的恩情,就去找丁谓说:"相公如果哪天用得着我,即使让我献出自己的生命我也不会推辞的。"丁谓考虑到南京春日宴会上,朝廷肯定会派宦官到这里来参加宴会,于是他就打报告请求朝廷召回自己,还写了一封信与报告一起封好,准备一并交给南京应天府的长官。跟商人约定说:"你必须于宴会当天到达南京,而且要在宴会中间转交给南京府尹。"商贩欣然答应后离去,到了南京之后,完全按照丁谓的吩咐去办。南京应天府的府尹得到信和报告后,很是害怕,不敢当众拆开来看,想要把它藏起来,却又早已被朝廷派来的宦官看到,于是就把它交给了宦官,趁着宦官回去交差的时候把它上呈给皇帝。朝廷因为这件事把丁谓调到光州。丁谓所写的报告,其中有一种说法是:"虽然随意迁移皇陵的罪名很大,但丁谓曾经拥立皇上的功劳却是很大的。"另一种说法是:"丁谓被贬谪到崖州,但他的家眷却依旧居住在洛阳,因此写信给家人表示自责,信中写到国家对他的深厚恩德,叮嘱家人不可再有任何非分之念。"并派专人送信到洛阳太守那里,请求其把家信转交给自己的家人。临走时,特意嘱咐使者一定要等到洛阳太守会见很多客人的时候送上去。太守收到丁谓的信件后不敢藏起来,随即派人送到皇帝那里。皇帝看到信件后,很受感动,于是便下令调丁谓去雷州赴任。

秦桧①

秦桧为相日,都堂左挟前②,有石榴一株,每著实,桧默数焉。忽亡其二,桧佯不问。一日将排马,忽顾谓左

右,取斧伐树。有亲吏在旁,仓卒对曰:"实佳甚,去之可惜。"桧反顾曰:"汝盗食吾榴。"吏叩头服。

【注释】

①秦桧(1090—1155):南宋初年任宰相,主张对金议和,以"莫须有"的罪名处死岳飞。

②都堂:是宋朝尚书省总办公处的称呼。唐、宋、金称尚书省长官处理全省政务厅堂为都堂。明称各官署长官为堂上官,简称堂官。揆(kuí):由于宰相管理百官百事,后以"揆"指代宰相或相当于宰相的管职。

【译文】

秦桧当宰相的时候,尚书省总办公处左丞相政事堂前面,长着一棵石榴树,每年结了果实以后,秦桧都会默默数清楚有多少个果实。有一天,忽然少了两个,秦桧假装不知道,也不查问。有一天,在将要排练马匹时,忽然回头让左右的人拿斧头来把树砍了。有个亲近的官吏在旁边听说要砍树,急忙的说:"石榴长得非常好,砍掉它未免可惜了。"秦桧回头说:"你敢偷吃我的石榴!"小官吏赶忙跪下磕头向秦桧承认过错。

岳飞①

岳飞知刘豫结粘罕②,而兀术恶刘豫。会军中得兀术谍者③,飞佯责之曰:"汝非张斌耶?吾向遣汝至齐,约诱致四太子,汝往不复来;吾继遣人问齐,已许我今冬,以会合寇江为名,致四太子于清河,汝所持书,竟不至何耶?"

谍冀缓死，即诡服。乃作蜡书，复遣至齐问举兵期，股纳书。谍归，以书示兀术。兀术大惊，遂废豫。

【注释】

①岳飞（1103—1142）：字鹏举，南宋著名军事家、抗金名将，其精神一直为后人颂扬。

②刘豫（1073—1146）：本为宋臣，后降金，被金人立为"大齐"皇帝，配合金攻宋。

③兀术（wù zhú）：即金兀术，是金朝将领。

【译文】

岳飞知道刘豫与金将粘罕有勾结，而金将兀术十分憎恨刘豫。恰巧军中抓住了一名兀术派来刺探军情的探子，岳飞假装责备他说："你不是张斌吗？我从前派你到齐国送信，和刘豫约定把金国四太子（金兀术）引诱过来，你去了之后就再也没有回来；后来我又连续派人到齐国询问，刘豫说已经答应我今年冬天以联合兵力攻打江南为名，把四太子引诱到清河来，你所带的信，居然没有送到我这里，这是为什么呢？"这名探子希望能暂时免死，就奸猾地承认了这件事。于是岳飞便写了一封信，用蜡封好，再次派他到齐国，去问问刘豫何时起兵，信就藏在那人的大腿中。探子回去以后，就将信交给了兀术。兀术非常惊讶，于是便把刘豫给废掉了。

朱元璋

陈友谅攻陷安庆①，令赵普胜守之②。六月，我金院俞

通海率兵攻赵普胜③,不克而还。诸将患之。高皇帝曰:"普胜虽勇而寡谋,友谅挟主以令众④,上下之间,心怀疑贰,用计以离之,一夫之力。"时普胜有门客通数术⑤,尝为普胜划策,普胜尊为谋主。乃使人阳与客交而阴间之,又置书于客,故误达普胜。果疑客,客惧不能安,遂来归。于是厚待客。客过望,倾吐其实,尽得普胜平日所为。乃重以金币资客,潜往友谅所亲,以问普胜⑥。普胜不之觉。见友谅使者,辄自言其功,悻悻有德色⑦。友谅由是忌之。又有言普胜将归于我者。及是愤潜山之败,友谅益欲杀普胜。乃诈以会军为期,自至安庆图之。普胜不虞友谅之图己,闻其至,具烧羊迎于雁,登舟见友谅,谅就执杀之,并其军。

【注释】

①陈友谅(1320—1363):元末红巾军将领之一。在元末农民战争爆发后,陈友谅参加徐寿辉等人领导的红巾军,受到重用。后挟持徐寿辉,并杀之,自立为帝。此后,陈友谅继续与元作战,同时与朱元璋进行战争。陈友谅因杀徐寿辉等红巾军将领,逐渐失去部下支持,最后兵败身亡。

②赵普胜:元末时红巾军的将领,陈友谅手下的大将。

③金(qiān)院:明朝官名,宋以枢密使或知枢密院事为枢密院长官,主持军事。

④主:是指徐寿辉,他是一位拥兵百余万,致使元朝封建统治土崩瓦解的农民起义军领袖。

⑤数术:数术又称术数,术数以阴阳五行的生克制化的理论,

来推测自然、社会、人事的吉凶。

⑥问：《明史·陈友谅传》作"间"。

⑦悻悻：形容不知满足、居功自傲的样子。

【译文】

陈友谅攻下安庆，命令赵普胜镇守安庆。同年六月，明朝枢密院事俞通海率领军队攻打赵普胜，没有拿下安庆而退回。各位将领都为此事担忧。朱元璋说："赵普胜虽然有胆识，但缺乏计谋；陈友谅软禁徐寿辉，并以此来指挥将士，上下级之间的关系并不和谐，将士心中充满疑惑，要是用计策来离间兵将，一个人的力量就可以做到。"这时，普胜有个懂得阴阳五行相生相克理论的门客，这个门客曾经为普胜出谋划策，普胜尊称他为出谋献计的能人。于是朱元璋派使者去拜见这个门客，表面上和他交好，而背地里使用调拨的计策离间他。随后又写信给门客，却故意将信件寄到普胜手中。普胜果然怀疑门客，门客感到害怕而心神不宁，于是就归顺了明军。明军特别厚待这个门客。门客觉得明军给他的优厚待遇已经超过了他的期望，就将实情全盘托出，于是朱元璋全面掌握了普胜平日为人处事的作风和生活习惯。然后，朱元璋给了这个门客以很多金银珠宝，让他暗中到陈友谅的亲信那儿，以离间陈友谅和普胜的关系。普胜还没有察觉。他遇到陈友谅派来的使者，总是吹嘘自己的功劳很大，他脸上表现出不满足的埋怨和骄傲的神气。陈友谅因此对赵普胜非常怨恨。又听说赵普胜将要归顺明军，他就更加生气了。再加上，赵普胜在潜山一战中战败，陈友谅很愤怒，就更想铲除赵普胜了。于是就假装以聚集军队为名并且约定好时间，准备亲自到安庆杀掉他。赵普胜没有想到陈友谅要预谋铲除自己，听说友谅要来安庆，就准备

谲品

烧羊肉并到雁地去迎接他,上船去拜见陈友谅时,陈友谅就让手下将他捉拿之后处死了,吞并了他的军队。

周忱①

周文襄初抚江南时,属苏松大饥②,米价翔贵。公察知湖、浙、江右乃大熟,令人四出赍千金其地③,故抑直而不籴④,且绐言吴中价甚高。由是诸大贾操赢金,争贩米,投吴中,一时骤集者数百艘。公闻,乃下令发官廪粟以贷民⑤,而收其半,米价骤减。诸大贾大悔,所载米又道远,不能自还,粜无所于售⑥。于是官为收籴以实廪,而椎牛酾酒犒谢之⑦,大贾各醉欢去。

【注释】

①周忱(1381—1453):字恂如,明代大臣,经济改革家。

②属(zhǔ):恰好遇到。

③赍(jī):携带,带着。

④直:同"值",价格,价值。籴(dí):买进粮食,此处指买米。

⑤廪(lǐn):米仓。贷:借出。

⑥粜(tiào):卖粮食,此处指卖米。

⑦椎(chuí)牛酾(shāi)酒:杀牛斟酒。犒(kào):用酒食或财物慰劳。

【译文】

周忱任江南巡抚之初,恰好碰上苏州、松江两地饥荒严重,米价飞涨。他了解到湖州、浙江、长江地区稻米大丰收,便派人带了很多金子到这些丰收的地区,故意压低价钱,但却不买米,而且让他们散布言论说,吴中地区由于闹饥荒,米价很高。于是,许多富商大贾把自己经营多年的钱财拿出来,争着向吴中地区倒卖大米,一时间就集中了几百艘米船。周忱听到报告后,于是下令打开官府的米仓,把大米借给百姓而收市场价一半的价钱,米价顿时下跌。许多大商人非常懊悔,但由于运米的路途遥远,不能再把米运回去,卖也卖不出去。在这种情况下官府把这些米全部以低价收购用来充实仓库,并且杀牛备酒犒赏商人,这些巨商喝得大醉,然后高高兴兴地回去了。

康海①

李梦阳初代韩文草疏②,瑾已谪出之③;犹不快前忿,罗以它事,械至京,遂下之狱,将置之死。时翰林修撰康海,与梦阳同有才名,各自负不相下。瑾慕海,尝欲招致门下,而海不往。瑾恒先施④,必欲其一至,海每阙亡答之⑤,竟不一入其门。至是,梦阳所亲有左姓者,诣狱谓梦阳曰:"子殆无生路矣,唯康子可以解之。"梦阳曰:"吾与康子素不相能,今临死生之际,乃始托之,独不愧于心乎!吾宁死矣。"左曰:"不谓李子而为匹夫之谅也!"强之再三,以片纸请书数字。梦阳乃援笔曰:"对山救我,唯对山为能救我。"余无一言。对山者,海别号也。左持书诣海,海曰:"是诚在我,我岂敢吝恶人之见,而不为良友一辟咎也⑥?"遂诣瑾。瑾焚香迎海,延置上座。海不少逊。瑾曰:"今日有何好风,吹得先生来也?"命左右设席。海曰:

谲
品

"昔唐明皇任高力士,宠冠群臣,且为李白脱靴,公能之乎?"瑾曰:"瑾即请为先生脱之。"海曰:"不然。今李梦阳高于李白数倍,而海固万不及一者也。下狱而公不为之援,奈何欲为白等脱靴哉!"即奋衣起。瑾固塞而止之,曰:"此朝廷事,今闻命,即当斡旋之⑦。"海遂解带,与之痛饮,天明始别。梦阳遂得释归。而海自是与瑾往复,遂罹清议矣⑧。

【注释】

①康海(1475—1540):字德涵,西安府武功县人(今陕西武功),明代文学家,明代"前七子"之一,善诗文及杂剧。为秦腔艺术的发展作出了很大贡献。

②李梦阳(1472—1530):字献吉,庆阳府安化县(今甘肃庆城)人,明代文学家,复古派前七子的领袖人物,提倡"文必秦汉,诗必盛唐"。

③瑾:即刘瑾,明代著名宦官,曾深受明武宗的信任,一直发展到掌控朝政的地步。后来明朝廷根据刘瑾的罪状而将其杀死。

④先施:指人先行拜访或馈赠礼物。

⑤阚(kàn):望。亡:出外,不在。

⑥辟(pì):驳斥,排斥。咎:过失,罪过。

⑦斡(wò)旋:调解,周旋。

⑧罹(lí):遭受苦难或不幸。清议:公正的议论。

【译文】

李梦阳当初代韩文起草奏疏弹劾太监刘瑾,刘瑾知道后,就想法把李梦阳贬谪到山西任职;但刘瑾认为这还不足以发泄自己内心的仇恨，于是就搜罗其他罪名，让人用木枷和镣铐之类的刑具将他押送到京城，把他关进牢房，将要把他置之死地而后快。时任翰林院修撰官的康海与李梦阳一样富有才气和声望，但两个人都很自负，不能和睦相处。刘瑾很是仰慕康海的才华和名声，曾经想把康海拉拢到自己门下，但是康海却不愿意归于刘瑾门下。刘瑾常常先行到康海家中去拜访他并且给他送去很多礼物，总希望康海有一天一定要到自己家中作客，康海总是在刘瑾外出的时候前去拜谢，终究没有进过刘瑾的家门。这个时候，李梦阳的亲属之中，有个姓左的人，到狱中去探望李梦阳，对他说："恐怕您没有生路了，只有康先生一个人可以解救你。"梦阳回答说："我和康先生向来不能和睦相处，如今到了性命攸关的时候，再去麻烦他，我自己能无愧于心吗！我宁愿死去。"姓左的人又说："先生怎么能像凡夫俗子一样固执呢！"再三硬要他向康海求救，拿出一张纸片，让梦阳在上面写几个字。梦阳提笔写下："对山救我，只有对山才能救我免于一死。"再也没有一句多余的话。对山，就是康海的别号。那个姓左的人拿这张纸去求见康海，康海说："如果我确实能帮得上忙救梦阳的性命，我怎能吝啬去见恶人一面，而不替好友解除罪责呢！"于是就去拜见刘瑾。刘瑾焚香迎接康海，请康海坐在上座，康海对刘瑾一点也不谦让和恭顺。刘瑾说："今天是刮得什么好风，将先生吹到我的门下了啊？"吩咐身边的人去安排酒席。康海说："昔日唐明皇信任高力士，高力士得到的恩宠超过了满朝文武百官，但他尚且还为李白脱靴，这个你能做到吗？"瑾说："瑾现在就请先生允许我为您脱靴。"康海说："不是这样的。如今李梦阳的才华高于李白好几倍，而我康海本来就连他的万分之一也达不到。如今他蹲进大狱，你不前去援救，怎么能为李白等人脱靴呢！"说罢，就抖了抖衣服转身要走。刘瑾赶紧拉

谣
品

住康海的衣服要他留下来，说："这是朝廷的事情，今天听到您的吩付，我马上就去调解周旋，争取把李梦阳解救出来。"听了这个，康海于是解下腰带，和刘瑾畅快地喝酒，喝到天亮才辞别刘瑾。梦阳因此被释放回家。然而康海从此和刘瑾往来频繁，就遭到社会不公正的议论了。

王阳明①

王阳明为礼部主事时②，章忤宦瑾③，谪贵州龙场驿丞④。惧祸迫身，至海滨，遗履于岸，赋诗云："学道无成岁月虚，天乎至此意何如？生曾许多惭无补，死不忘亲恨有余。自谓孤忠悬日月，岂期遗骨葬江鱼。百年臣子悲何极，须听涛声泣子胥。"即赴水，有二童子维腋而行⑤，如在空中，至一洞口，二叟出其中，弈棋联句⑥，浃旬而别⑦，二童子复引登陆。

【注释】

①王阳明（1472—1529）：即王守仁，字伯安，世称阳明先生，谥号文成，明代著名思想家、儒学大师。

②主事：官名，属于封建品级制度中较小的底层办事官吏。

③章忤（wǔ）宦瑾：明武宗正德元年冬天，王阳明写奏折援助南京给事御史戴铣等人触犯了宦官刘瑾，被打了四十棍，后被贬为贵州龙场驿驿丞。忤，抵触，触犯。

④驿丞：明清时，各州县的驿站均设驿丞，驿丞掌管驿站中仪仗、车马、迎送之事，不入品。

⑤维腋而行：在其两边扶着两腋向前行进。

⑥联句:古代作诗的一种方式,即由两人或多人共作一诗,联结成篇。

⑦浃(jiā)旬:一旬,即十天。

【译文】

王阳明在担任礼部主事时,明武宗正德元年冬天,因写奏折援助南京给事中御史戴铣等人触犯了宦官刘瑾,被贬到贵州的龙场驿做驿丞。王阳明恐怕灾祸降临到他身上,就来到海边,将一双鞋留在海岸边,写了一首诗说:"学道无成岁月虚,天乎至此意何如。生曾许国惭无补,死不忘亲恨有余。自谓孤忠悬日月,岂期遗骨葬江鱼。百年臣子悲何极,须听涛声泣子胥。"写完诗,王阳明就跳进海里自杀。正在此时,有两个童子出现,在王阳明的两旁拉着他的两腋前行,好像在空中飞行。一会儿便到了一个山洞的入口,两位老人家从洞中出来,和他们一起下棋,作诗对句,整整十天后才与他们告别,二个童子又拉着王阳明的两腋带他回到地面。

沈希仪①

岑璋者,归顺州土官也②,多智略,善养士。兵寇右江时,岑猛以不法获谴。督府奏猛反状,请令诸土官能擒馘猛者③,赐千金,秩一级,畀其半地④,党助者连诛之。敕曰:"可。"

【注释】

①沈希仪(1491—1554年):明代将领,曾设计平定土官岑猛

之乱。

　　②土官：在封建社会后期，由朝廷封赐的边远地区能世袭的官员。明代于西北、西南等少数民族聚居地区设置土司，由该族出身的人担任，名称有宣抚使、按抚使等，并由其后人世袭。至清代这一制度被逐步废除。

　　③馘（guó）：本义指割取敌人的左耳，用以计数报功。

　　④畀（bì）：给与。

【译文】

　　岑璋，是归顺州的土官，聪明而多谋略，善于养兵士。当兵士侵扰右江的时候，土官岑猛因触犯国法而受到了谴责。都督府上奏岑猛反叛的状况，请求下令：土官谁能擒住岑猛或砍下他左耳就赐给银子千两，官升一级，并且分岑猛一半的土地给他；与岑猛同党而且帮助岑猛的一律处死。皇帝批示说："可以。"

　　既而都御史姚镆将举兵①，虑璋以妇翁党猛，召都指挥沈希仪问计。希仪雅知璋女失宠，恨猛有隙，乃对曰："愿主公按兵旬日，当探要领以复也。"镆许诺。

【注释】

　　①姚镆：明代大臣，嘉靖中期，以右都御史身份率军讨伐岑猛，取得大胜。后曾任兵部尚书。

【译文】

　　不久，都察院的长官都御史姚镆将要出兵讨伐岑猛，担心岑猛媳妇的父亲岑璋为同党，召都指挥沈希仪问计策。希仪向来知道岑璋的女儿因为失宠而怨恨岑猛,于是回答说:"希望主公暂不发兵十天,探明主要的问题再来汇报。"姚镆答应了。

希仪既出,而部下千户赵臣者,雅善璋,希仪召赵臣问计,曰:"吾欲役璋以破猛,若何?"臣对曰:"璋多智而持疑,诚直语之必不信,可以计遣,难以力役也。"希仪曰:"计将安出?"臣曰:"镇安、归顺,世仇也。公使人归顺,则镇安疑;使人镇安,则归顺疑。公若遣臣征兵镇安,璋必邀臣询所以,臣以死漏泄端倪,可动也。"希仪曰:"善。"乃帖臣征兵镇安,而臣枉道诣璋所。

【译文】

希仪离开姚家,想到部下千户赵臣和岑璋十分熟识,就派人召赵臣来问:"我想利用岑璋去攻破岑猛,你看怎样?"赵臣回答说:"岑璋虽然足智多谋,但也疑心很重,如果直接对他说出兵,肯定不行,只可智取,不可强攻。"希仪就说:"有何妙计?"赵臣说:"镇安、归顺,世代冤仇;您派人到归顺那里,那么,镇安就要起疑心。您派人去镇安那里,那么,归顺就要起疑心。您如果派我征兵镇安,岑璋一定会向我询问原因,臣冒死来泄漏一点消息,就可以说动他。"希仪称赞说:"好。"于是使赵臣拿了写好的文告到镇安去征兵,却改道到岑璋那里。

璋见臣来,喜迓曰:"久不见赵君,亦肯念我来耶!"臣故默然,若不豫也者。璋曰:"赵君嗔乎?"臣曰:"肺腑之交,契阔之想,安所嗔也。"稍语须臾,叹息而起。璋疑之。

明日，璋置酒款臣，臣愈益默然。璋曰："怪哉，赵君，军门过督我耶？"臣曰："不然。"璋曰："岂璋受侮邻仇，将逮勘耶？"臣曰："不然。"璋乃挽臣卧室，跪叩之。臣潸然泣下，璋亦泣曰："嗟乎，赵君，璋今日死即死耳，君何忍秘厄我！"臣乃言曰："与君异口骈心，有急不敢不告。今日非君死，既我死矣。"璋曰："何故？"臣曰："军门奉旨征田州，谓君以妇翁党猛，将檄镇安兵袭君。我不言，君必死矣；我言之而君骤发，败机事必死，是以泣耳。"璋大惊，顿首曰："今日非赵君，我且赤族矣。"遂强臣称病，留传舍，而急遣人驰希仪所，备陈猛反状，恐波及，愿设计自效。希仪许之，遂以白镆。

【译文】

岑璋见到赵臣到来，十分高兴，迎接他说："好久没见到您了，竟会想起我来了！"赵臣故意默不作声，显出好像不开心的样子。岑璋又说："赵君生气了吗？"赵臣连忙说："我和你是知心朋友，常想约见你，怎么会责怪你呢！"说了几句话，便叹了一口气，站起身来走了。岑璋十分疑虑。第二天，岑璋安排酒席款待他，他显得更加沉默。岑璋说："真怪啦！赵君，军门责备我的过失了吗？"赵臣说："不是。"岑璋又说："难道岑璋因邻府的冤仇受到欺侮，将被逮去盘问吗？"赵臣又说："不是。"岑璋于是拉着赵臣到卧室，跪下磕头问到底怎么了，赵臣居然眼泪直流，岑璋不禁也流泪说："唉！赵君，岑璋我今天死就死了，您怎么忍心不告诉我，难道要急死我啊！"赵臣这才开口说："我和你虽话不相同，心却相同，有急事怎么会不告诉你。今天不是您死，就是我死。"岑璋问："为什么？"赵臣说："姚镆奉皇帝命令要征讨田州岑猛，说您是岑猛的岳父，属于同党，将要征发镇安府的士兵来攻打您。我不说，您必然被杀；我说了，而您立刻发兵，泄露了机密，我必然要被处死，所以要哭泣啊！"岑璋听罢大惊，连忙磕头说："今天要不是赵君，我就被灭族了！"于是勉强赵臣对外说得了病，留在旅店。而岑璋急忙派人赶到都指挥沈希仪那里，详细地报告岑猛反叛的状况，又恐怕连累自己，愿意出谋划策，竭尽全力报效国家。希仪同意了，就去报告姚镆。

镆大喜，不复疑璋，而专意攻猛。勒兵五道，以都指挥沈希仪、李璋，张佑、程鉴、张经等将之，而参政胡尧元等，分道督进。猛子邦彦，守工尧隘。璋追兵千人助邦彦曰："闻天兵至，将以姻党诛我，今日义同死，不忍坐视，此皆精兵，可当一面者。"邦彦欣然纳之。璋复遣人潜告希仪曰："谨以千人内应矣。皆寸帛缀裾里，鏖战时，当扱示，幸天兵择舍之。"希仪许诺。时田州兵殊死守战，诸将军莫利当隘者，希仪独引兵当之。约战三合，希仪以奇兵千余骑，间道绕隘侧，旗帜闪闪而不觌[1]。归顺兵大呼曰："败矣，败矣！天兵间道入矣。"田州兵惊溃。希仪麾兵乘之风披，斩首数千级，邦彦死焉。

【注释】

　　[1] 觌（dí）：相见。

【译文】

　　姚镆很高兴，不再怀疑岑璋，而专心去攻打岑猛。官军分兵五路，由都指挥沈希仪、李璋、张佑、和鉴、张经等率领，而参政官胡尧元等人分别监督进军。岑猛的儿子邦彦，守住工尧关口。岑璋派去兵力一千人帮助邦彦说："听说天兵要来了，你我是姻亲关系，属于同党，也要杀了我，按理讲，我和你要一起死，不忍心看你被杀，这些精兵给你防御。"邦彦很高兴地接纳了。岑璋再派人偷偷地报告希仪说："我谨慎地用一千人作内应了。都用一寸帛连缀在衣角里边，战斗打起来时，会拿出来加以区别，希望官军能有所甄别，别误伤了他们。"希仪答应了。这时，田州兵守住关口，拼死作战，各将领都不愿攻打险关，沈希仪单独引兵来对付他们。大约战了三个会合，希仪派奇兵千余人，从小路绕到关口的侧面，旗帜隐隐约约看不清楚。归顺兵就大声呼喊说："失败了！失败了！官兵从小路进来了！"田州兵听到后大惊，于是像河水决堤一样溃散了。希仪指挥士兵乘势追杀，像风吹草上，斩首数千个，岑邦彦也在这次战斗中死去。

猛闻败，欲自经。而璋先已筑别馆僻隈，美女妖童，牲谷咸备。至是，使人诣猛曰："事急矣，愿主君走归顺，三四夕可抵交南，再图兴复，未晚也。"时猛仓皇，不知所度，遂挺身佩印，从璋使走归顺。璋阳泣而迎之，奉之别馆。猛既入处，左右无一田州人，耳目涂塞。而璋日诡猛曰："天兵退矣。"又曰："天兵闻君走交南，不敢辄犯，请事军门矣。"猛聊喜慰。而胡尧元等，嫉希仪独破隘攘功，以万人捣归顺。璋先觉之，遣人持百牛千酝，迎军三十里，曰："天兵远劳，谨馈犒饮，每牛加牿，系之一，侑列十酝。"尧元等怪璋暇整，而诸军得犒喜，遂屯不进。璋复构茅舍千间，一夕而讫。诸军安之。璋乃纶巾氅服①，杂佩上首，挥麈尾，逍遥诣诸将叩首曰："死罪。昨猛败，将越归顺，走交南，璋邀击之，猛目集流矢南去，不知所往。急之，恐纠逆虏反，幸缓五日，当搜致也。"尧元等许之。璋还，诡猛曰："天兵已退，非陈奏不白。请君裁之。"猛曰："固所愿也。安得属草者。"璋曰："易易耳！"令人为猛草奏，促猛出印实封之。璋既知猛印所在，乃设酒贺猛，鼓乐殷作，酒中以锦衣二袭，鸩饮一瓯，献猛曰："天兵索君甚急，不能庇覆，请自便，无波及也。"猛大怒，呼曰："竟堕老奸矣。"遂仰鸩死。璋斩其首，并府印函之，间道驰诣军门。度已到，乃斩他囚首，贯猛尸，异掷诸军。嚣攘支解，争击杀十余人，飚驰军门，则猛首已枭一日矣。

【注释】

①氅（chǎng）：古代指一种像鹤的水鸟的羽毛，用以做衣服和仪仗中的旗幡。

【译文】

岑猛听到兵败，要上吊自杀。而岑璋事先已在偏僻的水边建造别馆，安置了美女少男，各种牲畜，又有五谷杂粮，样样齐全。到这时候，派人到岑猛那里说："事情紧急，希望你赶快躲到归顺去，三四个晚上到交南，然后再考虑东山再起也不迟啊！"岑猛在慌乱之中，也不知如何是好，就带着官印，跟着岑璋派去的人跑到归顺。岑璋假装哭着去迎接他，安排到别馆里面。岑猛住进去以后，供左右使唤的，没有一个是田州人，所以岑猛在里头听不到外边的消息，看不到外面的情况。而岑璋天天欺骗岑猛说："天兵退了。"又说："官军听说你逃向交南了，不敢前来进犯，你还是向军

门请罪吧！"岑猛听后，心中暂时感到一点安慰。而胡尧元等人妒忌沈希仪攻破工尧关口的功劳，就率领万人前来偷袭归顺。岑璋早已察觉他们，就派人送去一百头牛，千瓮酒，在城外三十里的地方迎接他们，说："天兵远道而来辛苦了，现在我特地送来慰问的酒水和牛，牛都拴在木桩上。"胡尧元等人很诧异岑璋这么悠闲齐整，而各部军士得到这种犒劳都很欣喜，于是屯兵不进。岑璋再为他们建造茅屋千间，一个晚上就完成了。各部士兵也就安心居住下来。岑璋戴上帽子穿上道袍似的外套，左边佩带玉器，手里拿着麈尾，逍遥自在地到各个将领那里磕头说："我罪该万死。昨天岑猛失败逃跑，经过这里到交南去。我在路上攻打他，岑猛眼睛被箭射中往南逃走，不知逃哪里去了。把他逼急了，恐怕会纠集反叛的其他民族反攻，希望能缓期五天，当能把他搜查抓获。"胡尧元等同意了。岑璋回到家中，欺骗岑猛说："官兵撤了，不向军门报告就说不清楚。你做决定吧。"岑猛说："我原本就想这么做。谁来起草文书？"岑璋接上去说："这个简单！"找人替岑猛起草报告，写好后，岑璋催促岑猛取出印章盖上，并且封好。岑璋已知岑猛放置官印的地方，于是就摆酒席向他祝贺，鼓乐不停，劝酒的时候，岑璋取出锦衣二套，毒酒一碗，献给岑猛说："官兵急着抓你，我不能包庇你，请你自便，不要连累我了。"岑猛听后大怒，呼喊说："竟然中了老贼的圈套啦！"就仰首喝下毒酒死去。岑璋斩下他的脑袋，与田州府的官印一起放进匣中，用快马从小路送到军门。估计已经到了，于是砍下其他罪犯的脑袋，与岑猛的尸体连在一起，抬到胡尧元等军营那里，把尸体丢过去。顿时吵闹抢夺尸体，互相争夺杀死了十多人才安定下来。快马把假首级送到军门那里，那岑猛的真首级已经挂出来示众一天了。

诸将大恚恨，遂浸淫毁璋。而布政使严弦等复害镆，阴坏其事，倡言："猛实不死，死者道士钱一真也。"御史石金，遂劾镆落职，而希仪等项不论功。璋大恨，逊职于子，而黄冠学辟谷矣①。

【译文】

众多将领十分愤恨，于是诋毁岑璋，越说越多，越说越坏。而布政使严弦等人又陷害姚镆，背后诋毁这件立功的大事，带头造谣说："岑猛实际上没有死，死的是道士钱一真。"御史官石金听到后，就弹劾姚镆虚报军功，姚镆因此被革职，而希仪等作战事项不再论功行赏。岑璋也十分恼恨，就打报告让职于儿子，而自己出家当了道士，不吃五谷杂粮，不吃熟食了。

张居正①

张江陵语督抚曰："板升诸逆悉除，固为可喜，但此时只宜付之不知，不必通意老酋②，恐献以为功，又费一番滥赏。且使反侧者益坚事虏之心矣。此辈正宜置之虏中，他日有用他处，不必招之来归，归亦无用。第时传谕：'以销兵务农，为中国藩蔽，勿生歹心。若有歹心，即传语顺义，缚汝献功矣。'然对虏使却又云：'此辈背叛中华，我已置之度外，只著他耕田种谷，以供虏食。有犯法，生歹心，

任汝杀之，不必来告。'以示无足轻重之意。此中大有计策，但可默谕，不可令那吉知也。"

【注释】

①张居正（1525—1582）：字叔大，号太岳，湖广江陵（今属湖北）人，所以又称张江陵。明代政治家、改革家。谥文忠。

②酋：首领，此处指俺答汗。

【译文】

张居正对督抚们说："塞外板升那个地方赵全、邱富等叛乱之人都已消灭，本来是值得庆贺的事，但这时只该当作不知，不必把这情况告诉俺答汗，如果告诉他，恐怕他上报朝廷作为自己的功劳，又费一番多余的赏赐。并且使不安分的人更加坚定地侍奉北方民族的首领了。这些人应该安置在北方少数民族居住的地方，以后有用他们的时候，不必招他们回来，回来了也没用。只要经常传达朝廷的命令：'停止战争，努力耕作，好好守卫国家边疆，不要有不轨之心。否则，就告诉顺义王俺答，要他捉拿你们邀功！'但是对少数民族派来的使者，却又这样说：'这些背叛国家的人，我们已不挂在心上，只要他们能耕田种地，以供养你们就行了。有作奸犯科，为非作歹的，生死任凭你们处置，不必来报告。'以表示无足轻重的意思。这里面有较大的计谋，只可默默地领会，不可让俺答汗的人那吉知道。"

盗品

　　此卷名曰《盗品》。盗，本义为偷窃、窃取。原《序》云："其末曰《盗品》。何常、豫让、聂政、荆轲之徒，有盗名无盗情。衣冠仁义之士，有盗情无盗名。"其意说此卷所记历史人物有的"有盗名无盗情"，有的"有盗情无盗名"，可谓"名不副实"。所以《盗品》虽然以"盗"取名，但有时用其本义，有时为贬义褒用。试举两例，加以说明。

　　《刘晔》篇中，曹睿将要出兵攻打蜀国而群臣进谏阻止。刘晔单独和皇上说"可以"，出来后和群臣又说"不可以"。刘晔解释说用兵要使用狡诈的手段，虚虚实实。有人议论刘晔对皇上不忠，善于屈意奉承。曹睿进行验证，果然如此。于是不再重用。刘晔于是忧愤而死。刘晔善于参谋，灵活应付，却被指责为不忠而被贬。刘晔是有盗名而无盗情。

　　《卢杞》篇中，卢杞害怕张镒刚强正直，总想把他从宰相的位子上赶走。这时，要把戍守卢龙的士兵调到凤翔去。卢杞猜测皇帝不会派他去，就假装说，凤翔的将士非忠臣良相而不能率领，故意说自己适合而实暗示张镒适合。皇帝于是任命中书侍郎张镒为凤翔陇右节度使。张镒知道自己被卢杞暗算，但是无话可说，只好听命。卢杞借调兵之机而将张镒调走，卢杞可以说是有盗情

而无盗名。

从此卷中可以看到，有的人虽然无盗名，但却有"盗"之实情，勾心斗角，追名逐利；而有的人虽然有"盗"名，但却无"盗"之实情，建立功业，显名后世。为何有此差别，根源在于能否坚持正义，能否利国利民。

犀首①

史举非犀首于魏王②。犀首欲穷之③，谓张仪曰④："请令王让先生以国，王为尧舜矣；而先生不受，亦许由也。"衍因令王致万户邑于仪，仪不知。因令史举数见犀首⑤。王闻之，恶史举而弗任。

【注释】

①犀首：即公孙衍，战国时人，在魏做官任犀首，故史书多称之为犀首。犀首，魏国武官名，即虎牙将军。

②史举：人名。非：通"诽(fěi)"，诽谤，诋毁。

③穷：使……走投无路，境况艰难。

④张仪：战国时期魏人，曾随鬼谷子学习合纵连横之术，是战国时期著名的政治家、纵横家。

⑤数(shuò)：屡次，频繁。

【译文】

史举在魏王面前诽谤公孙衍。公孙衍知道了想要使史举走投无路，对张仪说："我恳请魏王禅位把魏国让给先生您，魏王就有尧舜禅代的美德了；但是先生您不肯接受，就像许由一样了。"

公孙衍于是就让魏王赏赐给张仪一块有万户人家的土地，张仪还不知道。张仪于是就派史举多次去求见公孙衍问清原委。魏王听说史举常去公孙衍那里反而还诽谤人家以后，就讨厌史举而不再重用了。

卫鞅①

卫鞅将而伐魏，魏使公子将而击之。军既相距，卫鞅遗魏将公子书曰："吾始与公子欢，今俱为两国将，不忍相攻，可与公子面相见盟，乐饮而罢兵，以安秦魏。"魏公子以为然。会盟已饮，而卫鞅伏士，袭虏魏公子，因攻其军，尽破之以归秦。

【注释】

①卫鞅：战国时期卫人，又称卫鞅，著名政治家、思想家及法家代表人物。入秦后，在秦孝公支持下实行变法。商鞅变法使秦国走向强大，具有深远的历史意义。因卫鞅本为卫国公族之后，故又称公孙鞅。后封于商，又称之商鞅。孝公死后，商鞅受到贵族诬害而被车裂而死。

【译文】

商鞅率领秦国军队攻打魏国，魏国派公子率军抗击秦军。两国军队已经成相互对峙之势，卫鞅于是写了一封信给魏国公子。信上说："我早先在魏国的时候与公子关系甚好，现如今我们都已经成了两国的将领，不忍心互相攻打，可和公子会面而订立友好盟约，高高兴兴地饮酒，然后各自退兵，来使秦魏两国相安无事。"

魏国的公子也如此认为,于是就和商鞅会面,建立友好盟约。喝酒以后,卫鞅预先布置埋伏的兵士突然将魏国公子俘获,卫鞅趁机攻打魏,魏军彻底被秦军击破,秦军凯旋。

袁盎[①]

吴楚七国俱反,以诛晁错为名[②]。上与错议出军事,会窦婴言袁盎,诏召入见[③]。上方与错调兵食。上问盎曰:"君尝为吴相,知吴臣田禄伯为人乎?今吴、楚反,于公意何如?"对曰:"不足忧也。今破矣[④]。"上曰:"吴王即山铸钱,煮海为盐,诱天下豪杰[⑤],白头举事,此其计不百全,岂发乎?何以言其无能为也?"盎对曰:"吴铜盐之利则有之,安得豪杰而诱之?诚令吴得豪杰,亦且辅而为谊,不反矣。吴所诱皆亡赖子弟,亡命、铸钱奸人,故相诱以乱。"错曰:"盎策之善。"上问曰:"计安出?"盎对曰:"愿屏左右[⑥]。"上屏人,独错在。盎曰:"臣所言,人臣不得知。"乃屏错。错趋避东厢,甚恨。上卒问盎[⑦],对曰:"吴、楚相遗书,言高皇帝王子弟,各有分地。今贼臣晁错,擅摘诸侯削夺之地,以故反。名为西共诛错,复故地而罢。方今计,独有斩错,发使赦吴、楚七国,复其故地,则兵可无血刃而俱罢。"于是上默然良久曰:"顾诚何如?吾不爱一人以谢天下。"乃拜盎为太常,密装治行。后十余日,丞相青翟、中尉嘉、廷尉欧,劾奏错曰:"吴王反逆亡道,欲危宗庙,天下所当共诛。今御史大夫错议曰:'兵数百万,独属群臣,不可信。陛下不如自出临兵[⑧],使错居守,徐僮之旁,吴所未下者,可以予吴。'错不称陛下德信,欲疏群臣百姓,又欲以城邑予吴,亡臣子礼,大逆无道,错当要斩。父母妻子同产,无少长皆弃市。臣请论加法。"制曰:"可。"错殊不知。乃使中尉召错,绐载行市⑨,错衣朝衣,斩东市。

【注释】

①袁盎:任官于汉文帝、景帝时期,个性刚直,很有才能。"七国之乱"发生后,曾奏请斩晁错。

②晁错(前200—前154):是西汉文帝时的谋士,富有才华,曾任太常掌故,也担任过太子的老师。因七国之乱被杀。

③诏:帝王所发的文书命令,此处是下发诏书。

④破:失利。

⑤诱:引诱,聚拢。

⑥屏:同"摒",退避。

⑦卒:同"猝",急速。

⑧临:治理,管理,统治,此处引申为统御。

⑨绐(dài):欺诳。

【译文】

吴楚等七国都以诛杀晁错为借口起兵反叛朝廷。汉景帝刘启和晁错商议出兵抵御的事情,恰巧碰上窦婴提到袁盎,于是景帝下诏书召袁盎觐见皇上。这时,皇上正好和晁错在讨论调动军队和军粮的事情。皇上问袁盎说:"你曾经担任过吴国相,知道吴臣田禄伯为人怎么样吗?现在吴国、楚两国反叛朝廷,您认为该怎么办呢?"袁盎回答说:"不值得忧虑。马上就会失利的。"

皇上说:"吴王靠山铸钱,在海边煮盐,聚拢天下豪杰,头发白了还举兵反叛,若不是万无一失,怎敢随便发兵呢?为什么说他成不了大事呢?"袁盎回答说:"要说吴国铜、盐的优势那是肯定的,但是哪里有什么豪杰而去引诱呢?假如吴国真的聚拢了豪杰,也会辅助吴王,使他走正道,而不会反叛了。现在吴王所引诱的都是些无赖的年轻人、犯罪逃亡出来的以及盗铸国家钱币的奸邪之辈,所以相互以利益引诱起来造反。"晁错接着说:"袁盎盘算得对。"皇上就问袁盎说:"那该用什么计策呢?"袁盎回答说:"希望把左右侍从退去。"皇上让左右的人都退下了,唯独晁错还在。袁盎又说:"臣所说的,作为臣子的不能听到。"于是皇上又叫晁错退下去。晁错快步躲避到东厢,心里却十分怨恨。这时,皇上急忙问袁盎,袁盎回答说:"吴、楚二王相互发信,说'高祖皇帝封子弟为王,各有封地,现在乱臣晁错随意削减诸侯赖以剥削的封地,由此七国作乱。名义上是向西共同诛杀晁错,实际上要恢复原来的封地,然后再退兵。'为今之计,将晁错斩首,再派人前去赦免吴、楚等七国无罪,恢复他们原来的封地,那么就可以使军队刀不沾血而退。"于是,皇上沉默了很久才说:"考虑到果真如此,我不会吝惜此人,而将杀之以谢天下。"于是,任命袁盎为太常。袁盎开始秘密地乔装打扮,准备好行李出使吴楚两国。十几天之后,丞相青翟、中尉嘉、廷尉张欧一起弹劾晁错,上奏汉景帝说:"吴王刘濞犯上作乱,要危及宗庙,天下百姓人人得而诛之。现在御史大夫晁错发表言论说:'天下兵士数百万,完全交给群臣率领不可相信。皇上不如自己出来率领军队,使晁错留下来防守都城。徐县、僮县一带吴国所未能攻打下来的地方,可以让给吴国。'晁错不称道皇上的仁德和信义,要想皇上疏远群臣和百姓,又要把城市给吴国,不讲臣子的礼仪,大逆不道,应受腰斩之刑。父母妻子儿女还有同胞兄弟，不论男女老少，一律斩首示众。臣等请求依法论罪。"皇帝下诏说："可以。"晁错根本还不知道内情，景帝就派中尉去召晁错，骗他上车到闹市，他穿着朝服被腰斩于东市。

黄允①

济阴黄允，以才知名。郭林宗见而谓曰②："卿有绝人之才，足成伟器。然恐守道不笃③，将失之矣。"后司徒袁隗④，欲为从女求姻，见允而叹曰："得婿如是足矣。"允闻而黜遣其妇⑤。夏侯氏妇谓姑曰⑥："今当长辞，乞一会亲属，以展离诀。"于是大集宾客。妇中坐，攘袂数允隐恶十五事⑦，遂登车去。允以此遂废。

【注释】

①黄允：东汉济阴(今山东定陶西北)人，以才华出名。郭泰认为黄允虽有才，然或守道不笃而失其才。

②郭林宗：即郭泰，字林宗，东汉著名学者、思想家和教育家。

③笃：忠实，一心一意。

④袁隗：曾任东汉太傅，其妻为汉末大儒马融之女，是袁绍、袁术之叔。袁隗后为董卓所杀。

⑤黜遣：黜，罢黜，休弃。遣，驱逐。

⑥姑：婆婆。

⑦攘：捋起，挽起。袂：衣袖。

盗
品

375

济阴人黄允,因才智过人而闻名。名士郭林宗看见他说:"您有绝好的才气,完全可以成为大人物成就一番事业。然而恐怕无法一心一意坚持正道,而最终有所大失误。"后来,司徒袁隗,想为侄女找联姻的对象,看见黄允而感叹说:"得到像你这样的女婿,就很知足了。"黄允听到后,回家就要将妻子休掉赶出家门。妻子夏侯氏就对她的婆婆说:"今天应该是永别的日子,恳请最后一次面见亲属,以表达我离别的心情。"于是,大规模集中亲属,黄允妻子夏侯氏坐在中间,挽起衣袖历数他十五件人家不知道的坏事,说完,就上车走了。黄允因此而声名狼藉,不再征辟启用。

刘晔①

魏侍中刘晔,为魏主睿所敬重。睿将入寇,朝臣皆谏②。晔入赞议,则曰"可。"出与朝臣言,则曰"不可"。会杨暨谏③,言刘晔盖亦云"然"。睿召晔,晔曰:"兵,诡道也④。未发,不厌其密。"睿谢之⑤。晔出,责暨曰:"夫钓者中大鱼,则纵而随之。须可制而后牵,则无不得也。人主之威,岂徒大鱼而已乎?"暨亦谢之。或谓睿曰:"晔不尽忠,善伺上意所趋而合之⑥。"睿验之,果得其情,出晔为大鸿胪,遂以忧死。

【注释】

①刘晔:年少以才华知名,曾任魏国太中大夫。善计谋,屡献奇策。

②谏:旧时称规劝君主或尊长,使改正错误。

③杨暨:魏明帝曹睿的大臣,担任魏国中领军,掌管禁军。

④诡:狡诈。

⑤谢:道歉。

⑥伺:窥测。

【译文】

魏国侍中刘晔,经常侍奉皇上出入深受魏明帝曹睿敬重。曹睿将要出兵攻打蜀国,在朝的群臣都出来阻止。刘晔进去和皇上谋划商议,就说"可以"。出来和群臣又说"不可以"。恰好碰上杨暨劝谏皇上,说到刘晔也说过赞同不出兵。曹睿就召来刘晔问话,刘晔说:"行军打仗,就是要使用狡诈的手段。出兵之前,尽量保守秘密。"曹睿觉得说得有道理,就向他道歉。刘晔出来,就责备杨暨说:"钓鱼的人要想钓到大鱼,就会放鱼在水里随便游动,等到可以控制它的时候,再把它牵引到岸上来,那就肯定会钓到大鱼。皇帝的威势,难道仅仅为了钓到大鱼而已吗?"杨暨也向他道歉。有人议论说:"刘晔对皇上不忠,而是善于窥测皇上的意图所向,然后去迎合它。"曹睿进行验证,果然如此。于是把他调出来担任大鸿胪,负责拟订礼仪,执行司仪,不再重用。刘晔于是忧愤而死。

谢超宗①

王莹代谢超宗为义兴。超宗去郡,与莹交恶。还都,就莹父惠求书,属莹觅一吏②,曰:"大人一旨,如汤浇雪耳。"及至,莹答旨,以公吏不可。超宗往惠处,对宾客,谓惠曰:"汤定不可浇雪。"惠面洞赤。惠后往超宗处,设精白鲔美鲊,獐

肥懋问:"那得佳味?"超宗诡言③:"义兴始见饷。"阳惊曰④:"大人岂应不得邪!"懋大忿,言莹供养不足,坐废。

【注释】

①谢超宗:南朝刘宋时期的著名文人,其祖父是诗人谢灵运。

②属(zhǔ):通"嘱",嘱咐。

③诡:狡诈,假。

④阳:同"佯",假装。

【译文】

　　南齐时,王莹代替谢超宗做义兴太守。超宗离开义兴郡时,与王莹交情很不好。谢超宗回到都城建邺,就去见王莹的父亲王懋,求王懋给王莹写封信嘱托王莹找一个吏人来使唤,说:"大人一封信,就像热汤浇雪一样,雪会迅速融化。"等到把信寄去,王莹回信,认为用公家的吏人不可随意使用。谢超宗很失望,就又到王懋那里,当着众多宾客向王懋说:"热汤一定是不可以浇雪,使雪融化的。"使得王懋顿时面红耳赤。后来,王懋到超宗那里,超宗招待吃喝,席上端出精白的鲍鱼,美味的海蜇,还有香獐身上肥腴的肉。王懋问:"从哪里得来这些美味佳肴?"谢超宗假说:"这是义兴太守王莹刚刚派人送来的。"又假装惊讶的样子,说:"大人难道不应该得到这些吗?"王懋听后大怒,说王莹对他供养不够好,王莹因此丢了官职。

卢杞①

　　卢杞忌张镒刚直②,欲去之。时朱泚以卢龙卒成凤翔,帝择人代之。杞即谬曰③:"凤翔将校班秩素高④,非宰相信臣,不可镇抚,臣宜行。"帝不许。杞复曰:"陛下必以臣容貌寝陋,不为三军所信,恐后生变,臣不敢自谋,惟陛下择之。"帝乃顾镒曰:"文武兼资,望重内外,无易卿者,为朕抚卢龙士。"乃以中书侍郎为凤翔陇右节度。镒知为杞阴中,然辞穷,因再拜受诏。

【注释】

①卢杞:唐朝大臣,曾官居相位,但是不能容人,忌能妒贤,先后陷害杨炎、颜真卿,又排斥宰相张镒。

②张镒:唐朝大臣,很有学问,曾担任中书侍郎。

③谬:说空话,假话。

④班秩:品级。

【译文】

卢杞害怕张镒刚强正直,总想把他从宰相的位子上赶走。这时,朱泚把戍守卢龙的士兵调到凤翔去,德宗皇帝要选人率领这些士兵。卢杞就假装说:"凤翔的将士,官品一向都比较高,不是忠臣良相是不能去率领的,臣适宜去。"皇帝不许。卢杞又说:"皇上一定以为臣容貌丑陋,不能使军队信服,恐怕以后发生变乱,臣不敢自作主张,只有请皇上您选择了。"皇帝于是看着张镒说:"你文韬武略,不论对内对外声望都很高,无人能代替你,你就替我去安慰从卢龙来的将士吧!"于是任命中书侍郎张镒为凤翔陇右节度使。张镒知道自己被卢杞暗算,但是无话可说,因此只好跪拜皇帝接受任命。